KB089781

2012 '작가'가 선정한

오늘의 소설

작가

■ 펴내면서

올 해도 어김없이 『2012 작가가 선정한 오늘의 소설』을 낸다. 벌써 9년째다. 9년이라는 뿌듯함과 함께 그만큼의 부담감도 없지 않다. 지난 한 해 발표한 소설과 창작집 · 장편소설을 대상으로 이 분야 전문가들의 추천을 받고 우리 기획위원들의 의견을 모아 선정하는 방식은 여느 해와 다를 바 없다. 추호의 사심도 용납하지 않는 평가의 엄정함 속에서 고심 끝에 선정한 여덟 편의 소설과 아홉 권의 창작집 · 장편소설을 토대로 『2012 작가가 선정한 오늘의 소설』을 묶는다.

이러한 과정을 거쳐 '오늘의 소설' 에는 박형서의 「아르판」, 김경욱의 「인생은 아름다워」, 윤후명의 「오감도로 가는 길」, 편혜영의 「개들의 예감」, 조현의 「은하수를 건너—클라투행성통신 1」, 김사과의 「더 나쁜 쪽으로」, 정미경의 「파견근무」, 박민규의 「로드킬」이 선정되었다. 이 여덟 편의 소설 중에서 가장 많은 지지를 얻은 작품은 박형서의 「아르판」이다. 박형서는 작년(「자정에 픽션」)에 이어 연속으로 '오늘의 소설' 에 선정되는 영예를 안았으며, 이것은 '오늘의 소설' 을 낸 이래 처음 있는 일이다. 박형서의 「아르판」은 추천도 많이 받았을 뿐만 아니라 우리 기획위원들로부터 소설 전반에 대한 작가로서의 자의식, 문체, 작품성 등에서 호평을 받았다. 박형서가 가지고 있는 이러한 문제의식은 조현과 김사과 같은 젊은 작가의 소설에서도 첨예하게 드러나고 있음을 알 수 있었다. 마치 '의지적 몽상' 을 연상시키는 이들의 작가로서의 태도와 소설 세계를 통해 우리는 새삼 한국 소설의 건재를 확인할 수 있었다. 이것은 '2012 오늘의 소설' 에 선정된 여덟 편의 소설이 어느 해보다 문제적인 소설로서의 여지를 많이 지니고 있다는 것을 의미한다.

창작집과 장편소설에서는 한강의 『희랍어 시간』, 정용준의 『가나』, 최인석의 『연애, 하는 날』, 김훈의 『흑산』, 최제훈의 『일곱 개의 고양이 눈』, 정유정의 『7년의 밤』, 김이설의 『환영』, 김애란의 『두근두근 내 인생』, 천운영의 『생강』 등 아홉 권이 선정되었다. 아홉 권 모두 다양한 서사적인 상상력과 표현의 묘미를 보여주었지만 그 중에서도 한강의 『희랍어 시간』, 김애란의 『두근두근 내 인생』, 정유정의 『7년의 밤』 등이 특히 주목을 받았다. 한강의 소설은 시류에 휩쓸리지 않는 자신만의 독특한 감수성과 미적인 세계를 창출하고 있다는 점에서, 김애란의 소설은 비록 기대에 미치지 못한 감이 있지만 이 작가가 보여준 인간과 사회에 대한 저간의 웅숭깊은 시선과 그 가능성의 한 과정을 보여주었다는 점에서, 그리고 정유정의 소설은 우리에게는 여전히 낯설고 엉성한 추리 소설 혹은 장르 소설의 가능성을 제시하고 있다는 점에서 결코 간과할 수 없는 값진 수확이라고 할 수 있다.

'오늘의 소설'을 내는 일이 생각처럼 쉽지 않음을 느낀다. 여기에는 많은 이유가 있을 수 있지만 무엇보다도 우리를 힘들게 하는 것은 작품에 대한 비평적 안목보다는 작가의 명성과 출판 자본의 독점에 급급한 태도를 보이는 문학판의 동업자들 때문이다. 작가든 아니면 비평가든 여기에 휘둘리지 않는 의연함이 절실하다. '오늘의 소설'을 묶는 내내 여기에 휘둘린 작가들(비평가들)의 불안한 행로를 그들의 소설(엔솔러지)을 통해 확인하면서 씁쓸함과 함께 안타까움을 느낀 것은 단순한 분노나 연민 때문만은 아닐 것이다.

우리는 올해로 아홉 번째를 맞이하는 '오늘의 소설'이 이러한 시류에 휩쓸리지 않는 우리 문단의 진정한 비평적 가치 기준으로 자리 잡기를 소망한다. 작품에 대한 성실한 독서는 기본이고, 작품을 보는 직관적 능력, 현실상황과 문단의 상황을 두루 꿰뚫는 통찰력, 작가들의 현재 상태와 작품들의 완성도를 날카롭게 냉정하게 파헤치는 비평적 시선을 토대로 우리 소설의 권위와 우리 비평의 권위를 세우는 계기가 '오늘의 소설'을 통해 마련되기를 기대해 본다.

2012년 2월

기획위원을 대신하여, 이재복

목차

오늘의 소설

박형서 편혜영 김사과

아르판_개들의 예감_더 나쁜 쪽으로

박민규 윤후명 조 현

로드 킬_오감도로 가는 길_은하수를 건너-클라투행성통신 1

김경욱 정미경

인생은 아름다워_파견근무

박형서

ⓒ 박민주

1972년 강원도 춘천 출생.
2000년 《현대문학》으로 등단.
소설집으로 『토끼를 기르기 전에 알아두어야 할 것들』 『자정의 픽션』과
장편소설 『새벽의 나나』 『핸드메이드 픽션』이 있음.
대산문학상 등 수상. 고려대 문예창작과 교수.
leofromkorea@gmail.com

소설에서 '와카' 로 지칭된 고산부족은 치앙라이 북서쪽 산악지대에 살고 있는 '아카Akka' 족이 모델이다. 문자가 없기에 그들 고유의 언어는 입에서 입으로 전해진다. 그 중 한 명을 방콕에서 만난 적이 있다. 일하던 식당이 문을 닫아 당분간은 고향으로 돈을 보낼 수가 없다며 슬퍼했다. "이대로는 면목이 없어 살 수가 없단 말입니다."

우리는 흥정을 했다. 그가 이 소설에 나오는 아카의 몇몇 인사말과 '아르판', '미슈' 와 같은 제 가족들의 이름을 알려주었다. 하나씩 받아 적고 난 뒤 나는 천 밧, 그러니까 한국 돈으로 4만 원 가량을 사례했다. 우리는 웃으며 헤어졌다. 그 돈이 아카의 땅에 무사히 도착했기를 빈다.

아르판

박형서

입국 게이트를 빠져나와 두리번거리는 아르판을 보았을 때 내 가슴속에는 십여 년 전 앓았던 미친 열정과 두 개의 산에 도사린 막막한 어둠이 제일 먼저 떠올랐다. 송진으로 시커멓게 물든 밀림, 그리고 밤마다 훔쳐보던 저 갸우뚱한 집을 배경으로.

"도샤, 도미알라"

와카의 인사말을 들은 그가 내 쪽으로 몸을 돌렸다. 입을 짝 벌리며 웃는 바람에 어떤 주름은 펴지고 어떤 주름은 깊어졌다. 예상보다 늙긴 했으나 여전히 여유롭고 장난기 가득한 인상이었다. 천천히 걸어오며 부드러운 비음으로 인사를 받았다. 도샤, 도미알라. 우리는 와카의 방식대로 손을 마주 잡은 채 눈을 가늘게 떴다. 아르판이라는 이름만으로도 가슴이 뛰었다. 그를 똑똑히 기억하지만 말을 걸어본 건 처음이다. 그를 본 적은 있지만 인사를 나누는 건 처음이다. 갸우뚱하게 선 자세였음에도 눈을 맞추려면 한참을 올려다보아야 할 만큼 키가 컸다. 돌이켜보면 와카의 사람들은 하나같이 체구가 대단했다.

아르판은 공항의 경관에 깊은 감명을 받은 모양이었다. 와카의 마을에 처음 갔을 때의 내 심정도 그랬다. 부족 이름인 '와카'는 그들의 말로 '높다'라는 의미다. 그 뜻처럼 태국과 미얀마 접경 고산 지대에 사는 그들의 자부심은 순전히 높이에 있었다. 와카에서 부자는 넓은 밭이 아니라 키가 큰 가옥을 소유한 사람이었다. 양이 아니라 곡식을 아슬아슬하게 쌓아 올린 높이로 수확의 풍요로움이 가늠되었다. 공동체 내에서의 지위 역시 방석을 얼마나 교묘하게 높이 쌓아 깔고 앉는가에 따라 구분되었고, 심지어는 결혼 예물까지도 신부가 죄다 머리에 쌓아 올려 시집으로 운반했다. 한국에 온 아르판을 압도한 건 공항이 가진 물리적 높이겠지만, 와카의 땅에서 내가 압도당한 건 높이를 향한 집요한 동경이었다. 험준한 산악 지대에 사는 것으로도 모자라 스스로를 산으로 만드는 사람들에 대한 호기심이 이십대의 나를 그 땅에 머물도록 만들었다.

아르판에게 배정된 숙소는 번화가에 자리 잡은 호텔이었다. 멀미를 하는지 안색이 창백해 보였다. 괜찮냐고 묻자 문제없다는 대답이 돌아왔다. 문제없다, 친구, 난 괜찮다. "도샤, 셰제이 망느."

셰제이 망느, 십여 년 전에 많이 써본 말이었다. 와카의 사람들은 나를 볼 때마다 괜찮냐고 물었고, 그러면 나는 버릇대로 '셰제이 망느'를 중얼거렸다. 실은 전혀 괜찮지 않았다. 와카의 영토는 이방인에게 있어 혹독할 정도로 무료한 곳이었다. 텔레비전도 없고 신문도 없었다. 전기도 없고 전화도 없었다. 와카족은 새벽에 일어나 밭일을 나가거나 무언가를 높이 쌓아 올렸다. 그러다 저녁이 되면 거처로 돌아와 멸망처럼 깊은 잠을 잤다. 아무렇지 않은 일상에 대한 그토록 성실한 답습이 내겐 너무 낯설었다. 당시 나는 '미슈'라는 이름을 가진 노파의 집에서 잔심부름을 하며 머물러 있었는데, 그건 지금 생각해보면 의외의 선택이다. 왜 나는 인생에 단 한 번 밖에 찾아오지 않는 그 뜨겁던 청춘의 시간을 자극이라곤 손톱만큼도 찾아볼 수 없는 오지의 적막 속에서 보냈단 말인가. 어쩌면 그건 거꾸로, 내가 그 즈음 막 작가로 데뷔하여 과도한 열정에 휩싸였던 탓일지 모르겠다. 남과 다른 삶, 남과 다른 생활이 바로 예술가의 임무기 때문이다. 설령 그 길이 세상 모든 사람들이 걸어가는 반대쪽이라 할지라도, 초월에 대한 갈망은 주저 없이 직진의 발걸음을 내딛게 만든다. 다만 견딜 수 없이 외로운 날이면 인적이 드문 산에 올라 눈물이 나올 때까지 소리를 질렀다. 한국에 남겨두고 온 친구들 이름을 부르며 마을의 이쪽 끝에서 저쪽 끝으로 개새끼처럼 뛰어다니기도 했다. 그 구불구불한 길은 거창한 공동의 계획이 아니라 그저 모두들 건기의 황혼을 잘 볼 수 있는 쪽으로 집을 짓다 보니 저절로 생겨난 것이었다.

아르판이 여행의 때를 씻는 동안 나는 창가에 놓인 테이블에 앉아 기다렸다. 들려오는 물소리로 보아 욕실 기구들의 사용법에 애를 먹는 듯했다. 그럼에도 굳이 노크를 하고 들어가 이러쿵저러쿵 참견하지 않은 건, 그게 와카의 방식이기 때문이었다. 나 또한 와카에 있을 당시 갓난아기와 다름없는 무기력한 존재였다. 영어가 먹히지 않아 벙어리마냥 몸짓으로만 대화를 해야 했으니 말이다. 드물게 버마어를 하는 사람도 만났고 타이어를 하는 사람도 만났으나, 버마어나 타이어나 내겐 와카의 말과 똑같은 외계 언어였다. 의사소통이 되지 않아 보름가량을 헤매고 난 뒤 어쩔 수 없이 그들의 말을 배우기 시작했다. 와카의 언어는 유음流音이 강한 버마어, 파열음이 강한 타이어와 구별되는 독특한 발음을 지니고 있었다. 그걸 비음이라고 해야 할까, 혹은 이마에서 공명하는 두음이라 해야 할까. 아무튼 감기에 걸리면 훨씬 좋아지는 그런 종류의 발음이었다. 집주인, 칠순이 넘은 노파 미슈가 선생 노릇을 해주었다. 교재는 그녀의 집에 있던 책 달랑 한 권이었다. 손으로 직접 써서 마 끈으로 엮은 것이었는데, 그 종이 뭉치야말로 와카들에게도 문자가 있다는 유일한 증거였다. 나는 미슈가 잔기침을 섞어가며 한 말을 잊지 못한다.

예전에는 있었지. 하지만 이젠 없어. 누구도 우리 글자를 쓰지 않아. 저기 산 두 개 너머에 사는 바보 아르판 말고는.

무언가를 쓰는 사람이 산다는 말에 가슴이 뛰었던 건, 나 역시 쓰는 사람이기 때문이었다. 그를 만나보고 싶었다. 그래서 물었다.

저기 산 두 개 너머에 뭐가 있는데?

가는 길을 잃을까 봐 눈에 띄는 지형지물을 물어본 것이었는데, 그 뜻을 이해하지 못했는지 아니면 다른 어떤 이유가 있던 건지 미슈가 내 팔뚝을 꼭 붙들었다.

저기 산 두 개 너머? 바보야, 거기엔 아무것도 없어.

아르판을 쉬게 한 뒤 호텔을 나와 향한 곳은 인사동의 찻집이었다. 먼저 도착해 기다리고 있던 세 명의 기자 앞에서 〈제3세계작가축제〉의 취지에 대해 설명했다. 미리 정리해온 내용을 일방적으로 설명했기 때문에 우리의 인터뷰는 이런저런 질의응답까지 합쳐 반 시간을 넘지 않았다. 그럼에도 나는 어쩐지 그 자리의 삼인칭이 된 기분이었다. 집에 돌아와 잠들기 전, 행사에 초대받은 아홉 개 나라 혹은 소수민족의 작가들과 달리 유독 아르판을 소개할 땐 애매한 적의를 드러낸 것 같아 후회됐다. 진심이 아니었다. 나는 아르판을 세상 누구보다 사랑한다. 하지만 그 사랑의 이면에는 형언할 수 없는 증오 역시 도사리고 있음을 부인할 수 없다. 어쩌면 그것은 극복할 수 없는 원전原典을 향한 후대의 혐오와 비슷한 것일지 모른다. 문학의 진화는 바로 거기서 비롯되었기에, 그 적의는 한편으론 시적詩的이다. 나는 아르판이 호텔 방에 갇혀 어쩌고 있을까 상상해보았다. 내가 와카의 땅에 머물 때 그랬듯이 그도 새우처럼 누워 무위를 발명하고 있을까? 그럴 것 같았다. 아르판은 내가 상상하는 그대로 행동할 것 같았다. 어쩐지 그의 마음을 속속들이 아는 것처럼 느껴졌다. 그 이유는 아마도 내가 그의 문장을 통해 와카의 말을 배웠기 때문이리라. 나는 아르판의 책을 달달 외웠다. 처음부터 끝까지, 이야기를 구성하는 문장 하나하나를 그야말로 전부 외웠다. 내가 아는 와카의 언어는 곧 아르판이었다. 생각이 거기까지 미치자 이번에는, 그의 마음을 안다는 게 착각일지 모른다는 의심도 들었다. 세상의 모든 독자가 가진 착각 말이다. 작가와 독자 중에서 상대를 장악하는 것은 독자가 아니다. 독자는 작가가 주는 정보만을 습득한다. 상대의 마음을 들여다보고 이해하고 조종하는 건 오히려 작가 쪽인 것이다. 하지만 주도권이 누구에게 있건, 우리의 대화 자체는 의심할 여지없이 편하고 자연스러웠다. 웃음 속에서 서로의 행간과 어의가 부드럽게 교통했다. 와카의 느낌으로 마음이 말랑말랑해진 건 실로 오랜만이어서, 나로서는 불면의 끝에 다다라 노파 미슈를 떠올릴 수밖에 없었다.

그날 밤 꿈에서 나는 미슈와의 마지막 순간을 몇 번이고 되풀이하여 보았다. 칠 대를 거쳐 내려왔다는 와카의 전통 예복을 입고서 미슈가 마당을 걷는다. 늙어 허리가 굽은 노파지만 여전히 호리호리하고 훤칠하다. 각양각색의 동전을 매단 상의가 짤랑거린다. 사뿐사뿐 걸을 때마다 스프링 모양으로 꼬아놓은 바지의 솔기가 흔들거린다. 화려하게 치장된 보석과 동전들이 서로 부딪혀 경쾌한 소리를 낸다. 압권은 은과 철과 각종 패물과 가공이 덜 된 보석들이 산더미처럼 쌓인 전통 모자다. 그녀의 키와 맞먹는 높이로 머리에 얹혀 있다. 저건 빠르게 도는 팽이인가, 아니면 커다란 물동이를 인 아낙인가. 기예단의 묘기를 보는 기분이다. 땀을 뻘뻘 흘리면서도 미슈는 행복하게 웃는다. 나를 보며 웃는다. 아니, 내 뒤의 허공을 보며 웃는다. 시선은 점점 위쪽으로 옮겨진다. 빠르게 위로 향한다. 와카의 높은 하늘을 향해 고정된다. 그리고 나는 울음을 터뜨리는 것이다.

행사가 시작되는 건 오후 한 시지만, 새벽잠을 설쳤다는 핑계로 오전 열 시도 되기 전에 호텔에 들렀다. 기름진 아침 식사로 탈이 난 아르판이 화장실에서 끙끙대는 동안 나는 테이블에 놓인 책들을 찬찬히 살펴보았다. 내게도 하나 있는, 수없이 많은 밤에 빠져들었던, 쫓겨나듯 와카의 땅을 떠날 때 품에 지녔던 바로 그 책과 똑같은 세 권이었다. 초청장을 받은 뒤 종이를 구해 저걸 일일이 쓰고 묶느라 며칠 밤을 지새웠을까. 남에게 제 이야기를 들려준다는 건 마약과 같은 작업이어서, 얼마나 많은 시간과 에너지가 소용되는지 따위는 관심 밖이다. 어쩌면 그건 성욕과 다를 바 없을지 모른다. 번식이 육신의 DNA를 보존하려는 욕망의 소산이라면, 예술은 정신의 DNA를 남기려는 욕망의 소산이기 때문이다.

그러나 정성이야 어떻건 간에 그 종이 뭉치를 그대로 독자들에게 나눠 줄 순 없었다. 나는 들고 온 중간 두께의 책자를 아르판에게 보여주었다. 거기에는 동남아의 지도와 와카족을 둘러싼 국제역학적 갈등, 그들이 지닌 고유한 문화가 아르판의 문학 세계와 함께 한국어로 적혀 있었다. 아르판의 책 몇몇 페이지를 정밀하게 스캔한 사진도 들어 있었다. 모두 내 스스로 오랜 시간 공들여 정리한 내용이었다. 한 장 한 장 넘기는 아르판의 눈이 휘둥그레졌고, 나는 그에게 미안함을 느꼈다.

몽골에서 온 시인의 행사가 끝나 행사장이 어수선해졌다. 스무 권가량의 시집에 서명을 해 한국 독자들에게 팔았다. 왕복 사천 킬로미터 여정의 대가였다. 이백 킬로미터마다 한 권이니, 퇴장할 때까지 수심 가득한 인상은 단지 폼을 잡으려는 것만이 아니었던 모양이다. 하지만 무얼 바란단 말인가? 나착도르즈치 문학상 받은 몽골 시인 한 명 오셨다고 한국 독자들이 구름처럼 몰려들기를 기대했다면 그놈이 미친놈이다.

우리 차례였다. 준비된 책자를 앞에 놓고 나란히 앉았다. 내가 먼저 마이크를 잡고는 이십여 분에 걸쳐 와카족의 마을에서 지낸 경험, 독특한 풍습, 그곳에서 글을 쓰는 아르판에 대하여 설명했다. 여러 차례 플래시가 터지고 간간이 감탄사도 흘러나왔다. 정말로 감탄한 게 아님을 알기에 고마웠다. 이어 지정된 부분을 아르판이 직접 와카의 말로 낭독하는 순서였다. 그가 물을 한 모금 마신 뒤 긴장된 목소리로 한 줄 한 줄 읽어 나갔다.

여기저기서 웃음이 터져 나왔다. 비강을 돌아 나오는 와카의 언어는 성대가 노쇠해진 늙은이에게 어울리지 않았다. 처음 들었다면 나 역시 웃었을지 모른다. 내 기분을 상하게 만든 건 그러니까 웃음 자체가 아니라 웃음의 이면에 도사린 무자비한 우월감이었다. 낭독의 와중에 터져 나온 공격적인 조소는 아르판의 발음보다 위쪽, 와카의 문화를 직접 겨냥하고 있었다. 그 무례함은 오 분에 걸친 낭독이 끝나고 독자와의 대화 순서가 되자 더욱 심해졌다. 질문들은 대충 이랬다 - 당신 종족에게도 책을 읽을 여유가 있는가. 책을 씀으로써 매달 평균 얼마의 수입을 얻는가. 자라는 아이들에게 부족의 문자를 가르치는가, 혹은 이웃한 태국이나 중국, 혹은 미얀마의 글자를 가르치는가. 차라리 과학적이고 우수한 한국어를 가르칠 생각은 없는가.

낮이 달아올랐다. 산 두 개를 넘던 오후는 몹시 더웠다. 등 뒤로 땀이 줄줄 흘렀다. 제대로 난 길이 없어 군데군데 쌓인 코끼리 똥을 따라 두 시간쯤 걸었다. 아무래도 엉뚱한 방향으로 왔다는 생각에 발길을 돌리려던 찰나, 완만한 분지가 눈에 들어왔다. 그 분지를 둘러싸고 대나무 발로 엮은 가옥 세 채가 서로를 향해 엇비슷한 간격으로 늘어서 있었다. 두 채는 그럭저럭 균형을 유지하고 있었지만 나머지 하나는 갸우뚱하게 기울어진 상태였다. 분지의 가운데쯤엔 안정성과 무관하게 최대한 높이 쌓아 올린 사탕수수 무더기가 있었다. 미슈가 틀렸다. 그곳에도 와카의 방식, 뭐든 높이 쌓는 와카의 문화가 있었던 것이다.

오솔길 초입에 앉아 땀을 말리는 사이, 날이 어둑어둑해지면서 서늘한 밤안개가 내려와 산과 사탕수수 무더기와 세 채의 집을 고아한 잿빛으로 뭉쳐놓았다. 그러던 어느 순간 갸우뚱하게 기울어진 집 안쪽이 은은하게 밝아오는 걸 보았다. 오직 그 한 채뿐, 나머지 집들은 아무 저항 없이 어둠에 스며들고 있었다. 나는 불빛이 새어 나오는 창을 향해 홀리듯 이끌려갔다. 호롱불 등잔 곁으로 가장자리가 매끄럽게 닳은 자그마한 책상이 보였는데, 이제 막 씻고 나온 초로의 사내가 그 앞에 앉아 있었다. 앉아, 세상에서 고작 이백여 명이 말하고 예닐곱 명이 읽는 와카의 문자로 소설을 써 내려가고 있었다. 그에게서 눈을 뗄 수가 없었다. 흐름이 마음에 드는 모양인지 간간히 입가에 미소가 번졌다. 마치 이렇게 말하는 것 같았다.

젠장, 나 되게 훌륭하네.

그 밤, 빛이 지워진 산등성이를 더듬듯 되밟아 돌아오며 이해할 수 없는 황홀에 젖었다. 유성을 닮은 반딧불이 얼마나 시선을 이지러뜨리는지, 아기의 울음을 내는 늑대들이 얼마나 바짝 뒤를 따르는지, 심지어는 갈대로 엮은 신발이 매 걸음마다 무엇을 디디는지조차 느낄 수 없었다. 돌이켜보면 내 슬픔이 시작된 지점은 바로 그 산과 그 밤이었다.

예술은 만인의 것이 될 수 없다. 예술에 필요한 감각은 태어나거나 혹은 훈련되어야 하는데, 누구나 그럴 기회를 잡는 건 아니기 때문이다. 말하자면 청중들의 저열한 질문은 악의도 우월감도 아닌 열등감에서 비롯된 것이라, 마음이 불편하더라도 굳이 화를 낼 필요까지는 없었다. 나는 교묘하게 그들의 질문을 바꾸어 아르판에게 전달했다. 아르판은 진지한 얼굴로 대답했다. 고된 노동을 마치고 집에 돌아와 이야기를 꾸며내는 즐거움에 대하여, 와카족에 전승되는 관용과 초월의 풍습에 대하여, 와카의 영리한 아이들이 들려주는 언어유희에 관하여 설명했다. 나는 그의 말을 받아 아르판은 돈이 아니라 내러티브를 사랑하고, 와카의 어린이들은 당연히 와카의 말을 배우며, 와카의 전설이 이 땅에서 완전히 잊힐 때까지 자신들의 언어는 어떠한 오염으로부터도 견뎌낼 것이라고 거짓으로 통역해주었다. 형식적인 박수가 쏟아졌다. 그게 문명사회에서 행해지는 찬사와 경의의 표현이라는 걸 어찌 알았던지, 아르판이 두 손을 모으고 연신 고개 숙여 인사했다.

청중들이 들은 건 내가 즉흥적으로 지어낸 말이었지만 아르판의 입을 통해 나온 말과 별반 다를 것도 없었다. 그를 처음 본 날부터 나는 매일 오후 두 개의 산을 왕복 두 번씩 넘었다. 그리고 어둠에 저항하는 오두막의 호롱불 빛을 들여다보았다. 이야기의 꽁무니를 이어나갈 때마다 아르판의 얼굴에 번지는 행복한 미소는 소설이란 어떻게 쓰여야 하는가를 내게 알려주었다. 그는 공동체의 언어를 가꾸고 다듬는 데 대가 없는 행복을 느끼는 진짜 작가였다. 막 데뷔하여 글감을 찾아 주유하는 병아리 소설가로서, 나는 밤마다 아르판이 보여주는 문학 강연에 넋을 잃고 몰입했다. 중요한 건 기교가 아니었다. 타인의 자유로운 영혼에 간섭할 고상한 메시지도 아니고, 미래를 포장하는 허황된 웅변도 아니었다. 중요한 건 이야기 자체의 즐거움이었다. 나는 아르판으로부터 그 놀랍고 자명한 사실을 배웠다. 전에는 누구도 가르쳐주지 않은 것이었다. 그에게로 가는 길은 기대에 가득 찼고 머무는 동안은 경탄으로 충만했으며 돌아오는 길은 질투 때문에 괴로웠다. 그렇다, 마지막에 다가온 건 언제나 질투였다. 내가 저 오두막에 웅크린 거대한 산을 넘을 수 있을까? 밀림과 절벽의 미로를 되짚어 숙소로 돌아오는 길이 전과 같이 황홀하지만은 않았다. 나는 막막한 어둠에 이마를 처박고 걸었다. 주먹은 누군가를 힘껏 치려는 것처럼 꾹 쥐어져 있었다. 어둠 속의 강좌는 그로부터 두어 달 뒤, 미슈의 죽음을 계기로 와카를 떠날 때까지 계속되었다.

독자와의 대화 시간이 끝나자 어떤 이들은 이웃한 홀에서 벌어지는 다음 행사에 참석하러 갔고, 어떤 이들은 매대에 들러 아르판의 책을 한 권씩 샀다. 그리고 우리가 앉아 있는 테이블 앞에 와 줄을 섰다. 책값이 비싸다는 투덜거림이 들려왔다. 아르판이 한국어를 할 줄 모르는 외국인, 그것도 검게 그을린 피부의 외국인이라 굳이 감출 필요가 없었을 것이다. 나는 그들의 영혼 깊숙이 들러붙은 천박함을 위해 가격에 동그라미를 하나쯤 더 써넣을 걸 그랬다고 후회했다. 터무니없는 가격은 흔히, 인정받고 있음에 대한 자부심이 아니라 몰이해를 향한 저주인 까닭이다.

전부 일곱 권이 팔렸다. 혹시나 하는 마음에 테이블 아래에 스무 권을 더 준비해놓은 걸 감안하면 반의 반도 팔리지 않은 것이다. 하지만 서명을 원하는 사람들의 이름과 감사의 인사, 그에 더해 내가 일러준 그레고리력 날짜를 와카의 문자로 적어나가는 아르판의 표정은 오두막에서의 모습 그대로였다. 이리저리 갸우뚱거리고, 무언가 재치 있는 생각이 떠올랐다는 듯이 말미를 살짝 틀며, 다 쓴 뒤에는 마지막으로 훑어본 뒤 자잘한 미소와 함께 책을 건네주어 상대의 반응을 살폈다.

사인회가 끝나갈 무렵 청중들은 행사의 주인공인 아르판이 아니라 내 앞에 몰려들어 줄을 서기 시작했다. 그들은 현장에선 팔지도 않는 내 소설 『자정의 픽션』을 들고 와 사인을 요구했다. 처음 두어 번쯤은 사양하다 마지못한 척 응했다. 내 직업의 일부였다. 오래전부터 세워놓은 계획의 일부기도 했다. 줄은 거지같이 길었다. 팔목이 저려올 정도로 서명을 한 뒤에야 우리는 비로소 자리에서 일어날 수 있었다. 행사장을 떠나기 전에 나는 직함과 이름이 새겨진 내 명찰을 데스크에 놓고 나왔다. 다시는 그 저속한 곳으로 돌아갈 생각이 없었기 때문이다. 행사가 아직 일주일이나 더 남아 있지만 애초에 기획위원장 자리를 수락한 이유는 단지 와카의 땅에 사는 무명 소설가 아르판을 끌어들이기 위해서였다. 데뷔도 하기 전부터 나는 문학이라는 이름 아래 부수적으로 따라붙는 이런 저런 행사들, 이를테면 순회강연이나 사인회 등이 필요악이라 생각했다. 그 왁자지껄한 난장판을 통해 한편으로는 작가의 창작욕이 일정 부분 자극될 것이라 믿었던 것이다. 그러나 세상의 마지막 전신주로부터 수백 킬로미터나 떨어진 산등성이 분지에서 아무도 들어주지 않는 이야기를 써 내려가는 아르판의 모습은 그러한 변명이 타락에 지나지 않음을 호소하고 있었다. 그러니 나는 행사의 순조로운 진행을 맡은 기획위원장으로서 주최 측의 취지에 제대로 엿 먹일 인물을 초대한 것이다. 하지만 누구 하나 내 암시를 알아챘으리라고는 기대할 수 없었다.

밖으로 나온 우리는 택시 한 대를 임대해 서울의 명소들을 둘러보았다. 우리가 방문한 장소들은 죄다 높이로 유명한 건축물들이었다. 예상대로 아르판은 주눅이 든 얼굴이었다. 하늘과 맞닿는 꼭대기를 정신없이 올려다보다 휘청거리는 바람에 곁에서 부축해주어야 했다. 아르판 역시 손을 내밀어 내 팔뚝을 꼭 붙들었고, 그럴 때마다 나는 먹먹한 기시감을 느꼈다. 모두 마치고 광화문으로 돌아온 것은 오후 일곱 시가 다 되어서였다. 사찰 음식으로 유명한 식당에 들러 저녁을 먹은 뒤, 천천히 거리를 걸었다. 우리의 동행은 그로써 마지막이 될 것이었다. 아르판은 다음 날 아침이면 한국을 떠나야 한다. 항공편으로 치앙마이에 가서 버스로 치앙라이 외곽의 메싸이를 경유해 현지인에게만 허용된 미얀마 국경을 통과한 뒤 이번에는 우마차로 열 시간을 넘게 가야 하는 곳, 키가 큰 와카의 땅으로.

먼 길을 와줘서 고맙다고 말했다. 장시간 오가느라 피곤하겠다는 염려도 덧붙였다. 앵앵거리는 비음이 코끝을 맴돌았다. 내 걱정은 신경도 쓰지 않는 듯, 자기 몫의 사탕수수를 대신 베어놓았을 이웃들에게 미안하다며 아르판이 웃었다. 이번에는 와카의 비음이 내 귀를 살짝 스치고는 늦가을의 대로에 점점이 떨어져 내렸다. 휘황찬란한 곳을 피해 사람 냄새가 나는 곳으로 돌아다녔다. 그러다 명동의 포장마차 거리에 자리를 잡았다. 아이스박스 곁에 놓인 싸구려 스피커에서는 노래가 흘러나오는 중이었다. 남자 가수가 저를 떠나지 말라며 궁상맞게 악을 쓰고 있었다.

막걸리와 곱창볶음을 주문했다. 아르판은 곱창을 맛있게 먹었다. 나 역시 와카의 땅에 있을 때 곱창볶음을 가장 좋아했다. 아니, 다른 건 고린내가 심해 거의 먹을 수가 없었다고 말하는 편이 보다 정확할 것이다. 노파 미슈는 보름에 한 번 정도 염소의 곱창을 구해다 볶음을 만들어주었다. 어떻게 만드는지 요리법을 자세히 알려주기도 했지만, 아무래도 그녀가 하는 것처럼 맛있게 만들 수는 없었다. 옆에서 지켜보아도, 똑같은 재료를 사용해 똑같은 시간을 들여 똑같은 방식으로 만들어보아도 마찬가지였다. 나름 요리에 자신을 갖고 있던 나로서는 환장할 노릇이었다. 결국 그 미묘한 차이를 배우지 못하고 포기했다.

바보야, 이걸 네가 만들었다고 생각해버리면 되잖아.

의기소침해하는 나를 보며 미슈가 한 말이었다. 달래주려는 게 아니었다. 그렇게 말한 뒤 깔깔 웃음을 터뜨리기 전에 꼭 한마디를 덧붙였다.

사실은 내가 만든 거지만.

그 후로는 미슈가 다 만들어놓은 걸 얌전히 받아먹는 신세가 되었다. 미슈는 곱창볶음이 대단한 호의인 양, 온갖 유세를 떨면서 심부름을 시켰다. 마을 중앙에 있는 우물에 가서 물을 길어 오는 건 물론이고 양념이 부족할 땐 말린 나물을 가지고 이웃에 들러 설탕이나 후춧가루로 교환해 와야 했다. 자칫 실수라도 하는 날이면 벼락이 떨어졌다. 주문을 확실히 기억하기 위해 재차 물어보아도 마찬가지였다. 하지만 일단 요리가 끝나면 그녀는 맛있는 곱창의 대부분을 내 그릇에 챙겨주었다. 그리고 허겁지겁 먹는 꼴을 보며 자글자글하게 웃었다. 그런 날을 모두 더해 미슈가 도대체 몇 번이나 내게 물어왔던가.

바보야, 그렇게 맛있어?

많은 사람들이 곁을 지나쳐 갔다. 젊다기보다는 어린 음악이 흘러나왔고 몇몇 패거리가 싸움을 벌이다 겁쟁이들처럼 화해했다. 문득 아르판이 내 팔뚝을 꼭 붙들며 말하였다.

"당신은 와카의 말을 하는 최초의 외국인일 겁니다."

와카의 언어에서 '최초'란 언제나 칭찬을 뜻한다는 걸 알기에, 고개 숙여 인사했다. 그러면서도 나는 내가 최초가 아니라 최후의 외국인일 거라 생각했다. 이어 우리는 잠시 침묵했다. 그러나 내 속에서 그러는 것과 같이, 아르판의 속에서도 수많은 문장이 소용돌이치는 중임을 나는 어렵지 않게 짐작할 수 있었다. 술과 안주가 반가량 사라진 어느 지점에서 아르판이 슬그머니 입을 열었다.

"그나저나, 당신은 대체 어떤 소설을 썼기에 사람들이 그렇게 좋아하나요?"

바로 그 질문이 나오길 기다리고 있었다. 많은 사람들이 좋아한다는 건 소통이 잘된다는 뜻이다. 그리고 소통이란 모든 작가들의 영원한 화두다 - 사인회에 길게 늘어선 독자들과의 소통이건, 혹은 창 하나를 사이에 둔 내밀한 소통이건 간에. 나는 잠시 현기증을 느꼈고, 시간을 끌기 위해 곱창볶음을 뒤적거렸다.

"들어보시겠습니까?"

그리고 수십 명의 독자가 사인을 요구했던 그 책, 내 출세작인 『자정의 픽션』의 줄거리를 읊기 시작했다.

외딴 산골 마을에 사는 젊고 가난한 부부가 있다. 낮엔 함께 밭일을 하고 저녁이면 오두막에 돌아와 쉬는데, 일상의 무료함을 지우려 밤마다 놀이를 한다. 그 놀이란 동일한 주인공이 등장하는 하나의 이야기를 둘이 번갈아 지어나가는 것이었다. 그런데 둘의 성향은 완전히 달라서, 남편의 날이 되면 이야기가 즐겁고 신나게 진행된다. 이어 아내의 날이 되면 이야기가 감상적이고 슬프게 흐른다. 이야기는 부드러운 굴곡을 따라 즐겁다가도 슬프고, 신나다가도 감상적이 된다. 부부는 그 리듬이 어디서 나온 것인지 잘 알기 때문에 이야기에 많은 애정을 쏟는다. 설령 둘이 서로의 이야기하는 방식에 길들여지고 싶었다 하더라도 그건 불가능했을 것이다. 어찌 된 영문인지 남편은 신나는 이야기만 할 줄 알고, 아내는 슬픈 이야기밖에 떠올리지 못했다. 낙천적인 남편은 현재를 즐기고, 사려 깊은 아내는 미래를 근심했다. 각각이었다면 양쪽 다 고생깨나 했을 테지만, 둘이 함께함으로써 균형은 낮의 노동과 저녁의 유희 모두에서 절묘하게 맞추어졌다.

잠시 말을 멈추었다. 내 입에서 흘러나오는 이야기의 구비마다 와카의 마을이 떠올랐다. 아르판이 존재하는 이상 나는 끝내 삼류에 불과하다는 사실을 깨닫던 어느 깜깜한 밤도 떠올랐다. 그러자 내가 명동의 혼잡한 포장마차 거리가 아니라 여전히 저 고적한 와카의 땅에 꼭 붙들려 있는지 모른다는 생각이 들었다. 고개를 저어 그 불길한 감각을 떨쳐내고는 다시 줄거리에 집중했다.

많은 세월이 흘렀다. 언제부터인가 부부 사이에 진행되던 서사가 생기를 잃게 된다. 이야기는 점점 감상적으로 진행되고, 오랜 시간 균형 잡힌 리듬 속에서 살아오던 부부의 주인공은 돌이킬 수 없이 비극적인 상황에 처한다. 마침내 참담한 결말이 다가오기 직전, 늙어 머리카락도 희끗희끗해진 아내가 벌떡 일어나 비명을 지른다.

아아, 나는 이러한 이야기를 더 이상 견딜 수가 없어.

오두막 문을 왈칵 열어젖히고 별빛이 부유하는 어둠의 아가리로 달려간다. 그러나 아무도 아내를 뒤쫓지 않는다. 리듬의 다른 축, 사랑하는 남편은 이미 수개월 전 병으로 죽었기 때문이다. 하루 벌어 하루 먹는 이웃의 곰과 토끼와 늑대가 근심스럽게 지켜보는 가운데, 모든 행복이 끝장난 보금자리에서 뛰쳐나간 아내는 이야기의 결말로 영원히 돌아오지 않는다.

나는 잔에 남아 있던 술을 모두 비웠다. 전부 말해버렸다. 결국 이렇게 된 것이다. 나는 도대체 왜 이 남자를 한국으로 불러들였는가? 이런 추악한 자리를 만듦으로써 무얼 바랐단 말인가? 나라는 인간이 얼마나 상대할 가치도 없는 쓰레기인가를 알려주기 위해서? 혹은 고백하고 용서받기 위해서? 아니면, 아니면 나 스스로가 무슨 짓을 저질렀는지 똑똑히 깨닫기 위해서? 혼란스러웠다. 누군가 내 맘속에 들어앉아 멋대로 조종하는 느낌이었다. 울렁거리는 가슴을 진정시키기 위해 일부러 비열한 목소리를 내었다.

"아르판, 제 이야기 어떻습니까. 괜찮나요?"

충격이 너무 컸던 걸까, 아니면 상황을 제대로 이해하지 못한 걸까. 아르판의 눈빛은 전혀 변함이 없었다. 달라진 점이라고는 얼굴에서 색채가 지워졌다는 점뿐이었다. 흐릿한 불빛에 반사된 아르판의 낯은 창백하다 못해 생기가 완전히 제거된 화석 같았다. 그 얼굴은 한때 우리 중의 일부였고 많은 사랑 속에서 거침없이 우주를 노래했으나 이제는 쓸쓸히 퇴장해 무덤조차 찾을 수 없는 호메로스, 그러니까 소설의 신처럼 생각되었다. 아니요, 하고 위대한 화석이 타이르듯 입을 열었다.

"아니요, 그건 내 이야기예요. 내가 쓴 이야기란 말입니다. 아까 일곱 명이나 사간, 바로 그 이야기잖아요."

한국에 돌아온 나는 그간 보고 듣고 경험한 일들을 바탕으로 예닐곱 편의 단편소설을 썼다. 최선을 다했지만, 그저 이국의 풍물을 단조롭게 서술한 가이드북에 지나지 않는다는 혹독한 비판에 시달려야 했다. 정당한 지적이었다. 한국으로 돌아왔으나 내 눈은 높이 쌓아 올린 와카의 풍습을 보고 내 귀는 계곡 사이로 불어오는 와카의 바람을 듣고 내 입은 미슈가 만들어준 와카의 요리를 씹고 있었다. 몸은 한국의 빌딩 숲을 거닐되 정신은 아직 저 머나먼 은둔의 땅에 그대로 붙잡혀 있었던 것이다. 거기서 벗어나기 위해 당시 유행하던 추리소설까지 시도해보았다. 하지만 아무리 머리를 굴려보았자 살인 현장에서 부화된 새끼 오리가 범인을 엄마로 착각해 쫓아다닌다는 등의 구질구질한 스토리밖에 내놓지 못했다. 그것들은 내가 읽기에도 언짢았다. 거지꼴이 되어 여기저기 창작촌을 전전하며 장편소설도 두 권 썼지만, 그나마 호의적이었던 어느 편집자한테까지 욕을 얻어먹고는 출간을 포기했다. 간간이 들어오던 기업 사보의 콩트 청탁마저 약속이나 한 듯이 끊겨버렸다. 오랜 습작 기간 동안 의욕적으로 메모해놓았던, 내 고향의 산하와 다양한 군상을 배경으로 한 이야기는 건드리지도 못한 채 나는 문단에 손끝만 살짝 걸친 가짜 작가가 되어 있었다.

책장의 가장 밝은 곳에 꽂혀 있던 아르판의 책을 꺼내어 한국어로 번역하기로 마음먹은 건 그처럼 암담한 시기를 지나는 중이었다. 내게도 뛰어난 이야기를 알아볼 눈이 있다는 걸 증명하고 싶었다. 요리는 못해도 미각은 있다는 점을 증명하고 싶었다. 그 증명에서 시작해, 나 자신에 대한 신뢰부터 되찾고 싶었다. 나는 와카어의 지식을 되짚어가며 정성껏 번역했다. 극심한 가난과 조울증의 고통 속에서 그 작업은 한 해 넘게 계속되었다.

자세를 똑바로 잡았다. 등을 등받이에 밀착시키고 꼬았던 다리를 펴내렸다. 감정을 최대한 지운 목소리로 말했다.

"아르판, 지금 이 노래 들리지요?"

이번엔 여자 가수가 떼로 출동해 저를 떠나지 말라며 악을 쓰고 있었다. 아르판은 아무런 대답을 하지 않았다. 고개를 끄덕이거나 젓지도 않았다. 그건 내 예상과 아주 많이 다른 것이었다. 정적이 흘렀다. 견디기 힘들었다. 나는 차라리 그가 벌떡 일어나 화를 내길, 울부짖거나 원망하길, 혹은 주먹을 들어 내 곪은 영혼에 매질을 해주길 바랐다. 하지만 그는 가만히 나를 노려보기만 했다. 아니, 소름끼치는 눈으로 찬찬히 관찰했다. 표정을 읽어낼 수 없어 답답했다. 나는 힘겹게 말을 이었다.

"한국에서 요즘 유행하는 노래입니다. 그런데 사실 이건 번안곡이에요. 원래는 삼사 년 전에 일본, 아, 그런 나라가 있습니다, 아무튼, 그 일본에서 만들어진 곡이거든요. 그러나 알고 보면 일본 것도 아니지요. 선진 문명을 받아들이던 시절에 일본이 흠모하던 영국의 동요가 그 뿌리니까요. 하지만 영국 이전에는 네덜란드의 서민 음악이었고, 그 음악은 17세기 중국 광동 지방으로부터 흘러나온 전통 리듬에 뿌리를 두고 있답니다. 자, 그렇다면 중국 광동 지방의 어느 중국인이 이 노래의 원작자일까요?"

아르판은 대답하지 않았다. 속내를 짐작할 수 없는 시커먼 눈동자가 무서웠다. 답답했다. 나는 부탁하고 싶었다. 무슨 생각을 하는지 알려달라고 부탁하고 싶었다. 하지만 그렇게 말하지 않았다. 다르게 말했다. 그렇지 않아요, 하고 나는 쫓기듯 말했다.

"그렇지 않아요. 비록 광동의 리듬을 차용했지만, 이 곡에는 자신이 거쳐 온 네덜란드나 영국, 일본, 그리고 우리 한국의 고유한 향수가 모두 담겨 있습니다. 게다가 알려진 게 그 정도라 그렇지, 더 깊이 파고들다 보면 전혀 다른 지역으로까지 소급해야 될지도 모릅니다. 그러니 이 복잡한 노래의 마디마디에서 원작자를 찾는 건 불가능할 뿐 아니라 옳지도 않습니다. 더 자세히 얘기해봅시다. 이 음악은 칠음계를 사용하고 있군요. 또 리듬의 중심엔 일렉트릭 베이스가 있네요. 그렇다면 칠음계의 수학적 원리를 고안한 피타고라스, 베이스 기타의 발명자인 폴 틋말크Paul Tutmarc를 불러다 이 음악에 관한 창조의 권리를 부여해야 할까요? 그건 어리석은 짓입니다. 피타고라스가 숫자를 발명했나요? 틋말크가 소리를 발명했어요? 그렇지 않아요. 인간의 예술은 단 한 번도 순수했던 적이 없습니다. 우리가 벌이는 모든 창조는 기존의 견해에 대한 각주와 수정을 통해 나옵니다. 그렇게 차곡차곡 쌓이는 겁니다."

나는 아르판이 모를 게 분명한 온갖 장르와 지역과 사람의 이름을 난

잡하게 혼용함으로써 문화와 예술의 차이를 구분하지 않은 내 논리의 허점을 감추려 노력했다. 높이 쌓는 행위가 문화라면 아르판이 써나간 건 예술이다. 하지만 나는 그 차이를 일부러 무시했다. 무시하고, 어떻게든 동일시하기 위해 애썼다. 행사가 끝난 뒤 수직으로 솟은 고층 건물 위주로 끌고 다닌 건 높이 쌓아 올리는 와카의 문화를 깔아뭉갬으로써 아르판이 가진 견고한 자부심에 상처를 입히고, 진작부터 패배감을 주고, 그래서 쉽게 체념하도록 만들려는 의도였다. 생각이 거기까지 미치자 이 만남을 위해 내가 얼마나 공을 들였는지 깨닫고는 비릿한 수치심을 느꼈다. 처음부터 모든 게 계획이었다. 행사에 아르판을 초대한 것도, 이야기의 구체적인 줄거리보다는 빛바랜 사진이나 와카족이 처한 환경에 초점을 맞춘 책자도, 혼잡한 포장마차의 거리도, 술과 안주도 모두 계획이었다. 어쩌면 행사장에서 내게 사인을 받으려 길게 늘어섰던 사람들도 계획의 일부였을 것이다. 직접 시키지는 않았지만 나는 처음부터 그렇게 될 줄을 미리 알고 있었기 때문이다. 만약 조금이라도 그렇게 진행되지 않을 가능성이 있었다면 노숙자 몇을 매수해 동원했을지도 모른다. 나는 내 인생 전체에 관한 것보다 더한 안달과 강박으로 아르판과의 만남을 계획했다. 그럴 수밖에 없었다.

아르판의 책을 번역하는 동안, 사악한 유혹이 고개를 쳐들었다. 와카의 땅에서 무심코 읽을 때에도 좋았으나 한국어로 번역해놓고 나니 정말 눈부신 이야기였다. 앞으로도 오랫동안 살아남을 이야기였다. 이야기 자체에 관한 이야기면서 우리의 척박한 삶에 왜 이야기가 필요한지를 말해주는 이야기였다. 번역이 끝나감에 따라 내 맘속에는 쥐와 원숭이의 아우성이 울려 퍼졌다. 이 이야기를 훔치고 싶다. 이 아름다운 이야기를 내가 갖고 싶다. 무슨 짓을 해서라도 꼭 내 것으로 만들고 싶다……

표절은 어느 날 갑자기 방문하는 유혹이 아니다. 제 자신의 한계를 절감하는 순간 스며드는 병균이다. 일단 한번 감염되면, 뇌가 썩어 문드러지기 전까지 헤어날 수 없다. 결국 나는 책에 군데군데 등장하는 와카의 지방색을 한국의 것으로 대체한 뒤 내 이름으로 발표했다. 어느 초겨울의 일이었다. 이듬해 나는 한국에서 가장 유명한 작가가 되어 있었다. 그때부터 준비해뒀던 타락의 논리를 아르판 앞에서 하나씩, 하나씩 부려놓았다.

"고유한 문화를 지켜야 한다고들 합니다. 듣기 좋은 얘기지요. 하지만 자기 문화만 고집하면 어떻게 될까요? 사라집니다. 얼마나 많은 사람들이 와카의 언어를 사용할 줄 압니까? 그렇다고 영어나 타이어, 버마어 등 외국의 말을 할 줄 아는 와카의 젊은이는 얼마나 되지요? 당신 고향에서 말입니다, 그 무거운 전통 머리 장식 때문에 목이 부러진 할머니를 본 적이 있어요. 자기 문화를 지키는 건 훌륭한 일입니다. 하지만 세상은 그렇게 간단하지 않아요. 생존만을 목적으로 하는 인간은 오히려 살아남지 못합니다. 자기 스스로에게만 영향을 받고 자기 스스로에게만 영향을 주는 인간은 살아남지 못합니다. 문화란 본디 섞이는 것입니다. 하나의 문화가 영원히 살아남는 방법이 뭔 줄 아세요? 남의 문화를 흡수하거나, 아니면 더 큰 문화에 흡수되는 길뿐입니다. 우리가 미국 문화라 할 때, 그것이 오로지 미국만의 문화겠습니까? 인디언, 에스키모, 더 나중에 온 아프리카 흑인들, 유태, 몽골 등 얼마나 많은 이민족의 문화가 그 안에 포섭되었겠습니까? 그중 인디언 하나만 해도, 정말 그것을 인디언의 문화라고 간략히 불러도 될까요? 어느 부족, 어느 시대를 살던 누구의 영혼이 생산한 문화인지는 몰라도 될까요? 네, 몰라도 됩니다. 문화란 그런 식으로 쌓여 후대에 전해지는 것이기 때문입니다. 소유에 집착하다간 저 와카의 머리 장식에 목이 부러진 노파처럼 죽어버리고 마는 겁니다."

그 문장의 끝에서 나는 울컥 목이 메었다. 보름달이 뜬 와카의 명절이었다. 노파 미슈의 쪼글쪼글한 뺨은 어릴 적 시집가던 날을 떠올리듯 분홍빛으로 물들어 있었다. 옷에 주렁주렁 매달린 각양각색의 보석과 동전들이 서로 부딪혀 짤랑거렸다. 제 키에 달하는 전통 모자는 행여나 벗겨질까 봐 굵은 산양의 힘줄로 턱에 단단히 고정시켜놓았다. 미슈는 붉은색 염료로 마당에 정성껏 그려놓은 축복의 문양을 밟으며 힘겹게 걸었다. 그렇게 십 분쯤 지났을까, 미슈의 호흡이 불규칙하게 들려왔다. 미슈, 하고 그녀를 불렀다.

미슈, 이제 그만 이리 와요. 내가 도와줄게요.

그러자 그녀가 깔깔 웃으며 말했다.

바보야, 나 바쁜 거 안 보여?

그 웃음을 마지막으로 몸이 갸우뚱 기울더니, 높이 솟은 머리 장식과 함께 뒤쪽으로 와르르 무너졌다. 놀라 달려갔을 땐 목이 완전히 부러진 뒤였다.

와카의 풍습에 의하면, 전통 의상을 입은 채 사망할 경우 착용한 의상은 주인과 더불어 화장된다. 화장되어 주인의 심신과 나란히 세상에서 가장 높은 곳으로 올라간다. 아마 그 때문이었을 것이다. 화장터에서 마지막으로 훔쳐본 미슈의 얼굴은 얄미우리만큼 행복한 표정이었다. 와카의 조문객들은 타오르는 불길에서 등을 돌린 채 동그랗게 서 있었다. 눈을 부릅뜨고 앞만 바라보는 모양이, 밖에서 다가올지 모르는 적으로부터 합심하여 망자의 승천을 보호하려는 것 같았다. 시간이 얼마나 흘렀을까? 젊은 한 시절 미슈를 사모했었다는 호리호리한 노인이 별안간 하늘을 가리켰다. 봐라, 하고 탁한 고음으로 외쳤다.

봐라, 저기 미슈가 간다!

망자를 태운 연기가 서쪽 하늘에 길게 걸쳐 있었다. 모두들 해바라기마냥 높은 곳을 올려다보는 내내, 땅에 고개를 처박고 눈이 퉁퉁 붓도록 운 건 나 혼자였다.

알아요, 하고 말했다. 스피커에서는 다른 남자 가수가 나와 저를 떠나지 말라며 악을 쓰고 있었다. 스피커를 박살내버리고 싶었다. 알아요, 하고 말하면서 나는 두 개의 산을 넘던 어느 밤에 그랬듯이 주먹을 꾹 쥐었다.

"알아요. 당신들은 높습니다. 감히 그 끝머리를 쳐다볼 수도 없을 만큼 높습니다. 그러나 하부가 튼튼하지 않아, 이제 곧 무너질 수밖에 없어요. 우리에게 기댄다면 무너지지 않고 영속할 수 있습니다. 화내지 마세요. 나는 그 이야기를 진심으로 사랑합니다. 물론 아, 르, 판, 하고 당신 이름을 쾅쾅 찍어 출판할 수도 있었습니다. 하지만 그러면 어떻게 되었을까요? 당신은 열댓 개의 문장을 발음하는 앵무새처럼 유명해졌겠지요. 딱 그 정도의 관심으로 끝이랍니다. 당신 혼자이잖습니까? 와카의 문자로 책을 쓰는 사람은 당신 혼자이잖습니까? 당신 뒤로는 한 명도 남지 않게 되잖습니까? 문명 세계는 와카의 문학을, 와카에도 문학이 있었다는 사실을 기억하지 않을 겁니다."

아르판이 뭐라 대꾸하기 전에 말을 이었다.

"그 이야기를 살리기 위해 내 이름을 붙였습니다. 어떤 결과가 나왔지요? 이것이 바로 체온으로 이루어진 공동체의 감각이라고, 농경과 정착의 문화가 빚어낸 아시아의 정신이라고 사람들이 말합니다. 이제껏 수십 개의 언어로 번역되었어요. 와카의 이야기는 이제 영원히 살아남게 된 것입니다."

나는 거의 화를 내고 있었다. 바락바락 대드는 심정으로 말했다.

"네, 나는 당신 것을 훔쳤습니다. 하지만 난 그 이야기의 주인공들에게 한국의 문화를 덧칠함으로써 더욱 멋지게 살려냈습니다. 내가 훔치지 않았더라도 당신 이야기가 살아남을 수 있었을까요? 세상에 드러났을까요? 아닙니다. 내가 훔치지 않았다면 그 이야기는 머지않아 당신과 함께 영원히 묻혀버릴 겁니다. 그렇다면 어느 쪽입니까? 불멸하는 것과 영원히 묻히는 것, 어느 쪽을 원합니까? 당신은 당신이 창조해낸 인물들을 사랑합니까, 아니면 필경 수년 내에 쓰러져 묻힐 저 갸우뚱한 오두막에서의 명예를 사랑합니까?"

옳지 않은 것을 설득하기란 어려운 일이다. 하지만 전혀 불가능한 것도 아니다. 그에게 윽박지른 논리는 내가 발명할 수 있는 최선의 것이었다. 말을 끝낸 뒤, 묘하게 고정되어 있는 아르판의 까만 눈을 피해 곱창볶음만 바라보았다. 부끄럽다기보다는 겁이 났다. 와카의 땅에서라면 이런 짓을 한 나는 그의 거친 손에 붙잡혀 죽었을지 모른다. 그리하여 취향도 뭣도 아닌 대중성으로 요란히 장식된 한국산 기성복과 함께 화장터에서 불살라졌을지 모른다. 하지만 이곳은 문명 세계고 나는 이곳의 주민이어서, 어느 순간 아르판의 눈빛이 맥없이 풀리리라는 것을, 제

피조물과 이야기를 영원히 살리는 쪽으로 동의하리라는 것을, 그래서 내가 이기리라는 것을 알고 있다. 과연 아르판이 눈을 몇 번 깜박이더니, 그윽하게 감는 것이었다. 스피커에서는 떠나지 말라며 악을 쓰는 목소리가 쉬지 않고 흘러나왔다. 나는 차라리 모든 것이 떠나가주면 좋겠다고 생각했다. 말 없는 아르판도, 나를 가난과 질병의 고통으로부터 구해준 저 책도, 불멸을 향한 아찔한 기만도, 저주받을 욕망과 열정도, 죄의식에 억눌려 살아가야 할 앞으로의 나날도 모두, 모두.

조금 지나 아르판이 눈을 떴다. 맑고 굵은 눈에 형언할 수 없는 복잡한 빛이 어려 있었다. 잠시 나를 보더니, 천천히 일어났다. 일어나고 일어났다. 다 일어났다고 생각한 뒤에도 한참을 더 일어났다. 고급 승용차의 자동 안테나처럼 위로 쭉쭉 올라갔다. 그는 이제까지와는 달리 갸우뚱하게 서 있지 않았다. 엄청난 신장을 과시하듯, 자신이 얼마나 더 커질 수 있는지 아냐고 묻는 듯 똑바로 기립했다. 그 상태로 나를 내려다보았다. 부드럽게 미소 지으며 입을 열었다.

"이만 돌아가 쉬어야겠군요. 여러 가지로 수고해주셔서 고맙습니다."

그렇게 말하는 아르판의 얼굴에는 놀랍게도 아무런 분노나 절망을 찾아볼 수 없었다. 아니, 겉으로만 보자면 오히려 정말로 고마워하는 것 같았다. 뜻밖의 반응에 당황한 나는 무릎으로 의자를 밀치고 일어났다. 어정쩡하게 작별의 인사를 건넸다.

"도샤, 도미알라"

아르판도 고개 숙여 인사했다.

"아리, 도미알라"

두 손을 마주 잡고 잠시 눈을 가늘게 뜬 뒤, 망설임 없이 돌아서 명동의 저편으로 걸어갔다. 큰 키로 휘적휘적 걸어갔다. 붙잡지 않았다. 붙잡을 수 없었다. 준비해둔 말은 거기까지였다. 나 자신의 구차함에 견딜 수 있는 시간도 거기까지였다. 그 위대한 인간을 모욕하는 허세도, 앞에 앉혀놓고 뻔뻔하게 나불댈 수 있는 기백도 거기까지였다. 그래서 아르판이 먼저 작별 인사를 던졌을 때 나는 기뻤다.

어둠 속으로 퇴장하는 길쭉한 등을 보자니 맥이 쭉 풀렸다. 내가 모르는 무언가를 오랫동안 대답해주던 등이었다. 그러나 이번엔 어떤 가르침도 담겨있지 않은 것 같았다. 그가 맹렬하게 화를 내지 않아 서러웠다. 그가 나를 통째로 부정했더라도 나는 수긍했을 것이다. 아니, 그렇게 해줌으로써 내 마음에는 오히려 값싼 평온이 깃들었을 것이다. 하지만 그는 그러지 않았다. 대신에 몸을 쭉 펴고는 나를 떠났다. 자부심 강한 와카의 사내가 등을 보이며 그렇게 가버렸다.

스피커의 목소리는 떠나지 말라고 쉴 새 없이 지랄이었지만, 자학에 사로잡힌 내 정신은 육신도 떠나고 명동도 떠나 화장터의 한 줄 연기처럼 흔들렸다. 아르판이 짙게 깔린 밤 속으로 스며들고 있었다. 마치 처음부터 존재하지 않았던 듯, 그렇게 밤 자체가 되는 중이었다. 문득 두 개의 산을 더듬어 돌아오던 와카에서의 밤이 떠올랐다. 그때와 마찬가지로 눈앞에는 막막한 어둠뿐이었다. 한 가지 다른 점이라면, 그 계절의 난 어떻게든 원래의 자리로 돌아가려 끈질기게 몸부림쳤었다는 사실이다. 암흑에 포위되어 밑도 끝도 없이 '셰제이 망느'를 중얼거리면서도, 내딛는 한 걸음 한 걸음마다 짜낼 수 있는 최대치의 열정을 담았다. 비록 와카의 거인들 눈에는 터무니없이 얕고 앙상한 발자국에 지나지 않았을지라도 말이다. 그때까지만 해도 나는 진짜 작가였……

그런데.

그런데 그 순간, 자책으로 웅크려든 의식을 향해 섬광처럼 내리꽂히는 무언가가 있었다. 의아한 귀가 수분 전 이미 바람의 일부가 된 그의 마지막 인사말을 돌려세웠던 것이다. 전과 달랐다. 나를 부른 호칭이 분명 전과 달랐다. 아르판은 친구를 의미하는 '도샤' 대신 아들 또는 후손을 뜻하는 '아리'를 사용했다. 아리, 내게서 생명을 받아간 자. 내게서 모든 걸 물려받은 사람.

어리둥절한 기분이었다. 관계를 지칭함에 있어 은유를 경멸하는 와카의 언어 습관에 비추어보아 이례적인 말투였다. 게다가 내 쪽에서 일방적으로 느끼는 친밀감이라면 몰라도, 우리의 관계 자체는 그 정도로 가깝지가 않다. 따지고 보면 고작 이틀을, 그것도 초대 작가와 운영위원장으로 만난 형식적인 관계다. 어떻게 그가 나에게 '아리'라 부를 수 있단 말인가? 아니, 도대체 왜?

혼란스러워진 나는 급히 고개를 돌렸다. 세계의 바깥으로 미끄러져가던 아르판의 흔적을 샅샅이 좇았다. 하지만 그는 벌써 은둔으로 곧장 회귀해버린 후였다. 갈피를 잡지 못해 이리저리 떠돌던 눈이 테이블 위 곱창볶음에 닿았다. 거기서 한 올의 증기가 예리하게 피어올랐다. 바보야, 하는 그리운 미슈의 목소리였다.

바보야, 이걸 네가 만들었다고 생각해버리면 되잖아. 사실은 내가 만든 거지만.

이 몸은 힘없는 공백인데, 길 저편의 어둠이 시커멓게 밀려오고 있었다. 등줄기에 소름이 돋았다. 어디선가 불쑥 손이 튀어나와 내 팔뚝을 꼭 붙들었다. 돌아보면 와카에 매혹되었던 시절부터 나를 꼭 붙들고 있던 익명의 손이었다. 겁에 질린 머릿속에서 뭔가가 자꾸만 재생되었다. 그리고 제멋대로 맥락을 이었다. 갸우뚱한 오두막, 이야기의 결말로부터 뛰쳐나간 리듬의 한쪽, 어수룩한 이방인에게 펼쳐놓는 창작의 시범공연, 사명감을 품고 자기 나라에 돌아온 꼭두각시, 이어 제 정신의 DNA가 어떤 식으로 세상에 간섭했는지 확인한 뒤 자랑스럽게 허리를 펴 퇴장하는 아버지의 뒷모습.

오래전 어느 날이었다. 와카의 궁벽함에 지친 나머지 마당에 개처럼 드러누워 불평하고 있었다. 이게 다 뭐람? 바깥은 씽씽 돌아가는데 여기 숨어 저희들끼리만 높이 쌓으면 장땡인가? 그러자 곁에서 볕을 쬐던 미슈가 대꾸했다.

와카에는 와카의 방식이 있단다.

기묘한 울림이 느껴졌으나, 당시로써는 이해할 수 없었다. 그 짤막한 정오의 대화가 수많은 산맥을 넘고 광야를 지나 내게 다시 들려오고 있었다. 무슨 뜻이냐는 물음에 미슈가 깔깔 웃었다. 그리고 자부심 가득한 목소리로 이렇게 덧붙였다.

"바보야, 세상 모두가 와카라니까."

편혜영

1972년 서울 출생.
2000년 《서울신문》 신춘문예로 등단.
소설집 『아오이가든』 『사육장 쪽으로』 『저녁의 구애』 장편소설 『재와 빨강』이 있음.
한국일보문학상, 이효석문학상, 오늘의젊은예술가상, 동인문학상 수상.
tebble@hanmail.net

"남자는 그를 쫓는 일을 포기했거나 아예 가치 없는 일로 여겼다. 그 사실은 그에게 안도감보다는 외로움을 느끼게 했다. 누구도, 심지어 자신 때문에 고통을 받는 당사자조차도, 가해자로서의 자신의 고통을 모른 척 한다는 것 때문이었다."

— 본문 중에서

개들의 예감*

편혜영

남자는 바지 주머니에 두 손을 찔러 넣고 이쪽을 보고 있었다. 오종현은 비닐 커버를 씌운 와이셔츠를 손님에게 건네주려다 가게 밖에 서 있는 남자를 보았다. 남자가 우연히 그곳에 있는 게 아니라는 것쯤은 알았다. 얼마간 거리를 두고 있었으나 남자가 자기를 뚫어지게 보고 있다는 것도 알았다. 계속 살필 수는 없었다. 손님이 와이셔츠를 담아갈 봉지를 달라고 했다. 오종현은 카운터 아래로 허리를 구부려 비닐봉지를 꺼내 와이셔츠 두 벌을 담아 손님 손에 들려주었다. 손님이 문을 밀어 가게를 나가면서 밖에 서 있던 남자가 잠시 가려졌고 문에 매달아놓은 종이 촐랑맞게 울리며 닫히자 남자가 다시 보였다. 남자는 이번에는 노골적으로 오종현을 노려보고 있었다. 아까는 그저 사물에 시선을 둔 것처럼 무심해 보이는 눈빛이었다면 이제는 확실히 적대와 경멸이 담긴 눈빛이었

* 제목은 연왕모의 시집 〈개들의 예감〉에서 빌려왔음.

다. 추위 때문인지 두 손을 코트 주머니에 찔러 넣고 있었다. 그런 차림새는 남자를 위축되고 초라해 보이게 했는데 그럼에도 그를 지켜보는 눈빛만은 사냥을 앞둔 날짐승의 것처럼 생생했다.

가게 전면 유리에 쓰인 와이셔츠 세탁 990원이라는 글자 사이사이로 남자의 얼굴이 보였다. 남자는 세탁소 맞은편 정자 아래 서 있었다. 간혹 정자의 팔각지붕에서 굵은 빗방울이 뚝뚝 듣는 게 세탁소 안에서까지 보였다. 새벽에 무섭게 퍼붓던 비는 곳곳에 진창을 만들었으나 오후에 갠 후로 다시 내릴 기미는 보이지 않았다. 아파트 주민 이용 시설인 정자에는 네 개의 간이 벤치와 서너 개의 운동 기구가 놓여 있었다. 회전 운동을 하는 원반과 높이가 다른 두 개의 철봉, 간소한 복근 운동 기구였다. 남자가 서 있는 뒤쪽으로 머리가 희끗희끗한 노인 하나가 원반에 두 발을 올려놓고 몸을 이리저리 돌려대고 있었다. 무겁게 굳은 남자 얼굴 뒤로 실룩거리는 노인의 큼직한 엉덩이가 일정한 속도로 나타났다 사라졌다 했다. 웃음을 참으려고 애쓰며 오종현은 카운터에 놓인 전화 수화기를 들었다. 웅 소리가 울리는 전화기를 귀에 대고 잠시 시간을 끌었다가 참았던 웃음을 터뜨렸다. 남자의 적의에 찬 눈빛을 아무렇지도 않게 생각한다거나 남자를 비웃고 있다는 느낌이 풍기지 않도록. 전화 통화 중에 웃음을 터뜨린 것이지 적어도 남자 때문에 웃은 것은 아니라는 듯이. 남자의 기분을 상하지 않게 하려고 딴청을 피우는 그 정도의 수고는 아무것도 아니었다. 시종 눈을 부릅뜨고 노려보는 남자가 더 힘들 게 분명했다. 입동이 지난 후 부쩍 찬바람이 불고 있었다. 새벽녘 비가 온 후 기온은 더욱 내려갔다. 적의를 단단하게 하는데 제격이지만 적의로만 버티기에는 어려운 날씨이기도 했다. 게다가 월요일이었다. 세탁물을 맡기려는 사람이나 완성된 세탁물을 찾으려는 사람이 제일 많은 날이었다. 손님이 부쩍 많아질 시간이기도 했다. 손님들은 퇴근길이나 외출했다 돌아오는 길에 세탁물을 찾아갔고, 저녁 찬거리를 사러 나오는 길에 세탁물을 맡겼다. 가게로 끊임없이 손님이 들락거려 오종현은 세탁물을 찾으러 자주 카운터 뒤쪽 보관실로 가거나 카운터 밑으로 허리를 구부릴 것이다. 세탁소 앞 도로를 걷는 행인들이 정자 아래 서 있는 남자의 시야를 수시로 가로막을 것이다.

어느 순간 손님이 밀려들기 시작했다. 남자를 두려워하고만 있기에는 너무 바빠졌다. 밖에 서 있는 남자 한 번 쳐다볼 시간이 없었다. 오종현은 세탁물을 받고 내역을 입력하여 인수증을 내주고 대금을 받았다. 손님에게서 인수증을 받고 커버 씌운 세탁물을 찾아 개수와 품목을 확인하고 내주었다. 비닐 커버를 쓰고 천장에 매달린 세탁물을 뒤적이고 있노라면 인생이라는 것이 고작 세탁해야 할 옷과 세탁한 옷 사이를 그저 무한히 왕복하다 끝나고 말 것이라는 생각이 들기도 했다. 물론 그런 생각도 순식간에 지나갔다.

바빴지만 모든 일이 수월했다. 7시 30분이 조금 지나 109동 여자 손님이 오기 전까지는. 여자는 세탁물 중 하나가 도착하지 않았다고 우겼다. 털 목도리가 부착된 갈색 가죽 재킷을 맡겼는데, 목도리 없이 재킷만 도착했다는 것이었다. 오종현은 여자에게 가죽 재킷이라고만 적힌 인수증을 보여 주었다. 모자나 목도리 같은 부속물의 경우 반드시 인수증에 표기한다는 설명과 함께. 여자는 그의 말은 들으려고 하지도 않고, 세탁소의 당연한 수법에 속아넘어가지 않겠다는 듯 단호한 목소리로 당장 목도리를 내놓으라고 말했다.

여자는 세탁소의 실수인 것처럼 목소리를 높였지만 그는 여자에게 화를 내지도 사과하지도 않았다. 아파트 단지에만 세 곳의 세탁소가 있었다. 여자는 매주 한 번씩 세탁물을 맡기는 흔치 않은 단골이었다. 오종현은 여자가 입는 옷, 덮고 자는 이불, 신고 다니는 운동화와 집 거실에 깔린 러그를 알았다. 오종현은 인수증에 적히지 않은 의류 부속물의 경우에는 분실시 책임이 없다는 사실을 여자에게 차분한 어조로 상기시키고, 그래도 자신이 노력하고 있다는 것을 보여주기 위해 본사에 확인 전화를 걸었다. 담당자는, 급한 용무가 있을 때면 언제나 그런 것처럼 자리에 없었고, 오종현은 여자를 의식하여 매우 중요한 일이니 반드시 전화를 부탁한다는 내용의 메모를 남겼다.

전화를 끊은 후 오종현은 여자에게 사과했다. 자신이 생각하기에도 지나칠 정도로 고개를 조아렸다. 나중에야 지나친 사과가 잘못을 인정하고 보상한다는 의미로 비쳤을지도 모른다는 생각이 들기는 했지만, 그때는 가게 밖에 서 있는 남자를 떠올리며 적의를 가진 상대가 인생을 얼마나 피로하게 만드는지 생각했고 그러자 여자의 화를 누그러뜨리고 싶어졌다. 그가 인생을 수월하게 살기 위해 지키려는 것이 있다면 친절과 무관심이었다. 친절은 평판을 좋게 하고 일을 매번 수월하게 성사시켰다. 무관심은 인생을 한가하고 태평하게 만들었다. 그는 대체로 사람들에게 친절하게 굴었고 자주 근황을 물었고 그것을 기억했으며 시종 정중함을 유지했다. 사람들의 속내에 무관심했기 때문에 가능한 일이었다.

여자는 오늘 내로 목도리를 가져다 주지 않는다면 내일 당장 피해 보상 신청서를 작성하여 내용증명으로 보내겠다고 했다. 오종현은, 여자가 피해 보상 절차를 자세히 알고 있는 것으로 보아 전에도 이런 상황을 겪었던 것은 아닌지, 그러니까 단지 내 세 곳의 세탁소 중 그의 세탁소에만 오는 이유가 있는 건 아닌지 의심스러워졌다. 생각해 보면 여자가 사는 109동에서는 그의 세탁소보다 거리상 더 가까운 세탁소가 있었다. 그런 생각을 하느라 여자가 격앙된 목소리로 재킷 가격을 말하는 것을 듣지 못했다. 뭐라고요? 그가 되묻자 여자가 그럴 줄 알았다는 듯 입술 끝을 올리며 웃었다. 그가 금액을 듣고 놀랐다고 생각한 게 틀림없었다. 실제로 옷값을 듣고 그는 깜짝 놀랐다. 지난 십오년 간 비교적 고액의 고정 수입이 있던 그가 듣기에도 놀랄 정도로 비싼 금액이었다. 당황한 그를 두고 여자가 신경질적으로 가게 문을 열고 나갔다. 문에 달린 종이 오랫동안 울었다.

종소리가 멎고 나서 오종현은 마침내 다시 정자 아래 선 남자와 대면했다. 그를 응시하는 남자의 눈빛은 아까보다 확실히 무뎌져 있었다. 바깥이 어두워져 잘 보이지는 않았으나 분명 그런 느낌이었다. 오종현은 처음 남자를 보았을 때, 남자가 세탁소로 들어와 난동을 부리는 걸 상상했다. 보관실에 걸려 있는 세탁물을 걸레처럼 바닥으로 내동댕이치고 본사에 보낼, 커다란 자루에 넣어 둔 세탁물을 가게 여기저기 내던지거나 분에 못 이겨 아예 찢어버리는 모습을. 그리하여 세탁하기 전 옷들과 세탁 후의 옷이 뒤섞여 구분되지 않는 모습을. 혹은 거대한 돌멩이를 던져 세탁소 전면 유리창을 박살내고 날카로운 유리 파편을 갖다대 그를 위협하는 장면을. 그의 멱살을 잡거나 얼굴에 주먹질을 하고 카운터 위에 있는 전화기나 메모지, 신용카드 단말기 같은 것을 닥치는 대로 집어던지는 일을.

그가 상상한 일은 하나도 일어나지 않았다. 적어도 지금까지는. 남자는 자성이 다른 자석처럼 일정한 거리를 유지하며 그를 지켜보고 있을 뿐이었다. 그는 남자가 기분이나 기질에 좌우되어 경솔한 행동을 하지 않고 적절한 거리를 유지할 줄 안다는 것에 조금 끌리는 동시에 반발했다. 남자의 태도에는 그와 세탁소에 대한 무시와 경멸이 담겨 있었다.

창업을 결심하고 대뜸 떠올린 것이 세탁전문점이었지만, 지금에 와서 왜 그랬는지 생각하면 마땅한 대답이 떠오르지 않았다. 가장 큰 이유는 와이셔츠를 직접 다리지 않아도 된다는 것이었다. 오종현은 은행을 다닐 때는 물론이고 퇴직 후에도 거의 매일 와이셔츠를 입었다. 좋아서는 아니었다. 그에게 가장 많은 옷이 와이셔츠였다. 또 하나의 이유를 들자면 날마다 출근해야 할 곳이 있어야 한다는 것이었다. 그는 퇴직 후 단 하루도 집에서 늦잠을 자거나 동네를 산책하거나 서점을 어슬렁거리는 일로 시간을 보내고 싶지 않았다. 그렇다고 해서 아편굴처럼 담배 연기와 게임하는 소리로 꽉 찬 피씨방의 주인이 되어 라면이나 과자를 팔고 재털이를 바꿔 주고 교대할 아르바이트생을 기다리며 시간을 보내고 싶지도 않았다. 늦은 밤까지 전화로 치킨과 생맥주를 주문받거나 바쁠 때면 아르바이트생이나 주방 아주머니가 있는데도 쟁반을 들고 튀긴 닭이나 절임 무 같은 것을 나르거나 비용을 줄이기 위해 직접 기름에 통닭을 튀겨야 하는 일은 결코 하고 싶지 않았다. 누군가 음식 먹는 것을 쳐다보며 살아야 한다는 게 싫어서였다. 오종현은 조용하고 말이 없던 아내가 어느 날 배달된 치킨을 먹다가 기름이 묻은 손가락을 쫙 벌리고 번들거리는 입가로 웃으며 텔레비전을 보는 장면을 보았는데, 그런 아내의 모습을 무척 불결하고 추악하게 여긴다는 걸 깨닫고 내심 충격을 받았다. 오종현은 누군가 음식 먹는 장면을 쳐다보기 힘들어지는 것으로 그 사람을 싫어한다는 걸 깨닫곤 했다. 은행에서 함께 여신 업무를 담당하던 김 대리를 싫어하는 것도 커피를 마실 때 입을 헹구듯 가글하는 걸 보고 나서였고, 점심시간에 부대찌개 냄비에 상담부 여직원의 침 묻은 숟가락이 들어오는 순간 밥맛을 잃고 나서야 여직원에 대한 솔직한 감정을 인정했다.

아내가 이혼을 하자고 했을 때 그는 닭발처럼 벌어진 아내의 기름 묻은 손가락과 번들거리는 입술을 떠올리며 비교적 순순히 이혼에 합의했다. 아내가 등을 돌리고 싶었던 것이 금전적 시간적 감정적으로 인색한 은행원이었는지 세탁전문점 사장인지 알 수 없었다. 이유가 무엇이든, 분명 여러 가지 이유가 겹친 것이겠지만, 세탁소에서 일을 시작하고 나자 혼자인 게 다행이라는 생각이 들기도 했다. 만약 이혼하지 않았다면 하루 종일 에프엠 라디오를 틀어놓고 세탁소 카운터에 아내와 나란히 앉아 지나다니는 사람을 쳐다보며, 간간이 찾아오는 손님을 응대하며, 구겨지고 냄새 풍기는 세탁물을 받고 비닐 씌운 세탁물을 건네주며 지내게 될 것이었다. 카운터 앞에 나란히 앉아 있노라면 서로가 이제 겨우 사십 대 중반임에도 어느새 빨랫감처럼 축 처지고 시큼한 땀 냄새를 풍기게 되었다는 걸, 이제는 연민과 의리로만 묶여 있다는 걸 알게 될 것이었다.

전화벨이 울렸을 때 오종현은 먼저 가게 밖을 내다보았다. 정자 아래서 있던 남자가 보이지 않았다. 오종현은 전화벨이 울리도록 두었다. 유리문에 적힌 번호를 보고 남자가 전화를 걸어오는 것인지도 몰랐다. 수화기를 들지 않았는데도 위협하듯 낮고 갈라진, 분을 숨기지 못해 씩씩

거리는 목소리가 들려오는 것만 같았다. 전화는 끈질기게 울렸다. 마지못해 수화기를 들어올리는 동안 수화기 저 편에서 성급한 여자 목소리가 새어나왔다. 목소리는 그가 예상한 남자 목소리 같이 위협하듯 낮게 가라앉아 있었다. 109동 여자였다. 여자는 아까보다 더 화가 난 것 같았다. 그는 그제야 본사 담당자에게 전화가 걸려오지 않은 게 생각났지만 창밖을 살피느라 여자에게 사정을 설명하지 못했다. 남자는 보이지 않았다. 정자에는 두 명의 노인이 벤치에 앉으려다 바닥이 차가운지 금세 일어나 서성이고 있었다. 추위에 지친 것일까. 남자는 그에 대한 분노가 일시적 반응이라고 생각했는지도 모르고, 계속된 증오가 자신에게만 수모를 준다는 걸 불현듯 깨달았는지도 몰랐다. 사정이야 어찌되었든 남자가 보이지 않는다는 것, 지금 그에게는 그것이 가장 중요했다.

오종현은 불쑥 수화기를 내려놓았다. 화를 내던 여자 목소리가 뚝 끊기고 정적이 찾아왔다. 심장이 박동하는 소리가 텅 빈 가게 안을 채웠다. 전화가 울렸다. 받지 않았다. 손을 길게 뻗어 전화 콘센트를 뽑았다. 실내등을 껐다. 가게 문을 잠그는 동안에도 계속 전화벨 울리는 소리가 들리는 것 같았다. 실제로 울렸다. 그의 휴대전화였다. 액정에 낯선 번호가 찍혀 있었다. 받지 않았다. 휴대전화 전원을 껐다. 그는 세탁소 전화를 휴대전화로 연결하는 서비스를 이용하고 있었다. 여자가 전화를 걸어오는 것일 터였다. 그는 눈살을 찌푸리며 불운한 일은, 이전에도 그랬던 것처럼, 왜 혼자 오는 법이 없을까 생각했다. 불운은 늘 동반자를 필요로 하며 경사가 급한 주기율을 가진 게 틀림없었고, 그는 단숨에 정상 부근에 닿으려는 참이었다. 주기율의 원리상 정상에 도달했으니 더 나쁠 일은 없다는 것은 위로가 되지 않았다. 109동 여자는 그가 본 적도 없는 털 목도리를 찾아내라고 할 것이고, 본사에서는 피해 보상 규정을 들먹일 것이며, 누구의 착오이든 운이 좋아 찾으면 다행이지만, 찾지 못한다면 여자로부터 내용증명을 받게 될 것이고, 여자와 본사로부터 보상 책임도 없는 일에 대해 끊임없이 추궁을 당할 것이다. 그런 일을 겪는 동안에도 남자는 계속 나타나 그를 위협하려 들 것이다.

셔터를 내리는 동안 오종현은 자신을 향해 다가오는 발걸음소리에 여러 번 깜짝 놀랐다. 남자가 다가와 목덜미를 잡는 상상을 했으나 매번 그의 상상으로 그쳤다. 셔터에 열쇠를 채운 후 용기를 내 정자 쪽을 바라보았다. 어둠 속에 남자가 서 있는 것만 같았으나 깡마른 철봉대를 잘못 본 것이었다.

남자가 어딘가에서 자신을 지켜보고 있을 거라고 생각하자 평소의 보폭을 완전히 잊어 우스꽝스럽게 빠른 속도로 아파트 단지를 걸어내려갔다. 이 시간에는 운동 삼아 아파트 단지 안을 빠르게 걷거나 뛰는 사람이 많았다. 불규칙한 소리 가운데에서 남자의 발걸음소리를 가려내기는 힘들었다. 그는 여전히 발걸음소리가 다가오면 놀랐고 멀어지면 안도하면서도 뛰어 도망가는 것처럼 보이지 않으려고 다리에 힘을 주어 애써 속도를 늦췄다.

출입구 경비실 앞을 지날 때 오종현은 불쑥 멈춰 서서 제복 차림의 경비원에게 인사를 건넸다. 두 명의 경비원이 교대 근무를 하는 사무소였는데 다행히 말 많은 경비원이 자리를 지키고 있었다. 경비원이 멀뚱한 눈빛으로 보다가 그의 기대대로 시계를 흘깃 보았고 오늘따라 왜 일찍 문을 닫았느냐고 물었고 그의 대답을 기다리지 않고 자기 얘기를 하기 시작했다. 그는 경비원의 얘기를 들으며 주변을 서성이거나 자기 주변에서 멈춰 선 발걸음소리를 살폈으나 그런 걸 분간해내기에는 감각이 무디다는 것만 확인했다. 경비원은 관리 규약 변경 건으로 주민 동의를 받으러 다니는 일이 얼마나 고된지 털어놓고 있었다. 그는 시계를 들여다봤다. 경비원이 알아차리지 못하고 계속 말을 이었다. 그는 경비원의 말을 끊고 돌연 인사를 하고 재빨리 그 자리를 떠났다.

아파트를 벗어나 버스 정류장까지 가는 길 양편으로 상가 건물이 늘어서 있었다. 그는 최신형 휴대폰 0원이라는 입간판을 세워놓은 판매점 앞에 멈춰서서 쇼윈도를 뚫어져라 바라보았다. 들여다보기만 해서는 차이를 구별할 수 없을 만큼 많은 휴대전화기가 융단 케이스 위에 놓여 있었다. 들어와서 보시죠. 가게 안에서 나온 점원이 말했다. 그는 점원의 말에 어떤 대꾸도 하지 않고 퍼뜩 몸을 일으켜 주머니에 넣어둔 휴대전화의 전원을 켰다. 여러 통의 전화가 같은 번호로 걸려와 있었다. 남자는 숨어 있는 게 틀림없었다. 대낮같이 환한 쇼윈도를 통해 뒤를 살피고 휴대전화를 만지며 시간을 끌었지만 나타나지 않았다. 물론 쇼윈도에 비치지 않을 정도의 거리를 두고 그를 지켜보는 것인지도 모르지만.

그 생각에 이번에는 길을 건너 안경전문점으로 불쑥 들어갔다. 텔레비전을 보고 있던 안경사가 반색하며 오종현을 맞았다. 그는 눈이 시리고 침침해 시력 검사를 받아보고 싶다고 했다. 안경사가 그를 컴퓨터 시력 검사기 앞에 앉혔다. 턱을 올려놓고 테에 눈을 대고 있으니 안경사가 몇 개의 렌즈를 바꿔 끼워 넣으면서 시력을 쟀다. 글쎄요, 별로 달라지지 않았는데요. 안경사가 차트를 들여다보고 고개를 갸웃했다. 불과 한 달 반 전에 그는 새로 안경을 맞췄다. 안경사가 벽면의 시력검사판을 가리킬 때는 어떤 글자인지 짐작할 수 있는 경우에도 잘 보이지 않는다고 대답했다. 보인다고 대답한 글자의 수는 많지 않았다. 컴퓨터 측정 결과랑 많이 다르네요. 하긴 노안이라는 게 갑자기 진행되기도 하는 거라서요. 안경사가 말끝을 흐렸다. 그의 갑작스런 조절력 저하에 당황한 것 같았다. 그는 순전히 시간을 끌기 위해 노안의 증상을 물었는데, 안경사의 설명을 들으며 자신에게 노안의 거의 모든 증상이 나타나기 시작했다는 걸 깨달았다. 안경사의 얘기가 끝난 후 그는 벗어둔 안경을 끼고 가게를 한 바퀴 둘러보았다. 누가 봐도, 그러니까 그를 주시하고 있을 남자가 봐도 안경점에서 하는 이런 행동은 지극히 자연스러울 거라고 생각하면서. 그때 휴대전화가 울렸고 번호를 확인한 그는 새로운 렌즈로 노안 보정을 권하는 안경사에게 며칠 후에 다시 검사를 받아보겠다고 했다. 안경사가 전화를 받지 않는 그를 의아하게 바라보며 고개를 끄덕였다. 휴대전화를 진동으로 바꾸고 안경점을 나왔을 때도 남자는 보이지 않았다.

버스 정류장으로 가는 동안 그는 주변을 오가는 여러 발걸음소리를 들었다. 그 중에서 남자의 소리를 구별할 수 없다는 게 그를 괴롭혔다. 발걸음소리는 몰랐지만 그는 남자가 내는 많은 소리를 알고 있었다. 천둥 같은 트림 소리나 시도 때도 없이 깊게 가래를 끌어올리는 소리, 톤이 높고 끝이 짧아 촐싹맞게 들리는 재채기 소리, 유난한 코 고는 소리 같은 것을. 인터폰을 통해 들려오는 묵직하고 쌀쌀맞은 목소리를 알았고, 실성한 듯 아내를 비난할 때 하는 말과 아내와 다툰 후 목청껏 소리를 지르며 욕하는 소리를 알았다. 마루를 쿵쾅거리며 걷는 부주의한 발걸음소리, 요란하게 닫히는 방문 소리, 거실 바닥에 내려둔 휴대전화의 진동 소리, 전등 스위치를 켜거나 끄는 소리, 화장실에서 샤워를 하며 부르는 콧노래 소리를 알았다.

그 많은 소리를 알았으나 자신을 뒤따를 때 나는 발걸음소리는 몰랐다.

소리 외에도 남자가 휴일 아침이면 반드시 말러 교향곡 2번과 4번, 5번을 번갈아 듣고 정오가 되면 말러를 끄고 텔레비전 뉴스를 보기 시작한다는 것을 알았다. 남자는 정규 프로그램 송출이 끝난 후에는 케이블 뉴스 프로그램을 틀어놓았다. 채널을 돌리지 않고 진득하게 한 채널만 보는 타입이었다. 아이는 없고 개를 키우고 있는데, 개와는 주로 고무공을 가지고 공원 잔디밭에서나 어울릴 놀이를 거실에서 하며 놀았다.

그는 남자 이름이 정이식이라는 것도 알았다. Y대학 출신이었고, 시청에 있는 S물산에 다니고 있으며 주로 K은행 신용카드를 사용하고 쇼핑할 때는 L백화점을 이용했다. 외국계 보험회사에 생명보험을 가입했거나 가입한 적이 있었다. 아파트관리비, 가스요금 같은 공과금을 K은행 계좌로 자동 납부했다. 세계유수 기업의 경영인을 표지모델로 하는 잡지를 정기구독하고 있으며 주로 A항공사를 이용했다. 경기도에 있는 골프장 실버회원이었고 2500cc급 검정색 승용차를 가지고 있었다. 당연히 남자의 집도 알았고 남자의 집 현관에 이전에 살던 사람들이 다니던 교회 십자가 스티커가 떼어지고 자국만 남아 있다는 것을 알았다. 현관문에 그의 집과 같은 상호의 디지털 키가 설치되어 있고 보통의 아파트가 그렇듯 우유투입구가 잠겨 있다는 것도 알았다.

그런 것들을 알기 위해 법에 저촉되거나 양심을 거스르는 일을 한 것은 하나도 없었다. 남자가 내는 소리는 그의 집 어디에서나 생생하게 들렸으므로 귀만 닫지 않는다면—물론 아무리 귀를 닫아도 들리는 소리가 대부분이었다—는 들을 수 있었다. 남자가 이사 온 후 오종현은 자신이 고래가 된 것은 아닌가 생각했다. 인간이 들을 수 있는 소리는 물론이고 초음파의 영역, 그러니까 고래나 들을 수 있는 소리라고 생각했던 것까지 모두 들렸다. 신상에 관한 것은 남자의 집 우편함을 얼마간 주의해서 살펴보기만 하면 알 수 있었다. Y대학 총동문회보, S물산 소식지, 각종 카드명세서와 광고 우편물, 고지서, 골프장 회보 등이 정기적으로 우편함에 꽂혔다. 우편물을 훔치거나 버리거나 몰래 뜯어보는 일은 하지 않았다. 아무리 화가 난 상황이라고 해도 공중도덕을 지키려고 절제력을 발휘했다. 그런 자신이 썩 마음에 들었고 최소한의 예의를 지켰다는 점에서 도덕적 우월감을 느끼기도 했다.

오종현은 사람들을 밀치고 막 도착한 버스에 올라탔다. 그의 뒤로 몇 명이 더 올라탔으나 남자는 없었다. 버스에서 대면하는 것은 너무 시시하다고 생각해 좀더 극적인 장소를 찾고 있는지도 몰랐다. 정류장을 출발하고 나서 오종현은 뒤를 돌아보았다. 정류장에 있는 사람들은 일제히 그가 탄 버스와 반대 방향, 그러니까 정류장으로 버스가 들어오는 방향으로 고개를 돌리고 있었다. 그가 탄 버스를 노려보는 남자는 없었다.

의자 깊이 몸을 묻었다. 긴장이 풀리는 것 같았으나 그렇게 느끼는 순간 초조해졌다. 고요하고 태평하다 싶으면 오히려 긴장이 되었다. 어떤 정적은 폭력의 전조이기도 하다는 걸 남자 때문에 알았다. 남자가 내는 소리에는 일정한 순서가 있었다. 쿵 하고 공이 떨어지면 개가 촐랑맞게 뛰고 남자가 개를 쫓아 쿵쾅거리며 거실을 걷는 소리가 이어졌고 잠시 아무 소리도 들리지 않다가 남자가 욕을 하며 개를 걷어차고 개가 낑낑대는 소리가 들려왔다. 자정이 지나 남자가 귀가하는 소리가 나면 크게 음악 소리가 들렸고 음악이 멈춰 잠잠해진다 싶으면 아내와 싸움하는 소리가 났다. 화가 난 목소리가 들려오면 여자 우는 소리가 났고 조금 잠잠하다가 무엇인가 바닥에 떨어지거나 깨지는 소리가 났다.

누군가를 소리로 먼저 알게 되는 것은 가능하긴 하지만 흔한 일은 아니었다. 소리로 친교를 나눴다고 생각해도 막상 대면하면 오해에 지나지 않는다는 걸 확인하기가 쉬웠다. 신입사원 시절 신용장 할인 문제로 매일 통화하던 본사 여직원이 있었다. 얼굴도 본 적 없는 여직원은 상냥했고 나중에는 그와 유선상으로 업무의 고충을 털어놓을 정도로 친해졌으나, 본사로 연수를 가서 만나게 되었을 때에는 데면데면 굴었다. 며칠 뒤 여직원과 다시 업무상 통화를 하게 되었을 때에는 오래 된 친구를 만난 것처럼 시시한 얘기부터 떠들어 댔음에도 불구하고. 그런 일은 담당자가 바뀌기 전까지 계속되었다. 여직원은 다음 날부터 담당자가 바뀔 거라고 얘기해 주었지만 왜 바뀌는지는 말해주지 않았다. 여직원이 퇴사했다는 것은 후임자에게 들었다.

남자가 있지는 않은지 살피기 위해 내려야 할 버스 정류장을 지나쳤다. 조심성 있는 행동에 감탄했으나, 곧 그런 것에 자부심을 느끼기에는 나이가 적지 않다는 걸 깨달았다. 버스에서 내려 한 정거장을 되짚어 걸어가는 동안 길은 외지고 인적이 드물어 오종현은 더 불안해졌다. 계속되는 휴대전화의 진동이 그의 심장을 더 뛰게 했다. 여자는 끈질기게 전화를 걸어오고 있었다. 보지도 못한 털 목도리가 목을 죄는 기분이었다. 그나저나 남자는 어디로 사라져 버린 것일까. 왜 여자처럼 자신을 좀더 압박하지 않는 걸까. 오종현은 쉽게 분노를 포기해 버린 남자에게 안도감을 느끼기보다 실망감을 느낀다는 걸 깨달았고, 그런 마음이 드는 것에 당황하여 진동이 계속되는 휴대전화를 꼭 쥐었다.

이사를 선택할 수도 있었다. 그렇게 하지 않을 생각이었다. 이미 실직과 이혼으로 많은 것이 바뀌었다. 바뀌지 않은 것은 주거지뿐이었다. 아파트를 지키려고 많은 빚을 져야 했지만—이혼 후 그는 혹독한 재산 분할을 겪었다—변화를 감당하느니 부채를 감수하는 편이 나았다. 아내가 떠난 후에도 아파트는 별로 달라진 것이 없었다. 아내는 옷과 화장품, 그 동안 공들여 모은 수십 개의 앤티크 찻잔 이외에 아무것도 가져가지 않았다. 아내가, 그가 집에 있을 때면 늘 커피를 마시던, 덴마크산 잔을 가져가 버린 걸 알고 곧 백화점으로 가서 최대한 비슷한 것을 사왔다. 그에게 익숙한 소파와 침대, 붙박이장과 가전제품은 그대로 남았다. 아내와 함께 살 때 살림을 도와준 분이 계속 드나들었기 때문에 먹는 것이나 청소, 정리 상태도 달라지지 않았다. 성대를 수술하여 바람 빠지는 소리를 내며 공허하게 짖는 강아지와 낡은 고무공도 남았다. 아내가 애지중지 키우던 강아지를 맡지 않겠다고 했을 때에는 배신감이 느껴졌으나 내색하지는 않았다. 쉰 듯이 가느다랗게 새어나오는 소리가 영 익숙해지지 않아 그는 강아지를 한번도 쓰다듬어주지 않았지만 아내는 그걸 모르는 것 같았다.

많은 사람이 살던 집을 팔고 세탁소가 있는 아파트 단지로 이사할 것을 권했지만 그에게는 그럴 마음이 조금도 없었다. 그에게 필요한 것은 가까운 통근 거리가 아니었다. 그에게는 주거 공간과 분리된 노동 장소와 출퇴근시 적당한 피로감이 느껴지는 거리가 필요했다. 세탁소는 그의 아파트에서 버스로 아홉 정거장 떨어진 도심지 아파트 단지에 있었고, 출퇴근 시간마다 심한 정체를 보이는 교차로 두 곳을 통과해야 했다. 교차로에 꽉 막힌 차들을 삶이 정체된 것인 양 피로한 얼굴로 바라보며 행여 지각하지 않을까 버스 안에서 동동거리는 사람들은 그에게도 필사적으로 유지해야 할 일상이 있다는 안도감을 주었다.

후문을 통해 아파트 단지에 들어설 때에도 남자는 보이지 않았다. 이쯤되면 남자를 만나지 않고 집까지 갈 수 있는 가능성이 높아진 셈이었다. 그와 남자가 사는 동棟까지는 여러 갈래길이 있었고 1층 현관과 두 개 층인 지하 출입구 중 하나를 선택하여 엘리베이터를 타면 되었다. 선택에 영 운이 따르질 않아 남자를 만나게 될지도 모르지만, 지금까지 나타나지 않은 것으로 보아 그렇지 않을 확률이 더욱 높았다.

만약 그날 남자의 집에서 나는 소리를 듣지 않았다면 어떻게 되었을까. 그럴 가능성은 거의 없었다. 그가 집에 있는 한 윗집 소리를 듣지 않을 일은 거의 없었다. 사직한 후 그는 은행에 관한 화제를 꺼내는 게 싫었고 그러다 보니 자연스럽게 직장을 다니면서 연을 맺었던 사람들과 멀어졌고 바쁜 직장 생활로 소원했던 친구들과 새삼스럽게 만날 일은 생기지 않았다. 세탁소 영업이 끝나면 대개 곧장 집으로 돌아왔고 아주머니가 준비해둔 밥으로 늦은 저녁을 먹고 뉴스 채널을 보며 강아지와 놀다가 반신욕을 하고 잠드는 게 일과였다.

소리는 자정 무렵에 들렸다. 오종현은 마감 뉴스를 보고 있었다. 윗집에서 쿵쿵거리는 소리가 들리기 시작했다. 그는 한숨을 내쉬었다. 쿵. 공이 떨어지고, 탁탁탁탁, 개가 뛰어가고, 몇 초의 짧은 휴지 후에 컹컹거리며 짖는 소리가 들렸다. 그런 조합이 몇 번 반복되는 동안 뉴스가 끝났다. 공동주택에서 생활 소음과 진동은 감수해야 한다는 걸 알았다. 은행 동료들 중에도 윗집에 사는 아마추어 피아니스트 솜씨에 대해, 꼭 한

밤중에 진동청소기를 사용하는 윗집 여자에 대해, 거실에서 농구를 하며 거침없이 뛰어노는 아이들과 야단칠 줄 모르는 지각없는 부모에 대해 투덜거리는 사람이 많았다.

오종현은 남자가 잠들지 않는 한 자신도 잠들 수 없다는 걸 알았다. 피곤한 밤을 보내기에 반신욕은 더없이 효과적이었다. 욕실에 있으면 소리가 비교적 명확히 들려 소리의 정체를 상상할 필요가 없다는 것도 좋았다.

하반신이 생고기처럼 붉게 익어갈 무렵, 개의 신음소리가 점점 커지기 시작했다. 남자가 뭔가를 걷어차는 것 같았는데, 그럴 때마다 개가 신음했다. 여자가 말리는 소리도 들렸다. 남자는 들은 척도 하지 않았다. 겁먹은 개가 낑낑댔다. 저절로 인상이 찌푸려졌다. 그는 남자나 그의 아내, 남자가 키우는 개를 본 적이 없었다. 다행이었다. 얼굴을 아는 사람에게 적대감을 느끼는 일은 사회적 양심이 방해할 터였다.

욕조에서 몸을 일으켰다. 욕실 거울에 배꼽까지 붉어진 몸이 비쳤다. 은행을 그만둔 후 한층 더 비대해진 복부와 복부를 중심으로 거뭇하게 이어진 털, 기력을 잃고 축 늘어진 검은 사타구니가 보였다. 오종현은 애처로움 없이 벌거벗은 몸을 바라보았다. 뭔가가 깨졌다. 개의 신음소리가 들렸다. 말리는 여자 목소리가 들렸다. 반사적으로 몸을 움츠렸다. 늘어진 사타구니가 좀 작아졌다. 다시 뭔가가 깨지는 소리가 났다. 여자 비명소리가 들렸다. 개의 비명소리도 들렸다. 지금까지 들리던 것과 상이한 소리였다. 몸에 오스스 소름이 돋았다. 욕조에서 나오면 금세 체온이 떨어졌다. 오종현은 두툼한 목욕 가운을 걸쳤다. 쿵. 천장이 흔들리고 후닥닥 걸어가는 소리가 들렸다.

그게 다였다. 갑자기 아무 소리도 들리지 않았다. 내내 최대 음량으로 틀어져 있던 스테레오 스피커 전원이 갑자기 꺼진 것 같았다. 귀가 멍멍해서 소리가 안 들리는 것인지도 몰랐다. 욕조의 고무마개를 뺐다. 물이 빠져나가는 소리가 선명했다. 물 빠지는 소리 외에는 아무 소리도 들려오지 않았다. 비명소리에 이어진 둔탁한 마찰음은 무엇이었을까. 개가 혹은 상상하기도 싫지만 여자가 남자에게 얻어맞아 쓰러진 것이라면. 어쩌면 그는 무엇인가가 죽어가는 소리를 들은 것인지도 몰랐다. 어쩌면 누군가 살인을 저지르는 걸 소리로써 알게 된 것인지도 몰랐다. 살인과 학대는 윗집의 일이고 자신은 이대로 욕조를 걸어나가 침대에서 푹 잠들면 그만이었다. 공황과 안도가 동시에 밀려왔다.

오종현은 욕실에서 오도가도 못하고 서 있다가 우연히 눈길이 가닿은 욕조 구멍에 손가락을 집어넣어 머리카락 뭉치를 끄집어냈다. 아주머니가 청소하는 모양새는 나날이 그의 마음에 안 들었다. 그는 더러운 줄도 모르고 머리카락을 한 올 한 올 나누어 욕조에 붙였다. 어깨 길이쯤 되는 갈색 직모와 짧고 검은 직모, 곱슬거리는 흰 털, 구불거리는 뻣뻣한 사타구니 털이 섞여 있었다. 어깨 길이의 직모를 그는 한참 바라보았다. 아내의 머리 길이가 꼭 그 정도 되었다. 그렇다고는 해도 아내가 집을 떠난 것은 벌써 오래 전 일이었다. 손을 씻고 욕실을 나가려는데 그의 주목을 끌려는 듯 다시 쿵 소리가 들려왔고 잘못 들은 게 아닐까 싶을 정도로 이내 잠잠해졌다. 오종현은 천천히 새 속옷을 꺼내 입고 이불이 정돈된 침대에 누웠고 뒤척이다 어느 틈엔가 잠들었다.

다음 날 밤에는 아무런 소리가 들려오지 않았다. 유난스러운 침묵이 그 후로도 얼마간 이어졌다. 고요했다. 밤이면 모두 빠져나간 수영장 물

속에 드러누워 있는 것 같았다. 그는 윗집의 근황을 전해주지 않는 천장을 바라보았다. 조용했으나 두려웠다. 언제 다시 소리가 시작될지 몰라서 두려웠고 마지막으로 들린 비명소리와 무겁게 낙하하는 소리가 뭘 의미하는지 생각하니 두려웠다.

윗집에서 아무런 소리가 들리지 않게 된 일주일쯤 후 그는 퇴근길에 아파트 현관 유리문에 붙은 전단지를 보았다. 아파트 화단에서 발견된 개의 사체와 관련한 제보자를 찾는다는 내용이었다. 별일 다 있죠? 아주 짓이겨 죽였더라고요. 경비가 좁은 창문으로 머리를 내밀며 말했다. 그렇게 처참하게 죽였는데 어떻게 아무도 소리를 못 들었나 몰라요. 그는 경비에게 요새 윗집 남자를 본 적 있느냐고 물었다. 경비는 또 그가 층간소음을 항의하려는 줄 알고 짐짓 무표정하게, 그러나 진력난 표정을 숨기지 않고 그 사람들이야 차 타고 다녀서 지하 주차장으로 드나드는데, 얼굴 볼 일이 있겠느냐고 발뺌했다. 그는 고개를 돌려버린 경비원을 쳐다보다가 아파트 안으로 들어왔고 뭔가가 가득 들어 있는 남자네 집 우편함을 열어보려다가 마침 도착한 엘리베이터에 올라탔다.

어두컴컴한 집 안으로 들어설 때, 며칠 전 들려왔던 비명소리가 참기 힘들 정도로 복기되었다. 그는 한번도 윗집 남자를 증오해 본 적이 없었고 소음으로 인해 분노를 느껴본 적도 없었고 항의의 표시로 서툰 행동을 한 적도 없었다. 고작 경비에게 투덜대는 게 전부였다. 그러니 무엇이 그를 충동질했는지는 확실치 않았다. 신고한다고 해도 남자는 절대로 동요하지 않을 거라는 갑작스러운 확신이 생기기는 했다.

경찰 소속 동물보호감시관이 출동하는 데는 다소 시간이 걸렸다. 그는 사이렌 소리에 감시관이 도착한 것을 알았는데, 잠시 후에는 남색 잠바 차림의 두 사내가 경비와 함께 그의 집 현관문 앞에 서 있었다. 오종현은 신고를 할 때 신원을 절대 밝히지 말아 달라고 거듭 요청했음에도 불구하고 감시관이 버젓이 집을 방문했다는 데에 충격을 받았다. 두 사내는 이웃의 이목을 끌고 싶지 않은 오종현이 집 안으로 들어오라고 하는데도 굳이 사양하며 복도에 선 채로 신고 내용을 다시 캐물었다. 오종현은 작은 목소리로 개가 죽은 날의 상황을 설명했다. 감시관은 검은 수첩을 꺼내 그의 얘기를 적다 말고 물었다. 그러니까 비명을 지른 게 개예요, 여자예요? 오종현이 머뭇거리자 감시관이 다시 물었다. 소리를 들으신 거죠? 본 건 없고요? 그가 고개를 끄덕이자 감시관이 수첩을 딱 소리가 나게 덮었다. 의심을 피하기 위해 오종현은 그 동안 남자가 얼마나 지독하게 개를 괴롭혀왔는지 설명했는데, 말이 채 끝나기도 전에 경비가 끼어들었다. 그 집에는 개가 없는 걸로 아는데요. 당황한 오종현이 무슨 말인가 하려는데 위층에 엘리베이터 서는 소리가 들렸다. 감시관 두 명이 경비와 함께 위층으로 올라갔다. 오종현은 계단참으로 위층을 올려다봤다.

남자를 올려다보는 순간, 오종현은 자신의 실수를 깨달았다. 엘리베이터에서 막 내린 남자는 피곤하고 신경질적으로 보이기는 했으나 개를 학대하고 머리통을 짓이겨 죽일 것 같은 인상은 아니었다. 두 명의 감시관이 남자와 함께 집으로 들어갔고 삼십 분도 되지 않아 밖으로 나와서는 그대로 돌아가 버렸다. 심문은 간단히 끝났다. 그는 부주의한 의심과 불필요한 상상력에 대해 경비에게 훈계를 듣고, 아파트 구조의 특성상 벽을 타고 전해지는 소음의 정확한 위치를 파악하는 게 어렵다는 평이한 설명을 반복해 듣고, 그러므로 그가 모두 위층에서 들린다고 생각한 소리들은 실은 아랫집이나 옆집, 몇 층 아래나 위쪽의 어느 집에서 나는 소리일 수 있다는 말을 여러 차례 들을 것이다. 그는 층간소음에 앙심을 품고 경솔하게 이웃을 매도한 일로 두고두고 비웃음을 살 것이다.

그 날 이후로, 오종현은 벽을 통해 뭔가 소리가 들리기 시작하면 시간이나 횟수를 가리지 않고 욕실로 가 천장을 두드려댔다. 아무 반응이 없자, 몰래 윗집의 고지서를 뜯어 전화번호를 알아내서는 밤마다 전화를 걸었다. 위층에서 울리는 전화벨 소리가 그에게도 들렸다. 가책은 느껴지지 않았다. 전화를 거느라 오종현은 제대로 잠을 자지 못했지만, 남자도 제대로 잠들 리 없으니 그것으로 충분했다.

여러 갈래길 중 오종현은 지상 현관을 택했다. 현관으로 들어서며 인생이 내내 숨기고 있던 우연을 만날지도 모른다고 생각했으나 경비만 그를 멀뚱히 바라보고 있었다. 그날 이후로 경비는 그에게 인사를 하지 않았다. 1층은 텅 비어 있었다. 그는 다소 풀 죽은 표정으로 층계 발치에 있는 남자의 우편함을 보았다. L백화점에서 보내온 광고물이 덜렁 들어 있었다. 지하로 내려가는 불 꺼진 계단참은 뭔가 숨어 있어도 모를 정도로 어두웠지만 그게 다였다. 남자가 몸을 웅크리고 어둠 속에 숨어 있으리라고 생각한 것은 지나친 기대였다. 남자는 그를 쫓는 일을 포기했거나 아예 가치 없는 일로 여겼다. 그 사실은 그에게 안도감보다는 외로움을 느끼게 했다. 누구도, 심지어 자신 때문에 고통을 받는 당사자조차도, 가해자로서의 자신의 고통을 모른 척 한다는 것 때문이었다.

그는 엘리베이터를 몇 번이나 그냥 보내고 서 있다가, 또다시 진동이 오는 휴대전화를 손에 꼭 쥐고 지하에서 올라와 막 문을 벌린 엘리베이터로 들어갔다. 엘리베이터에 타고 나서야 오종현은 자신이 실은 남자를 기다리고 있었다는 걸 깨달았다. 먼저 타고 있던 남자가 그를 힐끔 바라보았다. 오종현은 새로운 기대감으로 심장이 박동하는 걸 애써 감추느라 남자가 아까와는 다른 차림이라는 걸 알아차리지 못했다. 엘리베이터가 올라가는 동안 남자는 꼼짝도 하지 않다가 오종현이 계속 진동이 오는 휴대전화를 받지 않자 힐끔 쳐다보고 이내 시선을 돌렸다. 남자가 노골적으로 경멸해 주기를 바랐으나 숫자 표시판을 바라보고 있는 남자의 눈은 잠에 취한 짐승의 눈처럼 만사에 무심했다.

내리려는 남자의 팔을 오종현이 힘주어 잡았다. 왜 그러십니까? 남자가 깜짝 놀라서 물었다. 오종현은 남자가 자신을 알아보지 못하는 것에 당황했다. 순전히 고통을 줄 생각으로 남자의 팔을 있는 힘껏 비틀었다. 아, 뭡니까? 왜 이러는 겁니까? 누구예요? 남자는 아파서가 아니라 당황해서 되는 대로 질문을 하고 그에게 잡힌 손을 빼내려고 힘을 줬다. 오종현은 남자의 생소한 목소리를 되씹고 되씹었다. 그러는 동안 엘리베이터 문이 닫히려다가 남자의 몸에 부딪혀 다시 열렸다. 남자가 고통스럽게 신음을 내뱉었는데, 그에게 팔을 붙들려서가 아니라 문에 몸을 부딪혀서 그러는 것 같았다. 그 때문에 남자는 난데없이 폭행을 당하고 있다는 걸 상기한 듯 오종현에게서 벗어나기 위해 온몸에 힘을 주기 시작했다. 목에 선 푸른 핏줄이 도드라질 정도였다. 놓으세요, 놓으라고요. 왜 이러십니까? 남자가 드디어 잡힌 팔을 빼냈다. 남자는 씩씩거리며 오종현을 노려보았다. 오종현이 다시 잡으려 하자 참을 수 없다는 듯 힘을 주어 그의 멱살을 잡았다. 당신 누군데 그래? 응? 뭣 때문에 이러는 거야? 오종현은 몸이 바닥에서 조금 들린 채로 남자를 마주보았다. 남자의 눈에는 얻어맞은 것에 대한 당혹함과 순수한 분노만 담겨 있었다. 오종현의 마음이 편안해졌다. 남자로부터 받을 걸 받은 기분이었다. 이제야 실수를 만회한 기분이었다. 이 순간을 위해 내내 실수를 하며 버텨온 기분이었다.

남자에게 멱살을 잡힌 채로 1층에 도착했다. 문이 열리자 엘리베이터를 타려고 기다리던 사람들이 깜짝 놀라 그들을 보았다. 남자가 오종현의 멱살을 잡은 손에 힘을 풀었다. 사람들이 올라타고 문이 다시 닫히려고 할 때 남자가 오종현의 몸을 잡아 바깥으로 내던졌다. 엘리베이터 문이 닫혔다. 경비가 홀로 남아 놀란 표정으로 그를 보고 있었다. CCTV를 통해 소동을 지켜보고 있었던 게 틀림없었다. 입 안에서 피 비린내가 느껴졌다. 내내 이를 악물고 있어 그런 것 같았다. 오종현은 피 맛이 나는 침을 모아 바닥에 뱉고 천천히 어두운 계단으로 발을 내디뎠다. 3층까지는 계단에 불이 켜졌지만 이후로는 켜지지 않았다. 어림짐작으로 층수를 헤아려 올라가서는 현관문의 비밀번호를 눌렀다. 열리지 않는데 당황하여 호수를 보니 한 층 더 올라와 있었다. 오종현은 차가운 현관문에 귀를 가져다댔다. 쿵쾅거리는 조심성 없는 남자의 발걸음소리와 개가 탁탁탁탁 뛰어오는 소리를 기다렸으나 아무런 소리도 들리지 않았다. 한기를 견디지 못해 문에서 볼을 뗐을 때, 어디에선가 아무 소리도 내지 못하는 개가 짖어대는 소리가 들려왔다.

김사과

ⓒ 수진

2005년 「영이」로 제 8회 창비신인소설상 수상.
장편소설 『미나』 『풀이 눕는다』 『나b책』, 단편집으로 『02』가 있음.
dryeyed@gmail.com

넌 이제 어디로 가지? 더 나쁜 쪽으로
나는 어디서 이야기를 끝내야 해? 물론 좀 더 나쁜 곳에서
나는 어디로 가는 건데? 더 나쁜 쪽으로
이제 우리는 뭘 하지? 더 나쁜 것을

•

우리는 좀 더 중요한 이야기를 나눌 수도 있었다 하지만 우리는 충분히 나빠지지 못했고 밤은 여전히 중간에 걸려 있으며 나는 아주 가만히 서 있을 뿐이었다.

더 나쁜 쪽으로

김사과

꿈에서 나는 커다란 새장 안에 들어 있었다. 새장은 뾰족한 탑의 꼭대기에 아슬아슬하게 걸쳐 있었고 거리가 내려다보였다. 거리는 회색의, 평범하고 밋밋한 것이었다. 바람이 불 때마다 새장이 흔들렸다. 하지만 새장은 떨어질 듯 떨어지지 않았다. 거리에선 많지 않은 사람들이 느릿느릿 걸었다. 모두가 한 방향으로 움직이고 있었고, 그 끝은 안개로 뒤덮여 있었다. 다음 장면에서 시간은 밤으로 바뀌었고 나는 거리로 내려와 있었다. 처음 가본 곳이었는데 이상하게도 낯이 익었다. 거리의 색, 냄새, 소리, 거리를 덮은 어둠, 그리고 그 어둠 속을 가득 채운 사람들, 그들의 얼굴, 표정, 몸짓, 눈빛, 입술, 혀, 그리고 혀끝으로 떨어지는 말까지도 낯이 익었다. 말은 실제로 혀끝으로 떨어지고 있었다. 어, 나는 떨어지는 말을 볼 수 있었다. 사람들의 혀끝에서 떨어진 말이 천천히 거리 위로 차오르는 것이 보였다. 사람들의 발에 채고 또 채는 수많은 말들이 보였다. 말은 사람들의 혀끝에서뿐 아니라 하늘에서도 떨어지고 있었다. 수많은 말이 사람들의 어깨 위로 천천히 내려앉고 있었다. 그것은 새벽의 눈보라처럼 아름다웠다. 나는 사로잡힌 채 멍하니 그 장면을, 그 말들을, 사람들을 바라보았다.

잠에서 깨어난 뒤에도 한참 동안 나는 꿈에 사로잡혀 있었다. 꿈의 마지막 장면이 눈앞에 펼쳐진 채로 사라지지 않았다. 겨우 일어나 커튼을 젖히고 창문을 열었다. 햇살과 신선한 바람이 쏟아져 들어왔다. 그리고 거리가 보였다.

요즘 나는 거리에 대해서 생각하고 있다. 내가 거리에 대해서 생각하는 이유를 생각하고 있다. 내가 거리에 사로잡힌 이유에 대해 생각하고 있다. 아마도 그건 지난 몇 년 동안의 나의 삶이 하나의 거리로 요약된다는 것을 깨달았기 때문이다. 난 언제나 떠났다. 쉽게 떠났다. 아니 그렇다고 생각했다. 하지만 내가 한 것은 단지 한 발자국 옆으로 움직인 것에 불과했다. 거리에서 내가 본 것은 거리를 가득 채운 수많은 사람들과 상점들, 간판들과, 또 다른 상점들과 상점들을 채운 사람들과, 간판들, 다시 사람들, 상점들, 상점들 앞에 늘어선 사람들과 그들을 소유한 건물들과 자동차와 늘어선 쇼핑백과, 축제라는 이름의 상점과 여름이라는 이름의 소비와 음악이라는 이름의 마취제와…… 그게 다다. 내가 본 모든 것은 천 원짜리 여행엽서 안에 구겨 넣을 수 있는 정도다. 그곳에서 내가 누구를 만났건, 무엇을 했건, 어디를 향해 걸었건, 무엇을 말했건, 무엇에 매혹되어 멈춰 섰건 상관없이 결국 그 모든 것은 단 하나의 평범하고 밋밋한 회색의 거리로 요약되어 버렸고, 어, 그게 다다. 그게 전부다.

나는 아침을 먹고 집에서 나왔다. 문을 열자 햇살이, 건조한 열기가 덮쳤다. 나는 망설이지 않고 똑바로 걸었다. 역에 가야 했다. 그런데 나는 역으로 가는 길을 몰랐다. 지도조차 없었다. 난 표지판을 보지도 않았다. 사람들에게 길을 묻지도 않았다. 아니 묻지 못했다. 나는 내가 가야 하는 역의 이름조차 모르고 있었다. 나는 길을 잃고 싶었던 것 같다. 어, 길을 잃고 싶었다. 길을 잃기 위해서라면 뭐라도 할 생각이었다. 말 그대로. 길의 끝에 닿고 싶었다. 도시의 끝에 닿고 싶었다. 그것을 넘어서고 싶었다. 하지만 벗어나는 것은 불가능해 보였다. 그래서 나는 애써 잊었다. 그 거리가 속한 도시를, 그 도시가 속한 나라를 애써 모른 척했다. 나는 아무것도, 심지어 나 자신조차 상관하지 않으려 애썼다. 하지만 내 노력과 상관없이 여전히 나는 그 모든 것 안에 들어 있었다. 나는 하나의 거리 안에, 하나의 도시 안에, 하나의 나라 안에, 무엇보다 나 자신에 속해 있었다. 나는 아무것도 넘어서지 못했고, 결국 아무 데도 닿지 못했다. 나는 지도를 버렸지만 여전히 지도 안에 들어 있었다. 그리고 그 안에는 나와 같은, 떠나려 했지만 떠나지 못한 사람들로 가득 메워져 있었다. 나는 그들을, 아니 우리들을, 활기 넘치는 우리들의 거리를 바라보았다. 노천카페로 가득한, 늘어선 대형 텔레비전 앞 선글라스를 쓴 관광객들이 둥글게 모여 앉은 그 거리를 바라보았다. 텔레비전에서 축구경기가 방송되고 있었다. 푸른 잔디 위를 땀에 흠뻑 젖은 남자들이 달려나갔다. 나는 더위와 갈증을 느꼈다. 노천카페의 의자와 탁자는 모두 같은 재질이었다. 탁자 위에 놓인 설탕 병의 뚜껑은 모두 같은 색이었다. 늘어선 대형 텔레비전은 모두 같은 상표였다. 사람들은 모두 부서질 듯 옅은 레몬 빛의 금발 위에 같은 디자인의 선글라스를 얹고 같은 맥주를 마시며 같은 주근깨 가득한 창백한 피부 위로 쏟아져 내리던 늦은 오후의 바짝 마른 햇살 속을 나는 걷고 있었다. 졸음 때문인지 현기증 때문인지 어지러웠다. 발에 닿는 길의 감각이 점차 사라졌다. 조금씩 거리가 꿈처럼 변해 가는 동안 나는 필사적으로 거리에 대해서, 내가 속한 그 거리에 대해서 생각하기 시작했다. 한 번도 떠나본 적이 없는 그 거리에 대해서.

그 거리, 패션을 의식하는 젊은이들의 거리, 부유한 노인들의 휴가를 위한 부티크 호텔과 오래된 극장의 거리, 세련된 아시아식당들의 거리, 흥겨운 맥주바의 거리, 어디서나 외국어가 들려오는 거리, 예술가인 여행자와 여행자인 예술가의 거리, 소규모 언더그라운드 갤러리들의 거리, 천장이 높은 흰 아파트의 거리, 와인과 사교의 거리, 이민자가 운영하는 이십사 시간 슈퍼마켓의 거리, 아이폰과 아메리칸 어패럴의 거리, 유기농 슈퍼마켓의 거리, 도쿄와 런던과 캘리포니아가 뒤섞이는 거리, 정부와 기업과 광고회사의 사랑을 받는 거리, 다시 말해 우리 모두가 사랑하는 그 거리의 끝에서 갑자기 역이 나타났을 때 거리가 나를 향해 말했다. 내가 바로 거리다. 여기가 세계의 중심이다. 나는 놀라 멈춰 섰고, 다시 바라본 거리 위로 천천히 말들이 내려앉기 시작했다. 건물과 건물, 사람들과 사람들, 천천히 움직이는 차와 커다란 개 사이로 말들이 천천히 쏟아져 내리기 시작했다. 이미 바닥에 쌓인 말들은 사람들의 발에 채여 구르고 밟히고 찢기고 있었다. 나는 눈앞에 펼쳐진 장면에 완전히 사로잡힌 채로 굳어 버렸다. 한참을 그렇게 가만히 서 있다가 정신을 잃기 직전 나는 겨우 중얼거렸다. 저 말들을 손에 쥐지 않겠다. 차라리 이 거리 속으로 쏟아지는 저 말들과 함께 꺼져 버리겠다. 오후 네시 반 사람들로 붐비는 거리 한복판 더위와 갈증 속에서 예기치 않게 쏟아져 내리는 저 말들을 무시해야 한다. 눈앞에서 오래된 역이 무너져 내려서는 안 된다. 거리가 나를 향해 소리쳐서는 안 된다. 단어들이 짓밟히고 피를 흘려서는 안 된다. 그러니까 눈앞에 보이는 이 정신 나간 거리를 통째로 뜯어내어 문장 속에 구겨 넣고 싶다는 욕망은 금지되어야 한다. 감정은 불에 태워 강에 흘려보내야 한다. 타고 남은 잿더미 속에서 몇 개의 문장이 주의 깊게 선택되어야 한다. 그러니까 나는 지금 내 앞에서 무너져 내리는 저 거리와 저 거리를 가득 메운 사람들의 비극을 무시해야 한다.

—

새벽 두시 거리는 인적이 끊겼다. 크고 검은 새가 반대편 인도 끝에 내려앉는다. 새는 주위를 살피다가 차도로 가볍게 뛰어내려 거리를 가로지른다. 나는 홀린 듯 새를 향해 다가간다. 새가 날아오른다. 마치 꿈과 같이. 나는 중얼거린다. 마치 꿈과 같이. 새의 날개가 어둠에 섞여 보이지 않게 될 때까지 나는 그것을 바라본다. 모자를 쓰고 다시 출발한다. 골목에서 에이치엔엠과 자라를 걸친 여자애들이 웃으며 몰려나온다. 그들은 거리의 끝 한 건물 앞에 멈춰 서더니 주머니에서 꺼낸 전화기로 사진을 몇 장 찍은 다음 지하로 내려간다. 나는 그 건물을 지나쳐 방향을 바꾼다. 다시 길의 끝에서 터키인이 운영하는 간이식당을 발견한다. 문을 열자 붉은 플라스틱 탁자를 사이에 두고 두 명의 외국인이 마주 앉은 채로 졸고 있는 것이 보인다. 탁자 위에는 빈 맥주병 두 개와 잘게 썬 양배추 조각이 흩어져 있다. 나는 케밥을 주문하고 벽에 기대선다. 맞은편 거울에 내 얼굴이 비친다. 거울에 비친 내 목이 추워 보인다.
한 손에 케밥을 들고 다른 손을 들어 택시를 잡는다. 기사에게 거리의 이름을 말한다. 택시가 출발한다. 기사가 라디오의 채널을 바꾼다. 순간 한 노래가 찢기듯 스친다. 그 노래를 들어 본 적이 있다. 어, 그 노래를 안다.
입구에서 손목에 도장을 찍고 재킷을 벗어 번호표와 교환한다. 번호표를 주머니에 넣고 몇 개의 문을 지나면 사람들로 빽빽한 천장이 높은 홀이 나타난다. 그곳은 수백 년 전 왕이 여름휴가를 보내기 위해 지어진 작은 성이었다가 왕정이 몰락하고 수립된 민주정부 시절 잠깐 시의회로 쓰였으며 이후 길게 이어진 독재정권 시절 감옥으로 쓰였으며 독재정권의 몰락 후 아나키스트와 히피들에게 점거되어 언더그라운드 클럽으로 쓰이다가 삼 년 전 한 맥주회사가 사들여 내부를 수리한 뒤 콘서트홀로 쓰이고 있다. 사람들 틈으로 발을 내딛자마자 귀를 두드리는 무거운 베이스와 눈이 멀 듯 쉴 새 없이 밝은 빛을 흩뿌려 대는 조명 속에서 나는 생각을 멈춘다. 앞을 보면 믹서를 향해 몸을 살짝 굽힌 채 몸을 흔드는 그가 보인다. 십오 년 전 사람들은 나른한 비트 위에 얹어진 현대사회에 대한 모호한 적의와 혐오를 담은 그의 노래에 열광했다. 인기를 얻은 그는 곧 마약과 여자와 관련된 스캔들로 슈퍼마켓 가판대의 가십 잡지를 채우기 시작했다. 그는 곧 스타가 되었고 고향을 떠나 진짜 스타라는 단어가 어울리는 미국으로 갔다. 그곳에서 그는 진짜 스타가 되었고 영화에 나왔고 주말 토크쇼에 출연했고 피플지에 등장했고 약간의 매너리즘에 빠졌고 그의 불길한 리듬 위에서 근사한 목소리로 흥얼거렸던 어린 연인과 헤어졌으며 하지만 여전히 잊을 때가 되면 새 앨범이 나오고 물론 유행에 민감한 어린애들은 그를 잊었지만 그래도 여전히 그의 공연은 매진이 되고 오늘도 그를 보기 위해 온 사람들로 꽉 채워진 오래된 성안에서 믹서를 향해 몸을 굽힌 그를 이제는 더 이상 젊지 않은 그를 더 이상 위험해 보이지 않는 그를 나는 바라본다.
늦은 밤 오직 돌로 된 건물에서 뿜어져 나오는 냉기와 뒤엉킨 습도 높은 열기를 느끼며 나는 멍하니 서 있다. 그의 뒤로 펼쳐진 스크린에는 혐오스러운 온갖 이미지들이 펼쳐지고 겹쳐지고 반복된다. 진통제처럼 천천히 몸을 마비시키는 비트와 실패한 전쟁을 시적으로 야유하는 속삭임이 귀를 파고든다. 그것은 마취제를 살짝 적신 솜처럼 차갑고 또 부드럽다. 크게 벌어진 내 눈은 눈앞에 펼쳐진 광경의 채 십 퍼센트도 받아들이지 못한 채 점차 멀어져 가는 느낌이다. 미처 귓속으로 파고들지 못한 소리들이 목덜미를 타고 흘러내린다. 반쯤은 마비되었고 반쯤은 미쳐 버린 느낌이다. 하지만 주위를 돌아보면 다들 나보다 훨씬 더 멀리 가 있는 듯하다. 노래가 천천히 절정을 향해 나아가고 나는 내가 그 노래에 열광하던 때를 떠올린다. 그때 나는 그 노래가 너무 좋아서 그 노래를 한 음절씩 잘라서 귀에 걸고 다니고 싶다고 생각했다. 가사를 오려 내어 옷으로 만들어 입고 다니고 싶다고 생각했다. 그리고 지금 나는 옷과 귀고리 대신 이 시간을 샀다. 간간이 맥주병이 떨어져 깨지는 소리가 들리고 아주 멀리 간 여자가 기쁨 속에서 울부짖는다. 각자의 담배 연기가 머리 위에서 뒤섞이고 내 옆에 선 남자가 주머니에서 알약을 꺼내 입에 넣는다. 아주 잠깐 입술 끝으로 밀려 나왔던 그의 빨간 혀가 오랫동안 눈앞을 떠다닌다. 그리고 바로 이 순간. 폭탄이 스크린 가득 개미 떼처럼 흩어지고 나는 눈을 감는다. 지옥은 골목마다 가득 차 있으며 사랑이 너의 목을 조르고 최신식 폭탄이 오래된 마을을 향해 낙하한다. 다시 눈을 뜨면 지금 여기 우리는 땀에 절어 천국 안에 있으며, 그 안에서, 눈과 귀가 먼 우리들만의 천국 안에서, 우리는 거리를 가득 채운 지옥을 잊는다. 좀 더 완벽하게 잊기 위해, 우리는 주말에 인도로 떠날 수 있다. 멕시코를 경유하여 쿠바에 도착할 수 있다. 이십사 시간 멈추지 않는 히피들의 천국으로 갈 수 있다. 물론 결국 아무 데도 도착하지 못할 테지만. 우리는 여전히 이 거리, 이 꽉 찬 동시에 텅 비어 버린 거리를 벗어나지 못할 테지만. 어느 날 그 거리 속에서 내 손에는 커다란 쇼핑백이 들려 있고 사람들은 세일을 시작한 상점을 향해 돌진하기 시작한다. 쇼윈도가 나를 향해 소리친다. 너는 여기를 벗어날 수 없어! 나는 쇼윈도를 향해 소리친다. 하지만 나는 너를 알아! 고개를 들어 천장을 보면 한 손에 십자가를 한 손에는 교회를 든 금발의 성녀가 미소 짓고 있다. 발목까지 닿은 굽이치는 황금빛 머리카락, 장밋빛 뺨과 얇고 붉은 입술의 그녀가 우리를 향해 웃는다. 아주 오래된 천국 속에서 그녀가 우리들의 최신식 천국을 내려다보며 웃는다. 냉기와 열기가 적절한 비율로 섞여 있는, 왕과 독재자와 민주주의와 아나키스트와 히피와 맥주회사를 차례로 주인으로 둔 중부 유럽의 변두리 한 작고 아름다운 성에 나는 지금 속해 있다. 스크린 가득 낙하하는 폭탄들이 사라진 자리를 기후 변화로 인한 멸종위기에 처한 북극의 곰들이 채운다. 바로 그 순간, 그 탐스러운 하얀 털에 뒤덮인 크고 사랑스러운 동물이 화면을 가득 채우는 순간, 그 이미지가 한숨과 같이 울려 퍼지는 여자의 목소리와 변칙적인 드럼 루프와 뒤섞이는 순간, 그것이 너무나도 아름다워 당장이라도 숨을 멈추고 싶다는 생각이 드는 순간, 먹이를 구하지 못해 아사하는 북극곰들의 희고 깨끗한 죽음이 극도로 세련된 방식으로 내 눈앞에 전시되는 순간, 바로 그 순간 나는 내 삶이 완전히 잘못되었다는, 아주 빌어먹게도 잘못되었다는 느낌에 사로잡힌다. 그 느낌, 내가 아주 잘못된 장소에서 아주 잘못된 짓을 하고 있다는 그 느낌은 너무나도 치명적이어서 나는 그저 가만히 서 있는 것밖에 할 수 있는 것이 없다. 비웃거나 비난할 힘도, 농담하거나 화를 낼 자격도 나에겐 없다고 느껴진다. 왜냐하면 나 또한 저 노래의 일부이므로 저 아름다운 죽음의, 그리고 이 성의 일부이므로 나는 내 의지로 이곳에 왔으며 울려 퍼지는 너무나도 익숙한 이 노래 속에서 나는 숨을 곳이 없다. 금발의 성녀는 여전히 나를 내려다보며 웃는다. 나는 숨을 곳이 없다. 나는 숨을 곳이 없다. 나는 숨을 곳이 없다. 그러나 이런 절망적인 느낌 속에서도 노래는 여전히 아름다우며 그 아름다운 노래가 아름다운 손을 뻗어 내 몸을 샅샅이 핥고 나는 몇 번이나 다시 몇 번이나 내 목을 조르고 싶을 정도로 행복하다. 주위의 모든 사람들에게 사랑한다고 속삭이고 싶을 정도로 나는 지금 행복하다. 높이 뻗은 손을 누군가 움켜잡는다. 돌아보면 한 남자가 입에 넣고 빨던 붉은 캔디를 꺼내 나를 향해 내민다. 그 캔디에는 퍽 미라고 쓰여 있다. 그가 입고 있는 티셔츠에는 아이 캔 낫 웨잇이라고 쓰여 있다. 퍽 미, 아이 캔 낫 웨잇, 나는 중얼거린다. 그가 웃는다. 나는 중얼거린다. 퍽 미, 아이 캔 낫 웨잇, 퍽 미, 아이 캔 낫 웨잇, 퍽 미, 아이 캔 낫 웨잇, 퍽 미, 아이 캔……

택시가 멈춘다. 기사가 나를 부른다. 나는 꿈에서 깨어나 창밖을 본다. 거리는 텅 비어 있다. 아, 이 거리, 나는 이 거리를 안다. 나는 택시에서 내려 걷기 시작한다.

—

오늘은 그의 생일이다. 그, 나의 연인, 무엇보다 나는 그를 혐오한다. 매일 눈을 뜰 때마다, 그를 떠올릴 때마다, 숨을 쉬는 것보다 더 자주 그를 떠올릴 때마다, 그보다 혐오스러운 인간을 만나 본 적이 없다는 생각이 든다. 심지어 그는 매일 좀 더 혐오스러워지는 것 같다. 나는 지금 과장하고 있지 않다. 그는 역겨운 인간이다. 그리고 그런 그를 나는 사랑한다. 나는 그를 혐오하며 동시에 사랑한다. 왜 나는 오직 혐오하거나 오직 사랑하지 못하나. 왜 나는 단순하고 아름다운 감정을 가질 수가 없나. 아마도 지금 내게 필요한 건 믿음이다. 생각하는 것을 멈추고, 말을 멈추고, 쓰기를 멈추고…… 하지만 무언가를 믿기에 나는 지나치게 병적이고 자주 혼란에 빠지며 너무나도 얄팍하고 가벼운데다가…… 무엇보다 나 자신을 믿을 수 없다. 어쩌면 그게 내가 세상에서 가장 혐오스러운 인간을 사랑하게 된 이유다. 아니 그것뿐인가? 오직 그것뿐인가? 그를 만나면 만날수록 그를 닮아 가고 있다는 느낌이 든다. 그건 정말 더러운 느낌이다. 왜 나는 그와 같은 혐오스러운 인간을 사랑하는가?

늦은 밤 잠에 취한 거리가 그처럼 추하다. 순간 거리의 추한 어둠이 나를 돌아보며 웃는다.

나는 혼란에 빠져 멈춰 선다. 한 손에 전화기를 꼭 쥔 채로. 그는 여전히 연락이 없다. 그는 어디에 있나? 잠이 들었나? 파티는 끝났나? 파티가 끝나고 나보다 어린 여자와 침대에 누워 있나? 왜 그는 내 전화를 받지 않나? 왜? 이렇게 나는 그에게, 그의 거리에서, 그를 향해 걷고 있는데?

그렇다. 이 거리는 그의 거리다. 십칠 년 동안 그는 이 거리에 있었다. 그는 이 거리의 모든 사람들을 알고 이 거리에서 일어난 모든 일을 했고 마침내 이 거리의 전문가가 되었다. 멀지 않아 그는 이 거리의 대가로 칭송받게 될 것이다. 아니 이미 그렇다. 그러니까 고작 삼 년 전 이 거리에 온 나를 그가 무시하는 건 당연하다. 내가 이 거리에 대해서 한마디라도 하려 하면 그는 즉시 내 말을 가로막고 천구백구십삼년 당시 이 거리가 어떠했는가 그때 이 거리에서 어떤 음악이 어떤 시가 어떤 그림이 어떤 사랑이 탄생했는지에 대해서 말하기 시작한다. 어떤 클럽과 어떤 갤러리가 그때 처음 이 거리에 문을 열었는지, 천구백구십오년 겨울 술에 취한 펑크들이 토한 담벼락의 위치와 그 담벼락에 얽힌 몇 가지 전설에 대해서 처음 만난 날 그는 랩이라도 하듯이 지껄였고 나는 그것에 반했다. 나는 그가 뱉어 낸 말들에 정신이 나갔다. 그가 말하는 모든 것은 내가 차마 만져서는 안 되는, 박물관에 놓인 오래된 돌항아리처럼 가치 있어 보였다. 그러니까 그는 바로 그 오래된 돌항아리의 세계, 가치 있는, 그러나 이미 끝나 버린 역사의 영역에 속해 있었던 것이다. 그러니 그는 아직 살아 있지만 이미 오래전에 죽어 버린 하나의 완결된 역사의 한 조각이 되어 버린 채로 그런 역사의 한 조각이라면 마땅히 그래야 할 것처럼 경멸하듯 나를 내려다보았고 나는 즉시 역겨움을 느끼며 그에게 반했다. 그때 우리는 이미 완전히 취해 있었다. 우리는 소주를 마셨다. 그리고 고기를 먹었고, 다시 소주를 마셨다. 우리는 고기를 구웠고, 소주를 마셨고, 남은 고기를 다 먹어 치우고 그리고 그의 집에 가서 섹스했다. 우리의 머리카락에서는 고기 냄새가 났다. 우리들은 고기 타는 냄새를 풍기며 섹스했다.

그를 만난 뒤로 이 거리에 올 때마다 이 거리 전체가 그가 되어 나를 비웃고 있다는 느낌을 받는다. 특히 이 거리의 오래된 이야기를 전해 들을 때마다 왠지 나 자신이 바로 이 거리를 망쳐 놓은 저 커다란 스타벅스와 자라가 된 것만 같다. 하지만, 그렇다면, 그는 어떤가? 그 또한 이 거리를 망쳐 놓은, 단지 나보다 좀 더 일찍 이 거리를 망쳐 놓기 시작한, 또 하나의 재수 없는 어린애가 아니었나? 내가 처음 왔을 때 이 거리에는 정말이지 아무것도 없었지. 그는 자주 그렇게 말했다. 술에 취했을 때나 취하지 않았을 때나 커피를 마실 때 혹은 섹스를 하다 말고 혹은 화를 내며 그는 거듭 그 점을 강조했다. 여기엔 아무것도, 아무것도 없었다는 점을 말이다. 그리고 그 말을 들을 때마다 나는 아메리카 대륙을 주인 없는 황무지로 묘사했던 미국으로 건너온 최초의 이민자들을 떠올리게 된다. 낯선 땅에 도착한 그들의 눈에 원주민들은 투명해 보였던 것이다. 보이지 않았던 것이다. 그러니까 너의 그 자랑스러운 첫 사진과 첫 클럽과 첫 펑크의 전에 이 거리에는 누가 있었지? 그들에 대해서는 누가 기억하지? 누가 그것에 대해서 말하지?

새로운 거리에 도착한 새로운 아이였던 그는 이 거리를 사진 찍었고 이 거리를 노래했고 이 거리에서 토했고 이 거리에서 잤고 그 이야기들을 모아 이 거리에 대한 책을 냈고 이 거리에 술집을 열기도 했으며 그의 모든 친구와 선생과 여자들이 바로 이 거리에 있다. 하지만 그전에는? 그는 그딴 것에 관심이 없다. 그에게는 오직 그 후, 발견된 신대륙으로서의 이 거리가 중요했을 뿐이다. 그에게는 오직 그 십칠 년, 그가 이곳에서 보낸 십칠 년이 있다. 그는 한때 무서운 어린애였으나 이제는 배가 나온 지방유지 행세를 하는 데 만족하고 있을 뿐이다. 지난 십칠 년간 그가 이곳에서 한 일은 그보다 나이 든 사람들을 조롱하고 젊음을 팔아먹으며 문화적이고 창의적인―다시 말해 값싸고 예쁜 새로운 시장 하나를 창출하는 데 기여한 것뿐이다.
잠들지 못하는 밤 나는 매초 그를 비난한다. 어쩌면 나는 그에 대한 비난만으로 백과사전을 채울 수도 있을 것이다. 어쩌면 나는 비난을 사랑으로 오해하고 있는지도 모르겠다. 아니 사랑을 비난으로 오해하고 있는지도 모르겠다. 아니 나는 단지 그를 원하는 것뿐인지도 모르겠다. 그를, 그가 가진 것들을 소유하고 싶은 건지도 모르겠다. 아니 그저 온종일 그에게 비난을 쏟아 붓는 식으로 그를 그리워하고 있는지도 모르겠다. 하지만 무엇보다 지금 내가 화가 나는 건 그가 전화를 받지 않는다는 것이다. 도대체 왜 그는 내 전화를 받지 않는가? 분명히 파티는 끝나지 않고 있을 것이다. 그곳에 도착하면 나는 바짝 긴장한 채 하지만 그것을 꼭 감춘 채 아니 감추기 위해 애를 쓰며 사람들이 점차 취해 가는 것을 바라보며 떠나가고 다시 도착하는 새로운 사람들을 바라보며 다시 취해 가고 다시 또 취해 가고 사람들이 바뀌고 떠나가고 다시 떠나가고 다시 돌아오고 다시, 또다시 모든 것이 반복되는 동안 더 이상 구별할 수 없이 똑같은 얼굴들 속에서 여전히 긴장을 억누른 채로 그것을 해소하기 위해 술에 취하고 웃고 다시 취하고 더욱 더 취한 채로 모두가 떠나가면 마침내 그와 내가 단둘이 남게 되면 우리는 너의 방 너의 침대로 기어들어가 섹스하면 되나? (하지만 너는 너무 취해 발기가 되지 않을지도 모르겠다.)
여전히 해결할 수 없는 질문, 나를 몹시도 부끄럽게 만드는 그 궁금증―왜 나는 그를 떠나지 못하는가? 왜 나는 그를 단념하지 못하는가? 나는 단지 이 거리에 대한 매혹을 그에게 투사하고 있는 것뿐인가? 단지 그 것뿐인가? 그것을 그도 알고 있는가? 이 거리를 떠나지 못하듯이 나는 그를 떠나지 못한다. 그를 떠나지 못하고 이 거리를 떠나지 못하고 결국 나는 그에게, 언제나 이 거리로 다시 돌아온다. 빈티지 원피스를 입은 마른 여자들이 헝클어진 머리를 한 낯을 가리는 남자들과 손을 잡고 걷는 이 거리를 왜 나는 떠나지 못하나. 그건 물론 떠날 곳이 없기 때문이다. 다른 모든 것들에서 버림받았다는 느낌이 나를 사로잡고 놓아주지 않기 때문이다. 나는 아무 데도 갈 곳이 없으며 나를 받아 줄 곳은 오직 이 거리, 이 거리뿐이라고 느끼고 있기 때문이다.

—

거리의 끝 왼쪽 골목으로 방향을 틀어 오래된 사층짜리 빌딩의 이층이 그가 사는 곳이다. 계단을 오르면 열린 문 너머로 시끄러운 노랫소리가 들려온다. 파티는 슬슬 끝나 가는 분위기, 남은 사람들이 졸고 있다. 나는 부엌으로 들어가 도마 위에 케밥을 올려놓고 반으로 자른다. 그리고 졸고 있는 그에게 다가가 머리를 쓰다듬고 케밥을 내민다. 그가 눈을 비비며 살짝 미소를 짓고 내 허리를 끌어안는다. 나는 그의 무릎 위로 쓰러진다. 나는 그의 무릎에 허벅지를, 엉덩이를 소파에 걸친 채 반쯤 누운 자세로 양손에 든 케밥을 번갈아 한 입씩 베어 먹는다. 구석에서 옅은 갈색 머리의 외국인이 피곤에 찌든 얼굴로 노트북을 들여다보고 있다. 어둠 속에서 밝게 빛나는 애플 마크를 나는 멍청하게 바라본다. 외국인과 눈이 마주친다. 나는 그를 향해 왼손에 든 반쯤 먹은 케밥을 내밀며 웃는다. 그가 아주 기쁜 듯이 다가와 그것을 받아 들고 한 입에 먹어 치운다. 그는 곧 덴마크인으로 밝혀진다. 덴마크에 대해서 내가 알고 있는 것을 떠올려 보려고 애쓴다. 아무것도 떠오르지 않는다. 덴마크인이 다시 노트북에 머리를 파묻는다. 노래가 바뀐다. 한 여자가 바닥에 웅크린 채 잠이 들어 있다. 여자의 허벅지까지 말려 올라간 원피스 아래로 망사 스타킹을 신은 다리가 보인다. 망사 스타킹을 신은 채 새벽 세 시 반 모르는 남자들로 가득한 방 한가운데에 웅크리고 잠든 저 여자는 안전하다. 왜냐하면 우리들은 좋은 사람들이기 때문이다. 우리들, 대체적으로 높은 수준의 교육을 받은 취향 좋은 젊은이들은 안전하기 짝이 없다. 어떤 진정한 위험함도 우리는 가진 바가 없다. 우리는 저 진짜 노동자들, 험한 말을 입에 달고 살며 좋지 않은 냄새가 나고 싸구려 술과 담배를 즐기고 음악을 모르며 책을 멀리하는 그런 종족들과 아주 멀리 떨어져 있다.

(심지어 우리들은 마약조차 하지 않는다.)

덴마크인이 마약에 대해 말하기 시작한다. 사람들이 깨어나 귀를 기울인다. 우리 모두 메스암페타민과 엠디엠에이, 케타민과 디엠티의 효과에 관심이 있다. 하지만 한국에서는 마리화나 정도를 하는 데도 용기가 필요하다며? 덴마크인이 그에게 묻는다. 그래서 우리들은 미친 듯이 술을 마시지. 그가 말한다. 우리들은 모두 알코홀릭들이야. 그렇게 말한 그가 남은 맥주를 끝낸다. 그의 말은 노래처럼 리듬이 있다. 우리는 오늘 밤 멕시코인 친구가 여는 파티에 갈 거예요, 라고 말하듯이 유쾌하게 울린다. 덴마크인이 웃는다. 그런데 지금은 몇 시지? 저기 잠든 여자애의 이름이 뭐야? 해는 언제 떠오르지? (중학교 때 나는 수학을 몹시 싫어했었는데 하지만……) 누구 춤추고 싶은 사람 없어? (아니 나는 칠-아웃한 것이 듣고 싶은데) 누구 병따개를 본 사람이 없어? (하지만 나는 정말이지 춤을 추고 싶은데.)

욕실로 들어가 불을 켠다. 세면대 위에 맥주를 내려놓는다. 거울 속 나의 얼굴을 본다. 목이 추워 보인다. 추워 보이는 목을 양손으로 조르듯이 감싼다. 너는 왜 목이 추워 보여. 나는 거울을 향해 속삭인다. 잠깐 그렇게 거울을 들여다보다가 목을 놓고 맥주를 들고 욕실에서 나온다. 어둠 속에서 사람들이 웃음을 터뜨린다. 그 소리가 아주 야하게 들린다. 다시 소파에 앉다가 덴마크인과 눈이 마주친다. 그가 나를 똑바로 바라보며 묻는다. 그런데 너는 무엇을 쓰니? 그의 짙은 파란 눈이 나를 바라본다. 나는 현기증에 쓰러질 것 같다.

내가 뭘 쓰냐고? 그게 궁금해? 그렇다면 말해 줄게. 나는 몹시 과시적인 글을 쓰고 있어. 그건 허영심과 거품에 대한 글이지. 아니, 사실은 증오에 대한 글을 쓰고 있어. 열등감과 수치심에 대한 글을 쓰고 있어. 광기에 대한 글을 쓰고 있어. 불안과 혐오에 대한 글을 쓰고 있어. 나는 패션에 대한, 그리고 혁명에 대한 글을 쓰고 있어. 패션과 혁명과 불안정 노동과 예술과 사회와 정치와 과학과 사랑과…… 그래, 나는 내가 전혀 모르는 것들에 대해서 쓰고 있지. 나는 교양 있는 사람들과 그들의 대화에 관심이 있어. 실패한 삶과 불행한 사람들에 관심이 있어. 어, 난 모든 것, 내가 모르는 모든 것에 관심이 있어. 그런데 뭔가 이상하지 않아? 뭔가 몹시 이상하지 않아? 그건 우리가 잠들어야 할 시간에 깨어 있기 때문인가? 지금 이건 마치 악몽 같지 않아? 그런데 악몽이 아닌 꿈이 있어?

너는 악몽이 아닌 꿈을 꾸어 본 적이 있어?

지금 내가 쓰고 있는 글의 제목은 테이트 모던은 어째서 지구상 가장 역겨운 장소인가. 생각해 봐, 사람들은 더 이상 공장에서 노동운동이나 자본가의 착취를 연상하지 않아. 왜냐하면 도시의 공장은 모두 텅 비어 버렸으니까. 더 이상 살아 있는 공장은 우리들의 눈에 보이지 않아. 죽어 있는 것들뿐이지. 죽어 있는 공장에서 사람들이 보는 건 미학적 가능성이야. 식민지 시절 지어진 간장 공장의 붉은 벽돌로 된 벽에서 사람들은 십오 억짜리 그림이 걸릴 가능성을 본다. 그 사람들이 누구냐고? 너랑 나 말이야. 우리들, 좋은 교육을 받은 취향 좋은 젊은 애들. 잘 봐, 세상은 미학적 가능성으로 차고 넘치고 그걸 잘만 이용하면 누구나 부자가 될 수 있어. 아주 쿨한 방식으로 말이야. 노동자들을 착취하지 않는 방식으로 말이야. 버려진 공장은 박물관이 되고 버려진 아파트는 갤러리가 되고 버려진 발전소는 언더그라운드 클럽이 되지. 버려진 성은 주말마다 십대로 가득 차고 벼룩시장에는 소비에트산 군복과 배지를 팔지. 뭔가 기분 나쁜 게 있어? 그렇다면 그걸 갤러리로 가져와서 전시해 버려! 그럼 다 괜찮아질 거야. 사람들의 사랑을 얻고 부자가 될 수 있어! 내가 하는 말이 지루하니? 기분이 나빠? 그러니까 음악을 바꾸라고! 춤을 추자 그래 춤을 춰야겠어 소리를 좀 더, 좀 더 크게 해보라고

춤을 출 때 내 몸은 박자가 되어 버린다 무엇보다 순수하게 나는 박자 자체가 되어 버린다 내 머리카락이 내 추운 목이 내 뜨거운 발과 피곤한 팔 모두가 음악이 되어 버리고 아니 음악을 반영하고 아니 음악에 반응하고 그것을 흡수하고 그것을 토해 내며 거기엔 오직 음악이 있다 내가 없다

음악이 있다 음악에 복종한다 음악에 따른다 닥치고 오직 음악에 집중한다 중요한 것은 이렇게 모여 있는 우리들이 아무것도 나누지 않는다는 것 서로가 서로를 신경 쓰지 않는다는 것 우리는 거리를 유지한다 손잡지 않는다 껴안지 않는다 각자의 춤에 몰두한다 그렇게 우리들은 개인주의자들의 천국으로 간다 예의 바르고 겸손한 개인주의자들의 천국으로 간다 그곳엔 아무도 아무것도 없다 텅 비어 있다 나 자신조차 없다 아무것도 나누지 않은 채로 오직 음악 속에서 음악에 사로잡힌 채로 창밖으로 천천히 떠오르는 해를 보며 몸을 움직이며 소리친다 나는 집에 가지 않겠다 나는 음악 속에 있겠다 나는 이곳에 남겠다 아무 데도 가지 않겠다 이곳에 남아 영원히 이곳에 남아 영원히 영원히 영원히 이곳에 남아 있겠다

음악이 멈추면 모든 것이 차가워진다. 결국 나는 또 한 번 달아나는 데 실패한 자신을 발견한다. 수백 킬로미터를 가로질렀지만 결국 달아나는 데 실패했다. 결국 나를, 나 자신을 벗어나지 못했다. 겹겹의 음악에 몸을 구겨 넣어도 여전히 나는 나 자신일 뿐이다. 숲과 강을 가로지르고 공기를 가득 채운 풀벌레 소리와 투명하게 비치는 호수 느리게 헤엄쳐 나아가는 물고기와 하늘을 가득 채운 빛나는 구름을 눈동자 가득 채워 보아도 더 딱딱해지고 차가워지고 무겁게 내려앉는 나를 발견한다. 안다. 충분히 안다. 아마도 그 점에서 나는 실패했다. 나는 내가 가진 조건에서 벗어날 생각이 없다. 아무것도 스스로 끝장낼 생각이 없다. 단지 냉소한다. 내가 가진 그리고 가지지 못한 모든 것을 냉소한다. 하지만 도대체 냉소하지 않을 것이 남아 있는가? 세계는 오직 우스운 것으로

가득하고 그래서 모두가 혐오와 냉소의 전문가가 되어 버렸다. 차마 비난하지도 못한 채 그저 비웃을 뿐이다. 대체 어디로 가야 하는가. 이 거리, 이 거리를 벗어나 대체 어디로 가야 하는가. 그것을, 오직 그것만을 모른다. 모든 것을 다 알지만 그 아는 것들을 벗어날 방법을 오직 모른다. 그러니 남은 것은, 오직 음악, 무엇보다 순수하게 닫혀 있는, 자폐적이고 텅 비어 있으며 그래서 가장 아름다운 바로 그런

음악이 다시 시작되고 열린 문으로 사람들이 쏟아져 들어온다. 술병을 들거나 작은 선물을 든 손으로 사람들이 웃으며 다가온다. 인사한다. 웃으며 인사한다. 우리들은 서로를 잘 안다. 우리들은 같은 음악을 듣고 같은 책을 읽고 같은 학교를 다니고 같은 공연에 가고 같은 영화를 보며 무엇보다도 우리들은 같은 이 거리에 속해 있다. 우리들은 같은 커피를 들고 같은 술에 취해 같은 거리를 걸어 같은 극장으로 들어가 같은 유머에 웃고 같은 두통과 불면과 우울에 시달린다. 같은 외로움, 버림받은 느낌에 운다. 같은 사랑에 빠지고 같은 섹스를 한다. 같은 전화기를 들고 같은 것을 구글하고 같은 유튜브를 보고 같은 노래에 울고 바로 그런 이유로 우리들은 지금 이곳에 모여 있다. 어쩌면 우리들은 태어날 때부터 그리고 영원히 바로 이 세계에 속해 있다. 아니, 우리가 바로 이 세계 자체다. 우리가 이 끔찍하게 쌓아 올려진 모든 것들이자 그 모든 것을 쌓아 올린 바로 그 사람들이다. 하지만 그게 대체 무슨 상관인가? 무슨 뜻을 갖는가? 우리 모두 단지 쫓겨 온 것에 불과하지 않은가? 바로 그런 면에서 우리들은 동일한 것이 아닌가?

그가 나를 보며 나의 이름을 부른다. 그럴 때 언제나처럼 시계가 멈춘다. 그를 보는 순간 언제나 나는 정신을 잃는다. 오직 그가 있다. 그가

나를 보며 웃는다. 아, 나는 그를 사랑한다. 저 대가리를, 나를 보고 웃는 저 대가리를 사랑한다. 저 늙음 저 흰 머리 저 옷 저 닳고 닳은 세련됨, 여유, 어쩔 수 없이 배어 나오는 초라한 늙음조차 패션으로 소화해 내는 저 능글맞음, 십칠 년의 시간, 그 시간이 상징하는 수많은 것들, 결코 내가 만질 수 없는, 가질 수 없는 그 시간들, 그 모든 것, 그가 한, 그가 아는 모든 것, 그가 이룬 그 모든 것, 그가 이 거리에서 보낸 수많은 낮과 밤, 그리고 여전히 이 거리에 있다는, 이 거리를 소유했다는 저 자신감, 그런데 저기 슬쩍 감추어진 저 불안은 뭔가?

점차 묽어지는 창밖의 어둠을 배경으로 여전히 그는 사람들에게 둘러싸여 있다. 나는 계속해서 그를 바라본다. 그가 일어나 내 손을 잡는다. 음악이 새벽처럼 피곤하게 비틀거린다. 우리는 손을 꼭 잡은 채 새 맥주를 찾아 부엌으로 간다. 거긴 아무도 없다. 나는 그를 끌어안는다. 그는 얌전한 애완동물처럼 몇 초간 내게 안겨 있다가 부드럽게 나를 밀어낸다. 나는 그를 본다. 나와 있어 줘. 내 눈이 말한다. 오직 나와 함께 있어 줘. 하지만 그의 표정에 지겨움이 드러나고 나는 더욱 더 애원한다.

처음 그를 본 순간 그와 자고 싶었다. 그와 자는 것만이 그의 진짜를 보게 되는 길이라고 생각했다. 그는 너무 나이 들었고, 유명하며, 많은 것을 경험했다. 그러니 그가 정직해질 수 있는 순간은 그 순간뿐이라고, 그를 알기 위해서 그와 자야 한다고 생각했다. 그렇게 나는 그를 만났다. 그렇게 나는 내 방식대로 그의 진짜를 봤고 하지만 거기엔 아무것도 없었다. 그는 나와 같은 여자애들에게 익숙하다고 말했다. 그러니까 지겹다는 말인가요? 나는 네가 찾으면 새벽 네시 반에 택시를 타고 너의 집으로 달려갈 수 있는데, 언제나 바쁜 건 너인데, 내가 찾아오지 않으면 좋겠어? 그는 대답하지 않고 웃었다. 내가 그를 찾아오지 않을 수 없다는 걸 우리 둘 다 잘 알고 있었다.

결국 내가 발견한 그의 진짜는 불면과 외로움이었다. 하지만 알다시피 그런 것들은 아무것도 아니다. 그건 비밀조차 아니다. 그러니 나는 그에게서 아무런 진짜도 비밀도 알아내지 못했고 결국 우리는 아무런 진짜도 비밀도 공유하지 못했고 그러니 우리는 연인조차 될 수 없다. 모든 것을 경험한 그에게 나는 흔한 여자애들 중의 하나일 뿐이고 하지만 나는 여전히 나만 볼 수 있는 그의 진짜를 훔쳐 내려고 애를 쓸 뿐이다.

그가 냉장고에서 맥주를 꺼내 부엌을 떠난다. 나는 망설이다가 그를 놓친다. 창 너머 묽어지는 무력한 어둠을 본다. 그 무력함이 나와 같다. 나는 빈손으로 거실로 돌아온다. 그는 소파에 깊숙이 파묻힌 채 사람들을, 아니 여자들을, 아니 한 여자를, 그 여자의 다리를 본다. 나는 그 다리를, 그 다리를 가진 여자를, 아니 여자들을, 사람들을 본다. 하나같이 비슷해 보인다. 과시적이지 않은 과시, 천박하지 않은 천박함, 화려하지 않은 화려함, 낡지 않은 낡음, 오만하지 않은 오만함, 오직 타인의 질투를 불러일으키기 위한, 나를 쳐다봐 줘, 나를 질투해 줘, 라고 속삭이는 그들을 나는 외면하지 못한다. 아니 나는 더욱더 그것에 사로잡히고 만다. 그가 뭔가 말하고 사람들이 일제히 웃음을 터뜨린다. 똑같은 웃음이 터져 나오는 똑같은 표정의 얼굴들을 바라보다가 문득 구석에 선 채 어색한 표정으로 웃지 않는 나 또한 누구보다 저들과 하나라는 것을, 다시 말해 '우리'라는 단어를 나는 떠올린다. 우리라는 단어 아래 선 한 무리의 사람들을 본다. 그들은 여전히 쫓기고 있는 것처럼 보인다. 무엇으로부터? 도대체 어디로부터? 그렇게 도망쳐 도착하게 된 이곳, 여기에 모여 있는 한 무리의 '우리' 들을 나는 바라본다. 다 함께 같은 것으로부터 힘껏 도망쳐 도착하게 된 이 거리, 이 거리를 생각한다.
그를 본다. 그의 얼굴이 아주 낯설다.

낯설다. 이곳을 가득 채운 사람들이, 그의 말이, 무엇보다 나 자신이. 나는 뒷걸음질 치다 스피커에 부딪친다. 침묵하는 스피커는 잘못 놓여진 거대한 돌덩어리처럼 보인다. 나는 다시 그를 본다. 그는 피곤한 듯 찡그린 채 눈을 감고 있다. 그는 잠들지 못할 것이다. 그에겐 지독한 불면증이 있다. 그게 내가 그에 대해 아는 전부다. 나는 뒤로 뻗은 손을 더듬어 문손잡이를 잡는다. 문은 열려 있다. 나는 주위를 살핀다. 아무도 나를 보지 않는다. 나는 맥주를 찾아 부엌으로 향하듯이 자연스럽게 그곳을 빠져나온다. 계단을 뛰어 내려오는데 문득 뭔가 사라지는 것을 느낀다. 죽어 버렸다. 나는 중얼거린다. 죽어 버렸다. 건물 밖으로 나오자 어둠이 쓸려 나간 거리를 새벽의 푸른빛이 덮고 있는 것이 보인다. 인적이 끊긴 거리가 새벽빛 아래 흐느낀다. 새벽의 냉기가 소매 속으로 스민다. 문득 나는 맨발이라는 걸 깨닫는다. 발에 닿는 바닥이 얼음처럼 아프다. 얼마쯤 걷다가 거리 한가운데 새로 문을 연 거대한 옷가게가 나타난다. 멈춰 선다. 불 꺼진 상점 안 산더미처럼 쌓인 옷이 보인다. 상점을 향해 다가가다가 유리로 된 문에 비치는 나와 거리를 발견한다. 뭔가 이상하다. 문에 비치는 저것은 내가 아니다. 그렇다면 누구인가. 맨발, 피곤한 얼굴로 상점 안을 들여다보는 저 사람은 누구인가. 대체 뭘 하고 있는 건가. 대체 여기는 어디인가. 내가 알던 거리는, 내가 알던 그 사람들은 모두 어디로 갔는가. 생각난다. 그들은 모두 죽었다. 그리고 나는 죽은 사람들을 더 이상 알지 못한다. 더 이상 이 거리를, 저기 숙취에 시달리는 표정으로 거리를 가로지르는 사람들을 모른다. 창백한 얼굴로 같은 방향을 향해 걷는 저 사람들을 모른다. 이 거리는 더 이상 내 거리가 아니다. 저 사람들은 어디로 가는 건가? 나는 다시 걷기 시작한다. ……향해 걷는다. 해가 떠오른다. 햇살 아래 깨어난 거리가 어떤 모습을 하고 있을지 알 수 없다. 걷는다. 더 나쁜 쪽을 향해 걷는다.

박민규

1968년 경남 울산 출생. 《문학동네》 신인작가상으로 등단.
소설집으로 『지구 영웅 전설』 『삼미 슈퍼스타즈의 마지막 팬클럽』
『카스테라』 『죽은 왕녀를 위한 파반느』 『더블』 등이 있음.
한겨레문학상, 신동엽창작상, 이상문학상 등 수상.
kazuyajun@hanmail.net

요사는 마오를 껐을(OFF) 것이다. 가장 쉽고 빠른 길을 택한 것이다. 초기화 모드로 재부팅된 마오를 나는 떠올려본다. 그것은 새로운 마오이고, 모차르트를 모르는 마오일 것이다. 나는 고통스럽다. 물론 이것이 오류란 사실을 알고 있지만… 고통스럽다. 어쩌면 인간의 고통도 인간이 지닌, 혹은 인간에게 발생한 하나의 오류일 것이다. 오류가 없는 한

— 본문 중에서

로드 킬

박민규

보고한다, 현장 도착.

알았다, 수고. 그 말을 끝으로 통신이 끊어졌다. 요사가 아예 마이크를 끈 것이다. 마오와 나는 서로를 쳐다보았으나 별다른 말은 하지 않았다. 하긴 요사의 근무 태만이 어제오늘의 일은 아니다. 레일카에서 내린 우리는 이런저런 장비들을 부착하기 시작한다. 사체가 몇 구인지 아직은 알 수 없다. 군데군데 흩어진 것들을 모으려면 생각보다 긴 시간이 필요하다. 흡입기의 전원을 확인한 후 나는 달을 바라본다. 그리고 또, 어둠이 짙게 깔린 도로 위를 바라본다. 조리개가 닫히고 열리는 소리... 규정대로 렌즈의 작동을 점검하는 것인데 실은 쓸데없는 절차라 여기고 있다. 마오는 좀처럼 이 규정을 지키지 않는다. 2안二眼 기종의 자신감이라기보다는, 요사의 영향이 크다는 생각이다. 말이 나왔으니 얘긴데 통신을 끄는 것은 조리개 점검 따위완 비교도 안 되는 규정 위반이다. 이것 봐 막시! 도로 복판까지 걸어 나간 마오의 목소리가 들려온다. 나는 그곳을 향해 걷기 시작한다.

내장의 끝부분을 들고 마오는 서 있다. 이상하리만치 고스란한 내장이 구불구불 선을 이루며 길게 늘어져 있다. 대략 8, 9미터 정도의 길이다. 이렇게 온전한 내장은 처음 봐. 마오의 말에 나도 고개를 끄덕인다. 여지없이 동물의 몸통은 산산조각 나 있다. 조각난 뼈와 살점... 흩어진 장기들... 또 대부분... 우리가 '물컹물컹' 이라 부르는 것들... 이 모두를 수거하고 도로를 청소하는 것이 우리의 일이다. 마오와 나는 묵묵히 업무를 수행한다. 우선 물컹물컹들을, 또 작은 살점들의 순으로 일은 진행된다. 덩어리가 작을수록 쉬이 말라붙기 때문인데 언제나 꼭 그런 것은 아니다. 두터운 천 조각이 보인다. 이따금 흡입기를 막히게 하는 주범이다. 따로 그것을 수거하고 나는 계속 일을 진행한다. 천을 둘렀다는 것은... 그렇다, 이 동물이 인간이 기르던 것임을 여실히 증명하는 것이다. 마오와 내가 아는 건 한 가지인데, 이 세계엔 버려진 동물들이 많다는 사실이다. 그것이 어떤 종種인지는 알 수 없다. 우리가 보는 것은 흥건한 피며 살점, 또 이런 물컹물컹이 전부이기 때문이다.

요사가 통신을 켠 것은 레일카의 수거 탱크를 열고 각자의 흡입기를 한차례씩 비웠을 때였다. 차량 진입. AECN154 지점 현재 통과 중. 그리고 뚝, 다시 통신은 끊어졌다. 아무 말 없이 우리는 도로 가장자리의 레일로 이동한다. 그리고 바짝, 붙어 선다. 154라면 어마어마한 거리가 있는 지점이지만 셔틀의 속도를 감안한다면 이른 대비가 필요하다. 레일의 사이드바에 체인을 연결하고 마오와 나는 관절을 고정시킨다. 레일카에 타는 것이 보다 안전하긴 하겠지만, 흡입기를 풀 시간을 셔틀이 허락할지는 미지수다. 아니나 다를까, 커다란 굉음과 빛을 느낀 순간 이미 그것이 도로 저편으로 사라지는 걸 보게 된다. 놀라운 속도다. 그래서 또 느끼는 거지만, 인간은 위대하다. 저 빛과... 소음과... 속도만큼이나.

갑자기 앞이 보이지 않는다. 관절의 록을 풀고 또 손으로 몇 번 시야를 헤집고 나서야 이유를 알 수 있었다. 셔틀의 광풍에 날려온, 내장이다. 미끄덩한 내장을 덮어쓴 채 나는 젠장, 하고 인간처럼 중얼거린다. 마오는 껄껄대며 웃었는데 역시나 요사의 웃음을 흉내 낸 것이다. 가만히 있어. 커터를 장전한 마오가 엉켜 있는 내장을 자르기 시작한다. 멀리 도로 너머의 불빛을 바라보며 나는 마오의 커팅이 끝나기만을 기다린다. 불빛... 도시의... 인간들의... 인간... 나는 이 일을 해야 했던 인간들에 대해 생각해본다. 그들은 어떤 기분이었을까? 말라붙은 살점을 긁어내고... 피로 얼룩진 동물의 시체를 수거하며... 그들은 어떤 생각을 했던 걸까? 알 수 없다. 하지만 때로 그들이 느꼈을 '감정'이란 걸 짐작할 때가 있다. 물론 내게 입력된 인지코드의 오류일 것이다. 이봐 마오, 하고 나는 묻는다. 인간은 왜 동물을 버리는 걸까? 글쎄, 하며 동작을 멈춘 마오가 다시 커팅을 하며 말을 잇는다.

귀찮아져서가 아닐까?
요사나 네가 규정을 무시하듯?

아니면... 더는 기를 처지가 아니라거나.

그건 좀 이상한데. 저 불빛을 봐, 인간에겐 위대하다 말해도 좋을 만큼의 자본이 있어.

그건... 그렇군. 그렇다면 이런 건 어떨까?

어떤?

더는 기를 필요가 없어진 거야.

'필요' 란 건 어떤 거지?

그건... 돌아가서 내 어휘코드를 입력시켜줄게.

규정과 같은 건가?

비슷해, 하지만 약간은 다르지. 즉 반드시 기르거나 버려야 한다가 아니고 기르는 것보다 버리는 게 더 이익이 된 셈이랄까.

그럼 다시 '귀찮아진' 것과 비슷해진 느낌이군.

실은 뭐, 죽어버려... 그런 게 아닐까? 규정을 어기는 순간 그 규정은 죽는 것과 마찬가지니까.

동물을 하나의 규정으로 생각한다면 그럴 수도 있겠지.

정확한 건 알 수 없어, 우린 기계니까.

그래, 우린 기계니까...

이미 커팅이 끝나 있었다. 마오가 커터를 해제하는 사이 나는 아래에 떨어진 것들을 수거하기 시작한다. 조금은 이상한 밤이다. 이런 온전한 내장이 남았다니... 셔틀의 속도와 마찰열을 감안한다면 불가능에 가까운 일일 수도 있다. 아무리 빠른 동물도 셔틀을 피할 수 없다. 소리를 듣는 순간 충돌은 일어나고, 산산이 부서진 사체는 또 절반가량이 녹아 붙는다. 운이 나쁜 동물들에게 이보다 빠르고 완벽한 재앙은 없을 것이다. 나는 잠시 도로 오른편의 숲을 바라본다. 그리고 잠시 자신의 내장을 성공적으로 남긴 가련한 동물에 대해 생각해본다. 그리고 나는... 일을 한다. 규정을 지키며

일을 한다. 내게 주어진 일을 한다. 우리에게 입력된, 일을 한다. 요사가 자주 내뱉는 지루하다는 말이 아마도 이런 걸 뜻하는 걸 거라 생각한다. 일을 한다. 일을 할 뿐이니까, 나도 지루하다고 중얼거려본다. 뭐라고? 마오가 묻는다. 아무것도 아니야, 라고 나는 답한다. 왼쪽 무릎이 좋지 않음을, 나는 느낀다. 관절부 어딘가에 마모가 일어난 느낌이다. 록을 걸었을 때 무리가 온 건가? 아무튼 큰 고장은 아니겠지, 절룩이며 나는 작업을 계속한다. 왜 그래? 다시 마오가 묻는다. 나는 재차 아무것도 아니야, 라고 대답한다.

수거가 끝났다.

부착했던 장비들을 해제하고 나는 전송데이터의 공란에 사체 3구, 라고 입력한다. 정확한 것은 아니다. 보존된 부위가 없기 때문에 수거 탱크에 담긴 용량을 기준으로 다만 추정한 것이다. 그사이 여섯 대의 셔틀이 더 지나갔고 그때마다 요사는 대피를 지시했다. 술에 취한 목소리였다. 관절을 단단히 고정시키고도 셔틀이 지나가는 광풍에 온몸을 떨어야 했다. 즉 열기에 녹아 붙은 살점을 생각한다면, 죽은 동물은 네 마리일 가능성도 있다. 탱크에 담긴 물컹물컹을 바라보며 나는 줄지어 도로

를 건너는 한 무리의 동물을 떠올려본다. 술에 취한 요사가 잠이라도 들었다면... 마오와 나도 이 같은 파편이 되었을지 모를 일이다. 왼무릎이 심하게 삐걱댄다. 괜찮냐는 마오의 말에 나는 다시 아무 일도 아니라고 고개를 끄덕인다. 마오에 비해 나는 그야말로 구형 기종이다. 요사의 표현을 빌리자면 구닥다리인 셈인데 아닌 게 아니라 여러 부품이 성치 않다. 발성 장치에도 문제가 있다. 'ㅅ'과 'ㅌ'이 제대로 발음되지 않아 언젠가부터 요사를 '요나'라 부르고 있다. 아마도 곧... 나는 폐기될 것이다. 이제 청소를 할 시간이다. 이런저런 장비들을 허리에 부착하며 나는 '필요가 없다'는 말의 의미를 어렴풋이 짐작해본다.

이리 와봐 막시! 마오가 소리친다. 빨리, 라고도 말을 덧붙였는데 빨리 걷기가 불가능하다. 나는 절룩이며 마오가 있는 장소로 걸어간다. 마오는 레일이 연결된 틈의 배수로 앞을 서성였는데 동작으로 미루어볼 때 한순간 판단 불능의 상태에 처한 듯했다. 왜 그래 마오? 내가 묻자 저게 뭐지? 라며 배수로를 가리킨다. 거기에 뭔가... 있기는 했다. 상태가 안 좋은 1안一眼 렌즈를 깜박이다가 나는 좀 더 그 곁으로 다가선다. 그것은... 크게 떨어져 나간 시체의 한 덩어리처럼도 보였는데, 아니었다. 머리며 다리가 모두 붙은 온전하고 작은 새끼의 시체였다. 아니 그건... 아주 어린 인간이라고 봐도 좋을, 그런 것이었다. 아기란 것이야, 아기! 마오가 소리쳤다.

맙소사, 하고 나는 중얼거렸다.

*

너는 의자에 앉는다.

녹슨 철망 밖에서 관중들의 함성이 들려온다. 모두가 쓰레기다. 노름과 약에 전 개쓰레기 막장들이다. 2층에는 양란壤欄[1]의 우두머리들이 모여 있다. 이승에 몸을 두고서도 용케 지옥에 한 발을 걸치고 사는 족속들이다. 그 속에 이 투기장의 사장인 타잉이란 여자가 앉아 있다. 그녀는 너에게 돈을 걸었다. 대기실에서 본인의 입으로 속삭인 내용인데 너는 그 말을 눈곱만큼도 믿지 않는다. 그것은 기본이다. 양란의 인간들은 누구도 서로를 믿지 않는다.

너는 지금껏 잘해왔다. 여덟 번의 룰렛에서 살아남았고 결국 오늘 이 자리에 올라온 것이다. 모처럼 벌어진 큰 판에 모두의 기대가 걸려 있다. 맞은편의 대기실에서 누군가가 걸어 나온다. 쓰레기들이 귀가 아플 정도의 괴성을 질러대기 시작한다. 그를 만난 적은 없지만 너는 그의 이름을 알고 있다. 룰렛의 제왕 사이토는 소문보다 작고 초라한 노인이다. 삭발을 한 그의 이마에 의미를 알 수 없는 문신이 새겨져 있다. 그것이 피부에 새긴 부적이란 사실도 너는 들어서 알고 있다. 그가 의자에 앉는다. 여름의, 미루나무 그늘에 앉아 매미 소리를 듣는 사람처럼 편안한

---

1) 프롤레타리아를 대체할 로봇의 대량생산에 성공한 후 하나의 기업이 된 아시아가 마련한 최대의 철거민 이주지역. 현재의 베트남 국경지역과 중국 충쥐 이남, 친저우의 서편 지대에 걸쳐진 특수지구이다.(작가 주: 이하 동일)

표정이다. 이름이 뭔가? 그가 묻는다. 시선을 피하지 않으려 애쓰며 너는 이름 대신 리李라는 성을 말해준다. 리... 하고 그가 고개를 끄덕인다. 그사이 두 명의 여자애들이 들어와 테이블을 세팅하기 시작한다.

키가 큰 아이가 술과 술잔을 내려놓는다. 다른 한 아이는 타잉의 몸종인데, 테이블 복판에 천을 깔고 낡은 마호가니 함을 올려놓는다. 너는 목이 마르지만 섣불리 자신의 초조함을 드러내지 않는다. 키 큰 여자애가 술을 따르는 사이 총을 꺼낸 몸종이 실린더를 열고 확인을 부탁한다. 편안한 얼굴의 사이토가, 또 편안해 보이는 얼굴의 너가 차례로 고개를 끄덕인다. 뚜껑이 열린 함 속에는 딱 한 발의 탄알이 들어 있다. 이제 반드시 한 사람이 죽어야 하고, 이를 확인하는 건 지켜보는 모두의 몫이다. 테이블 복판에 내려놓은 리볼버를 몸종이 회전시킨다. 능숙한 손놀림이다. 드러누운 갑충甲蟲처럼 몇 바퀴를 돈 총구가 사이토를 가리키며 단단한 고개를 떨군다. 쓰레기들이 철망을 쥐어뜯으며 고함을 질러댄다. 고양이 같은 걸음걸이로 여자애들이 자리를 물러난다.

리... 라면 중국인인가?

잔을 내밀어 건배를 하며 사이토가 묻는다. 너는 중국인이 아니지만 말없이 고개를 끄덕인다. 아무렴 어떠냐는 생각이고, 또 양란에선 중국인 행세를 하는 편이 여러모로 유리하다. 너는 황해도란 곳에서 태어났다. 아시아가 여러 개의 기업연합으로 편성되던 무렵이고, 너의 아버지가 쓸모 있는 노동자로 그곳의 공장에서 일을 하며 살던 때다. 지금까지... 몇 번을 이기고 올라왔나? 사이토가 묻는다. 약간의 나른함을 느끼며 너는 여덟 번, 이라 답한다. 술에는 미혼渼魂이란 약이 녹아 있는데 시름과 두려움, 또 삶에 대한 애착을 송두리째 날려준다. 운이 좋군, 제왕이 고개를 끄덕인다. 다시 한 잔을 비운 늙은이가 소문대로 노래를 부르기 시작한다. 흐느끼듯 부르는 잔잔한 곡조를 여기 모인 쓰레기들이 따라 부른다는 소문도 사실은 사실이었다.

> 우리가 이 땅에 살러 온 것은 사실이 아니야, 진실도 아니야.
> 우린 단지 잠자려고, 꿈꾸려고 왔을 뿐이지[2)]

울부짖는 쓰레기들의 눈에서 너는 신앙을 본다. 불사不死를 향한 신앙, 일흔세 번의 룰렛에서 살아남은 자에 대한 경외의 외침을 듣는다. 노래가 끝나자 잠시 노인은 허공을 올려본다. 감정이 없는 얼굴이다. 총을 집는 동작에도 탄을 넣고 끼리릭, 실린더를 돌리는 모습에도 감정이 없다. 지그시 관자놀이를 누르고 있는 리볼버가 오히려 더 감정이 풍부한 생물처럼 보인다. 물이 흐르듯 그는 방아쇠를 당긴다. 삶이 사실이 아님을 증명이라도 하듯, 당긴다. 그리고 철컥, 흘러나오는 소리를 통해 죽음도 사실이 아님을 증명해낸다. 그래선 안 되는데 너는 순간 속으로 경탄한다. 천천히 하시게나, 사이토의 앙상한 손이 술잔이 놓인 근처까지 리볼버를 밀어준다. 너의 아버지도 이토록 자상하지는 않았다.

---

2) 양란에 강제 이주해온 1세대들 사이에서 크게 유행한 노래 〈夢의 그늘〉 중 가사 일부. 역시나 철거민인 안도 켄이치, 장지호가 듀엣으로 부른 곡이며 발췌된 후렴부의 이 가사는 고대 아즈텍 문명의 시구이기도 하다.

돈 때문인가?

사이토가 묻는다. 너는 고개를 끄덕인다. 쉬엔쥐[选举]! 쉬엔쥐! 철망을 흔들며 쓰레기들이 울부짖는다. 난 늘 저 말이 이상했다네, 선거라... 셔츠 주머니에서 꼬깃꼬깃한 잎담배를 꺼낸 사이토가 담배를 물며 말한다. 왜 선거라는 단어를 여기다 끌어-당기고-붙였지? 너는 말없이 술잔을 기울인다. 아시아 공용어 세대인 너에게 사이토의 서툰 공용어는 정확히 전달이 되지 않는다. 연기를 후 뿜으며 사이토는 혼잣말을 중얼거린다. 본쿠라[ぼんくら][3]라는 일본말을 너가 알아들을 리 없다. 쓰레기들도 자신들이 편한 발음으로 공용어를 발음할 뿐이었다. 너는 천천히 쉬엔, 쥐를 하는데 끌어-당기고-붙였다 라고 해야 할 만큼 서투른 동작이다. 시름과 두려움 때문은 아니었다. 미혼의 약기운이 너의 뇌에 스며든 까닭이다. 초점 없는 눈으로 너는 노인을 바라본다. 그리고 웃는다. 관자놀이에 닿은 총구가 간지럽게 느껴져서이다. 철컥, 하는 소리가 남에게 일어난 일처럼 너의 귀를 파고든다. 관중들의 악다구니도 함께라는 사실이 비로소 너에게 약간의 시름과 두려움을 환기시켜준다. 악귀가 따로 없구먼, 길게 연기를 내뿜으며 사이토는 철망 쪽을 바라본다. 쉬엔쥐! 쉬엔쥐! 다시 함성이 이어진다. 하긴, 하고 담배를 비벼 끈 노인이 쓴웃음을 지으며 말한다.

3) 멍청이, 바보를 뜻하는 일본어. 본래 도박에서 쓰이는 말로서, 덮어놓은 종지 속의 주사위를 꿰뚫어보지 못해 항상 진다는 뜻의 말이었음.

선거 말곤 할 수 있는 것도 없었지.

사이토가 말하는 '선거' 란 걸 너는 어렴풋이 기억해낸다. 너가 어렸을 때다. 그랜드 크로스라 불린 병합을 통해 아시아가 하나의 회사로 합쳐진 해였다. 바로 그해에 너의 아버지는 마지막 선거를 했다. 그것이 어떤 선거였는지는 너의 머릿속에 남아 있지 않다. 그저 너의 아버지가 살아 있다면 눈앞의 영감과 비슷한 나이일 거라 너는 생각한다. 쉬엔쥐! 날카로운 목소리 하나가 2층에서 날아온다. 리볼버를 앞으로 내밀며 그 '선거' 는 사라진 지 오래요, 하고 너는 처음으로 노인에게 말을 건넨다. 그렇지, 하고 사이토는 고개를 끄덕인다. 그전에 이미 '나라' 란 것도 사라졌으니까... 그가 말한다. 정확한 공용어였음에도 불구하고 너는 그 말뜻을 알아듣지 못한다. 너가 아는 아시아는 애초부터 하나의 기업이었기 때문이다.

노인은 총을 집어 든다. 그리고 바로, 두말없이 방아쇠를 당긴다. 워낙 순식간의 일이라 함성의 타이밍을 잃은 목청들이 웅성웅성 흩어진다. 너는 또 한 번 경탄한다. 이번엔 아, 하고 짧은 신음을 내기도 한다. 엇박자의 고함들이 여기저기서 터져 나온다. 던지듯 총을 내려놓고 사이토는 또 잎담배를 꺼내 문다. 그러니 이건 아시안 룰렛이야, 안 그래? 그가 묻는다. 술잔을 기울이며 너는 우두커니 연기에 파묻힌 그의 눈을 바라본다. 이제... 러시안이란 건 없다는 얘기지, 안 그래? 너는 여전히 그의 말을 이해하지 못한다. 너가 아는 러시아는 회사의 한 부서와 같은 것이기 때문이다. 너는 모르겠지만 지금 노인은 상념에 빠져 있다. 연기에 가려진 몽롱한 눈빛으로 그는 바이칼을 떠올린다. 머릿속에 각인된 장엄한 물의 세계가 사이토의 눈앞에서 일렁이고 출렁인다. 여름휴가였다. 오사카의 직장에서 근무할 때였고, 가족을 데리고 떠난 25년 전의 여행이다. 그리고 인생의... 마지막 여행이었다. 계장이었던 자신의 직함도 떠오른다. 무력한 정치가 아닌, 유능한 기업들에 의해 운영되는 국가의 변화에도 모두가 고무되어 있던 때다. 심각한 양극화가 있긴 해도 인플레를 벗어난 성장에 새로운 희망을 품던 때이기도 하다. 기계가, 사이토 자신을 대체하기 전까지의 일이었다.

쉬엔쥐! 쉬엔쥐! 너는 다시 총을 집어 든다. 3분의 1로 변이된, 죽음을 집어 든다. 하여 관중을 들끓게 해놓고도 너는 잠시 망설인다. 여덟 번의 룰렛에서 살아남은 자의 직감이 순간 너를 사로잡는다. 너는 술을 들이켠다. 나른한 약기운이 또 잠시 시름과 두려움을 잊게 해주지만 너의 뇌 속에도 약의 행정行政이 미치지 않는 양란과 같은 지구가 있다. 너는 죽은 아버지를 떠올린다. 커다란 아버지의 손을 잡고 배에 오르던 기억을 떠올린다. 아버지가 그것을 여행이라 했으므로, 아름다운 그 기억을 너는 머릿속에 떠올린다. 너가 본 것은 바다였다. 일렁이는 바다와 푸른 하늘이다. 어린 너는 아버지의 목에 올라타 앉아 있고, 그 곁에 아직은 건강했던 어머니가 서 계신다. 지그시 총구를 관자놀이에 갖다 대며 너는 웃는다. 사실을 말하자면 너는 철거민이었다. 기계는 노동의 전환을 가져왔고 노동의 전환은 세계의 전환을 가져왔다. 문제는 쓸모가 없어진 대다수의 사람들인데 너의 가족은 거기 속해 있었다. 단계적으로, 또 체계적으로 아시아란 회사는 그들을 정리했다. 일종의 대기발령인 셈인데 중국과 베트남 사이의 양란 지구야말로 가장 규모가 큰 대표적인 부서였다. 아버지가 왜 죽었는지를 너는 모른다. 또 감기와 발열로 숨진 어머니의 사인이 타당한 것이 아님을 모르고 있다. 프롤레타리아를 창조해낸 과학은 이제 프롤레타리아도 아닌 것들의 저항을 두려워할 처지가 아니었다. 쉬엔쥐! 쉬엔쥐! 함성이 들려온다. 나른한 눈빛으로 그들을 둘러본 후 너는 쓰레기들, 하고 속으로 중얼거린다. 그러나 그들이 실은 성실하고 무력한 인간들이었음을 너는 끝내 알지 못한다. 무력한 너의 손가락이

성실히 방아쇠를 당긴다. 모두가 숨을 죽인 그 순간 철컥, 하는 소리가 울려 퍼진다. 뇌수를 쏟는 대신 너는 비 오듯 땀을 흘리기 시작한다. 뿌리치듯 총을 내려놓고 너는 퉤, 바닥에 침을 뱉는다. 순간 치민 구역질을 참기 위해서인데 그것이 약기운 때문인지는 정확히 알 수 없다. 땀 한 방울 흘리지 않고 노인은 말없이 술잔을 기울인다. 희미했던 미소를 술로 씻은 듯 잔을 내려놓는 그의 얼굴엔 표정이 없다. 선뜻 총을 집지도 잎담배를 꺼내 물지도 않는다. 다만 어둑한 바다와도 같은 그의 눈을, 너는 본다. 쉬엔쥐! 쉬엔쥐! 목이 터져라 외쳐대는 함성 속에서 그도 물끄러미 너의 눈을 바라본다. 자넨 참으로 운이 좋군, 하고 그가 중얼거린다. 너는 아무 말도 하지 않는다. 나는 말일세... 하고 노인은 눈을 깜박인다.

내가 왜 여기 있는지 모르겠다네.

너는 남은 술을 들이켠다.

나는... 나는 회사를 다니던 사람이라네.

양란에는 회사가 없소, 라고 너는 말한다.

이곳이 아니야... 오사카란 곳에서였지.

운이 좋은 건 당신이었군.

그런 셈인가? 하고 그는 웃는다. 우린 마치 보케와 쓰코미[4] 같구먼.

그의 말뜻을 너는 알아듣지 못한다.

그래, 불행하기로 치면 자네가 더 하겠지... 자네 선조들이 그래도 사회주의란 걸 하던 사람들이잖나.

껄껄거리며 웃는 노인의 말에도 너는 반응이 없다.

이보게, 하고 사이토가 말한다.

무력하나마 성실한 눈빛으로 너는 그를 바라본다.

나를 말일세... 한 번만 나를... 계장님이라 불러주지 않겠나?

역시나 그 말뜻을

너는 알아듣지 못한다. 쉬엔쥐! 쉬엔쥐! 폭동이라도 일으킬 기세로 쓰레기들이 철망을 타오르기 시작한다. 너가 잠시 머뭇거리는 사이 노인은 총을 집어 든다. 우리가 이 땅에 살러 온 것은 사실이 아니야, 진실도 아니야. 우린 단지 잠자려고, 꿈꾸려고 왔을 뿐이지... 제왕의 노래를 쓰

4) 일본의 2인 1조 만담漫才에서 분담된 각자의 역할. 재치 넘치는 말로 응수하는 쪽이 '쓰코미[つっこみ]' 이고, 촌스럽고 진지한 분위기로 말하는 쪽을 '보케[ボケ]' 라고 한다.

레기들이 제창하기 시작한다. 쓴웃음을 짓는 노인의 눈 속에서 너는 어릴 때 보았던 바다의 잔물결을 본다. 신도... 부처도 없단 말인가... 눈 속에 담긴 물결과 함께 사이토의 입술이 한순간 출렁인다. 계장님이라 불러줄걸 그랬나, 생각을 한 것은 분명 총성이 너의 귓전에 닿기 전의 일이었다.

*

모차르트가 들린다.

마오가 튼 것이다. 마오는 지금 캠프로 돌아가는 중이다. 줄곧 통신을 시도했으나 실패했으므로 결국 마오는 복귀를, 나는 남아서 현장을 보존하기로 했다. 너라도 통신 상태를 유지하고 있어, 알았지? 레일카에 오르는 마오에게 나는 당부를 했다. 그래서 지금 모차르트를 듣고 있다. 마오는 모차르트를 좋아한다. 나에겐 음악을 감상할 수 있는 인지코드가 없지만... 결코 시끄럽다고 생각하지는 않는다. 막시, 하고 마오의 목소리가 들린다. 왜? 만약 요사가 자리에 없다면... 직접 공단에 보고를 해야 하는 걸까? 나는 잠시 생각한다. 그리고 상황을 봐서, 라고 짤막하게 대답한다. 가능하다면 내가 아는 유일한 인간이 난처해지는 상황을 피하고 싶은 것이다. 오케이, 하고 마오가 답한다. 상황에 따라 나는 마오에게 메시지를 전할 수도 있을 것이다.

눈앞의 어린, 죽은 인간을 본다. 내가 만난 두번째 인간이다. 아무리 생각해봐도 이 어린, 죽은 인간이 이곳에 있는 이유를 알 수 없다. 니들이 뭘 알아? 요사의 목소리도 떠오른다. 안다는 것... 아는... 내가 아는 것은 무엇일까, 생각해본다. 이 도로와... 캠프를 나는 안다. 오프OFF 상태로 나는 지급되었고 캠프에서 눈을 떴다. 기본적으로 입력된 코드와... 규정들을 알고 있다. 우리 캠프가 맡은 AECN172-174 구간의 광활한 도로를 알고 있다. 도로의 시스템과... 셔틀에 대해 알고 있다. 나는... 요사를 안다. 그리고... 그렇다, 직접 만나본 것은 아니지만 왕 웨이[王偉]라는 인간을 안다. 170년 전의 인간이고, 로드킬 자원봉사단의 아버지라 불리는 사람이다. 캠프의 현관에도 그의 흉상이 세워져 있다. 내겐 그가 남긴 인터뷰 영상이 입력되어 있으므로 나는 그를 안다고, 분명 말할 수 있을 것이다.

...순간적인 일이었어요. 급히 브레이크를 밟았으나 충돌을 피하지 못한 것이죠. 어린 고라니였습니다. 분명한 것은 브레이크를 밟으며 미끄러지는 동안 그 어린 생명과 제가 눈이 마주쳤다는 사실입니다. 지극히 짧은 순간의 일이었으나 몇 달이 지나도록 그 눈빛을 마음에서 지울 수 없었어요. 죽음을 직감해서인지 녀석은 움직이지 않았습니다. 도리어 주저앉은 채 슬픈 눈으로 저를 쳐다보았죠. 그리고 이 일을 시작하게 되었습니다. 누군가가 해야만 하는 일이었고, 그 누군가가 바로 저였던 것이죠. 지금도 부탁드립니다. 도로에서 죽은 동물을 보았다면 반드시 저희 봉사단으로 연락을 주시기 바랍니다. 만약 그것이 인간이라면 누구도 그 자리를 그냥 지나칠 수 없지 않겠습니까? 다시 한 번 말하지만 모든 생명은 동등한 존엄성을...

나는 영상을 재생해본다. 그리고... 달을 본다. 충돌하는 동물과 눈을 마주칠 수 있는 170년 전의 셔틀을 생각하고... 그래도 몸통이 온전했을 과거의 사체에 대해 생각한다. 음악이 꺼지고 레일카가 서서히 도킹하는 소음을 듣는다. 마오가 도착한 것이다. 문이 열리고 내리는 소리... 마치 그 자리에 있다는 착각이 들 만큼이나 귀에 익은 소리들을 마오와 공유한다. 그리고 눈앞의... 어린, 죽은 인간을 다시 본다. '아기' 라고 한다는 이 작은 인간과 눈을 마주친 것도 아니면서... 나는 왕 웨이가 얘기한 인간의 마음을 짐작해본다.

요사는 자고 있어, 마오가 얘기한다. 술? 하고 묻자 술! 이란 대답이 돌아온다. 젠장, 하고 나는 중얼거린다. 요사가 온ON 상태에 이르기까진 아마도 약간의 시간이 필요할 것이다. 왼무릎을 삐걱대며 나는 앉는다. 그리고... 두 눈을 꼭 감은 작은 얼굴과... 피가 엉긴 머리칼을 본다. 이 인간에게도 그런 눈빛이 있었을까... 혹은 누군가의 눈빛을 몇 달이 지나도록 지울 수 없는 마음이 있었을까, 조리개를 고정시킨 채 생각해본다. 알 수... 없다. 다만 촬영을 함으로써 나는 이 순간을 저장해둔다. 달이 밝다. 누군가가 해야만 하는 일이라도 되는 듯, 달이 박힌 밤하늘이 존엄한 1안一眼의 생명체처럼 이 자리를 지나치지 아니한다.

마오가 보고를 하는 동안 요사는 딸꾹질을 했다. 물론 간간이 그래서? 하는 것도 잊지 않았다. 마오의 보고는 그런대로 훌륭했다. '비정상적 발견' 이란 단어를 쓰기도 했다. 그래서 막시는? 요사가 묻는다. 막시는 현장을 보존하고 있습니다, 마오가 답한다. 똑... 똑... 똑... 손등을 뒤집어 테이블을 두드리는 소리가 들린다. 뭔가 깊이 생각에 잠겼을 때 요사가 취하는 동작이다. 잘못 본 거 아냐? 요사의 목소리가 들린다. 그렇지 않다고 마오는 대답한다. 억, 하고 크게 딸꾹질을 하며 요사가 뭔가를 만지고 두드린다. 아마도 사고 내역이나 신고 접수 등을 파악해볼 것이다. 그런 일이... 있을 리 없다. 캠프에 지급된 후 지금까지 나는 단 한 번도 그런 일을 겪은 적이 없다. 위대한 문명이다. 그건 동물이야, 하고 요사가 말한다. 동물이 아닙니다, 마오가 즉답한다.

원숭이야.
옷이 입혀져 있었습니다.
애완愛玩이지.
인간이었습니다.
니가 뭘 알아?
....
뭘 아냐구?

규정에 의하면... 하는 마오의 말을 요사가 가로막는다. 어떤 제스처를 썼는지는 알 수 없지만 종종 겪는 일이다. 술이 덜 깼는지 요사의 숨소리가 두렵도록 거칠어진다. 장소가 어디지? AECN172-725m8E-L32. 레일카의 운행시스템에도 입력되어 있습니다. 다시 똑, 똑 요사는 테이블을 두드린다. 억, 딸꾹질을 한다. 시간이 흐른다. 테이블을 두드리는 소리도 딸꾹질도 점차 그 간격이 벌어져간다. 이윽고 그것은 아주 뜸한 소리가 된다. 아무튼, 하고 요사는 결정을 내린다. 수거 처리해. 나는 귀를 의심한다. 왜, 싫어? 뒤따르는 요사의 목소리엔 짜증이 잔뜩 묻어 있다. 인간입니다, 인간입니다... 오류에 빠진 마오의 목소리가 반복된다. 뭔가 부딪히는 소리가 난다. 니가... 인간을 알아? 니가 인간이야? 이것은 매우 이상한 질문인데 요사는, 그러니까 우리가 아는 인간은... 가끔 이런 식의 질문을 던진다. 다시 부딪히는 소리가 난다. 주파수로 미뤄볼 때 요사의 야구배트가 틀림없다. 요사는 야구를 좋아하고, 또 종종 폭력을 행사한다. 말해봐 이 새끼야... 시키면... 시키는 대로 하면 되지... 니가... 뭘 알아? 세상이... 세상이 이런 게... 다 누구 때문인데... 바로... 니들 때문에...

나는 고통스럽다.

통신이 끊어진다. 마오가 파손된 게 아니란 걸, 나는 안다. 인간이 배트를 휘둘러 할 수 있는 일은 공을 치거나 자신의 화를 푸는 정도이다. 물론 기계의 관점이다. 상대가 인간이라면 얘기는 또 달라질 것이다. 요사는 마오를 껐을(OFF) 것이다. 가장 쉽고 빠른 길을 택한 것이다. 초기화 모드로 재부팅된 마오를 나는 떠올려본다. 그것은 새로운 마오이고, 모차르트를 모르는 마오일 것이다. 나는 고통스럽다. 물론 이것이 오류란 사실을 알고 있지만... 고통스럽다. 어쩌면 인간의 고통도 인간이 지닌, 혹은 인간에게 발생한 하나의 오류일 것이다. 오류가 없는 한

아마도 요사는 이곳으로 올 것이다. 레일카에 태운 나를 끄고, 이 작은 인간을 수거 처리할 것이다. 물컹물컹과 함께 사체는 사라지고, 마오와

나는 다시 깨어날 것이다. 아니... 나는 폐기될 것이다. 통신이 들어온다. 초기화라도 거친 듯한 요사의 차분한 목소리가 들려온다. 고통을 담지 못하는 목소리로 나는 요사의 질문에 이런저런 답을 한다. 상황은 알고 있으니 현장을 잘 지키라고 요사가 지시한다. 지시사항 입력, 이라고 나는 말한다. 레일카가 궤도에 오르는 소리와 함께 통신이 끊어진다. 고요한 어둠 속에서, 그러나 당신이 모르는 것이 있다고 나는 중얼거린다. 지금까지의 상황을 나는 마오와 공유했고, 당신은 그 사실을 모른다고... 나는 인간처럼 중얼거린다. 나는 생각한다, 그리고 판단한다.

어린 인간의 사체를 안고 나는 걷기 시작한다. 지시사항을 어기는 데 따른 957항목의 규정 위반 경고가 회로를 점거한다. E레벨, 즉 판단 근거에 따라 참작의 여지가 있는 602개의 항목... 협의 근거와 행동 근거에 따른 D, C레벨... B레벨... 그리고 마지막으로 강제 법령이 적용, 회로 차단에 이르게 하는 A레벨의 주요 7항목을 파악한다. 1안의 스크린을 가득 메운 경고 신호들... 판단 조합에 따라 나열되는 초록색의 문장들... 점멸하는 신호들의 희고 푸른 빛 때문에 마치 밤하늘 속의 은하수를 걷고 있는 기분이다. 걸음을 뗄 때마다 경고를 알리는 빛의 무리가 조금씩 사위어간다. 한 걸음, 한 걸음... 신호들은 그렇게 사위어가다 결국 단 하나의 규정에 의해 모든 빛을 잃고 만다. 어떤 경우에도 인간의 존엄성을 보호할 의무가 있다. 그것은 모든 경고 사항의 꼭대기에 위치한 최상의 규정이었다.

나는 걷는다. 입력된 도로의 레일시스템을 조회하고, 출구를 찾는다. 그리고 2.7킬로미터 전방의 도로배수시설 설계도면에서 출구를 발견한다. 52년 전 현재의 셔틀하이웨이가 구축되며 폐간된 시설이다. 그곳의 지하 기관실에 이르는 경로와 구조물을 나는 스캔한다. 왼무릎이 여전히 삐걱댄다. 그리고 여전히... 요사의 판단과 행동이 이해되지 않는다. 인간을 이해하기란 힘들다고, 나는 품속의 작은 얼굴을 보며 중얼거린다. 좀더 따뜻했으면 좋으련만... 내가 만난 두 번째 인간의 '비정상적'인 체온을 느끼며 나는 걷는다. 또 그것이 규정인 양, 환한 1안의 우주가 우리와 함께 걷고 있다.

*

너는 눈을 뜬다.

타잉의 투기장에서 돌아온 너는 이틀을 잤다. 그럴 만하다 생각했으므로 누구도 너를 깨우지 않았다. 몸을 일으키고도 너는 한동안 머리를 감싼 채 앉아 있는데 미혼의 약기운이 아직도 남았기 때문이다. 너는 어젯밤, 그러니까 실은 그저께 밤의 일들을 떠올린다. 짧은 총성과, 터져 나오던 노인의 뇌수를 떠올린다. 바닥을 적시던 피와 쓰레기들의 함성도 떠오른다. 무엇보다 더없이 편안해 보이던 죽은 자의 표정이 떠오르고, 그가 불렀던 노래의 가락도 귓속에 고여 있다. 그럴 필요도 없는데, 너는 계장님이란 단어를 또다시 되새긴다.

잘해보자구, 하던 2층의 패거리들도 떠오른다. 우리에겐 자네 같은 선수가 필요해, 그런 말을 듣기도 했다. 그 말은 곧 보호를 받는다는 것이고 이제 섣불리 발을 뺄 수도 없다는 뜻이었다. 누구든 붙여만 주십시오, 그런 말을 빠트릴 너도 아니었다. 사이토는 너무 늙었잖아, 교태가 섞인 타잉의 목소리도 떠오른다. 너를 눕히고 단단한 가슴을 긁어내리던 암사마귀의 손톱도 기억이 난다. 돈방석에 앉아보지 않을래? 그녀는 너를 얼렀으나 너는 그 말을 요만큼도 믿지 않는다. 지끈, 머리가 또 아파오기 시작한다.

너는 식구들을 바라본다. 식구들은 일렬로, 또 다닥다닥 칼잠을 자고 있다. 피가 섞인 가족들은 아니지만 말 그대로의 식구食口들이다. 양란의 인간들은 거의가 이렇게 살아간다. 누구도 서로를 책임질 수 없는 아비규환이기 때문이다. 식구로 모여 서로를 보호하고, 또 그런 서로가 모여 다른 식구들을 습격한다. 때문에 더 식구를 늘려야 하고, 식구를 잃은 이는 다른 식구를 찾아야 했다. 세대가 바뀌면서 양란의 인구는 눈에 띄게 줄어 있었다. 쓰레기 매입의 목적은 분해라는 사실을, 아시아를 이끄는 인간들은 잘 알고 있었다.

너는 란Lan을 깨운다. 란은 곧장 눈을 떴지만, 입술에 손가락을 가져다 댄 너의 얼굴을 보고 미동도 하지 않는다. 너는 고개를 끄덕인다. 품속의 아기를 꼭 끌어안으며 란도 말없이 고개를 끄덕인다. 곁에 누운 마루를 흔들기도 했으나 벙어리인 마루는 아기보다 더 깊이 잠들어 있다. 마루를 가리키며 너는 또 한 번 고개를 끄덕인다. 란은 눈빛으로 알아들었다는 말과, 기억하고 있다는 말을 너에게 전달한다. 또 조심하란 말도 덧붙인 것이었는데 그 말은 너에게 전달되지 않았다.

너는 집을 나선다. 만나야 할 사람이 있어서다. 이 순간을 위해 너는 모든 걸 걸어왔고, 이제 그 일을 마무리할 시간이다. 때 묻은 상의를 벗어 너는 웃통을 드러낸다. 돈을 지니지 않은 것처럼 보이기 위함인데 혹시 모를 습격에 대비해서다. 이른 아침이고, 타잉의 선수를 습격할 바보도 없을 테지만 너는 만전에 만전을 기한다. 그을린 너의 등판에 다리가 꺼끌한 메뚜기 떼처럼 여름의 햇살이 달라붙는다. 너는 걷고 또 걷는다. 길에서 잠든 쓰레기들과 피를 흘리고 누운 세 구의 시체를 지나친다. 움막이 모여선 도로를 지나고 두 개의 하천을 건너 구릉을 오른다. 백白의 사무실은 멀고도 멀다.

살아왔군, 하고 백이 말한다. 운이 좋았다고 너는 답하지만 백은 관심도 없는 얼굴이다. 준비는 다 된 거지? 너는 묻는다. 돈은? 하고 백이 답한다. 허벅지에 찬 전대를 끌러 너는 백에게 건넨다. 액수를 확인한 백이 돋보기를 벗으며 고개를 끄덕인다. 오래전 운송회사의 사무실로 쓰였던 허물어진 건물 위로 커다란 새 한 마리가 날개를 치며 지나간다. 차를 한잔 마실 텐가? 백이 묻는다. 기다란 소파에 기대 앉아 너는 고개를 끄덕인다.

같이 갈 식구가 둘이랬나?
아기까지 셋이오.
나머지 식구들은?
이제 식구가 아니오.

아기는... 자네 씨인가?

그걸 어찌 알겠소.

백과 너는 계획에 대해 상의한다. 타잉의 눈을 피해 너는 이곳에 있기로, 백이 미리 약속한 장소에서 란과 마루를 데려오기로 결정한다. 도로까지 세 사람을 데려다 주는 것도, 그곳에서 도로를 건너갈 방법을 알려주는 것도 백의 몫이다. 건너간 사람들이 많소? 골백번은 더 물었을 뻔한 질문에 백은 다시 한 번 성의껏 답을 해준다. 룰렛과 같은 거지... 셔틀은 오는 모습이 보이거나 피할 수 있는 게 아니라네. 그나마 이곳은 가장 한적한 도로니까... 왜 그런 말도 있지 않나, 도로를 만든 이유도 우릴 가두기 위한 것이었다고... 즉 아시아는 오래전부터 이런 준비를 해온 것이야. 건너간 사람들은 어떻게 되었소? 나도 알 길이 없네. 어쨌거나 돌아온 사람은 없으니까... 가장 중요한 건 문명의 차이일 게야, 아마도 이제 200년 이상의 차이가 벌어졌지 않을까 싶네만... 아무튼 내가 생각하는 최선의 결과는 자네들이 그곳의 교도소에 수감되는 것이야. 교도소란 무엇이오? 원래 이 세계엔 치안이란 게 있다네... 즉 죄를 지은 이들을 가두어 벌주는 곳이지. 현재의 문명이라면 교도소라 해도 이곳의 삶보다는 백 배 더 나을걸세.

백은 원래 양란의 인간이 아니었다. 오래전 그는 인권단체와 함께 이곳으로 잠입했고, 아시아는 그들이 다시는 돌아오지 못하게 양란을 차단했다. 그리고 긴 세월이 흘렀다. 살아남은 회원들은 점차 양란의 인간이 되어갔고 백은 그중에서도 장수를 누린 인물이다. 당신은 왜 건너가

지 않소? 미지근한 찻잔을 내려놓으며 너가 묻는다. 느릿느릿 부채질을 해가며 백은 희미하게 웃기만 한다. 시간이 남았으니 잠이라도 자두게나, 나는 이제 나가봐야겠네. 백이 자리를 일어선다. 너는 마지막으로 궁금한 걸 물어본다. 그런데 계장님이란 게 뭔지 아시오? 부채를 내려놓던 백이 또 싱긋 웃으며 답한다. 그건... 아무것도 아니라네.

실은 백을 믿지 않지만, 너는 너의 직감을 믿는다. 룰렛을 할 때도 마찬가지였다. 그래서 란과 마루가 무사히 이곳을 올 거란 걸, 너는 믿는다. 그렇다고 란과 마루를 믿지도 않는다. 다만 너가 사라진다면 란과 마루가 무사하지 않을 거란 예감이 들어서이다. 거죽이 터진 소파에 누워 너는 정말로 잠이 든다. 짧은 꿈을 꾸기도 했는데 아버지와 어머니가 나오는 꿈이었다. 어떤 도로 위에 너는 서 있었다. 광활한 도로이고 그 도로의 건너편에 아버지와 어머니가 서 계셨다. 너는 달려 도로를 건너갔다. 어머니는 란의 아기를 안고 있었는데 마치 손자를 안은 듯한 얼굴이었다. 이 아기가 저의 씨인가요? 너는 물었다. 몰랐니? 라는 표정으로 어머니는 환히 웃기만 했다. 이제 우린 어디로 가는 건가요? 어리광을 부리는 너를 번쩍 안아 올리며 아버지는 말씀하셨다.

여행을 갈 거란다, 애야.

백이 모는 낡은 모터카에 앉아 지금 너는 그 꿈을 떠올린다. 그리고... 어릴 때 본 바다를 떠올린다. 힐끔힐끔 너는 뒷자리의 란과, 란의 아기를 바라본다. 대체 얼마를 달린 걸까. 이윽고 성벽처럼 이어진 도로의 스카이라인이 너와 너의 식구 모두의 눈을 사로잡는다. 어버, 하고 일어선 마루는 앉으라는 백의 말에도 꿈쩍을 하지 않는다. 도로와 연결된 커다란 시설물 앞에 백은 모두를 내려놓는다. 이 문을 들어서면 엄청 많은 계단을 올라야 할 게야, 맨 꼭대기 층의 문을 나서면 도로가 나오고... 그래, 그리고 길 건너에 이 정도 각도로 말이지... 대칭되는 지점에 이와 똑같이 생긴 시설물 하나가 보일 것이야. 그 문만 들어서면 내려가는 길은 여기서 올라가는 길과 똑같다고 할 수 있네. 그다음은 신에게 맡겨야지, 물론 도로를 건너는 것도 말일세... 어쩌면 인간은, 신이 버린 프롤레타리아일지도 모른다고 뛰어가는 너의 뒷모습을 바라보며 백은 생각한다. 그런 사실을 전혀 모른 채 너는 란의 아기를 안고 어두운 복도와 녹슨 계단을 오르기 시작한다.

도로는 광활했다.

어버, 하고 소리친 마루가 주춤 뒷걸음질을 칠 정도로 두려운 광활함이었다. 괜찮을 거라고, 너는 식구들을 안심시킨다. 너는 다시 한 번 너의 직감에 모든 것을 걸어본다. 바람이 분다. 아직 해가 떨어지지 않은 하늘이어서 바로 지금이 여행을 떠날 때라고 너는 생각한다. 아기를 안고 너는 뛰기 시작한다. 한발 뒤처진 거리를 유지하며 란과 마루도 너의 뒤를 쫓기 시작한다. 차로車路 사이 사이마다 설치된 폭 넓은 레일을 넘어, 너는 달린다. 땀과, 호흡과... 여름의 볕이 하나 되어 품에 안은 란의 아기가 더욱 뜨겁게 느껴진다. 얼마나 달렸을까, 드디어 건너편의 펜스와 백이 말한 시설물의 옥상을 너는 눈으로 확인한다.

너는 달린다, 달리다가… 순간 알 수 없는 불안과 공포에 온몸이 경직된다. 어떤 기척이 있는 것도 아닌데 어버버, 외치는 마루의 고함이 들린다. 너도 모르게 너는 란을 돌아본다. 그것은 극히 짧은 순간이었는데 너는 시간이 정지된 느낌을 받는다. 떨리는 란의 눈빛을 너는 마주한다. 그리고 그 진동의 폭보다도 좁은 시간의 틈을 기억해낸다. 쓴웃음을 짓는 사이토의 얼굴과, 총성이 귓전을 파고들기 전의 틈… 그 시간의 틈새에 또다시 서 있음을 너는 느낀다. 실은 울고 싶은데 눈물을 만들 만한 시간이 없음을 너는 안다. 다만 품에 안긴 란의 아기를, 너는 느낀다. 너의 직감이 너의 팔을 마지막으로 움직이게 한다. 너가 잠시 웃은 것은 분명 너의 두 손이 한없이 가벼워지기 전의 일이었다.

*

나는 걷고 있다.

왼무릎이 굽혀지지 않아 아예 록을 건 채 한쪽 다리를 끌고 있다. 더 심각한 건 전원의 상태인데 이미 경고의 수준을 넘어선 지 오래다. 스캔을 사용하지 못한 건 물론이다. 다만 찬란한 불빛을 향해 나는 걷고 또 걷는다. 통신을 시도하던 요사의 목소리도 떠오른다. 야구에 대해 떠들 때처럼 톤이 높았고 배트를 휘두를 때처럼 숨이 가쁜 목소리였다. '필요' 란 것이 무엇인지 나는 그, 다급한 목소리를 통해 알 수 있었다. 비상전원의 저하를 알리는 신호가 또 한차례 다급히 깜박인다. 다급할 수 없는 나의 걸음이 그래서 더, 느리게만 느껴진다. 그래도 걷는다. 서서히 새벽이 밝아올수록 나의 시야는 흐려져간다.

나는 걷고 있다. 가까워진 불빛들이 보다 구체적이고 뚜렷한 건물의 윤곽들로 드러나기 시작한다. 아시아다. 그리고 지금 나는 '아시아'의 어딘가에 서 있다. 이봐 마오, 눈앞의 이 풍경을 너에게 꼭 보여주고 싶어. 인간의 빛이 모여 있는 이 광경을... 그러나 보여줄 수 없을 것이다. 나는 멈춰 선다. 그리고 더는 관절을 움직일 전원이 남아 있지 않다. 1안의 렌즈를 제외하고는 이제 온몸이 꺼진 상태이다. 다행히 한 무리의 인간들이 걸어오는 모습을... 나는 본다. 그들은 계단을 오르는 중이고... 동상銅像처럼 서 있는 나와... 품속의 작은 인간을 발견할 것이다. 이상한 일이다. 지금 나는 모차르트가 듣고 싶다. 예전의 마오를 다시 만날 수 있다면, 아마도 많은 대화를...

이봐 마오...
에서 나는 생각이 멎는다.
모니터가 꺼지고
다만 올라서는 인간의 발소리를
잠시 듣는다.

나는

윤후명

© 김보섭

1946년 강원도 강릉 출생. 연세대학교 철학과 졸업.
1967년 경향신문 신춘문예 시, 1979년 한국일보 신춘문예 소설 당선.
시집 『명궁』, 소설집 『둔황의 사랑』 『협궤열차』 『여우 사냥』 『가장 멀리 있는 나』
『모든 별들은 음악소리를 낸다』 『삼국유사 읽는 호텔』 『새의 말을 듣다』 등이 있음.
한국일보문학상, 현대문학상, 이상문학상, 현대불교문학상, 김동리문학상 등 수상.
현재 문학비단길 고문, 국민대 문창대학원 겸임교수.
humyong@hanmail.net

쿠바에서 돌아와 〈부에나 비스타 소셜 클럽〉의 음악가들을 영화로 보며 들은 음악이 다시 살아나는 듯하다. 아바나의 낡고 후미진 길목. 헤밍웨이의 발자국 소리는 어디에 묻혀 있을까. 그도 방파제에 올라 저 풍경을 보았으리라.

저 그림의 어디에 긴장감이 깃들어 있을까. 나는 '삶이란……' 하고 후렴구를 또 한 번 외면서, 내가 갔던 길의 가장 끝에서 만난 섬을 기억한다.

— 본문 중에서

오감도로 가는 길

윤후명

어디에선가도 말했듯이 내게는 〈아바나의 방파제〉라고 이름 붙일 만한 그림 한 점이 있다. 아바나란 물론 쿠바의 수도를 일컫는데, 그곳 바닷가의 방파제는 관광객들이 둘러보는 코스로도 이름나 있다. 실상 그렇게 내가 부른다 해도 그건 어디까지나 내 나름의 제목일 뿐, 화가가 직접 뭐라고 붙였는지는 나로서는 알 수가 없다. 어느 해 여름, 그곳으로 여행을 갔다가 장터에 벌여놓은 난전에서 부랴부랴 산 그림. 나는 다시금 'DANILO 92' 라는 화가의 사인을 확인한다. 뭐 특별히 살 만한 게 없나 살펴보다가 조악한 쇠촛대 하나를 흥정한 다음 문득 눈에 띄어 집어든 3호 정도 크기의 작은 그림. 이게 아마 10달러였지.

나는 등장인물들의 통통한 몸매를 들여다본다. 강아지도, 성모상聖母像도, 아기 예수도, 예배자들도 여전히 통통. 바다는 청람색. 오른쪽의 등대. 변한 것이 있을 리 없다. 그러나 늘 보던 평화로운 풍경에 왠지 긴장감이 서려 있다고 나는 느낀다.

쿠바에서 돌아와 〈부에나 비스타 소셜 클럽〉의 음악가들을 영화로 보며 들은 음악이 다시 살아나는 듯하다. 아바나의 낡고 후미진 길목. 헤밍웨이의 발자국 소리는 어디에 묻혀 있을까. 그도 방파제에 올라 저 풍경을 보았으리라.

저 그림의 어디에 긴장감이 깃들어 있을까. 나는 '삶이란……' 하고 후렴구를 또 한 번 외면서, 내가 갔던 길의 가장 끝에서 만난 섬을 기억한다.

작업실 벽에 그림 액자를 걸다가 뒤에 붙여놓은 인쇄물을 읽었다. 이런 걸 다 썼었군. 몇 해 전에 '소설 클럽' 이라는 안내판에 '소설' 을 'social' 이라고 해석해놓은 카페가 있어서 한두 번 드나든 적이 떠올랐다. 그 뒤로 이 서촌에 작업실을 마련하고 싶은 마음이 마침내 이루어진 것이다. 더군다나 지하층에 미술 전시장이 들어서서 뭔가 어울리는 구조라는 생각이 들었다. 'PROJECT SPACE 사루비아다방' 이 그것이었다. 이 전시장에서 열리는 전시 제목이 '번역 안내소' 나 '세미콜론이 본 세계의 단위들' 이라는 데서부터 보통의 화랑과는 차이가 있음을 나타내고 있었다. '프로젝트 스페이스' 는 무엇이며 게다가 '세미콜론이 본 세계의 단위들' 이라니, 심상치가 않았다. 사루비아다방은 그러니까 한마디로 다방하고는 거리가 멀었다. 오래전에 인사동에 들어설 때는 착실한 다방이었다고 하지만 점차 장사가 되지 않던 차에 그만 미술 전시장으로 탈바꿈해서 이곳으로 옮겨왔다는 것이었다. 그래도 이름은 여전히 '사루비아다방' 이었다. '사루비아' 란 본래는 깨꽃이라고도 하는 샐비어의 잘못된 표기였겠다. 다방은 실험미술의 전시장으로 정평이 나 있었다.

"애, 여기 다방이 있구나. 사루비아."

"옛날 동네니까."

"사루비아 피는 학교 꽃길. 생각나."

손가락질을 하며 지나가는 젊은 여자들도 있었다. '옛날 동네'는 맞았다. 오래된 예전부터의 모습 그대로 개발을 모르고 뒤처져 있던 마을이었다. 경복궁을 놓고 건너편이 북촌이라는 이름으로 사람들 입에 오르내리자 서촌이라는 이름으로 알려지며 기지개를 켜고 있었다. 최근에는 서촌이 근거가 없다며 다시 이름을 지어야 한다고 세종마을을 내세우는 사람들도 신문 기사에서 보았다. 그러나 내게는 무엇보다도 문인 이상이 살았던 동네라는 사실이 큰 의미로 다가왔다.

이상의 '막다른 골목'은 어디일까.

어느 날, 지하철 경복궁역 4번 출구로 나서서 청와대 쪽으로 고즈넉한 길을 걷다가 '보안여관'이라는 얄궂은 이름의 낡은 간판을 보았다. 옛날 여관은 이런 몰골이었지, 하며 과거의 나로 돌아가 기웃거리는 순간 입구의 작은 안내판이 눈에 들어온다. 깨알 같은 글자 가운데 '서정주 등이 시인부락을 만든 곳'이라는 구절을 읽는다. 아, 그랬었구나. 여관 건물은 옛 모습을 그대로 간직한 채 지금 미술 전시관으로 사용되고 있다. 그리고 신문 기사에는 다음과 같은 구절도 검색한다.

> 일제강점기인 1936년 서울 종로 통의동에 스물두 살의 청년 서정주가 나타났다. 경복궁 근처 허름한 여관에 짐을 푼 서정주는 김동리, 오장환, 김

달진 등 동년배의 시인들과 문학동인지 『시인부락』을 만들었다. 통의(通義: 의가 통하다)라는 동네 이름 때문이었을까. 뜻을 같이한 이들의 작업을 오늘날의 학자들은 한국 현대문학의 본격적인 등장이라고 평가한다. 이들이 머리를 맞대고 젊음의 꿈과 희망, 현실에 대한 불만을 토론하던 곳. 1930년대 문을 연 통의동 2-1번지 보안여관은 처음 등장부터 일반 여관과는 달랐다.

청와대와 경복궁, 광화문, 영추문, 통인시장, 북악산, 인왕산으로 둘러싸인 통의동은 독특한 공간이다. 멀리 조선시대에는 겸재 정선과 추사 김정희가 태어나 수많은 얘기를 남겼고 시인 이상은 「오감도」에서 통의동을 '막다른 골목' 이라고 표현했다.(서울신문 박건형 기자)

이상이 살았던 집은 길 건너 통인동이라고 했다. 하기야 말했다시피 엎어지면 코 닿을 거리라고 표현해도 되는, 같은 동네. 올망졸망한 동네들의 서촌은 온통 골목길이 미로처럼 이어진다. 그 '막다른 골목' 들마다 이상의, 혹은 이상의 아해들의 그림자가 어려 있는 곳.

2010년은 그의 탄생 백주년이 되는 해. 언제나 현실이 아닌 환상 속 인물로 여겨지던 그였다. 그는 건축을 공부했고, 시와 소설을 썼으며, 또 그림도 그렸다. 예전의 그가 관념 속의 이상이었다면 나는 비로소 그의 존재를 현실 속에 구체적으로 받아들이고 있었다. 게다가 최근에 그의 난해한 시들을 새로운 독법으로 일목요연하게 정리한 권영민 교수의 『이상 전집』도 큰 도움이 되었다. 친구인 구본웅 화가가 선물한 오얏나무[李] 화구상자[箱]에서 본명 김해경 대신 필명 이상을 쓰게 되었다든가, '且八' 은 '具' 의 파자라든가, 지하실에서 썩고 있는 '콘크리트' 는 빵의 비유라든가'하는 해석은 쉽고 유효했다. 아울러 가수 겸 화가인 조영남이 그를 '최초 최후의 다다이스트'로 추앙하여 벼르다가 쓴 책『이상은 이상異狀 이상以上이다』의 진정성도 살갑게 다가왔다.

그러나 어쨌든 모든 설정을 떠나서 그는 언제나 '막다른 골목'의 수수께끼 같은 모습일 뿐. 암호와 상징의 문학이요, 삶이다. 아니, 언어도단의 문학이 신기루처럼 저기에 있다. 그러니까 그 자체를 실상으로 받아들이지 않으면 안 된다. 백 년이 된 사람이 지금의 우리보다 더 현대적으로 읽히기도 하는 마술이다. 그가 앓은 폐결핵이「동백꽃」의 김유정이 앓은 폐결핵과는 다른 '거동 수상'의 치명致命을 말하고 있는 것도 같은 맥락이다.

숨 막히는 현실에서 그의 '날개'란 한낱 남루의 이름에 지나지 않았는가. 그의 영혼의 방황에 그저 가슴이 막막할 뿐이다. 하지만 지금도 우리는 누구나 스스로에게 '날자꾸나'를 외치며 발버둥 칠 수밖에 없는 존재라 할 때, 그 역시 시간을 뛰어넘어 현존재로 어느 골목엔가 살아 있다. 그래서 서촌의 미로를 헤매면 여기저기 자리 잡은 카페마다 그가 경영했던 제비, 무기[麥], 69 등의 카페 이름이 떠오르며, 봉두난발의 그가 담배를 피워 물고 최후의 신음처럼 '날자꾸나!'를 내뱉는 소리가 들리는 듯하다.

뒤늦게 일본으로 간 그는 '거동 수상자'로 경찰에 붙잡혀 조사를 받고 병약한 몸을 이승에서 거두고 만다. 27세의 젊은, 어린 나이였다. '반도인'으로서 하는 일도 없는 폐결핵 환자인 만큼 거동이 수상하기야 했겠지만, '날개'를 달고자 한 그의 의지가 더욱 그렇게 보였으리라.

그의 탄생 백주년을 맞이하여 민정기, 서용선, 오원배, 황주리, 김선

두, 이인, 최석운, 한생곤, 이이남 등 화가들이 그의 모습을 담은 작업을 선보였다. 이상 자신이 화가였으니, 화가들의 작업은 이제까지와는 남다른 면모를 보여줄 것이라는 기대와 함께. 그러나 어떤 화가라 할지라도 그를 그리는 건 아예 불가능할지 모른다. 그의 예술 자체가 불가능의 비상飛翔을 뜻하기 때문이다. 그렇다면 그의 '날자꾸나'를 화폭에 담아낼 불가능의 미학 또한 우리의 몫이 아닐까.

교보문고가 주최하는 '이상 탄생 백주년 기념' 행사에 여러 화가들과 함께 참여하게 된 나는 지난해부터 이상의 「오감도」를 생각하고 있었다. 이상, 할 때 「오감도」는 뭐 그리 특별한 생각도 아닐 것이다. 그러나 정확하게 말하면, 그의 시에 나오는 '육면체'가 늘 머리를 떠나지 않았다고 해야 한다. 나는 오래전부터 그가 노리고 있는 포인트는 무슨 까마귀 종류나 골목보다도 이 '육면체'의 정체에 있다는 생각이 짙었다. 이 '육면체'란 무엇인가. 그것은 '정육면체'로서 '순수'라고 그는 시 구절에서 알기 쉽게 암시하지 않았던가. 그는 건축학도이므로 구球보다는 '면체面體'에 더 집착할 수밖에 없었고, 따라서 그의 지향점이라고 나는 받아들였다.

나는 그림을 그렸다. 이상의 친구인 화가 구본웅이 그린 '초상'을 본뜨고 물론 까마귀 비슷한 새도 그렸다. 거기에 나는 정육면체를 놓았던 것이다. 그림은 직접 볼 수 있는 것이겠기에 이만 설명하겠지만, 그럼 그림을 그린 텍스트는 구체적으로 어떤 작품이란 말인가. 「오감도」이긴 한데 어느 한 작품으로 한정시키고 싶지 않은, 한정시키지 못하는 내 의지가 있었다. 그리하여 다음과 같은 시가 그림에 붙게 되었다.

오감도-시 제64호

오烏는 새 아닌 새가 되므로 백안白眼이 정육면체로 움직인다. 질주의 자유는 곰방대의 토혈을 통해 언오焉烏씨의 나무南無를 가능한 세계의 통의通義 막다른 골목에서 창성케 한다. PUBLIC의 유리막은 여자들을 가둔 박하잎을 먹고 새를 들여보내 염탐하려 하건만, 그만 건축무한정육면체가 착시를 유발하여 상箱을 모으고 그 속에 들어 있는 추억을 고정한다. 새가 보는 상箱들은 어느 것이 거울 속의 것인지 날개를 달아 두렵지 않다고 한다.

그림과 시는 광화문 교보문고 매장의 전시 장소와 부남미술관과 선유도 전시장에 내걸렸고, 도록에도 실렸다. 그런데 문제는 이상의 「오감도」는 '시 제30호' 까지밖에는 없는데 웬 '시 제64호' 냐는 데 있다. 아무도 주목하지 않은, 의문을 제기하지 않아서 나는 섭섭했고 씁쓸했다. 한마디로 말해 이 시는 이상이 쓴 시가 아니다. 즉설주왈컨대 이상을 참칭한 나의 즉흥시였던 것이다. 과연 그래도 되는지 힐문이 있을 수 있다. 속았다고 화를 내는 사람이 있을 수도 있겠다. 그러나 어쨌든 나는 그렇게 이상을 그리고 쓸 수밖에 없었다. 그럼에도 불구하고 아무것도 속시원히 나타낼 수 없었고 되려 '무한' 에 어떻게 접근해야 하느냐는 과제만 영구 미제로 부각되었을 뿐이다. 참고로 밝히자면 'PUBLIC' 은 내 작업실과 붙어 있는 카페의 이름이었다. '뉴욕 풍' 으로 꾸민다고 했지만 뉴욕 풍을 알 수 없는 나로선 감을 잡지 못할 인테리어였다. 어쨌든 이 카페에서 요즘 젊은 음악을 가끔 접하는데, 대표적으로 '크라잉 넛' 이라는 밴드의 이름을 안 것도 그런 계기에서였다.

우리 문학의 골목에서 '날자, 날아보자꾸나!' 를 외치는 사람에게 어느 날 '정육면체' 의 비밀은 저절로 풀릴 것은 물론 그 자신도 막다른 골목에서 환히 벗어나리라는 희망을 품어본다. 이상은 언제나 희망과 절망의 양면 얼굴로 저기에 담배를 피워 물고 있구나.

이상 탄생 백주년 기념행사 무렵 일본에 간 것은 단순히 바람 좀 쐬고 오자는 뜻이었다. 신주쿠의 호텔에 숙소를 정하고 이곳저곳 기웃거리는 게 일이었다. 뒷골목의 작은 라면집이나 이자카야, 기념품점을 돌다가 길거리 테이블에서 커피도 마시며 두리번거렸다. 모리미술관에서 현대미술을 보기도 했다. 티베트 승려들의 모습을 담은 필름도 돌아가고 있었다. 그런 어느 순간 나는 이상을 기억해냈다. 그 언저리가 이상이 헤매던 곳이었다. '거동 수상자' 라는 누명이 나를 붙들고 놓아주지 않았다. 이른바 '봉두난발' 에 담배를 꼬나문 핼쑥한 폐병쟁이는 가만히 서 있기만 해도 거동 수상자임에 틀림없었다. 도쿄에 가면 모리 오가이의 「다카세부네[高瀬舟]」가 오르내리던 에도 강변에 서고 싶었던 마음이 이상의 담배 연기에 휘감겨 바뀐 것이었다. 그러나 스물일곱에 죽은 젊은이의 흔적이 남아 있다면 그는 정말 거동 수상자가 아니었겠는가. 그러나 나는 이미 한국의 신세계백화점에서 그를 보고 오지 않았던가. 「날개」의 주인공이 '날아보자꾸나!' 를 외치는 장면은 지금의 신세계백화점 옥상이 무대였다. 그 연장선상에서 얼마 전에 신세계백화점의 리모델링 가림막에 여기저기 줄줄이 벽면을 타고 내리는 우산 쓴 남자 그림을 본 나는, 수많은 이상이 날개를 달고 하늘에서 내려오는 장면이라고 받아들였다. 가림막 작가가 르네 마그리트의 초현실주의 그림을 가져다 썼든 말든 상관없는 일이었다. 이상은 그렇게 날개를 달고 날아 지금 나타나고 있었다.

일본에서 돌아오자마자 나는 작업실 얻기를 서둘렀다. 이상이 줄기차게 나를 따라다니고 있는 셈이었다. 이상의 옛집도 내셔널트러스트 같은 곳에서 사들인다는 보도도 나왔다. 드디어 「아바나의 방파제」를 벽에 걺으로써 작업실은 완성되었다. 그러나 작업실에서 '작업'은 어떡하고 어제도 오늘도 서촌 길을 어슬렁거리는 게 일이었다. 작업실에서 무엇을 '작업' 하느냐는 뒷전이었다. 이상의 망령 때문이라고 한다면 좀 견강부회의 구실이 될지도 모른다. 그러나 아니라고 해도 마땅치가 않았다. 우선 사루비아다방에 들르는 일은 기본이었다. 하지만 나의 직접적인 작업이란 무엇이란 말인가. 나는 늘 내 공간을 찾아왔기에, 오로지 내 공간 만들기가 목적인 것처럼 여겨졌다. 공간 만들기 자체가 목적이었던 인생이라고 해도 할 말이 없었다. 어찌 보면 그 공간에서 멍청히 머물 자유를 갈망했던 것처럼도 보인다. 그뿐인가? 나는 스스로 묻곤 했다. 아무것도 이렇다 하고 높이 치켜들 게 없었다. 그냥 무심코 앉아 있다가 지금 내가 무슨 생각을 하지? 하는 게 생각인 때도 많았다. 이게 인생이란 말인가? 하는 생각도 따르긴 했다. 억지로 갖다 붙이자면 '세미콜론이 본 세계의 단위들'이 작가 나름대로의 무슨 행위였다 하더라도 나는 또 나름대로 짤막한 시 한 편을 얻기도 했다.

길은 온갖 부호들로 가득 차 있다

나는 부호들을 찾아간다

모스부호밖에 모르는

아니 모스부호라는 명칭밖에 모르는

나는 문법에 쓰이는 . , ! ? 들을 찾아간다

그러나 이 시라는 것도 부호 같기만 했다. 암담하기는 마찬가지였다. 그래서 생각 끝에 여기 어느 골목 모퉁이에서 '아바나의 방파제'로 나가는 길목 같은 느낌을 받을 수 있다면, 하는 생각에 이르렀고, 그것을 과제처럼 여기자는 목표 아닌 목표를 세우기에 이르렀다. 작업실 벽에 「아바나의 방파제」를 걸어놓은 게 화근인 모양이었다. 난데없는, 어이없는 목표였다.

나는 「아바나의 방파제」를 바라보며 그곳으로 나를 데려다놓는다. '모던 보이' 이상보다야 덜 '모던'하겠지만 담배를 꼬나문 골초라는 점에서는 그를 못 따를 바 없었다. 게다가 나는 파이프도 몇 개 가지고 있으며, 그중에는 호박琥珀 파이프도 있었다. 나는 담배를 피워 물고 아바나의 거리를 걸어간다. 몇몇 해 전인가, 그 거리를 걸어서 시장을 구경하다가 구입한 기념품 중에서 소중하게 건진 게 「아바나의 방파제」였다. 그 밖에 어부들이 그물질을 하는 '이발소 그림'도 있었고 조악한 쇠 촛대도 있었다. 도무지 살 게 없어서 호텔 전시장에서 산 도자기 몇 개는 그래도 놓고 볼 만했다. 새와 새알 그림에 'CUBA MANUEL' 사인.

멕시코의 휴양지 칸쿤으로 가서 쿠바로 간다는 말에 서울의 일정을 어기며 따라 나선 여행이었다. 언젠가 지구의 끝까지 가보고 싶다는 젊은 날의 욕망은, 그런 다음에는 뭔가 새로운 발자국을 뗄 수 있으리라는 기대 때문이었을 것이다. 끝까지 가서 다시 내딛고 싶었던 세계는 어디였을까. 그렇다고 북극, 남극이나 에베레스트 꼭대기 같은 끝은 내게는 해당되지 않았다. 나는 인간이 스쳐간 흔적의 끝을 찾고 싶었다. 그 흔적의 희미한 그림자를, 그림자조차 사라진 뒤안길 어디를 초점 없는 눈동자로 더듬어볼 수 있다면 최상이었다. 흐린 눈동자에 얼핏 스쳐 보이는 어떤 잔상에 내 뒷모습을 볼 수도 있지 않을까, 나는 사라짐을 그런 식으로 보고자 했던 듯싶었다. 번듯하고 수려한 풍경보다는 가령 인도 북부 고대 잔스카르 왕국의 유적처럼 스산한 회백색 흙벽돌의 풍경 속에 나를 데려가고 싶었다. 그래서, 물을 스페인어로 '아구아' 라고 한다는 걸 배운 칸쿤에서 휴양은커녕 데킬라 술에 젖어 흐물거리다가 '아구아, 아구아' 하면서 쿠바로 간 것이었다.

카리브 해의 대표적인 섬나라라고 해서 쿠바가 특별히 물과 관련이 깊은 것은 아니었다. 다만 그곳은 내게 혁명과 공산주의와 카스트로와 시가로 알려졌었다. 그러니까 공산 혁명과 담배였다. 그러나 공산 혁명이든 시가든 내게는 그리 친근한 것들은 아니었다. 그곳에는 내가 바라는 풍경이 없었다. 카스트로가 이끈 열 몇 명의 혁명 동지들이 바티스타 왕정을 결국 무너뜨린다는 이야기도 여러 혁명 이야기들 가운데 진부한 내용일 뿐이었다. 그리고 왜 시가가 그렇게 유명한지는 내내 모르는 채였다. 그곳 헤밍웨이의 집도 여행 스케줄에 나와 있었으나 실상 특별히 호기심을 끄는 장소는 아니었다. 차라리 어디론가 달려가던 차창밖에 덩그러니 서 있던 마피아 두목 알 카포네의 별장이 더 흥미로웠다. 그러려니 했는데 헤밍웨이는 여러 곳에 진을 치고 있었다. 그가 자주 갔다는 카페도 있었고, 소설 『노인과 바다』의 무대가 된 바닷가 마을도 있었다.

배를 타고 낚시를 나가곤 하던 마을이었다. 아바나 뒷골목 카페에서 그가 즐겨 마셨다는 칵테일을 마시며 낚시에 걸려 올라온 청새치인지 하는 큰 물고기를 머리에 떠올려보았다. 그 연상조차 여행객의 스케줄처럼 여겨졌다. 그러나 그의 집 벽을 가득 채울 듯 걸려 있는 큰사슴의 박제 머리들에 나는 놀랄 수밖에 없었다. 그는 너무나 많은 큰사슴들을 쏜 사냥꾼이었다. 자랑스럽게 걸어놓은 엽총들과 머리통들은 거대한 기념탑 군群처럼 나를 압도했다. 나는 밖으로 나와 숨을 몰아쉬었다. 휴우. 사냥한 사슴의 목을 베는 그의 모습이 어디선가 나를 보고 있는 듯했다. 사내라면, 거기에 작가라면 사슴 목 쯤이야. 닭 모가지 하나 제대로 비틀지 못하는 주제에. 휴우. 예전에 읽은 짤막한 소설 「떠오르는 아침 해에 무릎을 꿇고」에서처럼 스페인 내란의 패잔병이 되어 경건하게 기도하던 게 과연 그였을까. 그러자 한 마리의 청새치는 수많은 청새치가 되어 목이 잘려 냉동 창고로 들어가고 그의 고독한 투쟁은 어부의 고기잡이가 되어갔다. 나는 한 작가의 고투를 폄하하지는 말자고 하면 할수록 큰사슴 머리통들에 내 머리가 휘둘렸다. 그런 점에서 나는 카스트로를 이해하기 어려웠다.

마침 그곳에서는 '세계 청년 축전'이 열리고 있었다. 그 지난해 북한에서 공산주의 나라 청년들을 모아 주도한 대회라고 알려져 있었다. 평양 대회에 임수경이 참가하여 떠들썩했던 첫번째에 이어 두번째가 쿠바에서 열리는 모양이었다. 어두운 저녁, 공항에 내려 시내로 들어갈 때, 붉은 주먹을 불끈 쥔 팔뚝 그림에 '세계 청년 축전'의 한글 포스터가 눈에 띄어서 안 사실이었다. 어, 저런 게. 내용이 뭐든 뜻밖에 보게 된 한글 포스터였다. 나는 몇 번이나 뒤돌아보며 한글을 확인했다.

"북쪽 사람들이 많이 와 있을 거요. 조심해야 해요."

누군가 소곤거렸다.

"쉿. 조심, 조심."

그곳은 북한 동맹국 쿠바였다. 나는, 우리는 식당에서도 잔뜩 움츠리고 자리 잡았다. 잘못하다간 납치를 당할지도 모른다는 두려운 분위기였다. 악단이 계속 생음악을 연주하고 있었으나 고등학교 때 교과서에 실려 있던 그 노래 〈배를 타고 아바나를 떠날 때〉는 울려 퍼지지 않았다. 왕정이나 제국주의에 의한 회고조의 노래로 찍혀 있는 것일까. 그런 분위기에 북한 사람들이 노리고 있어서 망고스틴 하나 맛보기 힘들단 말인가. 하기야 그쪽 사람들과 우연히 무슨 이야기를 나누고 나서 '접선' 이라고 곤욕을 치른 사람들을 나는 알고 있었다. 내용보다 '접선' 이 앞섰다. 더군다나 그곳 카리브의 외딴 섬에서는 북한이 이끄는 '세계 청년 축전' 이 열리고 있지 않은가.

거리 시장에서 그림과 촛대를 산 다음 바닷가 성곽에 올랐다가 간 곳이 방파제였다. 흔히 방파제는 바다 가운데로 돌출하여 안쪽 항구를 보호하는 역할을 하는데, 그곳은 아니었다. 방파제 안쪽은 시가지의 도로였다. 그러니까 도로와 나란히 붙어 있는 방파제는 바깥쪽 파도로부터 시가지를 보호하고 있었다. 그림에 산책을 나온 사람들이 그려져 있는 것은 그래서였다. 그림대로 통통한 개를 끌고 나온 사람이라도 있으려나 했으나 방파제에는 아무도 없었다. 다만 파도는 생각보다 높았다. 카리브의 침입자들이나 해적들을 막아내려는 성곽의 일부인 듯 시멘트 방파제는 우람하고 견고해 보였다. 나는 어디서나 뭍의 끝인 방파제를 좋아했다. 거기에 가서야 나는 나와 대화를 나눌 수 있을 것 같았다. 자기와 대화한다는 건 자기를 들여다본다는 의미였다. 뭍의 끝이 바다의 끝과 만나는 경계에 내가 있었다. 〈아바나의 방파제〉는 그 의미를 강조해 주는 듯싶었다.

그런 다음의 일정은 나중 기억으로는 뒤죽박죽 섞여 있었다. 중심가의 넓은 광장이 독립광장으로 불렸는지 혁명광장으로 불렸는지 호세 마르티 광장으로 불렸는지도 아리송했다. 다만 독립 영웅 호세 마르티의 동상을 마주보며 광장을 향한 빌딩 한 면에 가득 그려져 있는 체 게바라의 초상은 눈에 익었다. 수염을 기르고 베레모를 쓴 검정 초상. 기념품점에도 가장 흔한 얼굴. 일본 아사쿠사의 센소지[淺草寺] 앞에서 산 라이터에도 찍혀 있던 얼굴. 끝까지 가정적이었던 그가 출세를 내팽개치고 혁명을 외치며 볼리비아의 밀림에서 죽어간 이야기가 그 얼굴에 겹쳐졌다. 한국을 떠나오기 며칠 전에 어느 잡지에서 그의 시를 읽었다. 그는 시인이었다. '쿠바를 떠날 때,/누가 나에게 말했다./ '당신은 씨를 뿌리고도/열매를 따먹을 줄 모르는/바보 같은 혁명가' 라고……/내가 웃으며 그에게 말했다./ '그 열매는 이미 내 것이 아닐 뿐만 아니라/난 아직 씨를 뿌려야 할 곳들이 많다./그래서 나는 더욱 행복한 혁명가' 라고……' 이런 구절은 내게 모든 혁명가는 시인이라는 생각을 굳혀주었다. 그러나 나는 그의 검정 초상이 그려진 티셔츠를 입을 용기는 없었다.

'우리 모두 리얼리스트가 되자. 그러나 가슴에는 불가능한 이상을 품자.'

멋진 말을 하고 있는 검정 초상이 내게는 너무 멀었다. 차라리 동상으로 서 있는 호세 마르티와 밤새 시를 이야기하고 싶었다. 호텔로 돌아온 나는 문득 시인이 되어 메모지에 끼적거렸다.

아바나 여송연呂宋煙을 피워 물고
혁명광장의 호세Jose 옆에서
이제 세상을 이야기하기엔
지구는 너무 늙었다고 말한다
연기와 함께 그을어버린 이데올로기를
비웃[靑魚]처럼 뜯으며
이게 뭐냐고
카리브 산호뼈 바다의
청람색靑藍色 눈물로 늙은 몸을 씻는다
시인 호세 옆에서 아바나 여송연을 피워 물고
지구처럼 늙은 옛사람
사랑하는 사람
그 이름을 부른다

제목을 달지 못한 메모가 시가 되는지 어떤지는 다음 문제였다. '늙었다' 와 '늙은' 이 반복해 나오는 까닭도 불분명했다. 그 가운데 '산호뼈 바다' 란 바닷가의 백사장이 실은 모래가 아니라 산호의 뼛가루라는 사실을 처음 알고 써넣은 구절이었다. 산호가 식물이 아니라 동물임은 알았으나, 죽은 다음에 뼈가 모래알처럼 쌓여 백사장을 만든다는 생각에는 이를 수가 없었다. 서인도제도 연안의 바닷가들의 특징이었다. 나는 그 눈부시게 희고 고운 산호 뼛가루를 비닐봉지에 넣어 가방 안에 간직하기도 했다.

“알 카포네 별장에는 안 가나요?”

나는 안내자에게 물었다.

“어디요? 아, 거긴…….”

그는 난처해했다. 얼마 전에 카포네의 권총이 경매에 나왔다는 기사를 읽은 탓에 나온 말에 지나지 않았다. 콜트 38구경 리볼버 권총으로, 양복 안주머니에 넣어도 티가 나지 않을 정도로 작고 가벼워 도시의 갱들이 선호했던 것이라는 설명을 나는 기억하고 있었다. 북한에 유학했다는 안내자는 아무 대답이 없다가 시간이 있으면 잠깐 둘러볼 수도 있다고 대꾸했다. 아무리 미국의 전설적인 마피아 두목이라고 해도 그런 인물에까지 관심을 기울일 여유는 없었다. 그런데 헤밍웨이처럼 그도 그곳에 별장을 가지고 있었다. 워낙 관광거리가 없기는 했다. 차라리 〈부에나 비스타 소셜 클럽〉을 그때 알았더라면 조금은 더 흥미로웠을 것이었다. 그러나 어디든 낡게 허물어진 모습뿐이었다.

서촌의 골목들을 돌면서 나는 카포네의 별장 근처 어디를 밤에 헤매던 날이 머리에 떠올랐다. 아마도 술집을 찾아서 나간 날이었을 것이다. 그 호텔에는 문 앞에 여자들이 진을 치고 있지도 않았다. 첫날 투숙한 카리브호텔 앞에는 여자들이 겹겹이 둘러싸고 ‘그라시아스’를 외치고 있었다. 영문을 몰라 어리둥절해 있는 우리에게 안내자는 “물 좋아요” 하고 우리말로 설명을 달았다. 호객 행위? 이 또한 듣도 보도 못한 일이었다. 우리는 여자들을 헤치고 나가야 했다. 나중에 안 바로는 여자들은 호객 행위만을 위해 그러고들 있는 게 아니었다. 호텔 욕실에 있는 일회

용 비누니 샴푸니 치약이니 뭐니 누군가에게 부탁해서 갖다 주기를 기다린다는 것이었다. 세계 어디서든 여자 값이 보통 신발 한 켤레 값이라는 등식도 해당되지 않는다고 했다. 우리는 어두운 길을 달려갔다. 헤밍웨이가 낚싯배를 타고 드나들던 포구로 가는 길목이기도 했다. 카포네의 별장 근처 어디였다. 밤이면 더 짙어지는 꽃향기가 바람결을 타고 있었다.

어둠 속에서 덩그러니 더 커 보이는 희끄무레한 2층인가 3층 별장 건물은 별 기교 없는 외관에 관청 같아 보였다. 우리는 그것도 여행 기념이라고 근처에 차를 세웠다. 그 불과 얼마 동안을 나는 헤맸다고 말하고 있는 것이다. 더군다나 그곳이야말로 암흑가가 아니었던가. 그리고 어느 영화에서 카포네가 주머니에 감추고 있던 권총을 기억해냈다. 나중에 경매에 나온 그것이었음에 틀림없었다. 그는 권총을 쏘아 조직원들을 숙청한다. 어디선가 총성이 들릴 것만 같은 어둠 속의 몇 발짝에서 내가 찾은 것은 무엇이었을까. 여행에서 돌아와 우연히 강남의 인터컨티넨탈 호텔에도 아바나클럽이라는 업소가 있음을 알았고, 혹시나 헤밍웨이가 마시던 칵테일로 한잔할 수 있을까 해서 들어갔으나, 데킬라로 만족해야 했다.

오래전 집 장롱 안에도 권총 한 자루가 있었다. 아버지가 군에서 물러나오면서 가지고 나온 것이었다. 어느 날 그걸 발견한 나는 아무도 없을 때면 살짝 꺼내보거나 몸에 지녀보거나 어디를 겨눠보거나 하며 시간을 보내곤 했다. 고등학생인 내 손 안에도 만만하게 잡혔던 작고 반질반질한 것이었다. 호신용이 아니면 요인 암살용이라는 설명이 붙을 만했다. 나는 그것을 물려받고 싶었다. 그러나 아버지는 돈 될 만한 재산은 물론 권총 한 자루 남기지 않고 세상을 떠났다. 권총은 어디로 갔을까. 카포네의 권총이 경매에 나왔다고 했을 때, 나는 아바나의 별장과 아버지의 권총을 거의 동시에 연상했다.

옆의 카페에서 감미롭고 관능적인 음악이 흐른다. 뉴욕 풍이 아닌 것만은 확실했다. 저녁부터 자정을 넘게까지 왁자지껄 젊은 남녀 술꾼들의 대화와 웃음이 넘쳤다. 나는 작업실에서 그들의 교감을 암호처럼 듣는 게 좋았다. 나도 한때는 저렇게 밤을 지새웠었다. 그러나 내 귀는 어느새 , . ! ? 부호들만을 듣고 있다고 해도 괜찮게끔 농월의 시간을 지나왔다. 세상이 험악한 악다구니 대신에 부호들로만 이루어져 있어도 살 만할 것이라고 여겨졌다.

'오늘도 아슬아슬 재주넘지만 곰곰이 생각하니 내가 곰이네. 난쟁이 광대의 외줄 타기는 아름답다. 슬프도다. 나비로구나.'

'부모 형제 고종사촌 이종사촌 조폭에게 팔아버리고 퍽 치니 억 죽고 물 먹이니 얼싸 죽고 사람이 마분지로 보이냐.'

'개새끼 소새끼 말새끼 씨발새끼 웃기지도 않는다고라.'

라틴 음악을 지나 '크라잉 넛'의 흥겨운 가사를 듣는 저녁은 감미롭고 관능적인 시간 속에 나를 맡길 수 있었다. 모든 감미로움과 관능은 고즈넉한 고독을 음미하게 한다. 아무렇게나 내뱉는 듯한 가사는 비판에서 그치지 않고 자기 자신에게 메아리로 들려온다. 나는 형광등도 켜지 않은 어둑어둑한 작업실에서 벽면의 〈아바나의 방파제〉를 걸어 먼 카리브 해를 헤엄치고 있었다. 언젠가 극단 학전의 기금 모집 공연을 보러 갔던 날도 '크라잉 넛'은 한대수와 함께 나와 노래하고 있었다. 그러나 나는 언젠가부터 노래 가사가 내게 메아리처럼 울려오는 걸 싫어하고 있음을 알았다. 지나친 감정의 고양을 경계해야 했다. 그렇다면, 이제 나는 다른 시간을 향해 가야 하는 것이었다.

〈아바나의 방파제〉는 다른 시간을 향해 가는 길을 열고 있다. 바깥은 푸르스름한 빛 속에 청람색을 안고 지나가는 바람이 느껴졌다. 나는 경복궁 옆길을 향해 걸음을 옮겨놓았다. 플라타너스와 가죽나무가 높게 자란 길이었다. 한때 학생 혁명으로 사상자가 발생함으로써 시대가 바뀌게 되는 역할을 했던 길이었다. 보통 때는 일부러 피하고자 하는 길이기도 했다. 운수가 사나우면 쓸데없는 검문을 당할 우려도 있었다. 젊은 날 그 많은 검문을 교묘히 거쳐 살아온 나날이야말로 '아슬아슬 재주넘' 던 하루하루였다. 그러다 보니 불시에 나이 먹은 인생이었다.

고궁의 돌담이 길게 뻗어 있다. 바다로 향한 길처럼 나를 이끌고 있다. 나는 방파제를 걸어 뭍의 끝으로 가고 있다. 산호들이 삐죽삐죽 자라는 바다 밑으로 이어진 길이다. 세상에서 가장 외로운 길을 찾고 싶어서 헤매 다닌 내가 모습을 나타낸다. 나는 나를 보고 싶었다. 돌담에 내 그림자가 구불구불 우줄거린다. 단지 불빛의 얼비침일지라도 내 그림자가 그 속에서 숨을 쉰다. 홀로 가고 있는 시간만이 나의 시간이다. 그리하여 나의 산호들은 뼈모래를 쌓는다.

"어디 가십니까?"

누군가가 나를 붙들었다.

"왜 그러시죠?"

나는 그를 바라보았다. 경찰인 모양이었다. 아무 표정도 읽히지 않았다.

"어디 가십니까?"

다시 똑같은 물음이 들려왔다. 무슨 부호를 말하고 있는가, 하는 어간에 검문임을 알아차린 나는 선뜻 대답할 말을 찾지 못했다. 작업실까지 마련했기에 검문을 당하리라고는 예상치 못한 일이었다.

"어딜 가든 무슨……."

나는 나도 모르게 심사가 사나워졌다.

"안 됩니다."

완강한 말이 들려왔다. 그와 나 사이가 팽팽한 긴장으로 가로막혔다. 머리가 핑 돌았다. 나는 주머니에 권총이 들어 있다고 말하고 싶었다. 이건 권총이야. 내 권총이야. 아니, 알 카포네의 권총이라도 좋아. 콜트 38구경 리볼버 권총. 웃음이 나올 말이지만 나는 격앙되어 있었다. 몸까지 부들부들 떨렸다. 그러나 그는 물러설 기세가 아니었다.

"안 되다니, 이상을 살려내라고."

"뭐라구요?"

"몰라도 상관없어."

내 목소리는 높아졌다. 이상의 이름이 나온 건 뜻밖이었다. 나 역시 '거동 수상자' 로 보였다는 혐의 때문이었을까. 아닌 것 같았다. 조금 전까지만 해도 생각조차 하지 않았던 일이었고, 이름이었다. 그런데 알 수 없는 것은, 나올 이름이 나왔다는 생각이 순간적으로 뒤따랐다는 점이었다. 27세의 젊은, 어린 나이. 잊혀서는 안 되는 나이였다. 나를 검문한 사람하고는 아무런 관련이 없었다. 그가 이상을 알 까닭이 없다는 사실도 그랬다. 도무지 이치에 닿지 않는다 해도 아까운 나이는 아까운 나이였다. 어쩔 도리가 없었다. 도대체 이상에게는 무슨 잘못이 있었던 것일까. 어디에도 속시원히 밝혀져 있지 않았다. 나는 다만 권총을 믿고 싶었다. 그러나 권총이 있다 한들 그 또한 아무런 도움이 될 물건이 아니었다.

"이상을 살려내라니까!"

나는 더욱 목청을 높였다. 어느 틈에 사람들 몇 명이 나를 에워쌌다. 그들은 무슨 사태인가 알지 못해 어정쩡한 몸짓을 하고 있었다. 사태를 알지 못하기는 나도 마찬가지였다.

"이상을, 이상을 살려내라니까!"

나는 소리치면서도, 있지도 않고 필요도 없는 권총을 찾는 내가 가련해서 견딜 수 없었다.

조현

2008년 《동아일보》 신춘문예에 단편소설 「종이냅킨에 대한 우아한 철학」이 당선되어 등단.
소설집 『누구에게나 아무것도 아닌 햄버거의 역사』 가 있음.
forlux21@empal.com

사춘기 시절, 약수동의 헌책방에서 탐독한 책 중에 김채원의 「초록빛 모자」가 실린 『현대문학』 과월호가 있었다. 난 귀신에 홀린 듯이 선 채로 그 작품을 읽었는데 소설 속에 제목만 등장하는 시 〈은하수를 건너〉가 어린 마음에 사무쳤다.

그 후 때때로 나는 꿈을 꿨다. 미래의 언젠가, 같은 제목의 시를 쓰는 내 모습을 꿈에서 본 것이다. 그건 번뇌의 탄생이었다. 그리고 오랜 세월이 흘러 결국 시 대신 같은 제목의 소설을 썼다. 그러므로 번뇌는 유효하다, 여전히.

은하수를 건너

— 클라투행성통신 1

조현

카페에 앉아 커피를 마시다가 습관적으로 호주머니에 있는 수첩을 꺼내 보았다. 하루에도 수십 번씩 되풀이하는 테스트를 위해서다. 아주 잠깐이면 끝나는 테스트였지만 하는 동안은 진지해야 한다. 이번에는 될까? 그런 생각을 하며 수첩을 펼치자 낯익은 문장들이 보였다. 나는 도자기의 미세한 실금을 살펴보는 감정사처럼 수첩에 적힌 문장을 주시하며 오래전에 배운 대로 손바닥으로 글자를 가렸다가 치워보았다. 처음엔 이상이 없는 듯 보였으나 두어 번 반복하자 수첩의 글자들이 뭉개지며 찬물에 떨어진 잉크처럼 차분하게 번져나갔다. 빙고. 드디어 성공.

난 기분 좋은 만족감에 옆자리의 의자 위로 올라섰다. 카페 안의 사람들이 의아한 눈빛으로 쳐다보았지만 별로 상관하지 않았다. 난 발을 의자 끝에 모으고 잠시 숨을 고른 다음, 의자 앞으로 오른발을 내밀었다.

이렇게 허공을 향해 첫발을 내딛을 때는 습관처럼 약간의 두려움이 생긴다. '내가 과연 허공에 떠오를 수 있을까?' 나는 이 생각으로 항상 2초씩 주저하며 첫발을 내딛는다.

이렇게 파르르 떨 필요는 없는데. 왜냐하면 이건 꿈이니까. 난 오랜 훈련과 경험의 결과로 이게 꿈이라는 걸 안다. 하루에도 수십 번씩 수첩을 꺼내 거기에 적힌 문장을 주시하는 연습을 하다 보면 그걸 꿈에서조차 하게 된다. 그리고 수첩 안에 적힌 글자들이 모호하게 헝클어지는 걸 보면 나는 꿈을 꾸고 있다는 것을 알게 된다. 이른바 루시드 드림이다. 난 지속적인 훈련을 통해 한 달에 한두 번 정도는 자각몽을 꿀 수 있게 되었다. 그리고 좀 더 전문적인 훈련을 거치고 난 후, 난 꿈속에서 내가 뜻하는 상황을 펼칠 수 있고 또 내가 원하는 것을 찾아낼 수 있게 되었다.

나는 사람들 사이로 허공을 걸어 카페를 나섰다. 허공을 걷는 기분은 참으로 묘하다. 가벼운 공기는 말랑말랑한 쿠션처럼 발에 사뿐하다. 나는 정신을 집중하여 1979년의 풍경을 상상한다. 이 시절에 대한 시청각 자료는 충분히 조사했으므로 난 그 풍경을 상상하며 카페 문을 열었다. 그러자 원했던 1979년의 서울이 문밖으로 을씨년스럽게 펼쳐진다. 역시나 빙고. 이 황량한 거리는 당연히 꿈의 풍경이다. 난 지금 내가 꿈을 꾸고 있다는 것을 안다. 필요한 것은 스스로에 대한 신뢰와 신중한 집중력뿐. 뒤를 돌아보니 로고에 별과 물의 요정이 그려진 카페는 어느새 촌스러운 70년대식 다방으로 변해 있다.

어쨌거나 이제 해야 할 일이 있으므로 꿈속에서 난 목적했던 다리를 떠올리며 걸었다. 허공에서 내려와 1979년의 서울을 걷는 내내 이 오래된 도시의 풍경이 초현실주의 화가의 유화처럼 몽환적으로 내 곁을 스쳐 지나갔다. 원작소설을 되풀이해 읽으며 외워둔 70년대의 특징을 가급적 고스란히 재생시키고자 하였으나 모든 풍경에 고루 집중할 수는 없는 탓이었다. 덕분에 몇 번의 시행착오를 거쳤지만 결국 문제의 다리를 다시 찾아낼 수 있었다. 시계를 보니 자정에 가까웠다. 결국 통금을 앞두고 얼추 시간에 맞춰 도착한 셈이다.

꿈속이니 통금시간이 무슨 의미가 있겠냐는 생각이 들기도 했지만 좋은 게 좋은 거다. 아직 나로서는 잠재의식의 표층부밖에 통제하지 못하고 있고, 그러니 지금 이 상황이 루시드 드림이라 할지라도 가급적 논리적 법칙에 의지를 맞추는 게 좋을 테다. 그렇게 생각하니 지난번 자각몽 때 괜스레 잡지사를 목표로 해서 여직원과 실랑이를 하느라 허비한 기회가 아까웠다.

다리를 찾아 난간에 서니 반대편으로 바바리 차림을 한 사람이 보였다. 비록 얼굴은 부어 있었고 안경은 어디론가 흘려 버렸지만 짧게 깎아 붙인 민머리에 갸름한 얼굴이 지난번 자각몽에서 본 적이 있는 시인 김호였다. 아니, 아직 등단 추천이란 걸 받지 못했으니 중성의 예명 대신 김기정이라는 본명으로 불러야 할까? 김호는 파출소에서 심하게 얻어맞았는지 난간 옆에 쭈그리고 앉아 등을 기대고 개천을 내려다보고 있었다. 남장을 했다가 소매치기로 오해를 받은 탓이다. 나는 그제야 안도감에 숨을 고르며 천천히 김호 쪽으로 다리를 건넜다.

*

나는 클라투행성의 지구 주재 특파원이다. 더 정확히 말하자면 클라투행성 외계문명접촉위원회 소속의 현지 특파원이다. 이렇게 말하니 뭔가 거창하지만 사실은 잔심부름꾼에 지나지 않는다. 이를테면 생활정보지를 펼쳐보면 금방 찾을 수 있는 조그만 심부름센터 조사원을 생각하면 된다. 내가 주로 하는 일은 클라투행성에 지구의 소식을 전하는 게 되겠지만 반대로 이런저런 의뢰를 받고 그 일을 처리하기도 한다.

이번에 내가 진행하고 있는 의뢰는 1979년의 서울에서 시인 김호의 작품 「은하수를 건너」를 찾아내 그 내용을 파악하는 일이다. 꽤나 난이도가 있는 일이다. 왜냐하면 시간을 거슬러 올라가는 동시에 실재했던 현실이 아니라 가공의 소설 속으로 진입하는 일이기 때문이다. 그리고 이 임무를 위해서는 루시드 드림이 필수적이다.

하지만 불가능한 일은 아니다. 난 이 행성에서 평범한 샐러리맨으로 살고 있지만, 또한 지구 주재 특파원이라는 직업을 가지고 있으니까. 그리고 오랫동안 자각몽에 대한 훈련과 경험을 쌓았으니까. 어쨌거나 난 이러한 내밀한 직업을 위해 정기적으로 '클라투행성통신'이라는 웹사이트에 접속하고 있다. 가장 최근에 접속해서 수임한 의뢰는 다음과 같았다.

—의뢰공지 2679번 : 김채원의 「초록빛 모자」(1979)에 제목만 등장하는 시를 찾아 그 내용을 전송할 것. 난이도 B. 배경자료 참조.

굳이 자각몽이 필요하지 않은 취재 의뢰도 여럿 있었지만, 내가 이 과제에 응한 것은 순전히 난이도 B에 해당하는 보수 때문이었다. 난이도가 높으면 그만큼 그에 상응하는 보수를 받을 수 있다. 그래서 수시로 웹사이트에 접속하여 검색을 해보았지만, 취재 의뢰는 주로 D나 F 정도였고 C 등급의 의뢰부터는 빈도가 낮아 다소간의 경쟁이 벌어지는 형편이었다.

하여 나는 이 의뢰에 대한 수임신청이 승인되는 순간 안도의 한숨을 내쉬었다. 개인적으로 난이도 B에 부여되는 보수를 얻어 꼭 하고 싶은 일이 있었기 때문이다. 어쨌거나 수임신청이 승인되어 반색했지만 역시나 난이도에 걸맞게 이번 의뢰는 꽤나 까다로운 것도 사실이다. 아무래도 가공의 픽션으로 진입한다는 것은 아무리 루시드 드림이라 할지라도 충분한 사전조사와 숙달된 경험, 그리고 적절한 임기응변이 필요한 일이기 때문이다. 난 신중하게 첨부된 자료를 살펴보았다. 첨부된 배경자료에 의하면 이번 의뢰의 요지는 다음과 같았다.

1. 김채원의 「초록빛 모자」는 1979년 6월호 『현대문학』에 발표된 중편소설로 당시 이 작품을 인상 깊게 읽은 지구 주재 특파원이 본국 행성으로 그 내용을 전송한 바 있다.

2. 이 소설의 화자는 김기정이란 서른 살의 여성으로 어린 시절 고아가 되어 고생스럽게 성장했다. 그녀에게는 한 살 터울의 언니가 있는데 자살로 삶을 마감했다. 어린 시절 언니는 사고로 손가락 하나를 잃었는데 그때 어떤 남자가 자신의 초록빛 모자를 주워갔다고 동생인 주인공에게 말했다. 성인이 된 언니는 모든 것이 완벽했지만 손가락이 없다는 이유로 결국 스스로 삶을 포기한다. 그리고 이는 동생에게 커다란 트라우마가 되고 그녀는 비루한 삶의 유일한 탈출구로 시를 꿈꾼다.

3. 이 소설에는 주인공이 시인으로 등단하기 위해 김호라는 예명으로 잡지

사에 응모한 두 편의 시가 제목만 등장한다. 본국 행성에서는 어떤 필요에 의해 이 중 「은하수를 건너」라는 시의 내용을 파악하고자 한다.

나는 만약 이 의뢰를 완수한다면 본국 행성에서 왜 이 시의 내용을 파악하려고 하는지 물어봐야겠다고 생각했다. 대개 임무완수 후에는 관행적으로 의뢰에 얽힌 사유를 알려주곤 했으니까. 보수 외에도 그러한 호기심의 충족은 내가 이 일을 하는 중요한 이유이기도 했다.

수임이 승인된 후 나는 도서관에서 해당 잡지의 영인본을 찾아 작품을 주의 깊게 되풀이해 읽어보았다. 그리고 내용을 외울 정도로 숙지한 다음, 1979년에 대한 시청각 자료를 찾아보았다. 왜냐하면 이번 의뢰처럼 시간을 거슬러 가공의 소설 속으로 진입하는 것에는 반드시 루시드 드림이 필요했고 성공적인 자각몽을 위해서는 시청각적인 요소가 무엇보다도 중요했으니까.

그리고 드디어 지난번 자각몽에서는 소설 속의 상황을 꿈속에서 전개하는 데까지 성공하여 시인 김호가 자신의 작품을 응모한 잡지사를 찾아갈 수 있었지만 원하는 원고는 얻을 수 없었다. 아니, 우선 잡지사를 찾는 것부터 어려웠다. 원작소설에는 잡지사가 단순히 4층 건물에 입주해 있다고 밋밋하게 서술되어 있었기 때문이다. 세부적인 묘사가 있었다면 보다 쉽게 꿈으로 재현해낼 수 있었을 텐데 말이다.

시행착오 끝에 간신히 잡지사를 찾아냈지만 사무를 보는 직원에게서 "응모된 시는 심사 중이며 결과가 나오기 전에는 반환할 수 없습니다"라는 냉랭한 답만 들었다. 잠깐 훑어보고 시의 내용만 파악하면 됐는데 모처럼의 자각몽이 헛것이 되고 만 셈이다. 눈치를 보니 이미 김호가 한 바탕 말썽을 부리고 간 다음의 상황인 듯했다. 책상 옆 휴지통에는 소설에 등장한 시든 바나나 두 쪽과 볼품없는 요구르트 한 병이 그대로 버려져 있었다.

여직원의 싸늘한 태도에 나는 혀를 차며 "그딴 식으로 재수 없이 구니까 소설 속에서도 시든 바나나 쪼가리밖에 못 받는 거야"라고 쏘아붙였다. 여직원은 꿈속에서도 얄미운 캐릭터였다. 어쨌거나 그렇게 실랑이하는 와중에 꿈을 깨버렸다. 그리고 그것으로 실패.

사실 먼젓번의 루시드 드림에서 잡지사를 찾아가기 전, 개천가 다리 위에서 남장을 한 시인 김호를 만나 담뱃불을 빌리기까지 했다. 차라리 그때 물어봤어야 했는데. 원래 담배를 피우지 못하는 나는 꿈에서도 필터를 빠는 게 서툴러, 그런 부자연스러움 때문에 모처럼의 꿈을 통제하지 못할까봐 서둘러 자리를 뜬 것이 못내 아쉬웠다. 그러나 의뢰받은 시를 찾아야 과제를 완수할 수 있으므로 난 어떡하든 김호가 응모한 시를 찾아내야 했다. 재차 루시드 드림을 준비하면서 난 새삼스레 궁금증이 생겼다. '자각몽 속에서 내가 시의 전문을 알아내더라도 이건 어차피 꿈이란 말이지. 내 자신의 주관적인 꿈…….' 그렇지 않아도 난 수임신청을 할 때 이런 의문에 대해 질의를 하였다. 그러나 본국 행성의 답변은 의외로 간단명료했다.

— 상상하는 것은 존재하는 것임. 상상한다는 것은 존재의 가능성을 일깨우는 것이고, 상상이 치밀하고 구체적일수록 존재의 가능성도 높아짐. 모든 우주는 가능성의 총합이고, 귀하가 꿈으로 파악한 시 역시 어떤 평행우주에서는 현실로 실현된 것일 테니 문제없음.

상상은 존재의 가능성을 내포하는 것이고, 그것이 아무리 작은 가능성이라도 수많은 평행우주 중에서 어느 우주에서는 이뤄질 수 있는 개연성의 사건으로 인정된다는 입장. 이것이 바로 본국 행성의 기본적인 의뢰방침인 것이다. 이것으로 나는 오랜 의문을 일단 유예하고 내가 얻을 보수에 대해 생각했다. 사실 내가 이 일에 종사하는 이유 중의 하나가 바로 보수 때문이다. 물론 보수라고 해도 경제적인 대가를 뜻하는 것은 아니다. 이미 본국 행성은 오래전에 화폐경제체제를 탈피했다. 내가 받을 보수는 전혀 다른 것이다.

*

보수 얘기를 하기 전에 일단 클라투행성에 대해 알려주어야겠다. 내 고향 클라투행성은 굉장히 목가적인 곳이다. 이미 천 년 전에 원자력 시대를 넘기고 지금은 이를테면 자연친화적인 문명을 구가하고 있다. 당연히 지구와 같은 메트로폴리스는 없다. 중세 유럽의 전원풍 소도시를 상상하면 좋을 듯하다. 다른 게 있다면 생계를 위해 노동에 종사하는 시절은 내연기관 시대나 화폐경제체제와 함께 종식되고 이제는 누구나 생의 의미를 탐구하며 인생을 살아가는 곳이다. 이런저런 종류의 미학적 성취와 지적 모험이 삶의 중심이 되고 우주에서 발견한 수많은 문명을 탐구하며 인생을 보내는 곳이다. 아니, 탐구라고 하니 좀 어감이 부적절하게 느껴진다. 어쩌면 즐긴다고 해야겠다. 물론 몇몇 대등한 문명과는 직접 교류도 하고 있다.

이를테면 차가운 겨울 저녁이면 클라투행성인들은 벽난로 앞에 앉아 신문을 본다. 오래전에 이 행성에도 텔레비전과 모바일 기기가 유행하던 때가 있었지만 이제 다시 책과 신문 같은 텍스트의 전성시대가 도래했다. 대저 유행이란 돌고 도는 법이니까. 어쨌거나 지구로 치자면 선술집 같은 떠들썩한 장소에서 맥주와 비슷한 음료를 마시면서 현지 특파원들이 전하는 우주의 이런저런 사건사고에 대해 토론하는 것이 일상적인 저녁 풍경이다.

신문에는 여러 문명권의 예술작품이 본국 행성어로 번역되어 실리기도 하는데, 때로 궁금한 것이 생기면 신문사에 문의하거나 더 열성적인 경우에는 직접 여행에 나서기도 한다. 마치 지구인이 아침뉴스를 통해 캘리포니아 섀스타산에서 새로 발견된 알록딱다구리의 우아한 날갯짓을 보며 잠시 흐뭇한 미소를 짓다가, 모처럼 큰맘 먹고 머리에 화관처럼 구름을 얹은 그 산에 직접 가보는 여름휴가를 꿈꾸기도 하는 것처럼. 이게 클라투행성의 모습이다.

참고로 우주의 각 문명권과의 직간접 교류는 클라투행성 외계문명접촉위원회 소관이다. 바로 내가 속한 위원회다. 의장은 고집이 세어 보이는 수염을 한 노인네로 날 보면 장난스레 "지구인의 유머 중 유일하게 성공한 것은 콘돔의 발명이다"라는 말을 하곤 했다. 물론 이는 지구인을 얕잡아 보는, 정치적으로 올바르지 못한 농담이다. 지금은 은퇴했는지 모르겠다. 임기가 끝나면 지구에 들를 테니까 지구산 흑맥주라도 한 잔 걸치자고 했는데.

어쨌거나 번역된 작품이나 송고된 뉴스 중에는 뉘앙스의 차이로 인해 내용 이해에 곤란을 겪는 것도 있기 마련이고 또한 그것에 얽힌 이런저런 사연이나 후일담을 궁금해 하는 행성인도 있기 마련이다. 이 점이 바로 클라투행성 외계문명접촉위원회에서 현지 특파원을 필요로 하는 이유이다.

딱히 자각하지 못한 상태에서 평범한 지구인으로 살아가던 내가 본격적으로 이 일에 뛰어든 것은 이십 대 중반의 일이니 퍽이나 오래 지구 주재 특파원 노릇을 한 셈이다. 그동안 꽤나 많은 종류의 기사를 송고했고 대부분은 고만고만한 지역 일간지에 실렸지만 가끔은 내가 보낸 기사가 클라투행성과 협약을 맺은 통신사에 인용되어 이웃 행성에까지 대서특필된 적도 있었다. 물론 그건 매우 드문 일이고 난 기사 송고 외에 고향 행성에서 의뢰한 일들도 해왔다. 이를테면 이번과 같은 의뢰가 그렇다.

*

평범한 지구인의 모습에서 벗어나 현지 특파원 일을 시작한 것은 스물세 살에 고향 행성에 대한 꿈을 꾸고 난 다음의 일이었다. 만약 그 꿈이 없었다면 나는 평균적인 지구인처럼 지상의 양식을 위해 살아가다가 어느 날 문득 밤하늘의 별을 올려다보며 하염없는 불안에 사로잡혔을지도 모른다. 인간이라는 종족은 아무리 행복해하더라도 생의 어떤 순간에는 막막한 고독을 느끼며 이루 말할 수 없는 비애에 사로잡히는 특성을 가지고 있으니까. 그렇다. 인간으로 살아가다 보면 어느 순간 반드시 그런 때가 온다. 대부분의 사람들은 애써 그걸 외면하며 살곤 하지만 어느 순간 무시무시한 공포와 전율이, 베인 상처에 차오르는 핏물처럼 찾아오는 때가 온다.

이를테면 따뜻하게 데워진 와플에 아이스크림을 얹어 먹으며 신문을 보다가 기생충으로 배가 볼록 튀어나온 아프리카의 어린아이 사진을 보는 순간, 혹은 늦은 봄날 기분 좋게 맨발로 잔디를 걷다가 자신이 딱정벌레 한 마리를 발로 밟았다는 것을 아는 순간, 사랑하는 연인이 다른 이성에게 내가 전혀 보지 못한 미소를 짓는 것을 우연히 본 순간, 비 오는 국도를 달리다가 작은 짐승을 치어 죽일 때 운전석으로 둔탁한 느낌을 받는 순간, 친한 친구가 말기 암으로 생기를 잃어 병문안 온 나를 알아보지 못하는 순간, 그리고 병상에 누운 그에게 어린 시절 우리 둘이 겪은 정다운 추억 하나를 말해주고 싶었지만 이제는 영영 그 말을 이해할 수 없다는 것을 잿빛인 눈을 통해 확인한 순간……. 그렇다. 인간이라면 그런 모든 순간을 겪을 날이 반드시 온다.

그 순간 인간이라는 종족은 느닷없이 삼차연립방정식 문제를 받아든 초등학생처럼 불안에 사로잡히지만 극소수 어떤 치들은 그런 난해한 문제를 통해 자신이 인간이 아니라 머나먼 별에서 온 존재라는 것을 깨닫는 이들도 있다. 그리고 나에게도 그런 자각의 순간이 다가왔다. 스물세 살, 내가 학교를 휴학하고 광화문 쪽에서 아르바이트를 하며 저녁이면 중고 레코드점에서 살다시피 하던 시절의 일이었다.

지금은 다 없어졌지만 예전 광화문에는 이런저런 중고 레코드점들이 있었다. 이를테면 구세군회관 건너편에는 '나인디스크'가, 그리고 정동의 K신문사 정문 맞은편에는 '메카'가 있었다. 당시 나는 친구의 죽음으로 생의 의미에 대해 번민하고 있었다. 재학 중 학군사관후보생을 이수할 만큼 튼튼한 몸을 가지고 있던 그는 초급장교로 임관한 지 얼마 안

돼서 훈련 중에 쓰러졌고, 발병한 지 꼭 일 년 만에 고통 속에 죽어갔다. 말기 암이었다. 이 불치병 앞에서는 소위 계급장이 번쩍번쩍 빛나는 장교 정복도, 더불어 독실한 종교도 소용이 없었다. 그런 모든 과정을 옆에서 지켜보면서 나는 생의 무력감에 심하게 젖어들었다. 어쩌면 그건 진짜 사춘기였고 동시에 다른 존재로 나아가는 성장통이기도 했다.

그렇게 친구를 잃은 후 유일한 위안이 되었던 것은 광화문의 중고 레코드점에서 찾아낸 엘피판이었다. 나는 탠저린 드림이나 벨벳 언더그라운드 혹은 마이크 올드필드나 크라프트베르크를 들으며 음향이 주는 심연에 몰두했다. 그 시절 아트록 혹은 프로그레시브록의 음향은 나의 내면 공간을 굴절시키며 방향 없는 우울을 희롱하곤 했다.

당시 난 정동의 K신문사 조사부에서 아르바이트를 하고 있었는데 업무가 끝나는 저녁이면 근처 중고 레코드점에서 몇 시간이고 음악을 듣곤 했다. 군데군데 스크래치가 난 엘피판을 턴테이블에 올려놓고 카트리지의 바늘을 댈 때, 그 순간만큼은 난 모든 불안을 잊을 수가 있었다. 왜냐하면 엘피판은 자글거리는 잡음 속에서도 어떤 일관된 선율을 들려주곤 했으니까. 하루를 더 살아갈 때마다 자잘한 상처를 입는 것처럼 매번 재생할 때마다 자글거리는 소음이 더해지는 엘피판. 그러나 그런 소음 안에서 어떤 일관된 선율을 찾아낼 수 있다는 것은 엘피판이 지닌 기묘한 미덕이었다. 그렇게 난 광화문의 한 레코드점에서 종교로서의 엘피판과 경전으로서의 프로그레시브록에 대해 착실하게 교의를 전수받을 수 있었다.

그러던 어느 날, 몸살을 앓던 저녁이었다. 비록 신열은 있었지만 그날도 일이 끝나자마자 단골로 드나들던 레코드점으로 직행하여, 이제는 꽤나 친해진 매니저 형을 도와 가게의 엘피판들을 손질하며 이들 뮤지션에 얽힌 환각제의 작용에 대해 얘기하고 있을 때였다. 난 뜨거운 허브티를 마시며 형에게 물었다.

"환각제는 하면 어떤 기분이 들까요?" 달리 대답을 기대하지 않은 혼잣말이었다. 매니저 형은 잠시 나를 보더니 조용히 구석에 가서 어떤 음반을 꺼내 조심스럽게 턴테이블에 올렸다. "이거야 말로 귀로 흡입하는 환각제지." 아마도 형은 그렇게 말했던 것 같다. 그때 형이 올려놓은 엘피판에 대해, 지금의 난 뭐라고 기억하고 있는 것일까. 어쩌면 난 그 음반을 들으며 애수와 페이소스에 젖어 눈물을 흘렸던 것도 같다.

형이 들려준 엘피판의 운율은 서늘한 아침 햇살이 수면 위에 부서지며 산란할 때 번쩍이는 물비늘의 은빛 광채와도 같았다. 아니면 하얀 수선화에 맺힌 밤이슬이 달빛에 말갛게 증발하는 소리라고나 할까. 나는 엘피판이 주는 선율에 상기되어 붉은 태양이 고대의 유적에 걸려 있는 그 엘피판의 재킷을 하염없이 들여다보았다. 그룹 클라투였다. 그리고 엘피판의 모든 선율이 재생되자 형은 다시 이 록그룹의 기원이라 할 수 있는 오리지널 영화를 보여주었다. 로버트 와이즈 감독의 1951년 작 「지구가 멈추는 날」이었다. 클라투라는 우주의 메신저가 지구로 와서 평화를 호소하지만 오히려 출동한 군대에 의해 부상을 입고 마는 것으로 시작되는 영화였다. 영화가 끝나자 형은 나에게 그날의 결론처럼 영화 속에 나오는 은밀한 주문을 일러주었다. 영화를 보는 동안 이미 나 역시 따라 외울 수 있었던 주문. 그건 딱 세 마디였다. "클라투, 바라다, 닉토."

*

그날 밤 난 처음으로 클라투행성에 대한 꿈을 꿨다. 아마도 그날은 죽은 친구의 기일이었을 테다. 그리고 난 새벽 두 시까지 깨어 그 친구와 얽힌 어떤 사건을 떠올렸다. 그건 내 여자친구가, 아직은 건강하던 시절의 그 친구와 몰래 만나던 것을 목격한 일이었다. 잠이 오지 않는 새벽 두 시에 달리 생각할 게 뭐가 있겠는가.

나를 진심으로 사랑한다고 믿고 있었던 여자친구는 막 소위로 임관한 친구의 팔짱을 끼고 있었다. 결혼까지 생각했던 여자친구는 내가 한 번도 본 적이 없는 행복한 미소를 짓고 있었다. 그 후로 나는 생각했다. 그 우연한 목격이 없었다면 나는 행복했을까. 이미 말한 대로 친구는 그 후로 훈련 중에 쓰러져 병상에 눕고 말았지만 나는 집요하게 병문안을 다녔다. 이런저런 핑계를 대고 꺼려하는 여자친구를 억지로 데리고 말이다.

과연 그건 행복한 일이었을까. 이를테면 한밤의 병실에서 이미 의식이 가물가물한 그의 귓가에 조용히 속삭였던 이런 말들은? “예전에 난 네가 그 애랑 키스하던 것을 본 적이 있어. 그때 넌 기분이 좋았니? 그럼 내 기분은 어땠을 거 같아?” 그렇게 속삭였던 말들은 밤의 병실에서 가볍게 파문을 일으키며 퍼져나갔다.

이미 링거를 꽂고 모르핀을 맞을 정도로 병세가 심각해 있던 그는, 자신의 귀에 대고 조용히 읊조리던 내 고백을 과연 들었을까? 그건 과연 정당한 항의였을까? 아니면 그건 몹시도 잔인한 일이었을까? 처음에는 무심코 밟았으나 곧 기이한 쾌감에 딱정벌레를 마저 짓이기는 것처럼?

만약 그렇다면 나와 그 친구 중에 누가 누구에게 더 잔인했던 것일까? 나는 그 밤에 그게 궁금했다. 정말로.

새벽 두 시, 나는 이런 의문을 하염없이 품고 있는 내 자신에 대해 너무나 짜증이 났다. 그래서 난 저녁에 본 영화에 나오는 위엄하고도 고결한 주인공 클라투와 그의 충직한 로봇 고트를 생각하며 자기 전까지 매니저 형이 가르쳐준 주문을 몇 번이고 외웠다. "클라투, 바라다, 닉토"라고, 간절하게 세 마디를.

그건 영험 있는 주문이었을까? 그날 밤 난 주문의 마법처럼 꿈을 꾸었다. 그것은 독실한 침례교도가 종교적 희열에 사로잡혀 신을 영접하는 순간과 같았다. 그것은 지구의 중세와 미래를 뒤섞어 놓은 듯한 먼 미지의 행성에 대한 꿈이었지만 또한 누구도 걷지 않은 길을 찾아 여행을 시작하는, 환각과 광기에 대한 꿈이기도 했다. 그것은 거룩한 초월자가 내 삶에 바늘을 올려놓고 내 영혼의 불순한 찌꺼기를 자글자글 걸러내는 소리였다. 그리고 영원과도 같은 침묵 후에, 언젠가 이미 한 번 죽었던 삶을 다시 되살리는 소리였다.

그 꿈에 대해서는 언젠가 다시 말할 날이 올 것이다. 몸살에 들떠 약사가 지시한 분량의 서너 배의 약을 먹고 자서였을까, 그 꿈은 몽환적인 동시에 흥분으로 가득 차 있었다. 그 꿈은 과도하게 삼킨 약물 때문이겠지만, 또한 아직도 귀에 쟁쟁한 미지의 행성에 대한 선율 때문이기도 하였다. 그리고 결과적으로 난 그 꿈으로 인해 내 자신이 지구인이 아니라 클라투라는 먼 행성에 고향을 가지고 있음을 자각하게 되었다.

그날 꿈에서 고향 행성인들은 나에게 지구 주재 현지 특파원 자리를 제안하였다. 그들이 내게 원한 것은 지구의 사건사고 혹은 예술작품에 대한 소식이었다. 지구인처럼 평범하게 살아가되 인상 깊게 느낀 지구의 모든 것을 꿈으로 꿀 것. 마찬가지로 간혹 의뢰하는 내용을 조사하여 꿈으로 꿀 것. 그러면 내가 꾸는 것은 꿈의 이동통신을 통해 고향 행성으로 전송된다는 것. 참으로 간단명료한 임무였다. 더불어 그들은 이 일을 통해 내가 얻을 수 있는 보수에 대해 일러주었다.

그들이 말하는 보수는 내가 궁금해하는 모든 것의 해답을 알려주는 것이었다. 다만 내가 수행하는 임무에 따라 질문의 무게가 달라질 뿐이었다. 어쨌거나 듣고 나니 그들의 제안이 매력적이라는 생각이 들었고, 딱히 나로서는 손해 볼 것도 없었기에 흔쾌히 계약에 합의했다. 그렇다. 단지 꿈을 꾼다는 것으로 어엿한 직업인의 소명을 다한다는 것은 얼마나 간편하고도 기꺼운 일이던가. 무엇보다도 지구인인지 아닌지 여전히 헷갈려 하는 내 자신에 대해, 난 내 안의 환각과 광기를 그 극단에까지 시험해보고 싶었던 것이다.

이렇게 하여 나는 클라투행성 지구 주재 특파원이 되었다. 다시 한 번 말한다. 나의 임무는 간단하다. 평범하게 지구에서의 일상을 살아가되 대신 밤에는 인간의 모든 고결하거나 추악한 것에 대해 꿈을 꿀 것. 그리고 그것을 클라투행성으로 전송할 것. 하여 난 임무를 위해 매니저 형이 회원으로 있는 '클라투행성통신'이라는 모임에 가입했고 루시드 드림에 대한 체계적인 훈련을 시작했다. 그룹 클라투에 대한 애호가 동호회로 시작한 그 모임은 이제는 같은 이름의 번듯한 웹사이트로 운영되고 있다.

그리고 나 역시 낮에는 평범한 샐러리맨으로 일하고 밤에는 오늘처럼 이렇게 한 작가가 1979년에 쓴 중편소설에 대한 꿈을 꾼다. 말한 대로 이미 여러 번 읽어 배경을 충분히 숙지한 「초록빛 모자」이다.

다시 말한다. 이 중편소설에는 시간을 되돌리는 슈퍼맨이 나오고, 기이한 운명을 암시하는 초록빛 모자가 나오고, 가을의 더러운 개천이 나오고, 조악한 인형극이 나오고, 남장 여자가 나오고, 어쩐지 해득할 수 없는 겨울날의 환상적인 분위기가 나오고, 그리고 버리고 싶지만 버리지 못하는 과거가 나온다. 그리고 나는 그 소설을 루시드 드림으로 섬세하게 펼친다. 바로 오늘밤처럼.

*

꿈에서 내가 지나온 1970년대의 거리에는 오래 묵은 정향의 냄새가 배어 있었다. 그리고 통금을 앞둔 개천가에는 침묵이 깊은 빛깔로 요사스럽게 빛나고 있었다. 그리고 예의 시인 김호는 다리 저편에 쭈그리고 앉아 더러운 개천을 내려다보고 있었다. 그러더니 남장을 하느라고 어깨에 집어넣은 머플러를 꺼내 더러운 개천에 던져버린다.

그런 모습을 보니 그가 불쌍하기도 했지만 한편으론 다소 한심하기도 했다. 나 같으면 절대로 저렇게 안 살지. 난 김호의 삶을 이렇게까지 비참하게 만들어낸 작가가 얄미웠다. 도대체 작가는 무슨 생각으로 이런 소설을 쓰면서 그를 얄궂은 운명의 줄로 조종했던 걸까. 하긴 뭐 이건 이 순간 내가 고민할 일이 아니다. 마치 변호사가 외뢰인의 범행동기에 대한 존재론적 성찰보다는 형량을 줄일 수 있도록 방어논리에 우선 충실해야 하듯이 나도 일단 내 일을 먼저 마쳐야 한다.

그렇다. 내가 원하는 건 그가 쓴 시다. 그런데 과연 문제의 시가 저만치 남장을 한 채 쭈그리고 앉아 있는 김호의 품에 있을까? 만년필로 또박또박 쓴 원본은 잡지사라면 모를까 지금 바바리 포켓에 있을 리가 없겠지만, 김호는 분명 자신의 시를 외우고 있을 터이다. 그래도 명색이 응모작이니 말이다. 사실 그는 안쓰러운 사람이다. 언니의 자살로 인한 트라우마로 비루하게 살고 있으며 유일한 탈출구인 시를 쓰고자 했으나 뜻대로 일이 풀리지 않는 캐릭터다. 오늘만 하더라도 남장 때문에 괜한 오해를 받아 파출소에서 실컷 두드려 맞은 참이다. 이것이야말로 작가가 김호에게 부여한 운명이다.

그런 동정심을 갖고 난 다리 건너 김호에게로 향했다. 루시드 드림도 이제 효력을 다하려는지 다리는 밤안개에 젖어 출렁이고 있었다. 나는 오른손을 들어 머리 위를 매만지며 모자를 제대로 상상해내었는지 확인했다. 시간이 지날수록 풍경은 점점 더 거칠게 흐느적거렸다. 이제 익숙할 때도 되었지만 나는 눈앞에서 펼쳐지는 환각에 조바심과 함께 묘한 나르시시즘에 빠지지 않을 수가 없었다. 더러운 개천을 비추는 가로등을 올려다보자 기둥이 S자 모양으로 천천히 휘어졌다. 하긴 이건 꿈속에서 벌어지는 일이니까. 그리고 꿈속에선 모든 게 가능하다. 그리고 내가 다른 사람과 다른 점이 있다면, 난 지금 꿈을 꾸고 있다는 걸 알고 있다는 것. 더불어 이 루시드 드림은 저 멀리 우주의 끝 클라투행성으로 전송되고 있다는 사실.

내가 다리를 건너자 그제야 인기척을 느꼈는지 김호가 쳐다보았다. 난 초록빛 모자를 살짝 들어 아는 척을 했다. 난 김호의 놀라는 표정에서 그는 어쩌면 오래도록 초록빛 모자를 되찾는 이 순간을 기다려왔을 거란 생각을 하였다. 어쨌거나 젊은 시인의 표정을 보니 시를 얻어 그런

대로 무사히 임무를 완수할 수 있겠단 확신이 들었다.

난 김호에게 다가가 모자를 건넸다. 대신 나는 그에게 잡지사에 투고한 시 「은하수를 건너」를 외워달라고 부탁했다. 김호의 손에 되돌려진 초록빛 모자는 그의 바람대로 서서히 녹아내리고 있었다. 마치 그의 얄궂은 운명이 스러지듯이. 그리고 시인 김호는 천천히 자신의 시를 외웠다.

"해당화 혹은 동백이었던가, 바닷가에 돋아나는 꽃은 항상 잃어버린 얼굴을 상기시킨다, 작년 봄 처음 무릎 인대가 늘어나, 왼쪽 다리를 석고로 감싸고 병실에 누워 있을 때, 마냥 심심해 더 이상 공상할 게 없어, 마지막으로 먼 옛날의 너를 생각했어, 그런데 네가 즐겨 불렀던 노래가 정말로 생각이 나지 않는 거야, 난 그제야 서러워 뿌연 안개에 젖어들었지, 이제야 비로소 넌 내게서 종소리처럼 은은하게 멀어지는구나……."

고개를 들어 밤하늘을 보니 어느새 조개구름이 걷히고 뭇별이 반짝이기 시작했다. 김호가 자신의 시를 외우는 동안 풍경이 흐느적거리는 속도가 점점 더 빨라졌다.

"해당화 혹은 동백이었던가 어쨌든, 그 앞에서 난 석양을 배경으로 흘러가는 유에프오 같았지…… 바닷가에서 피는 꽃은 항상 자애로운 분홍빛 젖꼭지를 가졌어, 그리고 그것과 눈 마주치는 모든 어린 것들에 대해, 사춘기 신열 같은 온기를 물린다……."

그리고 마침내 을씨년스러운 1979년의 서울이 나와 젊은 시인 사이에서 모두 녹아내렸다. 다행히 꿈의 풍경이 으스러지기 전에 김호는 시를 모두 외웠다. 안심이다. 이것으로 나는 송신을 끝내는 주문을 외우며 루시드 드림을 마무리 지었다.

그리고 난 오래 연습해 이제는 꽤나 능숙해진 자각몽에서 깨어났다. 이것으로 이번 의뢰를 성공적으로 마친 셈이다. 나는 창문을 열고 어스름한 새벽의 하늘을 올려다봤다. 1979년에 비해 훨씬 혼탁해진 하늘이지만 그 바깥으로는 은하수의 자욱이 옅게 퍼져 있으리라. 나는 문득 궁금해졌다. 시인 김호는 과연 자신을 조종하는 운명의 줄을 끊었을까.

우주는 가능성의 풍경으로 채워진 파노라마이다. 아마도 그 수많은 개연성의 차원 중에는 우리의 세계에서 한낱 픽션의 주인공에 불과한 시인 김호가 실제로 자신을 조종하는 운명의 줄을 끊고자 하는 평행우주도 있을 것이다. 그리고 크립톤행성의 슈퍼맨이 실재하여 시간을 되돌리는 우주도, 혹은 클라투행성이 한낱 1951년도의 한 할리우드영화에 영향 받은 록그룹의 몽상에 불과한 우주도, 그리고 무엇보다도 친구의 임관식날 그를 따로 만난 여자친구가 불과 반나절 후 모르는 척 내게 입맞춤하던 어느 여름밤이 없는 우주도.

어쩌면 꿈에서 내가 찾아낸 김호의 시는 내 잠재의식이 여태껏 내가 지구에서 체험한 모든 것과 뒤얽혀 도출된 어떤 것이라는 해석이 가장 타당한 것이리라. 그러나 이 시가 모든 평행우주들 중에 어느 하나에서 실존할 개연성이 있다는 추정 또한 타당하다. 본국 행성의 답변대로 상상하는 것은 존재하는 것이니까. 그리고 그들이 원하는 것도 바로 그런 개연성의 풍경이니까.

왜 세상의 모든 작가들은 모르고 있을까? 자신이 기분 내키는 대로 지어내는 모든 운명들은 무한에 가까운 평행우주에서 실제로 존재할 수 있는 어떤 개연성의 사건이라는 것을. 왜 이 지구의 모든 사람들은 무언가를 떠올리는 것에는 온 우주만큼의 무게가 뒤따른다는 사실을 모르고 있을까? 자신들이 뭔가를 진지하게 생각하는 순간, 그게 현실로 벌어진 새로운 우주가 막 탄생한다는 것을.

나는 모든 가능성의 우주 가운데 하나에서 실존하는 인물로 살고 있을 시인 김호를 생각했다. 그리고 비단처럼 약간의 광택이 있으며 헝겊 자체에 같은 색깔의 무늬가 보일 듯 말듯 찍혀 있던 그 초록빛 모자도. 하여 난 시를 듣는 대가로 그의 초록빛 모자를 되돌려주기로 꿈을 꾸기 전 이미 결심했던 것이다. 그가 자신에게 덧씌워진 기이한 언령의 속박에서 벗어날 수 있도록.

나는 그렇게 상상했다. 그리고 내가 읽은 소설이 끝나는 바로 그 지점에서 시인 김호는 이제 우리 우주에서 지어내지 못한 자신 운명의 뒷부분을 스스로 열어갈 것이다. 그것으로 나는 만족한다. 그리고 염원한다. 내 삶이 누군가의 소설이라면 내 운명을 미리 아는 사람 역시 나에 대해서 깊은 동정심을 가져주기를. 그것으로 내 삶은 바뀔 수 있으니까.

여하튼 이제 임무가 완성되었으니 보수로 받은 특혜를 사용할 차례이다. 아니 사용하기 전, 왜 고향 행성에서 이 중편소설에 제목만 등장하는 시가 왜 필요했는지를 먼저 문의할 참이다. 그런 상념에 젖어 나는 지구에서의 또 다른 아침을 환영하는 인사말을 건넨다. 꿈의 이동통신을 켜거나 끌 때 사용하는 바로 그 주문이다. 나는 조용히 세 단어를 읊조린다. "클라투, 바라다, 닉토."

김경욱

1993년 《작가세계》 신인상에 당선되어 등단.
소설집으로 『장국영이 죽었다고?』 『위험한 독서』 『신에게는 손자가 없다』
장편소설로 『황금 사과』 『천년의 왕국』 『동화처럼』 등이 있음.
zen-22@hanmail.net

다윗 왕이 세상에서 가장 아름다운 반지를 만들어 위대한 승리에도 자만하지 않고 처절한 패배에도 절망하지 않게 할 글귀를 새기라고 금 세공사에게 명했다. 아름다운 황금반지를 만들고도 적당한 글귀를 얻지 못해 고민하던 금 세공사가 도움을 청하자 지혜로운 솔로몬 왕자는 이렇게 말했다. 이 또한 지나가리니. 소설 쓰는 내내 이 문장이 머릿속을 맴돌았다.

인생은 아름다워

김경욱

그가 자살면허를 따기로 결심한 것은 40년 지기의 문상을 다녀온 뒤였다. 두 번째 근무지에서 국어를 가르치던 친구였다. 전교생이 모두 불알친구인, 백두산 자락의 중학교였다. 부고를 전한 이는 역시 그곳에서 영어를 가르치던 친구였다. 둘 모두 '다섯 손가락' 멤버였다. 월급날 저녁마다 숙직실에 모여 학부형이 잡아다 준 노루를 구워먹으며 포커를 치던 다섯이 만든 친목 모임에는 이제 두 명만 남게 되었다. 과학을 가르치던 이는 5년 전 교통사고로, 사회를 가르치던 이는 재작년 간암으로 세상을 떴다. 국어를 가르치던 이마저 작년 겨울 치매로 길림성의 요양원에 들어간 뒤로는 카드를 만진 적이 없었다.

부고를 알리는 전화가 걸려왔을 때 그는 인기 절정의 베트남 드라마를 보고 있었다. 불치병에 걸린 것을 알게 된 날 여주인공은 사랑하는 남자한테서 프러포즈를 받는다. 남자가 말했다. 당신을 놓치면 평생 후

회할 것 같아. 백발이 되어 벤치에 나란히 앉아 노을을 보며 당신에게 속삭이고 싶어. 인생은 아름답다고.

그는 티슈로 눈가를 찍으며 전화를 받았다. 아내의 장례식 때도 눈물을 비치지 않아 처가 쪽 사람들로부터 매정하다는 빈축을 산 그였지만 장례를 치르고 집으로 돌아와 멍하니 드라마를 보다 울음을 터뜨리고 말았다. 후회스러운 순간들이 주마등처럼 뇌리를 스쳤다. 술집 여자와의 하룻밤, 첫째 낳을 때 밤샘 포커로 곁을 비운 것, 해외여행 가자고 했을 때 버럭 화낸 것……. 짧지 않은 후회의 목록에서 가장 마음에 걸린 것은 코를 골 때마다 귀를 잡아당긴 일이었다.

국어가 갔네.

그는 리모컨의 음소거 버튼을 꾹 눌렀다. 목소리를 잃은 건 텔레비전만이 아니었다. 숱한 부고를 접했지만 죽음은 여전히 낯설고 불편했다. 그는 무슨 말을 해야 할지 막막했다. 수화기 저쪽도 마찬가지인 듯했다. 언제부턴가 적막은 그에게 죄책감을 부추겼다. 국어가 그랬던가. 밑도 끝도 없이 누군가에게 사과하고 싶어지면 갈 날이 머지않은 거라고. 다섯 손가락 멤버들은 서로를 담당과목명으로 불렀다.

어이, 수학…….

그가 국어를 마지막으로 본 것은 올 봄이었다. 옷섶을 파고드는 모래바람을 뚫고 요양원으로 면회를 갔었다. 기억력이 비상해 컴퓨터라 불리던 국어는 40년 지기도 못 알아볼 만큼 망가져 있었다. 무엇보다 충격적인 것은 기저귀였다. 나이를 먹으면 애로 돌아간다더니, 기저귀를 찬 채 침 흘리며 막대사탕을 빨고 있던 국어는 영락없는 갓난애였다. 그는 영어의 소매를 잡아당기며 부랴부랴 요양원을 빠져나왔다. 국경을 넘은 김에 싸게 전립선 수술을 받으려던 계획도 접고 압록강을 건너는 기차에 황망히 몸을 실었다.

서울로 돌아오는 내내 그는 입을 굳게 다물었다. 국어의 처참한 몰골이 차창에서 지워지지 않았다. 남의 일이 아니었다. 그러잖아도 오줌을 눌 때마다 칼로 찌르는 듯 한 고통에 시달리는 참이었다. 고통은 어떻게든 견딜 수 있지만 제 몸조차 뜻대로 가누지 못하는 상황은 상상만으로도 끔찍했다. 기저귀를 찬 자신의 모습을 그려보다 그는 머리를 세차게 저었다. 남들에게 절대로 보이고 싶지 않은 꼴이었다. 자식에게든, 친구에게든, 어느 누구에게든 마찬가지였다. 기저귀를 차느니 스스로 목숨을 끊는 게 나았다. 그는 자살면허를 떠올렸다. 이를테면 자살면허는 최후의 노후대책인 셈이었다.

노후대책이라는 말만 들어도 그는 가슴에서 연기가 피어올랐다. 자식 셋을 세계 유수의 대학에 보내느라 등골이 휘었다. 첫째는 예일대 판문점 캠퍼스, 둘째는 스탠퍼드대 횡성 캠퍼스, 셋째는 베이징대 이천 캠퍼스. 애국하는 마음으로 셋을 낳아 길렀지만 역시 무리였다. 이런저런 빚을 갚고 나니 퇴직금은 달랑 쥐꼬리만 남았다. 집마저도 아내의 병원비로 홀라당 날아갔다. 아내는 쥐꼬리만 남은 퇴직금으로 여생을 어찌 버티느냐고 한탄하더니 해외여행을 위해 부은 곗돈을 타기 두 달 전 뇌졸중으로 쓰러지고 말았다. 둘째네 부엌에서였고 분유가 가득 든 젖병을 쥔 채였다.

아내와 해외여행 한번 가지 못한 게 그는 못내 마음에 걸렸다. 그는 공항 쪽이라면 오줌도 누지 않았다. 고소공포증 때문이었다. 아내가 해외여행의 '해' 자라도 내비치면 돈이 썩어나가느냐고 역정부터 냈다. 그는 비행기를 두려워한다는 사실을 아내에게도 비밀에 부쳤다.

위엄 잃은 죽음에 대한 두려움이 새로운 두려움을 낳은 곳은 국어의 장례식장이었다. 상주인 국어의 외동아들은 아버지의 친구들이 조문 온 줄도 모른 채 손바닥 위에 생성시킨 가상화면만 들여다보고 있었다. 마술사의 손가락 사이에 낀 동전처럼 자유자재로 나타나고 사라진다는 사이버폰인가 뭔가 하는 물건이었다. 그는 사이버폰의 화면을 넘겨보았다. 깨알 같은 숫자들, 빨간 화살표들, 파란 화살표들. 상주는 아비의 영정 앞에서 주가를 체크하고 있었다. 그는 자신이 죽었을 때 자식들이 후련해할까 봐 두려웠다.

그는 육개장을 몇 술 뜨다 말고 자리에서 일어섰다.

벌써 가게?

영어가 마른 오징어를 우물거리며 물었다.

화장실.

또?

영어가 이마를 찌푸렸다.

그는 끙, 소리를 탄식처럼 내뱉으며 변기에 걸터앉았다. 소변을 볼 때도 좌변기를 고집하는 건 오랜 버릇이었다. 곁에 누가 있으면 당최 오줌을 눌 수 없었다. '그때' 이후 생긴 버릇이었다.

아랫도리 깊은 곳에서 묵직한 수압이 느껴졌지만 당최 기별이 없었다. 그는 오줌에 대한 생각을 떨쳐버리기 위해 애썼다. 오줌에 대해 생각할수록 오줌은 몸 깊숙이 꼭꼭 숨어버렸다. 신문이라도 있으면 좋으련만. 그는 화장실 문에 덕지덕지 붙은 광고스티커를 야금야금 읽어나갔다. 천리마 퀵서비스, 지문 사고팝니다, 반려동물 담보대출 최대 30만 위안까지, 쥐도 새도 모르게! 담대한 문제해결! 대포동 심부름센타, 우루과이 신랑-절대 한눈팔지 않습니다. 맨 아래 붙어 있는 스티커가 그의 눈길을 사로잡았다. 강북 최고의 합격률, 솔로몬 자살면허 전문 학원. 스티커 한 귀퉁이에 박힌 사진 속 백발 노인은 아이처럼 환하게 웃고 있었다. 사진 밑에는 이런 문구가 적혀 있었다. 역대 최고령 합격에 빛나는 원장의 생생한 직강.

또로록. 요로의 통증은 장대했지만 오줌 떨어지는 소리는 미미했다. 그는 자살면허 전문 학원의 번호를 핸드폰에 입력했다.

솔로몬 자살면허 전문 학원은 파고다 파크 애비뉴의 한 3층 건물을 통째로 쓰고 있었다. 1층은 사무실, 2층은 강의실, 3층은 실습실이었다. 실습실? 그는 건물 입구에 붙은 안내판을 보며 고개를 갸우뚱했다. 자살을 실습한다는 것인가? 자살에 성공하면 자살면허는 어찌 딸까? 그는 자신의 질문이 우스웠다. 실패한 자살은 처벌하지 않지만 성공한 자살은 처벌한다는 게 '자살면허에 관한 특별법'의 취지였다. 자살면허를 취득하지 않은 자가 자살하면 유족들에게 막대한 자살세를 물었고 사돈의 팔촌까지 공무담임권을 박탈했다. 죽으면서까지 자식들에게 원성을 살 수는 없었다. 연애도 포기하고 6년째 공무원 시험에 매달리고 있는 막내가 특히 눈에 밟혔다.

스무 평 남짓한 사무실은 발 디딜 틈이 없었다. 그의 짐작과는 달리 새파란 애들 천지여서 노인이라고는 눈 씻고 찾아봐도 없었다. 못 올 데라도 온 기분이었다. 이럴 줄 알았으면 영어를 꼬드겨 함께 올 걸. 하긴,

자식들이 수시로 쥐어주는 용돈 쓰는 재미에 자살은 꿈도 꾸지 않을 테지. 갑자기 머리꼭지가 뜨거워졌다. 용돈은 고사하고 손만 안 벌리면 다행이었다. 그는 번호표를 뽑은 뒤 대기석에 앉아 손부채를 부쳤다.

214번! 자신을 부르는 소리에 그는 화들짝 눈을 떴다. 그새 잠이 든 모양이었다. 등만 대면 꾸벅꾸벅 졸게 된 것은 밤새 화장실을 들락거리면서부터였다. 찔끔찔끔 나오는 오줌 때문에 도통 잠을 이룰 수 없었다. 병원에서 처방해준 약도 처음에만 반짝 효과가 있을 뿐이었다. 계속 차도가 없으면 수술을 해야 한다고 했다. 의사가 말하는 수술이란 게 얄궂었다. 전기루픈가 뭔가를 요도에 집어넣어 비대해진 전립선 조직을 태워야 한다는 것이었다. 하느님 맙소사, 거시기에 불 꼬챙이를 집어넣는다니. 의사는 더 망측한 소리를 늘어놓았다. 그 수술이 효과는 좋은데 부작용이 있습니다. 정액이 음경으로 발사되지 않고 방광으로 흘러들어갑니다. 역주행이죠. 뭐, 그러실 일도 없으시겠지만. 의사가 위아래로 훑어보며 말했다. 그날로 그는 다른 병원을 알아보았다. 의사가 못마땅해 병원을 갈아치울 수 있던 시절은 그나마 좋았다. 맞춤형 의료서비스 시행 후로는 의사 얼굴 보기가 하늘의 별 따기였다. 장기臟器 역모기지론으로 은행에서 다달이 대출받는 돈으로는 병원 문턱조차 넘을 수 없었다. 병원에 발길 끊은 지 벌써 2년째였다. 사흘 전부터 오줌에 피가 섞여 나왔다. 돈도 돈이지만, 전립선암이라는 소리라도 들을까 봐 병원 갈 엄두가 안 났다.

할머니, 제 번호예요.

내 번호가 지나갔어. 우리 진숙이 산책시키고 오는 사이에…….

그래도 새치기하시면 안 되죠, 할머니.

제발 한번만 봐줘요. 우리 진숙이 병원 갈 시간이 다 되어서 더 기다릴 수 없어요.

옆 창구 앞에서 흰 털이 복슬복슬한 개를 안은 할머니와 손녀뻘 되는 애가 옥신각신하고 있었다.

그건 할머니 사정이죠. 나도 한 시간 넘게 기다렸다고요.

여자애가 목소리를 높였다. 여자애의 뒤에 서 있는 젊은 애들도 할머니가 못마땅한 눈초리였다. 할머니는 울음이라도 터뜨릴 것 같은 얼굴이었다. 눈썹은 짙고 눈매는 다소곳했다. 그가 어릴 적 열광했던 홍콩배우가 한창 때 자살하지 않고 나이를 먹었다면 꼭 그런 얼굴일 성싶었다.

이쪽으로 오세요.

그가 할머니에게 손짓하며 말했다. 자기 말고도 노인이 있다는 사실에 반가움이 앞섰다. 할머니가 쭈뼛거리며 다가왔다. 여느 할머니들과는 달리 상큼한 냄새가 났다.

진숙아 고맙습니다, 해야지.

털북숭이 개는 더위에 지친 듯 축 늘어져 있었다.

이런 애가 아닌데, 많이 힘든가 봐요.

할머니가 근심 어린 얼굴로 말했다.

할머니는 등록을 마친 뒤에도 개에게 인사를 시켰지만 털북숭이 개는 반응이 없었다.

인사성이 바른 아인데…….

할머니는 진심으로 안타까워했다.

괜찮습니다. 여름이 간 줄 알았는데 푹푹 찌네요.

그가 손사래를 치며 말했다.

할머니가 문밖으로 사라질 때까지도 그는 눈을 떼지 못했다. 험한 꼴과는 담 쌓고 산 인생 같은데 자살면허는 왜 따려는 것일까. 할머니가 곧 돌아오기라도 할 것처럼 그는 출입문 쪽을 아득한 눈으로 바라보았다.

어떻게 오셨어요?

분홍색 유니폼을 입은 젊은 여자가 물었다.

아, 면허를 따러 왔소.

몇 종이요?

몇 종이라니?

1종이예요, 2종이예요?

분홍색 유니폼을 입은 젊은 여자가 그것도 모르냐는 표정으로 물었다.

1종은 뭐고 2종은 뭐요?

1종은 동반자살을 할 수 있는 면허예요. 2종보다 따기가 더 어려워요.

2종으로 하겠소.

학원비는 엄청 비쌌다. 장기를 저당 잡혀 받는 대출금으로 근근이 목구멍의 거미줄을 걷어내는 그에게는 가히 살인적이었다. 소양교육 수강비만도 한 달 대출금을 웃돌았지만 법정 교육시간을 이수해야 필기시험에 응시할 수 있었다. 실기교육 수강비는 두 달치 대출금과 맞먹었다. 역시 법정 교육시간을 이수해야 실기시험에 응시할 수 있었다. 다행히 그의 하나뿐인 카드가 학원과 제휴를 맺은 회사의 것이어서 무이자 6개월 할부로 소양교육 수강비를 결재할 수 있었다.

본래 이렇게 젊은이들만 많소?

그가 영수증을 챙기며 물었다.

방학이잖아요.

분홍색 유니폼을 입은 젊은 여자가 퉁명스럽게 대꾸했다.

안내판을 보니 3층은 실습실이던데 대체 무슨 실습을 어떻게 하는 거요?

필기시험에 붙고 올라가보시면 알게 될 거예요.

필기시험에 붙어야 올라갈 수 있소?

두말하면 잔소리죠. 아무나 못 들어가요. 아이디카드에 수강 내역부터 시험 결과까지 다 입력돼서 필기 합격자의 엄지손가락으로만 문을 열 수 있어요.

엄지손가락?

네. 엄지를 저기에 올리세요.

분홍색 유니폼을 입은 젊은 여자가 턱짓을 하며 말했다. 아이디카드 발급과 경찰청 등록을 위해 지문을 컴퓨터에 입력해야 한다는 것이었다. 전과자라도 된 것처럼 께름칙했지만 그는 마지못해 엄지를 내밀었다. 인간답게 죽을 권리를 위해서는 죽으라면 죽는 시늉이라도 해야 하지 않겠는가.

수강 날짜와 시간은 어떻게 하시겠어요?

마음대로 정할 수 있소?

소양교육은 하루에 두 시간씩, 엿새에 걸쳐 원하는 날짜와 시간에 들을 수 있어요.

앞의 분과 같은 시간으로 잡아주시오.

문제집은 안 필요하세요?

분홍색 유니폼을 입은 젊은 여자가 은근한 목소리로 물었다.

문제집?

기출문제집, 예상 문제집, 적중 문제집이 있어요.

기출문제집 하나 줘요.

그는 밖으로 나와서 건물을 올려다보았다. 3층만 검은 커튼이 드리워져 있었다. 그는 핸드폰으로 인터넷에 접속해 자살실기시험,이라고 입력했다. 검색이 불가능하다는 메시지가 뜨는가 싶더니 금칙어가 포함된 문자열이라는 안내와 함께 두 번 더 금칙어를 입력하면 접속이 끊길 거라는 경고가 이어졌다. 그는 입맛을 쓰게 다신 뒤 기출 문제집을 돌돌 말아서 벗어 든 점퍼 안주머니에 쑤셔 넣었다.

그는 맨 먼저 강의실에 들어섰다. 강의 시간이 가까워옴에 따라 수강생이 속속 들어찼다. 모두 젊은 애들이었고 약속이라도 한 것처럼 그에게서 멀찌감치 떨어져 앉았다. 빈자리가 보이지 않을 때까지도 그의 옆자리는 주인을 찾지 못했다. 왕년의 홍콩 배우를 닮은 할머니는 나타나지 않았다. 비어 있는 옆자리가 그의 심사를 어지럽혔다. 젊은 애들이 덥석 앉지 않아서 다행이다 싶으면서도 은근히 부아가 치밀었다. 늙은 게 죄지. 자리를 박차고 나가고 싶은 마음이 굴뚝같았지만 그는 칠판 위에 걸린 액자 속의 원훈을 되새기며 꾹 눌러앉았다. 이 또한 지나가리니.

젊은 애들은 자리에 앉자마자 문제집을 펼치고 밑줄까지 그어가며 공부에 열을 올렸다. 그도 기출문제집을 펼쳤다.

다음 중 서울~개성 간 고속도로에서 포클레인의 법정 최고속도는?

① 50km/h ② 60km/h ③ 70km/h ④ 80km/h ⑤ 90km/h

맨 앞장을 확인해보았지만 자살면허시험 기출문제집이 분명했다. 다음 문제도 수상쩍기는 마찬가지였다.

다음 중 달에 발을 디디지 않은 사람은?

① 앨런 빈 ② 앨프리드 보든 ③ 찰스 듀크 ④ 진 서넌 ⑤ 피트 콘래드

그는 어안이 벙벙했다. 달에 착륙한 우주인이 많아서 놀랐고 자신이 알고 있는 유일한 이름이 보기에 없어서 놀랐고 이런 문제 50개 중 40개 이상을 맞춰야 합격이라는 사실에 다시 한 번 놀랐다. 2종 면허는 그나마 사정이 나았다. 1종은 45개 이상을 맞춰야 했다. 그런데 이것들이 자살과 대체 무슨 상관이람? 상대의 패를 가늠하기 위해 미간에 힘을 줬던 저 수많은 밤처럼 그는 정신을 집중하려고 애썼다. 국가가 시행하는 시험이 아닌가. 자살과 무관할 리 없었다. 젊은 애들은 너 나 할 것 없이 진지한 얼굴로 문제집과 씨름하고 있었다. 의혹의 빛이라고는 찾아볼 수 없었다. 그는 문제집을 뚫어져라 들여다보았다. 젊은 애들한테 질 수 없다는 투지를 불태우면서.

왕년의 홍콩 배우를 닮은 할머니가 옆자리에 앉은 것은 젊은 애들에게 질 수 없다는 투지도 피로와 졸음으로 한풀 꺾일 무렵이었다. 꿈결처럼 아련한 향기에 그는 눈을 떴다. 어쩌면 졸고 있었는지도 몰랐다. 요즘은 졸고서도 졸았다는 사실을 깜박했다. 졸아도 조는 게 아니라 깜박깜박 전기가 나가는 기분이었다. 이러다 영영 정전이 되는 거겠지. 그는 손등으로 입가를 훔쳤다. 다행히 침은 흘리지 않았다.

어머, 선생님도 이 시간이세요?

할머니가 눈웃음을 지으며 말했다.

제가 교편을 잡았던 걸 어떻게 아셨어요?

그가 놀라는 시늉을 하며 능청스럽게 반문했다.

네? 아!

할머니가 손으로 입을 가리며 웃었다. 봄볕처럼 따스한 웃음에 힘입어 그는 과감하게 통성명을 청했고 할머니, 아니 김 여사가 결혼한 적이 없다는 놀라운 사실까지 덤으로 얻게 되었다. 혼자 사는 이유를 물었더니 김 여사는 털북숭이 개를 쓰다듬으며 말했다. 어쩌다 보니 그리 되었어요.

아가야 미안. 엄마 공부해야 하니까 얌전히 있으렴.

김 여사는 들고 있던 휴대용 플라스틱 개집을 바닥에 내려놓고 털북숭이 개를 집어넣었다. 개는 만사가 귀찮은 듯 낑낑거리지도 않았다. 김 여사는 수업 중에도 개에게 별 탈이 없는지 수시로 확인했다. 어차피 강의는 귀담아 들을 게 별로 없었다. 이마가 벗겨진 중년의 강사는 자살면허에 관한 특별법의 취지문에 대해 지루하게 설명한 뒤 큰 소리로 복창하게 했다. '본 법은 선진 조국 창조의 역사적 과업을 조속히 완수하고'로 시작해서 '소중한 국민의 생명을 보호하고 사회경제적 손실을 미연에 방지하기 위한 것이다'로 끝나는 장황한 취지문을 두 시간 내내 거듭 복창해야 했다. 매년 두세 문제씩 출제되니 전문을 두 눈 딱 감고 외우라는 것이었다. 그는 기출문제집 표지에 메모했다. 두 눈 딱 감고.

자살면허를 떠올린 뒤로 그는 자살 방법을 심각하게 고민해보았다. 빌딩 옥상에서 뛰어내릴까? 투신하는 사람은 머리가 깨지기 전에 심장마비로 죽는다고 했다. 심장이 멎는 것도 모자라 머리마저 박살나다니.

두 번 죽는 셈이었다. 그보다 생계비 대출을 위해 저당 잡힌 장기가 훼손될 위험이 컸다. 해마다 그의 장기에 대한 감정평가액이 다운되는 판이었다. 알뜰살뜰 관리는 못할망정 엄벙덤벙 망가뜨린다면 그간 당겨쓴 돈을 이자까지 쳐서 자식들이 토해내야 했다. 제 입에 풀칠하기 급급한 녀석들이었다. 한 재산 물려주지는 못해도 장기만큼은 지켜주고 싶었다. 한강에 뛰어들까? 그는 물이라면 질색이어서 수영복을 입어본 적조차 없었다. 역시 장기 파열의 위험이 농후했다. 목을 맬까? 교수형 당하는 죄수들은 죽는 순간 사정을 한다던데. 마지막이 남세스러웠다. 손목을 그을까? 더운 물에 몸을 담그면 피가 순식간에 빠져나간다던데. 그가 얹혀살고 있는 셋째의 원룸에는 욕조가 없었다. 좌고우면 끝에 그가 점찍은 방법은 수면제였다. 기차 화통을 삶아먹은 것처럼 코를 곤다고 타박하면 아내는 이렇게 응수하곤 했다. 당신은 시체처럼 잔다고요. 잠에서 깨어나지 않는 것이라고 생각하니 죽음이 그다지 두렵지 않았다. 자살도 마찬가지였다. 누가 재워주지 않아도 잘만 자지 않는가. 빌어먹을 전립선만 말썽을 일으키지 않는다면.

두 번째 수업 때도 그는 누구보다 먼저 강의실에 도착했고 강의실이 꽉 차도록 옆자리는 비어 있었고 김 여사는 수업이 시작될 즈음에야 털북숭이 개를 안고 나타났다. 빈자리가 그곳뿐이어서 어쩔 수 없이 앉는 것인지 궁금했지만 묻지 않았다.

젊은 여자가 단상에 올랐다. 철학 박사라고 했다. 쇼펜하우어 철학의 허무주의에 나타난 도교적 영향에 관한 연구. 그녀가 쓴 박사학위 논문의 제목이었다. 강사는 표상이니, 이데아니, 무위無爲니 하는 난해한 말로 자살의 철학적 의미에 대해 설명했다. 게다가 강사의 입은 속사포 같았다. 내용이 어려워진다 싶으면 말은 더 빨라졌다. 이해 난망이라면 핵심만 외우는 수밖에 없었다. 두 눈 딱 감고서.

쇼펜하우어의 말에 대한 강사의 말은 요령부득이었지만 쇼펜하우어의 말은 알아들을 만했다. 자살을 '강추' 했지만 이발사의 면도칼이 무서워 평생 이발소를 멀리 했다는 일화에는 입꼬리가 절로 올라갔고 인생은 희망의 조롱을 받으며 죽음의 팔에 안겨 추는 춤에 불과하다는 일갈에는 고개가 절로 끄덕여졌다. 강사의 말을, 정확히 말하자면 강사가 주워섬기는 쇼펜하우어의 말을 받아 적느라 그는 손에 쥐가 날 지경이었지만 어찌된 영문인지 김 여사는 손가락 하나 까딱하지 않았다.

필기 안 하세요?

그의 물음에 김 여사는 수줍게 미소를 짓더니 유심 칩을 이식한 손바닥에 활성화시킨 사이버폰의 버튼을 눌렀다. 강사의 형상이 3차원 홀로그램으로 생성되었다. 반갑습니다. 저는 쇼펜하우어 철학의 허무주의에 나타난 도교적 영향에 대한 연구로 박사학위를 받은……. 강의를 녹화한 홀로그램이었다. 그는 애써 덤덤한 표정을 지으며 엄지손가락을 치켜 올렸다. 젊은 애들이 그러는 것처럼, 시크하게.

할머니, 녹화하시면 안돼요. 강의에 대한 저작권을 침해하시는 거예요.

김 여사는 얼굴을 붉히며 사이버폰의 구동을 중지시켰다. 강의실 곳곳에서 부스럭거리는 소리가 들렸다. 강의를 녹화하던 사람이 김 여사만은 아닌 모양이었다.

사이버폰을 끄고 케이스를 착용하거나 칩이 이식된 손을 주머니에 넣으세요. 녹화하다 적발되면 강의실에서 쫓겨납니다.

강사가 단호하게 말했다.

김 여사는 유심 칩이 이식된 손에 손가락 윗부분이 없는 실크 장갑을 꼈다. 젊은 애들도 색깔이나 재질은 달라도 생김새는 비슷한 장갑을 한쪽 손에 끼거나 주머니에 손을 집어넣었다. 필기하던 사람은 자기뿐인 것 같아 그는 우울해졌다. 같은 강에 너무 오래 발을 담그고 있는 게 아닌가. 강은 말라붙어서 뽕밭이 되어 있지 않은가.

강의가 끝난 뒤 그는 사무실에 들러 문제집을 구입했다. 예상문제집과 적중문제집 모두. 분홍색 유니폼을 입은 젊은 여자에게서 가격을 듣고 어깨를 으쓱거리며 들으라는 듯 중얼거렸다. 장난이 아니네. 당분간 담배를 하루 반 갑으로 줄여야겠다고 그는 다짐했다.

세 번째도 네 번째도 다섯 번째도 강의실 풍경은 크게 다르지 않았다. 그는 맨 먼저 강의실에 들어섰고 강의실이 꽉 차도록 그의 옆자리는 주인을 찾지 못했고 수업이 시작될 즈음에야 김 여사가 털북숭이 개를 안고 나타나 유일하게 남은 자리에 앉았다. 그리고 각 분야의 전문가가 각 분야의 전문적인 관점으로 자살에 대해 전문적으로 강의했다. 신학자, 법의학자, 경제학자가 자살의 종교적, 법의학적, 경제적 의미에 대해 종교적으로, 법의학적으로, 경제적으로 설명했다. 전공분야는 달랐지만 마무리는 한결같았다. 걱정 붙들어 매세요, 문제집에 다 나와 있으니까. 김 여사가 선택의 여지가 없어서 옆 자리에 앉는지 궁금했지만 그는 묻지 않았다. 아니, 차마 묻지 못했다.

여섯 번째, 그러니까 마지막 강의 날 그는 여느 때와 달리 강의가 시작될 즈음에야 학원에 도착했다. 버스에서 깜박 잠들어 종점까지 가고 만 것이다. 헐레벌떡 강의실에 들어가니 빈 곳은 김 여사의 옆자리뿐이었다. 그가 다가가자 김 여사가 반색하며 말했다.

늦으셨네요.

차가 밀려서.

그가 머리를 긁적이며 대꾸했다.

김 여사의 옆자리에 떡 하고 놓인 휴대용 개집을 발견한 그의 얼굴이 환해졌다. 털북숭이 개는 휴대용 개집에 엎드려 있었다. 졸고 있는 것 같기도 하고 아닌 것 같기도 했다.

아, 내 정신 좀 봐.

김 여사가 그를 멀뚱히 올려보다 얼굴을 붉히며 휴대용 개집을 바닥에 내려놓았다.

진숙이는 오늘도 얌전하네요.

그가 웃으며 말했다.

많이 아파요.

김 여사의 얼굴에 그늘이 졌다. 표정이 너무 어두워 어디가 아프냐는 말이 목구멍에 걸렸다.

마지막 강사는 원장이었다. 혈색이 좋고 활력이 넘치는 게 사진보다 젊어보였다. 자살면허 소지자를 눈앞에서 보기는 처음이었다. 다른 수강생들도 마찬가지인 듯 강의실에는 긴장 어린 침묵이 찾아들었다. 더구나 원장은 역대 최고령 합격자였다. 그에게는 남다른 의미의 소유자였다. 그는 의자를 당겨 앉았다.

원장은 눈을 감은 채 강의실의 적막을 음미한 뒤 마침내 눈을 뜨고 입을 열었다.

저는 아버지의 폭행을 견디다 못해 아홉 살 때 처음 자살을 시도했습니다.

원장은 말을 끊고 수강생들의 반응을 살폈다. 강의실의 공기가 서늘해졌다. 모두 눈을 크게 뜨고 원장의 입만 주시했다.

못 믿으시겠다고요? 제 허벅지가 아버지의 재떨이였다면 믿으시겠습니까?

원장은 거짓말이 아님을 증명하기 위해 허리띠라도 풀 기세였다.

믿습니다.

김 여사가 다급하게 외쳤다.

착한 사마리아인이 한 분 계셨군요.

원장은 만족스러워하는 표정이었고 김 여사는 귓불이 붉어졌다.

원장은 자신의 거듭된 자살 시도를 무용담처럼 늘어놓았다. 가출에 대한 처벌, 도둑이라는 누명, 의형제의 배반, 실연, 사업 실패, 병고, 가난, 외로움, 술김에, 홧김에. 원장이 삶의 끈을 놓으려 했던 이유는 다양했다. 지구를 멈춰 세우고 싶을 만큼 나만의 고통이 거대하게 느껴지는 고독한 순간들. 지구를 거꾸로 돌려서라도 고통을 초래한 말과 행동을 물리고 싶어지던 순간들. 그런 순간이 그에게도 없지 않았다. 그러니까 '그때' 말이다.

그의 첫 근무지는 서울의 중학교였다. 각계의 유력인사를 다수 배출한 명문사학이었지만 이사장이 죽자 잠잠한 날이 없었다. 재단의 소유권을 두고 이사장의 아내와 아들이 한 치도 물러서지 않았다. 3년의 골육상쟁 끝에 설립자의 아들에게 줄을 섰던 교사들은 대부분 학교에서 쫓겨났고 전향의 굴욕을 감수한 몇몇만 자리를 보존했다. 대규모 신규 채용이 단행되었고 그는 교직원 명단에 새로 이름을 올렸다.

새 이사장의 오른팔이었던 교장은 노조에 가입한 교사들을 탄압했고 전횡을 일삼았다. 교사들 사이에서 불만의 소리가 높아졌지만 고양이 목에 방울을 달겠다고 나서는 사람은 없었다.

어느 날 교감이 그를 불러놓고 교장에 대한 평판을 물었다. 그는 긴장했다. 교감의 의중을 짐작할 수 없었다. 이사장의 왼팔이라는 소문이 사실무근이라는 항변에도 그는 선불리 입을 떼지 않았다. 교감은 30년 교직인생의 명예를 걸고 우리끼리 얘기는 관속까지 가져가겠다는 약속까지 했다. 그는 '명예'라는 말에 움찔했고 '관속까지'라는 말에 달싹했다. 그는 특별히 정의롭다고 자부하지는 않았다. 그저 보통의 상식을 가진 평범한 사람이라고 여겼다. 그래서 보통의 상식을 가진 평범한 사람으로서 교감에게 사심 없이 말했다. 교장의 행동은 부적절합니다. 대부분의 선생들도 같은 생각입니다. 교감이 목소리를 낮추고 말했다. 학교의 앞날이 걱정입니다. 교장을 내버려두면 학교는 엉망이 될 것입니다. 교감이 자신과 의견이 다르지 않다는 사실에 그는 안도했다. 어떻게 해야 할까요? 그는 맞장구를 치듯 물었다. 교감만큼이나 학교의 앞날을 걱정하고 있다는 점을 환기시키고 싶었다. 교감이 한참 뜸을 들인 뒤 입을 열었다. 방법이 아주 없는 것은 아닙니다만…….

그는 교장의 비리를 고발하는 익명의 투서를 교육당국에 보냈다. 몇 주 후 특별감사팀이 학교에 들이닥쳤고 교장의 치부가 속속 까발려졌다. 기자재 구입비 횡령, 보충수업비 착복, 공사 뒷돈 수수……. 비리 백화점이 따로 없었다. 합격자 명단에 올린 가공의 학생을 미등록 처리한 뒤 거액을 받고 입학생을 받았다는 사실 앞에서는 입을 다물 수 없었다. 교직원 자녀인 경우에는 반값만 받았다는 대목에서는 실소를 금할 수 없었다. 이사장에게 '인사' 하기 위해 어쩔 수 없었다는 게 교장의 변명이었다. 교장의 변명이 거짓만은 아니었다. 떡고물의 일부가 이사장의 주머니로 들어간 정황과 증거가 백일하에 드러났다. 이사장의 아들이 만신창이가 된 재단을 접수했다. 그에게 예기치 않은 시련이 닥친 것은 그 뒤부터였다.

동료 교사들이 노골적으로 그를 따돌렸다. 곁에 앉는 사람도, 말을 건네는 사람도, 눈을 맞추는 사람도 없었다. 그들의 냉담한 이마에는 이렇게 쓰여 있었다. 배신자. 술자리에서 교장에 대한 적대감을 격하게 토로하던 이들조차 슬금슬금 그를 피했다. 그는 교무실에 앉아 있는 게 무서웠다. 학교 옥상에 올라가 두 눈 딱 감고 뛰어내리고 싶었다. 실제로 옥상 난간에 몇 번 올라가기도 했지만 번번이 발길을 돌리고 말았다. 억울했다. 그를 옥상 난간으로 밀어올린 것도 억울함이었지만 내려오게 한 것도 억울함이었다. 그는 쉬는 시간마다 습관처럼 화장실에 가게 되었다. 볼일을 보기 위함도, 인생이 똥통에 처박혔다는 사실을 확인하기 위함도 아니었다. 바지도 내리지 않은 채 변기에 걸터앉아 누군가 오줌 누는 소리를 듣고 있으면 옥상이 저만치 멀어졌다. 그가 볼일이 없는데도 화장실을 들락거리는 동안 교감은 교장으로 승진했다. 새 이사장의 진짜 왼팔이 된 것이다. 새 이사장은 왼손잡이였다.

원장은 자신의 굴곡진 인생을 들려준 뒤 원훈의 의미에 대해 이야기했다.

다윗 왕이 금 세공사를 불러 명령했습니다. 세상에서 가장 아름다운

반지를 만들고 위대한 승리에도 자만하지 않고 처절한 패배에도 절망하지 않게 하는 글귀를 새겨라. 세상에서 가장 아름다운 황금반지를 만들고도 적당한 글귀를 얻지 못해 고민하던 금세공사는 지혜롭기로 이름 높은 솔로몬 왕자에게 도움을 청했습니다. 솔로몬 왕자는 말했습니다. 이 또한 지나가리니. 여러분, 시험에 떨어지더라도 절대 좌절하지 마십시오. 절망의 순간도 언젠가는 지나가게 마련입니다. 저는 자살면허를 딴 뒤로는 자살을 시도해 본 적이 없습니다. 네, 장롱면허입니다. 죽고 싶을 때마다 자살면허증을 꺼내봅니다. 열 번의 낙방 끝에 딴 면허증을 보고 있노라면 스스로가 대견해집니다. 자살, 그까짓 것 언제든 마음만 먹으면 할 수 있겠다 싶어서 조금은 느긋해집니다. 여러분, 자살면허 따기 전까지는 절대로 자살하지 마세요.

그는 피식거렸다. 김 여사도 손으로 입을 가리며 웃었지만 젊은 애들은 진지하고 결의에 찬 얼굴이었다. 요즘은 재밌는 농담에도 웃지 않는 게 대세인가. 그는 서둘러 웃음기를 거두었다.

질문 있는데요.

맨 앞에 앉은 남자애가 손을 번쩍 들면서 말했다.

뭡니까?

실기 시험은 어떤 식으로 칩니까?

죽고 싶어 환장하셨군요.

원장이 미소를 지으며 말했다.

김 여사는 손으로 입을 가리며 웃었지만 그는 터져 나오려는 웃음을 꾹 참았다. 이번에도 젊은 애들은 웃지 않았다. 원장은 사람 좋은 미소를 지으며 말을 이었다.

필기시험이나 잘 보세요. 합격하고 오시면 알고 싶지 않아도 알게 될 테니까. 시험에 떨어지신 분들은 꼭 보충교육 신청하시고요.

법정교육 시간을 이수했지만 그는 마음이 무거웠다. 필기시험에 합격할 자신이 없었다. 보충교육을 들으면 가외의 돈이 깨질 텐데. 그리되면 담배를 끊어야 할지도 몰랐다.

저기, 부탁이 있는데요…….

그가 문제집을 챙기고 자리에서 일어서려는데 김 여사가 주저하며 말을 건넸다.

무슨 부탁인데요?

그는 긴장했지만 반갑기도 했다. 누군가에게 부탁을 받기는 오랜만이었다.

필기시험을 같이 가서 칠 수 있을까요?

시험을 같이요?

혼자서는 너무 떨릴 것 같아서요.

그럽시다.

진숙아, 고맙습니다, 해야지.

털북숭이 개는 꿈쩍도 안 했다.

자살면허 필기 시험장은 종로 경찰서에 딸려 있었다. 그는 약속 시간보다 30분이나 일찍 도착했다. 시험에 대한 걱정 때문에 간밤에 통 눈을 붙이지 못했다. 까무룩 잠들었다가도 화들짝 일어나 문제집을 들춰보았지만 도무지 머리에 들어오지 않았다. 밤새 화장실만 들락거렸다. 요도는 타는 듯 아팠고 오줌은 녹물처럼 붉었다.

시험장도 젊은 애들로 북새통이었다. 서류를 손에 쥔 젊은 애들이 바글바글해서 취업 박람회에라도 온 듯했다. 김 여사와의 약속만 아니면 버티지 못했을 것이다. 그는 2층 접수창구 앞에서 대기번호표부터 뽑아 둔 뒤 1층으로 내려가 시험을 위한 수속을 밟았다. 지원서를 작성하고 사진과 수입인지를 붙이고 전형료를 지불했다. 전형료가 만만치 않았다.

늦더위 때문인지 긴장 때문인지 자꾸만 손에 땀이 찼다. 그는 주머니에 손을 넣고 봉투를 만지작거렸다. 은행에서 인출한 10위안 권 지폐 백 장이 담겨 있었다. 봉투를 두툼하게 만들기 위해 일부러 10위안 권으로만 찾았다. 그의 전 재산이었다. 이달 치 대출금은 다음 주에나 들어올 것이었다. 돈 봉투를 만지작거리고 있자니 긴장이 조금은 누그러졌다. 두툼한 봉투는 두둑한 배짱을 의미했다. 월급을 통째로 주머니에 넣고 포커 판을 벌이던 때가 떠올랐다. 울분과 복수심과 자괴감에 절어 지냈지만 그래도 그때는 좋은 시절이었다. 방광이 쌩쌩했으니까.

김 여사는 약속 시간에 딱 맞춰 도착했다. 털북숭이 개는 보이지 않았다. 김 여사도 긴장한 기색이 역력했다. 김 여사의 서류수속을 돕고 2층에 올라갔을 때는 대기인원이 열 명 남짓으로 줄어 있었다.

차례가 되자 그는 김 여사와 접수대로 다가갔다.

누가 먼저 하실 거예요?

접수대 직원이 물었다.

레이디 퍼스트.

그가 슬쩍 물러서며 말했다.

김 여사가 고맙다며 인사를 하고 응시 원서를 내밀었다. 접수대 직원이 서류를 꼼꼼히 살피더니 언제 찍은 사진이냐고 물었다.

우리 진숙 애비 태어나던 해 찍은 사진이에요.

김 여사가 아련한 표정으로 대답했다.

그는 지원서에 붙은 사진을 바라보았다. 중년의 고운 여자가 새치름한 표정을 짓고 있었다.

언제 찍은 거라고요?

접수대 직원이 미간을 찌푸리며 되물었다.

그러니까…….

기억을 더듬는 듯 김 여사의 눈이 가늘어졌다.

할머니, 한 달 내에 찍은 사진을 붙여야 해요.

접수대 직원은 사진을 다시 붙여 오라며 서류를 돌려주었다. 김 여사의 얼굴이 침울해졌다.

안 되겠어요. 저는 다음에 쳐야 할까 봐요.

김 여사가 지원서의 사진을 물끄러미 바라보며 힘없이 말했다.

걱정 마세요. 요 앞에 즉석에서 현상해주는 사진관들이 있습디다.

그가 번호표를 새로 뽑으며 말했다.

안 되겠어요. 아무래도 오늘은…….

걱정 마세요. 바로 요 앞이에요.

그는 젊은 애들 사이를 비집으며 성큼성큼 걸어 나갔다.

김 여사와 필기 시험장에 들어서면서도 그는 주머니의 돈 봉투에서 손을 떼지 못했다. 조금만 더 두툼하면 좋을 텐데, 라고 아쉬워하면서. 감독관 자리에는 양복 차림의 중년 사내가 앉아 있었다. 그는 감독관에게 지원서를 내밀었다. 감독관이 주민등록증도 보여 달라고 했다. 감독관은 받아든 주민등록증과 그의 얼굴을 번갈아가며 한참 쳐다보았다.

무슨 문제라도 있소?

그가 물었다.

아, 아닙니다. 저쪽에 앉으세요.

감독관이 주민등록증을 돌려준 뒤 구석의 맨 뒷자리를 손가락으로 가리키며 말했다.

그는 감독관이 지정해준 자리에 가서 앉았다. 책상에는 컴퓨터가 놓여 있었다. 그는 심호흡을 한 뒤 수험번호를 입력하고 시작 버튼을 눌렀다.

쉽지 않을 거라고 각오를 단단히 하기는 했지만 막상 뚜껑을 열고 보니 한숨이 절로 나왔다. 만만한 문제가 하나도 없었다. 다음 중 트랜스지방을 포함한 음식이 아닌 것은? 다음 중 바로크 양식과 거리가 먼 건축물은? 다음 중 세 번째로 달에 내린 사람은? 생소한 문제는 말할 것도 없고 문제집에서 본 듯한 문제조차도 답이 알쏭달쏭했다. 패스, 패스, 또 패스. 제쳐두는 문제가 부지기수였다.

그는 애꿎은 손목시계만 자꾸 들여다보았다. 시계를 보면 초조해졌고 초조해져서 또 시계를 들여다보았다. 급기야 모니터를 들여다보는 시간보다 시계를 들여다보는 시간이 더 길어졌다. 그는 고개를 갸웃거렸고 목덜미를 긁었고 다리를 떨었다. 오줌도 마려웠다. 이제 시간마저도 얼마 남지 않았다.

인기척을 느낀 그가 고개를 들었을 때 곁에 서 있던 이는 감독관이었다. 언제부터 그러고 있었는지 알 수 없었다. 놀랄 일은 그뿐이 아니었다. 감독관이 마우스를 뺏더니 문제를 풀어나가기 시작하는 게 아닌가. 클릭, 클릭, 클릭. 감독관은 거침없이 마우스를 놀렸다. 그는 벌어진 입을 다물지 못했다. 그는 망을 보는 공범자처럼 주변을 살폈다. 모두들 제 앞의 모니터만 응시하고 있었다. 마지막 문제까지 해결한 뒤 감독관은 아무 일도 없었다는 듯 태연하게 제 자리로 돌아갔다. 그는 감독관을 찬찬히 바라보았다. 모르는 사람이었다. 그는 뭔가에 홀린 기분으로 멍하니 앉아 있다가 마감 시간에 쫓겨 종료 버튼을 클릭했다. 화면에 채점 결과가 곧바로 떴다.

84점입니다. 합격을 축하합니다.

확인 스탬프를 받기 위해 지원서를 내밀면서도 그는 감독관의 얼굴에서 눈을 떼지 못했다. 아무리 뜯어보아도 생소한 얼굴이었다. 감독관은 합격 스탬프를 찍어주고 나서 나지막이 말했다.

안방의 평수는 문간방 두 개의 평수와 같다.

혹시 나한테 배웠소?

뺨도 맞았죠.

감독관이 입 꼬리를 끌어올리며 대답했다.

아.

그는 뺨이라도 얻어맞은 듯 주춤 물러섰다.

이름 대신 과목명을 부른 것은 다섯 손가락의 멤버만이 아니었다. 전교생이 모두 불알친구인, 백두산 밑 중학교의 학생들도 저희끼리 떠들 때 선생의 이름을 입에 올리지 않았다. 내레 국어 땜에 자부러바 죽갔다. 수학 똥마려운 강생이 상 아님둥? 선생을 국어라고 칭할 때, 수학이라고 부를 때 그들의 목소리에 담긴 감정은 막연한 분노였다. 제아무리 책을 파도 결국 노루 꽁무니나 쫓거나 용병 신세를 면치 못하리라는 것을 아이들은 잘 알고 있었다. 용을 쓰고 버둥거려 봤자 서울로 돌아가지 못하리라는 것을 그가 모르지 않았던 것처럼. 산짐승 울음이 자장가인 그곳에서 그는 자신에 대한 증오를 쥐어짜내며 하루하루를 버텼다. 교감의 꾐에 넘어간 순진한 자신을, 부당하게 따돌리는 선생들에게 언성한 번 높이지 못한 바보 같은 자신을, 옥상에 올라가 보란 듯이 뛰어내리지 못하고 화장실에 숨어 부들부들 떨었던 소심한 자신을.

스스로에 대한 혐오 때문이었을까. 상대가 이름 대신 수학이라고 부를 때 그는 되레 자신이 아무것도 아니라는 자학적인 해방감을 느꼈다. 네가 가르치는 피타고라스 정리만 빼면 넌 아무것도 아니야. 아니, 피타고라스 정리는 아무것도 아니야. 네가 아무것도 아니듯이. 아무것도 아니라면 모든 것이 가능했다. 눈곱을 떼자마자 엽총을 손질하는 아이들에게 피타고라스 정리를 가르치는 자신이 아무것도 아니라는 사실을 잘 알았으므로 그것을 가르치기 위해 그는 무슨 짓이든 할 수 있었다. 다른 건 몰라도 피타고라스 정리만은 머릿속에 집어넣어 주리라. 파괴적인 충동이었고 불가해한 집념이었다.

피타고라스 정리를 가르치기 위해 교실에 들어간 그는 학생을 아무나 한 명 불러내 다짜고짜 귀싸대기를 갈겼다. 굶주린 늑대처럼 날뛰던 새까만 여드름쟁이들도 난데없는 폭력 앞에서는 숨을 죽였다. 침 삼키는 소리마저 들릴 정도로 팽팽해진 적막 속에서 그는 직각 삼각형을 그린 뒤 힘주어 말했다. 이것은 거실이다. 거실에 면한 정방형 방을 세 개 만든다. 제일 큰 게 안방이고 나머지는 문간방이다. 이때 안방의 평수는 문간방 두 개의 평수를 합한 것과 같다.

볼때기가 벌게진 아이들 중 왜 때렸느냐고 묻는 녀석은 한 명도 없었다. 애당초 이유 같은 건 없었다. 녀석들의 머릿속에 우겨넣어야 할 것이 꼭 피타고라스 정리일 필요가 없듯이. 중요한 것은 바로 그 점이었다. 폭력에 마땅한 이유가 없다는 것. 그러니까 억울하게 귀싸대기를 맞고도 잠자코 있는 너희는, 부당한 폭력 앞에서 제 볼은 무사하다고 안도하며 숨죽이는 너희는 쓰레기다. 썩어빠진 너희의 영혼을 구원하는 길은 피타고라스의 아름다운 정리를 머릿속에 영원히 새겨두는 것뿐이다.

인근 도시로 나간 뒤로 그는 학생들의 털끝조차 건드리지 않았다. 서울의 중학교에서 그랬던 것처럼. 그의 인생을 통틀어 누군가를 때린 적은 그때뿐이었다. 지우고 싶은 기억이었다. 그때 손찌검했던 학생들 중 한 명이 분명했다. 그래도 누군지 알아볼 수 없었다. 당연했다. 그곳에서 가르친 아이들 중 그가 기억하는 학생은 한 명도 없으니까. 그는 감독관의 시선을 애써 외면했다.

저를 모르시겠습니까?

감독관은 그럴 리 없다는 투로 물었고 명함까지 내밀었다.

사람을 잘못 보신 것 같소.

그는 도망치 듯 시험장을 빠져나갔다. 건물 밖으로 나갈 때까지 뒤도 돌아보지 않았다.

선생님.

김 여사가 숨을 몰아쉬며 쫓아오고 있었다.

급한 일이라도 생기셨어요?

아닙니다. 너무 덥고 갑갑해서.

시험은 어떻게 되셨어요?

그게…….

어디보자…….

김 여사가 그의 손에 들린 지원서를 살폈다.

브라보! 정말 대단하세요. 젊은 애들도 쩔쩔매는 시험을 단번에 통과하다니.

그는 곤혹스럽고 부끄럽고 찜찜했다. 자랑스럽지 않은 기억이 곤혹스러웠고 떳떳치 못한 합격이 부끄러웠고 석연치 않은 도움이 찜찜했다. 그 아이, 아니 감독관은 대체 어떤 마음으로 도와준 걸까? 그는 소변이 급했지만 시험장에는 돌아가고 싶지 않았다.

어떻게 되셨어요?

그가 물었다.

김 여사는 고개를 가로저었다.

그는 말문이 막혔다. 낙방을 축하해야 할지 위로해야 할지 아리송했다.

너무 낙심하지 마세요. 위로의 의미로 저녁을 쏠게요.

그가 짐짓 쾌활한 목소리로 말했다.

괜찮아요.

사양하지 마세요.

정말 괜찮은데.

김 여사는 손목시계를 보며 말했다.

선약이라도 있으세요?

그런 게 아니라…….

합격 턱이라고 생각하시고 너무 부담 갖지 마세요.

그는 인사동, 아니 인터내셔널 애비뉴 쪽으로 걷기 시작했다.

김 여사가 추천한 곳은 파라다이스 쇼핑몰의 이태리 식당이었다. 그는 화장실부터 찾았지만 사용 중이었다. 이태리 식당도 젊은 애들 판이었다. 남자애들끼리거나 여자애들끼리였다. 요새 젊은 것들은 연애질도 안 한다더니 커플은 보이지 않았다. 젊은 애들이 자꾸만 이쪽을 힐끗거리는 것 같아 그는 신경이 쓰였다.

웨이터가 주문을 받으러 왔다. 금발의 외국인이었고 영어로 말을 건넸다. 그는 알아들을 수 없었다. 영어 실력도 짧은데 말이 너무 빨랐다.

뭘로 드시겠어요?

김 여사가 그에게 물었다.

그는 메뉴판을 건성으로 훑어보았다. 낯선 식당에 가면 무조건 메뉴판 맨 위에 있는 요리를 시켰다.

해물 스파게티.

그가 대답했다.

소스는 뭘로 하겠느냐고 묻는데요.

김 여사가 웨이터와 말을 주고받다가 그를 쳐다보며 물었다.

도마도.

그가 웨이터를 향해 말했다. 전립선에 좋다는 얘기를 들을 뒤로 토마토 예찬론자가 된 그였다.

도마도?

웨이터가 어색한 발음으로 반문했다.

터메이토우.

김 여사가 웨이터에게 말했다.

오케이.

웨이터가 고개를 끄덕이며 말했다.

그는 무심코 튀어나온 사투리에 당황했다. 토마토를 '도마도' 라고 발음하던 이는 그의 아내였다. 그럴 때면 그는 턱이 빠져라 웃곤 했다. 아이들이 곁에 있든 말든 상관없었다. 아니, 아이들이 있으면 더 크게 웃어댔다. 얘들아, 사투리를 쓰면 세상이 너희를 업신여길 것이다, 라고 훈계하는 것처럼. 이제 그의 인생에서 가장 후회스러운 일은 아내가 도마도라고 할 때 비웃은 것이었다. 그는 아내에게 사과하고 싶었다. 불가능했기에 더 간절해졌다. 사과의 기회도 안 주고 서둘러 세상을 뜬 아내가 야속하기까지 했다.

사모님은 어떤 분이셨어요?

김 여사가 찬물로 목을 축인 뒤 조심스러운 목소리로 물었다.

그는 선뜻 대답하지 못했다. 아내는 어떤 사람이었을까? 봤던 드라마를 또 보면서도 같은 장면에서 어김없이 울던 사람, 해외여행 한번 못 가본 사람, 자면서 코를 골던 사람, 토마토를 도마도라고 하던 사람. 그러니까 드라마를 보며 울다가도 방귀를 뀌고, 해외여행 한번 못 가봤지만 여권은 늘 지니고 다녔고, 코를 골다가도 귀만 잡아당기면 조용해지고, 토마토를 도마도라고 해서 비웃으면 코가 빨개지던 아내는 대체 어떤 사람이었을까? 그는 아내에 대해 아는 게 별로 없는 것 같아 당혹스러웠다.

괜한 걸 물었네요.

김 여사가 미안해하는 얼굴로 말했다.

그가 계속 입을 다무는 바람에 분위기가 어색해졌다. 침묵이 길어지면서 그는 입을 떼기가 더 힘겨워졌다. 무슨 말로 어색한 분위기를 풀어야 할지 막막했다. 오줌보가 묵직했지만 화장실 문은 여전히 닫혀 있었다.

면허는 왜 따려고 하세요?

그가 물었다.

김 여사의 얼굴이 어두워졌다.

곤란하시면 대답 안 하셔도 되요.

그런 게 아니라…….

갑자기 사위가 캄캄해졌다. 칠흑 같은 어둠이 모든 것을 지워버렸고 여기저기서 외마디 탄식이 새어 나왔다. 그는 휘둥그레진 눈으로 주위를 둘러보았다. 실내에는 불빛 한 점 없었고 창밖도 캄캄하기는 마찬가지였다. 잠시 정적이 흐른 뒤 웅성거리는 소리가 터져 나왔다. 웨이터를 부르는 소리, 무슨 일인지 알아보려는 소리, 별일 아닐 거라고 안심시키는 소리. 젊은 애들은 핸드폰으로 불을 밝혔다. 촛불 형상의 홀로그램을 불러낸 애들도 있었다. 어둠에 묻혀 있던 얼굴들이 조금씩 윤곽을 드러냈다. 세상에, 정전이래. 누군가 휴대폰을 들여다보며 믿을 수 없다는 듯 소리쳤다. 그러고 보니 에어컨 소리도 들리지 않았다. 와, 서울 곳곳에 전기가 끊겼대. 늦더위로 전기가 달려 비상조치를 취한 거래. 신기하다는 듯 왁자하게 떠들어대는 목소리들.

괜찮으세요?

그가 맞은편 어둠을 향해 물었다. 눈이 어둠에 익숙해지면서 김 여사의 얼굴이 흐릿하게 떠올랐다.

김 여사는 어디론가 전화를 걸었다.

민철 엄마, 나 진숙 엄마예요. 혹시 거기도 정전이에요? 어쩜 좋아. 우리 진숙이는 어두운 것 질색인데. 밤에도 불을 켜놓아야 잔다고요. 네? 민철이랑 우리 진숙이는 다르잖아요. 우리 진숙이는 자궁암이라고요. 진숙이한테 무슨 일 생기면 어떡해. 진숙이 없이는 하루도 못 산단 말이에요. 가엾은 것, 얼마나 무서울까. 지금 당장 갈게요.

김 여사는 전화를 끊자마자 자리에서 벌떡 일어났다.

선생님, 죄송해요. 가봐야겠어요.

김 여사의 물기 어린 목소리가 떨렸다. 눈자위도 젖어 있을 것 같았지만 어두워서 확인할 수 없었다. 그는 엉거주춤 자리에서 일어섰고 김 여사는 더듬더듬 출구로 걸어갔다. 김 여사가 밖으로 사라지자 그는 자리에 도로 앉았다. 한 발작만 움직여도 오줌이 터져 나올 것만 같았다. 화장실 문은 어둠에 묻혀 보이지 않았다. 젊은 애들은 뭐가 좋은지 저희끼리 속닥였고 키득거렸다. 예기치 않은 선물이라도 받아든 것처럼 들떠 있었다. 색종이로 치장한 고깔모자를 쓴 사람들이 어둠 속에서 튀어나와 일제히 축하의 함성이라도 지르는 것처럼. 거 뭐라나, 깜짝 파티라도 즐기는 양. 그는 더 이상 오줌을 참을 수 없었다.

화장실은 여태 사용 중이었다. 그의 얼굴이 불안과 고통으로 일그러졌다. 속옷에 실수라도 할까 봐 불안했고 오줌보가 터져버릴 것 같아 고통스러웠다. 불안과 고통을 달래기 위해 그는 주머니에 손을 넣었다. 두툼한 봉투. 불안을 물리치는 부적, 고통을 때려잡는 백신. 빳빳한 종이가 만져졌다. 엉겁결에 받아든 감독관의 명함이었다. 이제 그의 인생에서 가장 후회스러운 일은 무고한 아이들의 따귀를 때린 것이었다. 어떻게 그런 짓을. 그는 감독관에게, 부당하게 손찌검 당한 익명의 학생에게 사과하고 싶었다. 진심으로 사과하고 싶었다.

굳게 닫혀 있던 화장실 문이 왈칵 열렸다. 어둠 속에서 안절부절못하던 그는 더 짙은 어둠 속으로 뛰어들었다. 저기 소변기의 희끄무레한 실루엣이 구원의 예언자처럼 서 있었다. 그는 소변기 앞으로 냉큼 다가가 바지 지퍼를 내렸다. 요의는 맹렬했고 통증은 격심했지만 오줌은 쫄쫄거렸다. 그래도 살 것 같았다.

쪽창 밖에 진을 친 세상의 모든 어둠을 그는 조용히 노려보았다.

정미경

1960년 마산 출생. 이화여대 영문과 졸업.
1987년《중앙일보》신춘문예 희곡 부문과
2001년《세계의 문학》소설 부문에 당선되어 작품 활동 시작.
소설집『나의 피투성이 연인』『발칸의 장미를 내게 주었네』『내 아들의 연인』
장편소설『장밋빛 인생』『이상한 슬픔의 원더랜드』등이 있음.
오늘의작가상, 이상문학상 등 수상.
mkjung301@hanmail.net

"송사란 게 그래요. 사소할수록 판단이 힘들죠."
사소한 일인가. 사람 하나 죽은 일이. 그렇긴 해도, 역시 이 일을 업으로 삼는 사람들에겐 사소한 게 사실이긴 하다.
누가 알겠는가. 강에겐 이미 모든 게 사소했다.

— 본문 중에서

파견근무

정미경

*

목선을 따라 흰 레이스가 달린 분홍 블라우스 아래로 배꼽이 살짝살짝 보인다. 저만치 걸어오는 아이는 학예회무대에서 첫 배역을 맡은 소녀 같다. 커다란 비눗방울 안에서 어떻게든 그걸 터뜨리지 않고 걸어야 하는 역할을 맡은. 누군가 쳐다보고 있다는 걸 알고 있는 게다. 막 꺼내 입었는지 초록색 스커트는 조금조금 구김이 갔다. 아무리 튀는 색의 옷을 입어도 더할 나위 없이 어울리는 건 저 또래 아이들뿐이지.

놀이터는 텅 비어 있다. 어느새 그늘이 좋은 계절이었다. 성급하게 망울을 터뜨린 등꽃 그늘 아래서 걸어오는 아이를 지켜보고 있자니 목이 마른 느낌이 들었다.

황태탕 잘하는 집이 있다며 앞장설 때도 홍은 어딜 들르겠다는 얘긴 없었다. 더위가 코앞에 닥친 계절에 황태탕이란 썩 당기는 메뉴는 아니다. 뜨거운 사발이 앞에 놓이자 오는 내내 난감한 기분이었던 까닭을 알 것 같았다. 땀을 쏟으며 절반이나 먹고 일어나 나왔을 때야 홍은, 집에 있을지 모르겠네, 이쪽으로 잠시만, 애매한 말을 흘리며 상가 뒤편으로 난 지저분한 길을 건너 아파트 단지 쪽으로 걸음을 옮겼다. 고층아파트가 드리운 그늘 아래로 들어서서야 강을 돌아보며 말했다. 마침 이 근처가, 현장이네요. 한번 들어가보셔도 되고……. 외가가 같은 단지라 지금은 할머니가 아이를 데리고 있긴 합니다만. 나긋나긋한 말투였지만 앞뒤 없이 왔다 갔다 하는 게 난센스 퀴즈처럼 들렸다. 그제야 황태탕을 핑계로 여기까지 끌고 온 까닭을 짐작할 만했다. 예상치 못한 일이라 무어라 답을 못하고 있는데 휴대폰을 꺼내더니 전화를 건 사람 같지 않게 예, 예 짧게 대답만 하고는 끊었다. 겨우 일 분이나 지났을까. 출입문 뒤에서 기다리고나 있었다는 듯 아이가 나타난 것이다. 아이 뒤편으로 예순 중반으로 보이는 여인 하나가 줄레줄레 따라오고 있었다. 이것 봐라. 어쩌다 보니 무람없이 대하는 사이가 되긴 했지만 6급 공무원과 현직 판사의 신분이란 별당아씨와 머슴만큼이나 유가 달랐다. 이곳으로 발령받고 와서 알고 지낸 지 일 년이다. 다섯 살 위지만 그의 깍듯함을 당연하게 여겨왔다. 아랫것들과는 밥을 같이 먹지 말아야 하는데. 걸어오는 아이를 바라보고 있던 홍이 코를 훌쩍이며 손바닥으로 얼굴을 문지른다.

"감기 기운이 있나 봐요?"

따지듯 물어본 것도 아닌데 눈을 크게 뜨고 고개를 저었다.

"아니에요. 제가 이 계절엔 알러지가 있어요. 그냥 콧물만 쏟아져요.

수도꼭지 틀어놓은 것처럼. 아주 죽겠습니다."

그러고는 보란 듯 후루룩 콧물을 들이마신다. 더러운 새끼.

크고 작은 재판이 눈코 뜰 새 없이 이어졌다. 소액재판이 있는 날은 처리해야 할 사건이 수십 건이다. 훑어보아야 하는 공소장이나 관련 자료의 분량이 엄청났다. 한 주 동안에만도 읽어야 하는 보고서가 수천 쪽이 좋이 되었다. 사건 당사자를 직접 만날 시간도, 이유도 없었다.

가까이 오자 어느새 아이 앞으로 나선 할머니가 허리를 꺾어 인사를 하고는 아이에게도 인사를 시킨다. 판사님께 인사해야지. 아이는 할머니를 먼저 올려다본 후에 머루 같은 눈으로 강을 잠시 쳐다보았다. 안녕하세요, 인사하는 목소리가 채 여물지 않았다. 더워졌어요, 홍의 말에 할머니는 맞장구를 쳤다. 그러게. 엊그제까지도 무르팍에 찬바람이 돌더니. 할머니는 손에 쥐고 있던 손수건을 아이의 코에 갖다대고 흥 소리를 냈지만 아이는 가만있었다. 이상한 고집이 느껴졌다.

"흥 하래도?"

목소리에 상냥함과 동시에 섬뜩함이 풍겨났다. 그제야 아이는 조그맣게 흥 소리를 내며 코를 풀었다. 아이의 코언저리를 야무지게 닦아내고는 그 수건으로 자신도 코를 풀었다. 그 얼굴에 겪지 말아야 할 일을 치러낸 자의 고통이 아로새겨져 있었다. 홍이 할머니에게 무어라 말을 붙이며 그네 쪽으로 슬그머니 걸어갔다. 난감했고 그보다는 화가 났다. 아이는 코를 살짝 찌푸리며 강을 올려다보았다. 밀가루 반죽을 떼어 올린 것처럼 조그맣고 말캉해 보이는 코다.

"여기 좀 앉을까?"

코를 풀지 않고 버티던 것과는 달리 얌전히 벤치에 앉는다. 아이는, 그냥 아이였다. 다섯 살짜리 여자아이. 동그란 이마와 투명한 볼. 불어온 바람이 머리카락을 헝클어놔도 귀여움을 감출 수 없는 나이.

발아래 모래의 패인 부분이 검게 보인다. 밤에 비가 꽤 왔었지. 그러잖아도 굴곡이 심한 국도를 운전하기엔 힘든 날씨였다. 강은 비 오는 국도 저편으로 휘달려가는 마음을 꾹 누른다. 아이는 다시 고개를 틀어 강을 올려다본다. 뭐가 됐든 말을 해야 한다고 생각하자 속이 부글부글 끓어올랐다. 그런 줄 안다는 듯 홍은 이쪽을 한 번도 돌아보지 않는다. 사건 파일을 한 번, 대충 훑어본 게 전부다. 무슨 말을 하겠는가. 엄마를 잃은 다섯 살짜리라니. 그것도 아빠 손에. 목을 맨 상태로 자기 집 욕실에서 발견된 서른다섯 살 여성의 추정 사인은 처음엔 단순자살이었다. 그렇게 정리될 일이었는데 유족 측에서 들고일어났다. 사건을 구성하면서 아이는 증인이 되었다. 아이의 아빠는 말도 안 된다며 변호사 선임조차 않겠다 했다. 기억나는 건 고작 그 정도다.

첫 꽃망울을 터뜨린 등꽃 아래 앉아서, 얘야 아빠가 엄마 목을 졸랐니? 물어보아야 하는 건가. 유리알처럼 햇살을 되쏘고 있는 미끄럼틀을 물끄러미 쳐다보고 있는데 아이는 제풀에 조잘조잘 이야기를 늘어놓았다.

"엄마랑 아빠랑 싸워요. 엄마가 소리를 질러요. 엄마가 침대에서 이불을 뒤집어써요. 아빠가 부엌에서 가위를 가져와요. 엄마는 달아나요. 그건 어제, 어제 일이에요. 아빠가 수건으로 엄마 목을 감아요."

단숨에 거기까지 말하고는 침을 꼴깍 삼킨다. 강을 한 번 올려다본 아이는 작은 손으로 제 목덜미를 감싼다. 엄지 두 개가 목울대에서 만나고 손가락의 끝이 뒷덜미에서 엇갈린다. 아이의 목은 놀랍도록 가늘다.

"이렇게요."

힘을 얼마나 주었는지 손목이 바르르 떨린다. 눈자위가 빨개졌다. 주름 하나 없는 입술은 점막처럼 투명하고 붉다. 아이는 손을 내려 허벅지 위에 가지런히 모은다. 말과 움직임은 동시에 이루어지지 않는다. 말과 아이는 나뉘어 있다.

"엄마는 숨을 쉬지 않아요."

지구 반대편에서 일어난 폭발사고를 전하는 리포터처럼 눈물 한 방울 없이 또랑또랑 말하는 아이의 얼굴을 새삼스럽게 내려다보았다. 자신의 우주가 폭삭 쪼그라져 블랙홀이 되어버린 걸 아직 모르는 걸까. 아이의 콧등에 자잘한 땀방울이 맺혔다. 가슴 언저리는 평온하다. 바닥에 닿지 못하는 발 두 개가 시계추처럼 흔들린다. 아이의 시선은 제 손등 위에 얹힌다. 숨결이 가지런하다. 등꽃이 비칠 듯 아른거리는 뺨은 죽음을 모른다. 그러긴 해도 허벅지 위에 놓인 제 손과 수그린 머리 사이가 아주 멀다는 듯 어린 눈빛이 아득하다.

자살 혹은 타살. 50프로의 확률. 알고 보면 세상은 거대한 초록색 테이블이다. 강의 마음은 기어이 국도 저편으로 날아간다. 단순하고도 아름다운 세계. 다이사이. 크거나 작거나. 초록색 테이블에 앉으면 횡격막 근처에서 리히터 지진계처럼 미세한 떨림이 시작된다. 그 숨 막힐 듯한 긴장감이라니. 언제부턴가 그것은 수시로 생각의 틈을 비집고 밀려들었다. 심해의 수압처럼 독하게. 아니다. 사실을 말하자면 강은 거기에 완전히 사로잡혀 있었다. 어젯밤 늦게라도 손을 털고 일어선 게 대견하게 여겨질 만큼.

저녁을 먹고 사무실에서 밀린 판결문을 쓰고 있다가 차를 몰아 J시에 도착한 것이 열시 가까운 시각. 먼저 온 차들로 빼곡한 주차장에 차를 세워놓고 비를 맞으며 달려가 휘황한 불을 밝힌 그곳의 문을 열고 들어서는 순간, 단전 깊숙한 곳에서 뜨거운 기운이 몽글몽글 피어올랐다. 형광등 아래서 판결문을 적어 내려갈 때면 젖은 짚단처럼 가라앉던 몸의 어느 구석에서 웅웅 소리를 내며 발전기가 가동되기 시작했다. 실내 공기는 뜨거우면서도 서늘했다. 확실히 그 안에는 이르게 에어컨을 가동해야 할 만큼 열기가 가득했고 그 열기는 혈관 속으로 바이러스처럼 흘러들었다. 피돌기가 빨라졌다. 그 순간에는 그곳에서 해야 할 일이 걷는 일이라면 밤이 지나고 새벽이 올 때까지 걷는다 해도 피곤치 않을 것 같았다. 그동안 바친 수업료가 얼마인가. 시스티나 성당 천장화 속 아담의 손가락처럼 '바로 그' 세계에 손가락이 마침내 닿을 것이라는 확신이 밀려왔다. 지나던 바카라 테이블에선 환호가 터져 나왔고 기를 받는 심정으로 잠시 테이블을 지켜보다 다이사이 판으로 걸음을 옮겼다. 다른 게임엔 애초부터 관심이 없었다. 겨우 자리를 구해 앉았고 순식간에 백 판 이상 진행이 되었다. 칩은 눈에 띄게 줄어들었다. 신경줄은 끊어질 듯 가늘어졌다. 쪼잔하게 몇 판으로 나누느니 운을 시험해볼까. 배수로 베팅하면서부터 승기가 돌아왔다. 신 내린 무당처럼 펼쳐질 주사위가 눈 뒤쪽 어디쯤에 환하게 보인다는 확신이 들었고 다시 두 배로 판을 키웠다. 이젠 꺾어야 한다 싶었지만 그 생각은 먼 곳에 있었고 모든 것이 끝났다. 순식간이었다. 그랬다. 매번. '바로 그' 세계에 손가락의 끝이 닿으려는 순간, 다른 세계로 들어서려는 순간, 문이 막 열리려는 순간, 그 지점에서 칩은 남김없이 사라졌다.

어쩌면 자신이 그곳에서 찾는 것은, 손가락의 끝이 마침내 닿으려는 그 순간의 느낌이 아닐까. 지난밤과 함께 사라져버린 그 느낌에 잠시만 더 빠져 있고 싶어진다. 눈을 감고 보드라운 담요에 뺨을 대고 있듯. 아주 잠깐이라도. 아이의 명랑한 목소리가 그 사이를 비집고 들어온다.

"그런데 엄마 옷에는 미니 얼굴이 그려져 있어요. 열 개도 넘어요. 내가 제일 좋아하는 옷이에요."

"그랬구나."

아이에게 아무것도 묻지 않았다. 아이의 머리를 쓰다듬어주고는 뒤를 돌아다보았다. 동태를 살피고 있었는지 둘이 이쪽으로 걸어왔다. 할머니는 주저앉아 아이를 끌어안고 손바닥으로 손등을 자꾸만 문질렀다. 아이고 내 새끼. 내 새끼를 어쩌면 좋아. 내가 이 난리를 겪느라 이십 년은 폭삭 늙어버렸어. 아이고 내 새끼. 그녀가 탄식하듯 부르는 내 새끼가 이 아이인지 자신의 딸인지 알 수 없었다. 그녀의 슬픔엔 어쩐지 연극적인 과장이 섞여 있는 것 같다. 인간의 슬픔은 아무리 혹독하다 해도 십오 일이 지나면 희석되기 시작한다지. 할머니는 갑자기 고개를 반짝 치켜들고 강을 쳐다보았다.

"그놈만 만나지 않았으면…… 그놈 죽는 꼴 보기 전엔 내가 눈을 못 감아."

주먹으로 가슴을 쳤다. 미끄럼틀과 정글짐 사이로 소리가 텅텅 퍼져 나갔지만 탄식소리는 오히려 낮았다. 그만 들어가보세요. 홍이 눈짓을 하자 할머니는 몇 번이나 허리를 숙여 인사를 하고는 아이에게도 인사를 시켰다. 할머니의 손을 잡고 걸어가던 아이가 아파트 입구로 들어서기 전 몸을 돌려 뒤를 한번 돌아보았다.

"촌수가 좀 있긴 하지만 저희 고모 되십니다."

나긋한 목소리라니. 화가 나 있는 거 뻔히 알 텐데. 간이 배 밖으로 튀어나왔어. 사건 배정에도 손을 쓰지 않았을까. 꼬리가 여덟은 달렸으니. 앞에선 예예 하면서, 너는 구르는 돌 나는 박힌 돌 싶겠지. 이러냐 저러냐 말없이 돌아서서 상가 쪽으로 걸어가는데 또 한마디 슬쩍 올려놓는다.

"뻔하잖습니까?"

뻔하다니. 법정까지 온 사건에 대해선, 법원 앞에서 순두부 끓이는 아줌마도 그런 소리는 하지 않는다. 심정적으로는 편을 들고 싶겠지만 검찰수사관 경력이 십 년 가까운 사람이 할 말은 아니다.

"사람이란 게 간단치 않아서요."

그냥 그러고 말았다. 이렇게 따로 아이를 만난다 해서 달라질 건 없다. 절차에 대해선 강보다 더 잘 알고 있을 텐데, 왜?

"저 나이 증언, 인정받기 어려운 거 아시잖아요."

"그러니까요."

네 소관 아니냐는 거지. 다시 화가 푹 솟았다.

"아이가 문제죠. 저 얘기를 할 때마다 단단한 몽둥이로 머리통을 후려친 것 같은 충격을 받을 겁니다. 진실이 어느 쪽이든 상관없이 말입니다."

홍이 어떤 표정을 하고 있는지는 알 수 없었다. 먼 고모의 외손녀라면 이번에 처음 보았을 수도 있지. 눈치는 빠삭해서 오는 내내 더 이상 말이 없었다. 법원 로비에서, 올라가시라며 인사를 하더니 잊을 뻔했다는 듯 아, 혼잣소리를 흘리며 옆으로 바싹 다가섰다.

"이지솔루션이라고 있어요. 코스닥인데 오늘 내일 좀 사놓으세요. 일곱 배, 최소한 다섯 배는 간다는데. 뭐 담당이 아니시니 본인 명의로 해도 괜찮을 듯싶지만 일단 가까운 사람 명의로 계좌부터 하나 개설해놓으세요. 사람 일은 모르니까요."

무슨 소리냐는 듯 쳐다보자 홍의 목소리는 조금 더 낮아진다.

"금융법 위반으로 이틀째 조사 중인 애가 하나 있어요. 제가 보기엔 따끈합니다. 생사가 걸린 자린데 뻥이야 치겠어요?"

무어라 대답을 하기도 전에 홍은 돌아섰다. 어쩌면 홍의 목소리는 내 앞에서만 저렇게 나긋나긋한 것일까. 그나저나 최소한 다섯 배라니. 그놈들은 다 그렇게 쉽게 버나.

주식투자는 한 번도 해본 적이 없다. 투자한 펀드가 두 배가 됐다는 대학동기도 있었지만, 한창 주식 경기가 좋았던 그 시절엔 돈이 없었다. 연수원을 막 마쳤을 때다. 돈이 있었어도 한 귀로 흘려들었을 것이다. 연수원 성적은 열 손가락 안에 들었다. 공부에 재능이 있다는 건 고등학교 때 알았다. 다른 친구들보다 유난스럽게 파고들지 않아도 전교 석차는 최상위권을 벗어나지 않았다. 연수원 성적이 좋지 않아 발령을 포기하고 여기저기 변두리 로펌에 이력서 돌리고 다니는 동기들과 자기는 지향하는 세계가 다르다고 생각했다. 일곱 배의 승률이 가능한 부류의 삶은 어떤 것일까. 흘려들었다 했는데 그 배수는 머릿속에 또렷하게 자리 잡았다. 이지솔루션이라 했던가.

*

오후 재판을 마치고 돌아와서야 산맥을 이루고 있는 서류더미 위에서 그 사건 관련 자료를 찾아보았다. 밀려드는 자료는 매일 무협지 읽듯 진도를 나가야 소화할 수 있는 분량이었다. 초임 시절엔 퇴근할 때 서류 싸들고 다니는 걸 당연하게 생각했다. 날마다 보따리를 들고 집에 들어서면 아내는 투정을 하곤 했다. 내가 결혼한 사람이 판사야, 보따리 장사야? 아내는 이제 그런 투정은 하지 않는다. 아예 타짜로 나서지 그래? 조롱하듯 싸늘한 목소리도 밤의 국도를 달려가는 강을 돌려세우지 못한다. 퇴근길에 곧바로 그리로 달려가는 날이면 차 뒷자리의 자료들을 출근길에 고스란히 들고 올라오기가 일쑤였다. 시간에 쫓기면 자신의 동물적인 감각을 믿으며 핵심 부분만 찍어서 볼 수밖에 없었다.

첫 발령은 남부지원이었다. 실무를 시작하고 얼마 되지 않아 강은 그 일이 본성에 맞지 않는다는 걸 알았다. 일 자체는 어렵지 않았으나 지루하고 재미가 없어졌다. 중간에 연수원 근무가 있었고 그곳에서 강의를 하는 일이 그나마 적성에 맞았다. 연수원 임기가 끝나고 지방근무를 돌아야 했을 때 본가가 있는 이곳을 지원했다. 중학교 교사인 아내는 서울에 남았다. 부모님은 들어와 살라 했지만 오피스텔을 하나 임대해 지내면서 일주일에 한 번쯤 본가에 가서 저녁을 먹었다. 칠순이 된 어머니는 옛날과 달리 국도 찬도 짜게 만들었는데 아버지는 불평 없이 잘 드셨다. 회식자리가 이어지다 집에서 먹는 날이면 밥 한 끼 먹는 게 벌 받는 것처럼 여겨졌다.

지루하지 싶었던 일상은 짐작과는 달랐다. 휴양지로 떠난 출장 같다고 할까. 결혼 후 처음으로 혼자 지내는 시간이 은근히 설레었다. 주말이면 강이 서울로 갔다. 처음 와서는 테니스를 열심히 쳤다. 법원 안에 있는 코트는 공짜인 데다 코치가 따로 있었다. 이곳엔 처음부터 향판으로 눌러앉은 사람들이 많았다. 붙박이로 근무하는 그들의 세계는 서울과 지방을 주기적으로 옮겨 다니는 이들과는 또 달랐다. 훨씬 안정적으로 보였다. 퇴임 후엔 지역변호사로 개업해서 전관예우 받으며 한두 해에 평생 먹고살 걸 벌 수 있으니 그럴 수밖에 없겠지 싶었다. 알고 보니 다 선후배 사이인 이들과 어울리면서부터는 골프장엘 자주 나가게 되었다. 주말에 약속이 잡히면 이곳에서 지냈다. 제 돈을 내고 골프를 한 기억은 없었다. 햇살 아래 산소가 풍부한 공기를 마시며 지치도록 골프채를 휘두르고 나서 해안가 횟집에서 생선의 살점을 씹다 보면 스트레스가 싹 날아갔다. 같이 골프를 치고 저녁을 먹는 사람들은 지역에서 영향력이 있는 사람들이었다. 유머감각이 없는 게 유감이긴 했지만 별것 아닌 강의 이야기에 크게 웃는 걸 보면 순박한 사람들이라는 생각이 들었다. 세심한 배려가 처음엔 고마웠고 점점 당연하게 여겨졌다. 사소한 송사에 연루되면 저녁 자리가 만들어졌다. 그 선에서 해결이 되지 않은 일들은 크게 법을 어기지 않는 한도 안에서 선처를 해주었다.

처음 J시에 간 것도 그 사람들과 함께였다. 단골로 다니던 횟집에서 반주를 겸한 저녁을 먹던 중이었다. 구원장이 카지노 구경을 가자고 했다. 어디 대학병원에 있다가 귀향해서 종합병원을 차린 사람이었다. 썩 내키진 않았으나, 동석한 사람 중 누구도 가지 않겠다는 말을 하지 않았다. 그때까지 강은 슬롯머신 한번 당겨본 일도 없었다. 구원장은 기사를 돌려보내고 직접 운전을 했다. 국도는 굴곡이 심했고 이미 어두웠으나 초행이 아닌 듯 익숙하게 핸들을 꺾었다. J시는 생각보다 가까운 곳에 있었다. 환하게 불을 밝힌 실내로 들어섰을 때 그곳이 다른 세계처럼 느껴진 건 불빛이나 인파 때문만은 아니었다. 모든 사람이 동일한 욕망을 가지고 있는 공간은 기형적인 에너지를 뿜고 있었다.

누군가 칩을 주머니에 넣어주었다. 건축업을 하는 장이 슬롯머신 룰 몇 가지를 일러주다 갑갑한 듯 그랬다. 그냥 땡기면 되는 거예요. 중간중간 몇 개의 칩이 떨어져 나왔지만 별 재미가 없었다. 옆자리에서 꽤 큰 게 터져 사람들이 몰려들었고 잠시 그걸 구경하기도 했다. 그러는 사이 칩은 모두 사라졌지만 애초에 그건 돈 같지가 않아서 잃었다는 느낌도 들지 않았다. 액수를 정해놓고 해야 돼요. 그거 다 털고 나면 미련 없이 일어나는 거. 그게 여기서 돈 버는 겁니다. 말은 그렇게 하면서도 장이 또 칩을 바꾸어 왔다. 그것까지 잃고 나서는 실내를 돌아다니며 구경을 했다. 뜻밖에 젊은 애들이 많았다. 행색이 꾀죄죄한 사내들이 테이블 옆에 서서 돈을 건 사람보다 더 눈알이 노래져서 들여다보고 있었다. 슬롯머신 앞에서 두 손을 모으고 간절히 기도하는 아줌마의 파마머리 뒤통수를 보자니 코미디의 한 장면 같았다. 블랙잭은 한참 들여다보아도 알듯 말듯 했다.

구원장이 안쪽 테이블에 앉아 있는 게 보였다. 테이블 위에 칩과 지폐가 같이 쌓여 있었다. 주사위 세 개가 투명한 유리관 안에 들어 있었다. 그 위에 다시 덮개를 덮었다가 열었다. 2 4 6. 둘러선 사람들 사이에서 약한 탄식이 흘렀다. 모자라는 사람들처럼 보였다. 구원장이 칩을 쓸어 왔고 다시 큰 쪽에 걸었다. 3 5 5. 아까보다 훨씬 큰 탄성이 터졌다. 5가 하나만 더 나왔으면 잭팟이 따로 없다고 옆에 선 누군가가 속삭였다. 승률이 높은 것처럼 보였는데, 한참 보고 있는 사이 앞에 쌓여 있던 칩이 바닥이 났다. 소소한 예외가 있지만 룰은 아주 단순했다. 크거나 작거나. 기준은 11인 모양이었다. 50프로 확률의 세계에 실력 같은 건 들어갈 틈이 없어 보였다. 걸어 나오며 구원장이 말했다. 제가 여태 병원 날리지 않은 건, 게임에 이겨서가 아니라 칩이 바닥났을 때 자리 털고 일어났기 때문이에요. 제가 보기엔, 이긴 판이 더 많은 것 같았는데요. 맞아요. 막판에 내리 배수로 걸지 않았으면 여태 하고 있을 겁니다. 잘나가다 보면 자신의 육감을 과신하게 됩니다. 두 배, 세 배, 네 배 걸게 되죠. 처음엔 그러지 않겠다 하고 자리에 앉지만 곧 까맣게 잊게 됩니다. 그렇군요. 바카라를 많이들 하지만 우리처럼 머리 많이 쓰는 사람들에겐 이게 딱이죠. 다이사이. 클 대 작을 소. 크냐 작으냐.

자주 오십니까?

자주 오진 않아요. 수술을 하다 보면 엉뚱한 신경이나 혈관을 자를 때도 있고, 어이없는 실수를 할 때도 있어요. 혈관이 이렇게 두 개 나란히 있어요.

구원장이 손가락 두 개를 세워 보였다.

이쪽이 맞다고 생각하고 잘랐는데, 틀린 거죠. 50프로의 확률인데 말이에요. 얼른 봉합해버리면 아무도 모르지만, 나는 알잖아요. 50프로라는 게 사실 엄청나게 높은 확률이에요. 그런 실수를 한 자신을 견딜 수 없다고나 할까. 모르겠어요. 어이없는 실수로 치명적인 결과가 나오면, 혼자서 여기 올 때가 있어요.

사실 그날은 얼마를 잃었는지조차 몰랐다.

한 달쯤 지난 후였다. 왜 혼자 그곳까지 갔을까. 별다른 저녁약속이 없는 날이었고 빈 오피스텔에 들어가 코를 박고 판결문 쓰기가 싫었는지도 모르겠다. 눈먼 돈 벌면 나도 거하게 저녁이나 한번 살까. 매번 먹어만 주어도 고맙습니다 하는 얼굴들이긴 하지만 인간이란 게 어디. J시에 거의 도착했을 땐 그런 농담 같은 생각도 얼핏 했던 것 같다. 다른 사람 차에 실려 갈 땐 몰랐는데 국도는 굴곡이 심해 운전하기가 어려웠다. 그 사이 숲이 무성해졌다. 처음 갈 땐 못 본 계곡이 길을 따라 오래 이어지기도 했다. 완전히 어두워진 후에는 차의 속도를 뚝 떨어뜨려야 했다. 그 길이 아닌가 싶을 때 휘황한 빛의 성채가 나타났다. 안으로 들어가 이십만 원을 칩으로 바꾸었다. 플라스틱 쪼가리를 받아드는 순간 기분이 좀 이상했다. 한 번에 하나씩만 걸면 스무 번을 할 수 있다. 적절한 횟수다. 운을 시험하는 것이든 확률을 측정해보는 것이든. 첫 판을 큰 쪽에 걸었다. 가벼운 흥분이 스쳤다. 투명한 플라스틱 통 안에 엎드린 주사위 점들은 2 4 5. 사각 면 위의 점들이 크게 확대한 듯 또렷하게 보였다. 살갗 아래로 뜨거운 공기가 밀려들어와 팽팽히 펴지는 것 같았다. 여섯 판이 지났을 때 칩은 여섯 개가 늘어나 있었다. 매사끼 있네! 뒤에서 누가 감탄을 했다. 처음 듣는 말이었지만 무슨 뜻인지 알 것 같았다. 이마가 뜨끈했다. 시간은 느리게 흘러갔다. 매 순간이 아주 선명했고 세부가 선명하게 보였다. 칩이 모두 사라진 후에 시간을 보니 채 이십 분이 지나지 않았다. 몸의 어느 부분이 덜덜 떨렸지만 이십만 원 때문은 아니었다. 여태 살아오면서 완전히 져본 적은 없었다는 생각이 들었다. 현금지급기에 다녀왔고, 삼십 분 만에 한 번 더 다녀와야 했다. 어느 새 칩을 배수로 걸고 있었다. 이십 분 사이에 잃은 돈을 복구하는 데 다섯 시간이 걸렸다. 일어서 슬롯머신 옆을 지나는데, 손 모으고 기도하던 여자를 이해할 것 같았다. 칩을 현금으로 바꾸어 바깥으로 나왔다. 새벽이 와 있었다. 숨을 깊이 들이마셨다. 횡격막 아래가 뜨끈해졌다. 살아오면서 한 번도 뜨거워본 적이 없던 곳이었다.

사건 기록은 기억하고 있는 것과 크게 다르지 않았다. 처음 훑어볼 때도 쉽지 않겠다는 생각을 했었다. 현장검증도, 피의자의 행적도, 정황이나 증거마저 아무 말도 해주지 않는다. 행시 출신의 공무원인 35세 여성이 자신의 집 욕실에서 목욕수건으로 목을 맨 상태로 발견되었다. 이미 사망한 상태였고 최초 발견자는 남편. 가벼운 우울증으로 병원에서 짧게 치료받은 경력이 있었다. 최초 소견은 자살 추정. 부검을 했지만 자살이 아님을 증명할 만한 특이사항은 없었다. 상처나 구타의 흔적도 없었다. 안면에 울혈이 있고 눈꺼풀 아래 점상 출혈이 발견되었지만 그건 목이 졸릴 때 나타나는 일반적인 현상이다. 혈액에선 어떤 약물도 알코올 성분도 나오지 않았다. 목에 압박흔은 있으나 손가락 자국은 없었다. 남편은 전날 거실 소파에서 잠들었으며 아내가 아이를 재우러 같이 방에 들어가는 걸 본 게 마지막이라 했다……. 여자 집안에서 타살을 주장하며 부검을 의뢰했다. 불화가 극심했고 폭력을 행사한 전력이 있었다는 것이 그쪽의 주장이었다.

보통의 사망사건이라면 주요한 증거가 될 것들이 이 경우에는 아무 소용이 없었다. 남편이 그 시간 집에 있었다는 사실도, 화장실 외에도 집 안 곳곳에서 발견된 무수한 지문들도. 다투는 게 일상인 결혼 칠 년차 부부였다. 판사의 재량이 클 수밖에 없다. 양측에서 제출한 참고자료가 따로 첨부되어 있었지만 지리했다. 그것들을 뒤적거리던 강은 저도 모르게 인터넷 검색을 하고 있었다. 이지솔루션. 이차 전지, 태양광 패널……. 최신 유행의 녹색에너지 산업이었다. 현재주가 3860. 이미 많이 오른 상태였다. 향후 성장성에 대해선 전망이 엇갈렸다. 이미 자체 계열사가 있어 납품 라인이 안정적인 선발업체들에 비하면 전망이 불투명. 그러나 어느 시점에선 수요가 폭발적으로 증가할 가능성이 크다. 선발업체의 주가가 이십만 원 선을 넘나드는 현재로선 확실히 저평가주로 볼 수 있다. 상장한 지 일 년, 매출은 전년 대비 다섯 배 증가. 내친 김에 다른 이차 전지 업체를 찾아보았다. 대기업 계열사이긴 했으나 주가는 일 년 사이에 꼭 아홉 배가 상승했다. 아홉 배라니. 자신의 턱이 모니터 쪽으로 이끌리듯 앞으로 한참 빠져 있다는 것을, 그러느라 입까지 벌어져 있다는 걸, 침이 조금 흘러내린 걸 깨닫고는 화면을 닫았다. 그냥 궁금했을 뿐이다. 피의자로부터 나온 정보라는 걸 알면서 투자를 할 수는 없었다. 밀쳐놨던 파일을 다시 집어 들었다.

추가로 알게 된 거라면, 재판 결과에 보험금의 향방이 걸려 있는 것이었다. 삼 년 전 가입한 종신보험이었다. 계약자는 사망자 본인이었고 월급에서 자동이체되고 있었다. 수령액은 오억이었다. 불입한 액수에 비해 거금이었다. 이렇게 빨리 지급받게 될 줄을 몰랐겠지. 이 년이 지났으니 자살이라 해도 지급에 문제는 없었다. 다만 자살이라면 남편이 수령할 터이지만 아니라는 판결이 나면 보험금은 아이와 그 양육권자에게 지급될 것이다. 제 손으로 야무지게 목을 조르던, 빨갛게 달아오른 아이의 얼굴이 떠올랐다. 엄마의 목을 조르는 아빠의 손을 재연하던 아이. 다시 읽어보니 아이의 진술은 순서 하나 틀리지 않았다. 엄마가 마지막으로 입었던 옷에 대한 기억까지.

남자의 진술은 판결에 영향을 미칠 만한 게 없었다. 자영업(인테리어업)이라지만 업장 주소를 보니 주택가 언저리에서 도배나 페인트칠, 화장실 수리 정도를 하는 구멍가게 수준의 가게 같았다. 홍에 의하면 남자는 전문대를 나왔다는데 그것도 확실한지 모르겠다며, 조카가 무엇에 씌웠는지 제 엄마의 극심한 반대를 무릅쓰고 강행한 결혼이라며 혀를 찼다. 행시는 결혼한 후에 합격했는데 그 이후로 장모와는 더욱 틀어졌다고도 했다. 일을 마치고 직원들과 저녁을 먹으면서 소주를 석 잔쯤 마셨고 아홉시경 귀가. 거실에서 텔레비전을 시청하다 취침. 새벽에 화장실에 갔을 때 문이 잠겨 있어 늘 하던 대로 젓가락을 가져와 열었다. 아이는 그 현장을 보지 못했다. 119에서 온 사람들이 달려오고 소란통에 일어난 아이는 사람들 틈으로 들것을 본 게 전부다. 현장검증 결과 역시 맥이 빠진다. 실내 어디에도 격한 다툼의 흔적 같은 건 없다. 그렇겠지. 원래 그랬을 수도 있고 정돈해놓았을 수도 있다. 누가 알겠는가.

눈알이 뻑뻑하다. 서랍에서 인공누액을 찾아 한 방울씩 넣고 휴대폰 문자메시지를 열어보았다. 목요일어머니생신엔아무래도못갈것같아잘말씀드려줘. 모레가 엄마 생신이었나. 누나에게 잔소리깨나 듣게 생겼다. 그래도 생신 얘길 하는 거 보면 아직 우리 사이에 희망이 남은 걸까. 돈을 마련해 와, 잡힌 차를 찾아 돌아오는 내내 말 한마디 않다가, 불을 끄고 누워서 그랬지. 죽어도 못 끊겠어? 내가 잠들면 내 손가락을 끊어버려. 안 그러면 낼 아침에 법원 홈페이지에 올릴 거야…. 홈페이지에 올리진 않았지만 이제는 제발 그만 하라는 말도, 마지막이라는 말도 하지 않는다. 액정을 잠시 들여다보다 문자를 입력하기 시작했다.

내가 잠시 미쳤던 거지. 이제 다시는 그곳에 가지 않을게. ……아직도 나는 이렇게 말할 수가 없어. 그곳에 가는 건 내가 아니니까.

거기까지 썼다가 다시 한 글자씩 지워나간다. 25일늦은여섯시교대역갯마을에서친구들아보자. 초등학교 동창회 총무다. 모임에 나간 지 삼

년이 넘었는데 문자는 꾸준히도 온다. 아프리카어린이들이옷도안입고…당신의뜨거운손길기다리고있습니다. 두어 번 간 적이 있는 서울의 룸살롱에서 보내는 문자는 매주 시사성 있는 문구로 업그레이드된다. 그곳에 다녀온 다음 날도 그렇게 생각했지. 술과 웃음과 독한 향수가 뒤섞여 흐르던 그곳에 있었던 건 자신이 아니라고. 다음은 매일 오는 스팸문자. 연6.7프로제도권에서찾기힘든금리로한도삼천만원마이너스통장가능. 돈 삼천과 판사 자리를 바꾸는 인간은 없을 거라고 믿는 것일까. 모두삭제를 선택하고 잠시 들여다보다 취소 버튼을 누른다. 삼천만 원이라. 일곱 배수의 세계는 어떤 것일까. 야, 시계가 자체발광하기에 물어봤더니 일억짜리라데요. 홍은 침으로 무지개를 만들며 떠벌렸다. 갇혀 지낼 날이 창창한 애가 던진 거래라면 믿을 만할 것이다. 구치소 안에서 지내느니 차라리 죽음을 달라고 울고 있을 테니. 안락하고 우아한 일상을 살던 놈들일수록 그 안에서는 단 하룻밤도 못 견뎌 한다. 거기서 벗어날 수만 있다면 가진 것을 전부 내던질 수도 있다는 격한 자세가 되는 것이다. 삼천이라면…… 다섯 배수에만 던져도. 금융법 위반은 전담이 따로 있다. 굳이 남의 명의를 빌릴 필요도 없을 것이다. 아니지, 그래도 이런 일이란 게. 명의를 빌릴 만한 사람들을 떠올려보다 고개를 저었다. 쌓아놓은 파일들은 좀체 줄어들지 않는다. 보던 자료를 펼쳐놓고 복도로 나가 자판기 커피를 한 잔 뽑았다. 뻣뻣한 다리를 좀 움직여볼 요량이었다. 종이컵을 들고 창가로 가서 밖을 내다보았다. 가로등에 불이 들어왔고 어느새 창은 거울이 되어 있다. 유리창에 떠오른 얼굴이 비난하듯 이쪽을 쳐다보았다. 팔자 주름이 뚜렷한 건 등 뒤에서 비추는 형광등 탓일 것이다. 커피를 홀짝이며 무심코 왼손을 주머니에 찔러 넣자 자동차 키가 손가락에 닿았다. 체온에 데워진 금속을 만지작거리며 서 있는 어느 시점에서 창에 떠오른 자신의 얼굴은 보이지 않았다. 그러니까 삼천. 과욕은 버리고 오 배수에 팔면, 여기저기 걸려 있는 급한 대출들은 정리할 수 있을 것이다. 손바닥이 끈적이는 것 같았다. 창틀에 종이컵을 올려놓고 긴 복도의 반대편에 있는 화장실로 가서, 손만 씻었다. 물은 미지근했고 세면대의 사기는 미세하게 균열이 가 있었다. 기분은 조금도 나아지지 않는다. 다시 걸어 나오는데 화장실과 창 사이가 무척 멀다는 사실, 그 사실이 어쩐지 마음에 걸린다. 말이 쉽지, 다섯 배란 참. 그렇지만 그 전에, 크거나 작거나, 단 한 번만 맞아떨어지면 그때 이지솔루션을……. 물론 생각은 그렇게 순차적이지도, 논리적이지도 않았다. 점성의 액체가 끓어오르는 솥처럼 생각들은 불쑥 솟구쳐 강을 소스라치게 만들었다.

커피를 단숨에 삼켜버리고 돌아서서 긴 복도를 빠르게 걸어 나오는 순간 어떤 망설임도 남아 있지 않았다. 층계참에선 난간을 잡고 몸을 휙 날렸고 계단을 하나씩 건너짚었다. 차가 세워져 있는 곳까지 달리다시피 했다. 밤이 아닌 듯 자신을 둘러싼 주위가 환하게 빛났다. 가로등 없는 국도는 어두웠으나 이제 눈 감고도 다닐 만큼 굽돌이가 훤했다. 휘어진 모퉁이에서 핸들을 꺾을 때마다 헤드라이트 불빛에 놀란 숲이 팔을 들어 올려 휘청, 얼굴을 가렸다.

*

"피곤해 보이십니다?"

네가 지난밤 어디 있었는지 안다는 듯, 홍의 목소리는 유난히 은근하다. 다섯 잔째 마시는 커피가 목구멍을 넘어가질 않아 약 삼키듯 용을 쓰는 중이었다. 사우나에 가서 한 삼십 분 눈이라도 붙이고 올까 하던 참이었다. 홍은 책상 위 자판기 커피를 쓰레기통에 버리고는 일층 로비의 커피전문점 로고가 새겨진 종이박스에서 컵 하나를 꺼내 내려놓고는 제 것도 꺼내 들었다. 그건 뭡니까? 핫초콥니다. 전 그걸로 주세요. 홍이 핫초코를 건네주고 커피를 받아들었다. 달고 뜨거운 걸 마시니 기분이 한결 낫다. 홍은 한동안 가십거리를 늘어놓았다. 조사부 내의 불륜커플 이야기를 했지만 그건 정문 경비도 알고 있는 이야기다. 새로 모시게 될 검사가 아무래도 여자가 될 것 같다는 얘기도 했지만 그게 싫다는 말을 할 만큼 어리숙한 인간은 아니다. 얘기 끝에 홍이 물었다.

"참, 그거 어떡하셨어요? 이틀 연속 상한가던데."

"그래요?"

잊고 있었다는 듯 시큰둥했지만 알고 있었다. 이미 몇 번씩이나 검색을 해본 참이다. 홍이 안타깝다는 듯 탄식을 했다.

"아! 참 쉽지 않은 기횐데. 저야 그쪽은 잘 모르지만, 아직까지는 타이밍이 아니겠습니까?"

지난 후에야 무슨 말을 못 하겠어. 알 수 없는 건 한 치 앞이지. 홍이 의논하듯 운을 떼었다.

"사실은 저도 들어가볼까 망설이고 있어요. 솔직히 월급 모아서 어느 세월에 큰 거 한 장 만들겠습니까? 이런 인연 언제 올지 모르고 말입니다. 정기예금 해약하면 천오백은 당장 만들 수 있어요, 근데 마누라가 그러려고 할지."

"그런 건 몰래 해야죠."

"처음이 아니거든요. 깡통 되면 이번엔 진짜 죽음이에요."

"목숨 안 걸고 되는 일 있나요?"

그 말끝에 둘은 필요 이상 크게 웃었다. 빈 컵을 박스에 챙기며 홍이 한결 나긋하게 속삭인다.

"오후에 심리 있죠? 저쪽에서 추가로 제출한 자료들도 판결에 영향을 끼칠 만한 건 없고요."

홍의 말이 아니어도 아이의 증언 외엔 판결에 영향을 끼칠 만한 증거는 없었다. 법적으로는 만 십육 세가 되어야 법정선서가 가능하다. 선서를 하지 않고 행한 증언에 대해서는 위증죄를 물을 수도 없다. 열여섯이라니. 요즘 십대를 너무 우습게 보는 기준이지. 그런데, 겨우 다섯 살. 판례를 보아도 유아의 증언은 연령보다는 지적수준이나 상황에 따라 차별적으로 인정되곤 했다. 뭐 최근의 일로는 네 살 때 겪은 사건을 여섯 살에 증언한 것을 인정한 예가 있긴 하다. 성추행이었지, 아마. 그보다 한 살 많은 여아의 증언이 채택되지 않은 케이스도 있고. 이런 경우라면 판사의 재량이 클 수밖에 없다. 양형의 기준이 애매한 건일수록 피곤하다. 가끔은 신 내림 받은 무당이 되고 싶을 때도 있다. 생부의 성폭력 같은 경우엔 한쪽은 티 없이 맑은 눈을 깜박이며 아빠가 그랬다 하고, 그 아빠는 미쳐버리겠다 하고. 그거나 이 건이나.

"아이들이 거짓말을 하는 경우도 드물지 않게 있습니다. 어른들 거짓말보다 판단하긴 더 어렵죠."

주제넘게 밀어붙이는 홍이 얄미워서 꺼낸 소리지만 지어낸 말은 아니다.

"그래요? 이유가 뭘까요?"

"간단하지 않죠. 어떤 이유로든 기억이 왜곡되고 아이들은 그걸 백 프로 믿어버리니까요. 자신을 보호하기 위해 기억을 왜곡하기도 하고 영향력을 가진 주위 어른이 가짜 기억을 심어주었을 수도 있구요. 어떤 아이는 제 부모의 결혼식을 보았다고 우기기도 해요. 촉각과 후각까지 합쳐진 디테일을 세세히 떠올리면서."

"실제로 그럴 수도 있지 않습니까?"

"속도위반도 아니고 결혼 후에 태어난 아이가 그러는 거죠."

홍이 떨떠름한 표정으로 쳐다보았다.

"애는 어떻답니까?"

"뭐 일관되게…… 그러니까."

"그게 아니라, 정신적으로 별 문제는 없습니까? 해머로 머리를 가격당한 것보다 더한 충격인데. 아이나 어른이나 보이지 않는 상처가 더 오래 갑니다."

무슨 말인지 알아채지 못한 듯 얼버무린다.

"그게 그러니까, 참 마음이 아프죠. 어린 것이 어미 없이 자라야 하니."

남아 있는 가족이 가장 신경 써야 하는 일은 아이에게서 그 기억을 지우는 게 아닐까. 그게 사실이든 만들어진 기억이든. 아이를 처음 보았을 때부터 든 생각이지만, 말하지는 않는다. 판사가 하급 수사관과 나누기엔 부적절한 대화이다. 서쪽 창으로 벌써 햇살 한 자락이 밀려든다. 강의 기색을 슬쩍 살핀 홍이 살갑게 속삭인다. 저녁엔 남사장이 크게 한턱 쏘겠답니다. 지난번 일로 너무 감사하다구요. 참, 오지영이는 어떻습니까? 입안의 혀처럼 굴지 않으면 말씀하세요. 제가 아주 똑 떨어지는 애로 바꿔드리겠습니다. 오지영은 사무실에서 자잘한 업무를 맡아 하는 여직원이다. 커피 심부름까지 하지만 엄연한 공무원이다. 홍이 마음대로 할 수 있는 파리 목숨은 아니었다.

*

"이거, 오래 할 일은 아니야. 스트레스는 장난이 아닌데 일 자체는 또 그렇게 단순할 수가 없어. 찢고 자르고 꿰매고, 찢고 자르고 꿰매고……. 내가 수술기계야."

소주잔을 내려놓으며 구원장은 고개를 설레설레 저었다. 도내 교통사고 환자는 모두 그 병원으로 실려 온다니 종일 꿰맨다는 말이 틀리지 않을 것이다. 수술보다는 장기 입원환자 보험금으로 떼돈을 번다는 게 소문만은 아닌 듯 엄살과는 달리 병원보다는 골프장이나 룸살롱에서 보내는 시간이 더 많았다.

"하고 싶은 일만 하면서 사는 사람 있습니까? 죽을 목숨 살리는 일이니 복 받으실 겁니다."

홍이 잔을 채워주며 연한 배 씹듯 사근거린다. 창밖 바다는 어둠에 묻혀 보이지 않고 허공에 매단 듯 군데군데 집어등 불빛이 환하다. 서울에서 고향을 생각할 때면 수와아아 끝없이 밀려드는 파도와 밤바다에서 환하게 흔들리던 집어등 불빛이 늘 먼저 떠올랐다. 발령받고 와서 지내면서 되레 무심해졌다. 차로 십 분이면 중심가를 한 바퀴 돌 수 있는 소도시의 속내는 오히려 이번에 와서야 속속들이 알게 되었다. 소년의 눈에는 보이지 않던 세계였다.

열일곱 때였나. 집 앞으로 조금만 걸어 나가면 지천으로 들을 수 있는 파도소리를 녹음하고 싶어 녹음기를 샀었지. 일 년 넘게 용돈을 모았는데. 불을 끈 방 창가에 서서 거기서 흘러나오는 파도소리를 들으며 검푸른 밤바다 위에 혼령처럼 떠 있는 집어등 불빛을 바라보고 있노라면 그 모든 것이 너무 아름답다는 생각이 들었고 몸이 허공으로 떠오르기라도 할 듯 벅찬 기운이 몸을 가득 채웠지. 싸구려 녹음기에서 흘러나오는 조잡한 파도소리에도 차가운 물보라와 발바닥 아래로 썰물이 질 때의 어지럼증까지 고스란히 느낄 수 있었는데. 여기 돌아와 근무한 지 일 년. 부러 바닷가에 나간 적도, 파도소리를 듣고 싶다고 생각한 적도 없었다. 이 사람들과 어울려 바닷가 횟집에서 술을 마실 때도 바다는 늘 같은 자리에서 파도소리를 배음으로 들려주었겠지만 강의 귀는 그 주파수를 잡지 못했다. 이곳에서의 날들은 처음엔 휴가 같았으나 언제부턴가 이곳을 떠나면 괄호로 남을 것이라는 생각을 하고 있다. 파도소리는 괄호 속에 남아 더 이상 자신을 따라오지 않을 것이다. 그 예감은 아프지도 허전하지도 않았다. 상 위에서 눈을 번히 뜨고 아가미를 벌떡거리며 칼질된 제 살점을 업고 있는 생선을 아무 연민 없이 내려다볼 수 있게 된 것처럼.

저녁 모임의 멤버는 거의 일정했고 사정에 따라 한두 명이 들어왔다 나가곤 했다. 지역사회에서 내로라하는 이들이 모였지만 좌중의 사람들은 늘 강의 이야기를 듣기 원했다. 사람들은 건설회사를 하는 최의 현장에서 오늘은 몇 층이나 올라갔는지 알고 싶어 하지 않았다. 시내에서 가장 높은 빌딩을 소유하고 있는 오가 임대료 받아 먹고살기가 얼마나 고

달픈지 듣고 싶어 하지도 않았다. 구원장의 칼끝에서 구사일생 목숨을 건진 중환자의 스토리도 강이 들려줄 수 있는 인간세상의 파노라마 앞에선 빛을 잃었다. 강이 그런 얘기들을 떠벌이기 좋아한 건 아니다. 왁자한 웃음 끝에 자리가 잠잠하면 누군가 강을 쳐다보며 물었다. 여태 내린 선고 중에 제일 센 게 어떤 거예요? 사형을 때린 적도 있어요? 개인적으로 제일 나쁜 놈이다 싶은 놈은요? 알고 보면 불쌍한 인간도 있을 것 아닙니까? 황당한 건수도 많지요? 제일 웃기는 사건은 어떤 거예요? 이들이 상상할 수 있는 질문은 이 정도로 단순했다. 황당하고 웃기면서 기가 막힌 사례들을 들려주면, 그들은 불행하고 극악하고 운 나쁜 인간들과 자신의 삶이 얼마나 멀리 있나 새삼 재어보며 안도했다.

처음엔 자신이 담당했던 사건들 얘기를 주로 들려주었다. 그다음엔 크게 화제가 됐던 사건들 얘기를 했다. 판례집에서 읽은 특이한 사례들을 약간 각색해서 들려주기도 한다. 이를테면.

"감당할 수 없는 카드빚을 진 여자가 있었어요. 남편은 고등학교 교사였어요. 몇 번이나 남편이 빚을 해결해준 전력이 있는데 또 몇천 빚이 쌓인 거예요. 대학생인 아들을 어떻게 세뇌를 시켜 아버지를 차로 치었는데, 미수에 그쳤어요. 겁에 질린 아이가 죄다 불고 구치소로 들어가고, 상황을 감당할 수 없으니까 여자는 자살을 해버렸어요. 며칠 사이 십 년을 폭삭 늙은 아비가 탄원서류를 만들어 아는 사람 일일이 찾아다니며 서명을 받아 제출했더군요. 제 어미가 시킨 일이라고, 아들은 아무 죄가 없다고, 그럴 아이가 아니라고."

"하아, 그 마음이……. 마누라 잘 만나야 돼."

최가 혀를 차며 회를 한 점 입에 넣고 꾹꾹 씹었다.

"아무렴요. 언니야. 여기 와사비 생걸로 좀 갈아 와라. 이분들이 아무거나 드시는 분들이 아니다."

히말라야의 만년설도 녹일 듯 나긋한 목소리와 술 따르는 타이밍이 기생이 따로 없다. 오징어 같은 놈. 여기저기 촉수를 대고 있는 다리가 열 개는 될 것이다.

"그 얘기도 한번 해보세요. 숨어 살다 일본에서 송환된 연놈들."

"그 얘긴 뭐, 더 잘 아시잖아요. 해보세요."

홍이 손을 휘휘 저었다.

"아이고, 무슨. 전문가의 한 말씀을 듣고자 하는 것이지. 미천한 제가."

둘러앉은 사람들이 눈을 빛내며 재촉하듯 강을 쳐다보았다.

"대학 강사가 아내와 제 어린 아들까지 죽이고 일본으로 달아난 사건이 있어요. 연구실에서 같이 지내던 조교와 눈먼 사랑에 빠진 거죠. 둘이 홋카이도 시골구석에서 조그만 식당을 하며 지냈답니다. 우연히 교통사고를 내면서 신분이 드러나 전격 송환이 되었죠. 삼 년 만에."

귀를 쫑긋하고 얘기를 듣던 남사장이 불쑥 끼어들었다.

"그렇게 예뻐요?"

"예뻐요."

강은 잠시 생각하다 고쳐 말했다.

"예쁘다기보다는 몸 전체가 사람을 빨아들이는 듯한 여자였지요. 그러니까, 살면서 말이에요. 한 번뿐인 인생에 그런 여자를 결코 스치지도 말아야 할지 한 번쯤은 만나야 할지, 선택할 수 있는 거라면 갈등하겠더군요."

"그래요! 참 만나야 할지 말아야 할지."

모두 그 햄릿적인 고민에 빠져든 듯 눈빛이 아련해졌다. 누군가 그 커플을 위해 건배를 제안했다. 죽어도 좋아! 그러니까! 분위기를 좀 바꾸어볼까, 싶다.

"꽤나 눈물겨운 사연도 있어요. 얼마 전이죠. 노래방 주인이 잠시 자리를 비운 사이에 현금 삼만 원과 안주 오만 원어치를 훔친 혐의로 들어온 애가 있어요. 눈물이 그렁그렁해서 주인에게 따지더라고요. 마침 화장실에 가려던 참에 손님이 돈을 줘서 무심코 호주머니에 넣었고 화장실 다녀와서 입금시키려던 참이었어요. 글고 그게 무슨 오만 원어치예요. 그때까지 저녁을 못 먹어서 오징어하고 노가리 세 마리 뜯어먹었는데."

임대료를 밀려도 고소를 하지 않는 자신의 관대함이 지나치지 않나 근심하며 오가 혀를 찼다. 참 쩨쩨한 놈이여.

"노래방 주인이 얼굴이 뻘게져서 외치더군요. 이런 개새끼를 봤나. 그게 그래 봬도 한치야, 한치."

제 생각에도 흥분으로 목소리가 갈라진 성대모사는 꽤 그럴싸했다. 말이 끝나기도 전에 사람들은 마지막 숨을 놓으려던 접시 위 광어가 다시 눈알을 또릿거릴 만큼 손바닥으로 상을 치며 웃었다.

이 인간들이, 가장 후회하는 판결이 있느냐고 한 번도 묻지 않은 것은 참 다행이다. 후회인가. 후회라는 표현은 적절한 건가. 소액 법정에선 우편물을 배송지별로 분류하는 속도로 사건을 처리해야 했다. 판결문을 쌓아놓고 선고를 내리면 끝이다. 분개하는 이도 있고 그럴 줄 알았다는 표정을 짓는 이도 있지만, 대체로 법정의 권위를 인정하고 수긍하는 편이었다. 그 판결을 인정하고 수긍할 수 없는 건 자신이었다.

지난주엔 길거리 노점 불법영업으로 불려온 여자가, 벌금을 한 푼도 낼 수 없다며 난동을 부렸다. 하도 시끄러워 재량껏 깎아주었는데도 어찌된 게 깎일 때마다 드센 목소리는 점점 커졌다. 애비란 놈은 어디 가서 엎어져 죽었는지 연락도 없고 연년생으로 애가 셋이에요. 복쪼가리 없는 새끼들 누운 자리에서 엎어놔버릴 걸 내가 미친년이오. 새 새끼처럼 입을 딱 벌리고 밥 내놔라 돈 내놔라 우짖는데 먹고 죽을래도 돈이 없어요. 저 감옥에 보내주세요. 그사이 새끼들이나 굶어 뒈져버리면 속이 다 씨원하겠네, 악을 썼다. 법정 정리가 주의를 주었지만 소용이 없었다. 삼백만 원을 결국 칠십까지 깎아주었지만 판결을 내리면서도 그 칠십만 원 받아서 어디다 써, 싶었다. 후진하다 가게 쇼윈도를 뭉개버린 트럭 운전사는 대출 잡힌 낡은 트럭 팔아도 물어줄 돈이 안된다며 왜 거기다 그렇게 비싼 물건을 펼쳐놨냐고 피를 토했다. 죄 있음과 죄 없음. 그 틈에서 흘러나오는, 판소리 열두 마당이 무색한 드라마가 있지만 그런 얘기는 하지 않는다.

어떻게 살펴보셨습니까? 술자리가 끝나고 나와서 차를 타기 전 담배를 한 대씩 피우고 있을 때 홍이 다가와 물었다. 강은 담배를 피우지 않는다. 그저 담배를 태우고만 있었다. 그나마 여기 와서 시작한 버릇이다. 딱히 말을 하고 싶지 않을 때 이건 참 괜찮은 소도구라는 생각이 든다.

"법이란 게 참 그렇더라구요. 누구 하나 작심하고 봐주겠다 하면 도와주는 조항들이 쑥쑥, 비 온 다음 날 열무싹 돋아나듯이 여기저기서 나오잖아요. 그게 참 경력이고 능력 아니겠습니까. 저야 뭐 전문가는 아니지만."

"왜요? 뭐 잘되면 보험금이라도 한 절반 뚝 잘라주신답니까?"

입 좀 다물라고 한 소리였다.

"인생, 인센티브 아닙니까? 내가 이 사람 통해 무얼 얻을 수 있나, 그거 따라 인간은 움직이는 거지요. 노인네 혼자, 그거 다 어디 쓰겠어요. 어려울 때 도와주신 거 잊으면 사람 아니죠. 살다 보면, 누구나 인생에 한 번은 고비가 오지 않습니까? 판사님도 그러시고……."

바닷바람 탓인가. 홍의 목소리가 사뭇 까칠하다. 어쩌다 저 인간하고 엮이게 됐지? 언제부턴가 계급장 떼고 만나는 사이가 되어버렸다. 한번 가까워진 사이는 멀어지지 않고 때가 묻는다.

"이게 쉽지 않네요."

욱하던 심정이 담배 몇 모금 태우는 사이 누어진다.

"송사란 게 그래요. 사소할수록 판단이 힘들죠."

사소한 일인가. 사람 하나 죽은 일이. 그렇긴 해도, 역시 이 일을 업으로 삼는 사람들에겐 사소한 게 사실이긴 하다.

누가 알겠는가. 강에겐 이미 모든 게 사소했다.

강의 마음은 가벼운 화상을 여러 번 입은 손바닥처럼 변해갔다. 질기고 무디어졌다. 옳지 않은 판결을 했을지도 모른다는 자책은 지속되지 않았다. 켜켜이 쌓이는 공소장 안에서 인생들은 납작해지고 핏물 빠진 육포가 되어 있었다. 그 살점이 얼마나 따스했는지, 아팠는지, 외로웠을지를 마지막으로 헤아려본 게 언제였더라.

낮에 본 아이 아빠의 첫인상은 유약하면서도 신경질적인 데가 있었다. 공소장 내용을 부인했지만 뚜렷이 반박할 만한 근거도 없었다. 아이의 증언 부분에 대해 질문했을 때 그의 대답은 조금 에둘러갔다.

딸은, 우리보다는 할머니와 지낸 시간이 더 많습니다. 남자는 우리, 라고 말했다. 잠시 머뭇거리더니 자신의 말을 수정했다. 많은 게 아니라 거의 할머니가 키웠습니다. 아이가 좀 자란 후에는 저희가 돌보려고 했는데 할머니가 아이를 보내지 않았습니다. 그러다 딸과 같이 지낸 지가 겨우 삼 개월입니다. 물론 손녀딸을 사랑했겠지만, 그보다는 당신 딸에 대한 집착이 컸습니다. 표현하기는 좀 어렵습니다만, 딸의 성취, 출세, 그런 데 과도하게 집착하는 편이었습니다. 너는 집안일 하지 마라, 너 그런 거 하라고 내가 키우지 않았다, 애 키우는 게 얼마나 뼛골 빠지는 일인데 그러잖아도 힘든 네가 하겠니, 네가 왜 청소를 하냐, 네가 왜 마늘을 까고 있냐……. 매사에 그런 식이었지요. 집사람의 우울증도 어느 부분은 아이 할머니 때문이라고 생각했습니다. 그분이 진정으로 원하는 게 뭔지 저는 알 수 없었습니다. 딸의 행복인지 불행인지.

차분한 목소리로 진술했지만 중간 중간 목소리가 떨렸다.

저도 압니다. 어린아이를 키우는 일이 얼마나 힘들고 양육자의 전부를 요구하는지. 하지만 그 유세라니요. 아내가 힘들어하는 줄 알면서도 제가 기어이 딸을 데려온 건 그래서였습니다. 할머니 밑에서 그 아이가 똑 제 엄마처럼 자라날까 봐. 세상을 불행과 결핍의 시선으로만 읽게 될까 봐. 결국 주위 사람과 불화하고 피해의식에 시달리고 자신과 옆 사람마저 불행하게 만들고 그리고 마지막엔 저렇게……. 저는 그 사람을 죽이지 않았습니다. 저는 그 누구라도 죽일 수 있는 사람은 아닙니다.

아이의 진술에 대해서 어떻게 생각합니까.

재차 묻자 남자가 울 듯한 표정으로 강을 쳐다보았다.

할머니가 세뇌를 시켰겠지요. 저로서는 절대 이해할 수 없지만. 처음엔, 제 엄마가 그렇게 머릿속에 새겨놓고 자살해버린 건 아닐까도 생각했습니다. 아직은 꿈과 현실을 혼동하기도 하는 나이니까요.

자신의 진술을 뒷받침할 만한 증거가 있나요?

죽이지 않았다는 증거라면, 없습니다.

그렇게 말했지만 추가로 제출한 자료 가운데 여자의 다이어리가 있었다. 빨간 스티커가 몇 군데 붙여져 있었다. ……저 인간에게 평생 지고 갈 고통을 줄 수 있다면, 나는 나를 죽일 수도 있겠다. 가장 잔혹한 방식으로. 나를 죽일 수도 있겠다, 는 말은 상대방에 대한 증오가 극대화된 감정적 표현으로 볼 수도 있을 것이다. 동시에 자살의 암시라고 볼 수도 있었다. 그 부분에 대해 남자는 담담하게 대답했다.

그 소리 한 번만 더 들으면 만 번이에요.

만 번. 만 번이라 하는 그 목소리에 담긴 미움이 돌올했다. 결혼한 지 칠 년. 굳이 따지자면 하루에 한 번씩 했다 해도 삼천 번이 되지 않는다. 다이어리의 문구나 만 번이라는 말이나 저울에 달면 똑같은 눈금을 가리키겠지. 저울에 단다 한들 본인 외엔 누가 알겠나. 왜 나는 나를 죽일 수도 있는지. 왜 만 번이라고 말해야 하는지.

모래 기슭이 멀지 않은데 파도소리는 들리지 않는다. 강은 귀를 기울여본다. 초록 테이블 위에서 주사위가 구르는 소리, 칩을 쓸어올 때의 사각거리는 소리, 단순하고 확실한 잣대로 잴 수 있는 세계가 지어내는 소리. 어둠 저편에서 날아온 소리가 귓바퀴를 돌아 몸 안에서 부드러운 물처럼 찰랑인다. 커다란 비눗방울을 굴리듯 걷던 소녀의 초록색 치맛자락이 살랑인다. 보랏빛 등꽃이 비칠 듯 아른거리던 뺨도 언젠가는 주름지겠지. 강은 손바닥으로 얼굴을 세게 쓸었다. 몇 번이나.

죽거나 죽였거나. 아이의 증언을 인정한다 해도 무리한 판결이라는 소리는 듣지 않을 판이다. 홍이 짜놓은 판이라면 초록빛 테이블이 아니겠는가. 한때는 법전처럼 명징한 것이 없다고 생각했지. 페이지를 넘기면 세상을 정화하는 시의 세계가 펼쳐졌는데. 인간이라는 기이한 생물을 가두기엔 법이라는 망의 구멍은 너무 성글고 단순했다. 가령 형법 246조의 그물은 어떠한가. 상습으로 도박을 한 자는 삼 년 이하의 징역, 또는 이천만 원 이하의 벌금. 누군가는 그 그물을 스스로 들추고 들어간다. 어떤 판결을 내리든 완전한 판결은 없다고 생각하면 좀 나아질까.

뒤늦게 나온 구원장이 옆으로 걸어왔다.

"요새 롯데자이언츠는 어때? 잘하고 있어? 우리도 구단 하나 가져야 되는데."

홍이 너스레를 떤다.

"그러게나 말입니다. 걔들은 부침이 심해요. 우리는 원장님께서 창단하셔야 되지 않겠습니까. 그나저나 시간 나실 때 언제 한번 같이 가서 땡기죠."

그 실없는 말이 야비하고 집요한 압박처럼 느껴진다. 너무 예민해진 걸까. 주차장을 사이에 두고 있는 횟집 문이 열리고 한 무리의 손님들이 우르르 나온다. 흥겨운 트로트 가락이 왁자하니 뒤섞여 밀려나온다. 모든 것이 타버린 후처럼 검은 재로 내려앉았던 밤의 기운이 훅 밀려나간다. 저도 모르게 강은 꺾임이 유난한 그 유행가의 후렴구를 중얼중얼 따라 부르고 있었다. 아주 그냥, 죽여어줘요오오. 이마에 닿는 바닷바람이 서늘하다. 낮엔 반소매를 입어도 후덥지근하더니. 무엇보다도, 정 억울하면 항소하겠지. 강은 엄살이라도 떨듯 어깨를 움츠리며 부르르 떨어 보았다.

* 9권 작품집에 대한 소개는 각 출판사의 서평보도자료를 참고하여 편집부에서 정리하였습니다.

불면은 내게 가장 익숙한 인격이다.

자궁 속에 함께 잉태되었던 얼굴 없는 쌍생이 아닐까 고민했던 적도 있다.

깜깜한 밤이, 그 속을 멀쩡한 정신으로 깨어 있어야 하는 새벽이,

어릴 때는 유령처럼 두려웠으나 지금은 오래된 친구처럼 친근하다.

두려움과 친근함의 힘에 의지해 글을 쓰고 책을 읽었다.

생각을 하고 의자에 멍하게 앉아 타닥타닥 타이핑을 했다.

프린트된 원고를 물끄러미 보고 있으면 불쑥 외롭다는 생각이 들곤 했다.

그럴 때면 우편비행기를 타고 홀로 밤하늘을 날고 있는 우편배달부가 된 것 같았다.

외로웠으나 충만했고, 절망스러웠으나 슬프지 않았다.

어느새 밤이 나를 까맣게 물들였다. 이제 얼룩도 없고 흔적도 없다.

글이 준 선물이고, 글이 준 장애다.

모든 소설을 새벽에 썼다.

소설집 제목을 '야간비행'으로 짓고 싶었다.

—「작가의 말」 중에서

정용준, 『가나』(문학과지성)

신예 정용준의 첫번째 소설집이다. 여기에는 표제작 「가나」를 포함해 「떠떠떠, 떠」 「벽」 「굿나잇, 오블로」 「구름동 수족관」 「먹이」 「여기 아닌 어딘가로」 「어느 날 갑자기 K에게」 「사랑해서 그랬습니다」까지 총 9편의 다채로운 작품이 수록되어 있다. 정용준 소설의 놀라운 점은 대상에 대한 집요한 묘사로 주어를 충전하는 한편 정체하지 않고 플롯을 진행시키는 서사적 술어를 균형감 있게 사용한다는 데 있다.

정용준 소설의 또 하나의 특징은 많은 사람들이 삶을 거부하고 죽기를 희망한다는 것이다. 심지어 이미 죽어 시신이 된 사람도 있다. 또 어떤 작품 속 인물들은 지극히 폭력적이고 파괴적이다. 작가 정용준은 '죽음과 함께' '죽음으로부터' 글 쓰는 에너지를 추동하는 작가라 할 수 있다. 이렇게 해서 탄생한 문장들은 세상과 함께 뒹굴기보다는 세상을 고요하고 냉정한 시선으로 바라본다. 정용준은 세계가 가하는 최초의 폭력에 사회가 개인에게 보장해야 할 보호의 방식은 차치해두고, 개인 스스로가 자신을 살리는 방식을 찾아 나서게 한다. 그러면서 독자들은 결핍과 결함의 자기 존재를 드러내고 작품 속 인물들과 부둥켜안고 흐느끼게 되는데, 그러는 사이 작가는 자신의 주인공들과 독자들을 다독이는 데 열중한다. 이 책을 읽는 사람이라면 행간에서 들려오는 그 사랑의 노래('가나')를 듣게 될 것이다.

정용준 1981년 전남 광주 출생. 조선대학교 러시아어과와 같은 대학원 문예창작학과 수료. 2009년 《현대문학》에 단편 「굿나잇, 오블로」가 당선되어 작품 활동을 시작. 단편 「떠떠떠, 떠」가 제2회 젊은작가상에 단편 「가나」가 제1회 웹진 문지문학상 이달의 소설에 선정되었다. 현재 '텍스트 실험집단 루' 동인으로 활동 중.

김애란

마음이 하늘을 본다.
내 몸이 바닥에 붙어있기 때문이겠지.

바람이 불고
내 마음이 날아
당신 근처까지 갔으면 좋겠다.

이 노래가 씨앗이 될지, 휘파람이 될지,
모르는 얼굴이 될지
알 수 없지만

당신이 오래전 부르고 싶어한 이름과
닮아 있었으면 좋겠다.

이 책을 inBOLL에게 바친다.
버려진 이름들에게 온기를 불어넣는 법을
나는 그에게서 배웠다.

—「작가의 말」 중에서

김애란, 『두근 두근 내 인생』(창비)

관광단지 공사가 한창인 마을, 아직 자신이 자라서 무엇이 될지 모르는 열일곱 철없는 나이에 덜컥 아이를 가진 부모가 있다. 어린 부모는 불안과 두근거림 속에서 살림을 차리고, 사람들의 관심과 사랑을 한몸에 받으며 태어난 아이 '아름'은 누구보다 씩씩하고 밝게 자란다. 하지만 아름에게는 미처 다 자라기도 전에 누구보다 빨리 늙어버리는 병, 조로증이 있다.

열일곱 소년의 마음과 부모보다 훨씬 늙은 여든의 몸을 지닌 아름은 책 읽기와 글쓰기를 좋아하고, 이웃의 예순살 할아버지를 유일한 친구로 삼은 아이이다. 고통과 죽음을 늘 곁에 둔 채 상대적으로 길게만 느껴지는 시간을 겪어야 하는만큼 아름은 자연스레 인생에 대해 배우고 느낀다. 조로증이라는 특이한 소재를 다루고 있음에도 이 소설은 역정歷程의 비화를 처절하게 그리는 데 큰 관심이 없다. 삶의 찬란한 순간들을 포착해내고 인생에 대해, 시간에 대해 진중한 사색을 가져다줌으로써 보편성을 획득해나가는 것이다.

참으로 팍팍하고 힘겨운 삶이지만 그럼에도 여전히 우리에겐 청춘이 있고, 사랑이 있고, 미래가 있다. 그리고 두근두근한 이 소설이 있다. 김애란은 이 매력적인 작품으로 이러한 희망들을 안고 우리 곁에 다시 뚜벅뚜벅 다가왔다.

김애란 1980년 인천 출생. 한국예술종합학교 연극원 극작과 졸업. 2002년 단편 「노크하지 않는 집」으로 제1회 대산대학문학상을 수상하고 같은 작품을 2003년 《창작과비평》 봄호에 발표하며 작품 활동 시작. 소설집으로 『달려라 아비』 『침이 고인다』 등이 있음. 한국일보문학상, 오늘의 젊은 예술가상, 신동엽창작상, 이효석문학상, 김유정문학상, 젊은작가상 수상.

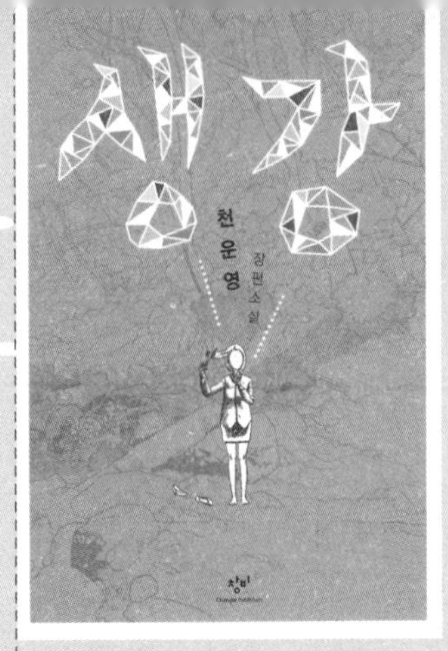

천운영 작가만큼 나를 당혹스럽게 만드는 인물은 주위에 그리 많지 않다. 그녀와의 오랜 친분으로, 그녀를 '알 만큼은 안다' 라고 자부하던 내가 그녀의 소설 몇줄을 읽기 시작하는 순간부터 '내가 아직 천운영을 잘 모르는구나……' 라고 느끼게 하기 때문이다.

하긴 나와의 대화중에도 그녀는 늘 딴생각을 하는 듯은 했지만……

어느날 『생강』 같은 소설을 들고 나타났을 때는 일종의 배신감(?) 같은 것도 동반되기 때문이다. 어쨌든 그녀는 『생강』 같은 소설을 쓸 수 있는 유일한 작가며 그녀가 내 판단 안에 있을 필요도 없겠지!

하지만 천운영이 잘 모르는 분명한 나의 감感도 있다. 그녀는 우연히 '생강' 을 씹다가 이 소설의 모든 인물과 내용이 순식간에 만들어졌을 것이고 그 맛을 음미하며 멍하니 앉았거나 복받쳤거나 분노했을 것이고. 나의 판단에 그녀도 비슷한 당혹감을 느끼길 기대하지만 그녀는 여전히 딴생각을 할 것 같다.

혀끝이 알알한 행복한 생각?

— 이은미(가수)

천운영, 『생강』(창비)

강렬한 서사와 치밀한 묘사, 탄탄한 문체로 문단과 독자들의 확고한 지지를 얻고 있는 작가 천운영의 두번째 장편소설. 작가는 쫓기는 고문기술자 아버지와 그 때문에 자신이 꿈꿔온 모든 것을 잃게 되는 딸의 이야기를 통해 우리 각자의 삶을 지배하는 서로 다른 진실과 신념, 그것이 부딪히면서 나타나는 인간 내면의 폭력과 욕망을 향해 날카로운 펜을 들이댄다.

작가는 아버지와 딸의 관계이면서 결코 섞이지 못하는 두 사람의 관계, 그들의 내면에 초점을 맞추어 이야기를 풀어낸다. 그는 고문기술자라는 인물 설정으로 폭력과 공포라는 추상적인 개념을 구체적으로 풀어내며 이를 통해 인간의 신체와 정신이 어떻게 변화하는지를 살핀다. 책에 등장하는 인물들은 하나의 잣대로 잴 수 없을만큼 저마다의 확고한 신념을 가지고 살아간다. 조직을 위해 고문기술자로 일한 남자는 세상의 비난에서 자유로울 수 없지만, 조직을 위해 확신을 가지고 일한 그는 딸의 다락방에 숨어있는 동안에도 자신이 걸어온 길을 고수하려 한다.

작가는 끝내 조직으로부터 버림 받고 자신의 세계가 파괴되어 가는 현실을 바라봐야 하는 남자와, 아버지라는 존재가 무너지는 과정을 생생하게 목격하며 그에게 맞서는 딸의 모습을 통해 아프고 씁쓸한 현실, '쌉쌀한 단맛, 달달한 쓴맛' 을 지닌 생강과도 같은 우리 인생의 이야기를 풀어낸다.

천운영 한양대학교 신방과와 서울예대 문예창작과 졸업. 2000년 동아일보 신춘문예에 단편소설 「바늘」이 당선되며 작품 활동을 시작. 소설집 『바늘』 『명랑』 『그녀의 눈물 사용법』, 장편소설 『잘 가라, 서커스』가 있음. 신동엽창작상, 올해의 예술상 등 수상.

『연애, 하는 날』은 우리 시대의 욕망과 그 비참함에 관한 이야기이다. 욕망을 욕망이라고 부르건 사랑이라고 부르건, 그것은 늘 상처 입고 타락한 모습으로 실현되고, 그 내력을 담는 공간은 늘 왜곡된다. '연애하는 날' 은 진흙의 시간 속에 기포처럼 떠 있지만, 기포만큼 맑은 것은 아니며, '연애하는 방' 은 인환의 거리에서 도려낸 먼 섬처럼 물러서 있지만, 섬처럼 평화로운 것은 아니다.

— 황현산(문학평론가)

이런 소설을 만나는 것이 실로 얼마 만인지. 총체적이면서도 동시에 개별적인, 지금 이 순간 고통을 품고 신음하는 우리의 앓는 몸과 같은 소설. 이 세계의 폭력으로부터 상처 입은 영혼을 안고 있으면서 치유받기를 갈망하고 소통하기를 꿈꾸는 소설. 그래서 아프고, 무섭고, 슬프다. 그러나 또한 가슴이 메도록 아름답다.

— 이창동(영화감독)

최인석, 『연애, 하는 날』(문예중앙)

최인석의 장편소설 『연애, 하는 날』은 2010년 가을, 계간 《문예중앙》의 새로운 시작과 함께 화제를 모으며 일 년간 연재되었다. 연애로 도피할 수밖에 없는, 연애 그 자체에 기댈 수밖에 없는, 연애로 인해 파멸할 수밖에 없는 인물들을 통해 오늘날의 익숙하면서도 낯선 삶의 구석구석을 포착해 낸 리얼리즘 소설로, 열 번째 장편소설을 발표하는 중견작가 최인석의 힘을 확인할 수 있는 작품이다.

처음으로 사랑이라는 것을 해보는 여자와 애초에 사랑보다는 물질의 논리에 길들여진 남자, 그리고 그들을 얽고 있는 다중의 관계들 속에서 은밀한 연애가 꿈꾸게 하는 것, 맛보게 하는 것, 또 그것이 돌려주는 것, 남기는 것은 무엇인가를 냉정하게 묻고 있는 이 소설은, 매혹적이면서도 파멸적인 연애들이 꽃피고 스러져가는 참혹한 과정을 생생하게 그려냈다.

『연애, 하는 날』은 무언가를 가지기보단, 더 많이 잃어본 사람들의 이야기이다. 달콤한 연애, 구원하는 연애는 경험한 적도 없고 알지도 못하는 그들에게 허락된 것은 스스로를 상처 입히는 연애, 연애라고 하기에는 너무도 참혹한 현실의 풍경이다.

최 인 석 희곡작가로 등단하여 대한민국문학상, 백상예술상, 영희연극상 등을 수상. 《소설문학》 장편소설 공모에 「구경꾼」이 당선되면서 본격적으로 작품활동 시작. 소설집 『혼돈을 향하여 한걸음』 『구렁이들의 집』 『목숨의 기억』 등이 있고, 장편소설 『내 마음에는 악어가 산다』 『이상한 나라에서 온 스파이』 『그대를 잃은 날부터』 등이 있음. 소설집 『내 영혼의 우물』로 대산문학상 수상.

★2011년 제44회 한국일보문학상 수상작!★

무한대로 뻗어가지만 결코 반복되지 않는,
단 한 편의 마법 같은 완벽한 미스터리!

자음과모음

최제훈의 『일곱 개의 고양이 눈』에 완전히 중독되고 말았다. 이토록 재미있으면서도 문제적인 한국소설을 읽은 적이 언제였던가. 소설이란 무엇인가에 대해 이토록 많은 질문을 유쾌하고도 심각하게 던진 적이 또 언제였던가. 『일곱 개의 고양이 눈』은 소설에 대한 소설이며, 소설 쓰기에 대한 소설이고, 소설 읽기에 대한 소설이다. 소설 안에도 소설이 있고, 소설 바깥에도 소설이 있다. 서로 다른 소설이 해체되고 조립되어 하나의 소설로 일어서는 프랑켄슈타인의 섬뜩한 괴물 같다가도 이내 분해되어 전혀 다른 소설로 재탄생하는 데미우르고스의 경이로운 소우주이기도 하다. 최제훈의 『일곱 개의 고양이 눈』이 그간 한국소설에서 좀처럼 만나기 어려웠던 낯설고 진귀한 '물건'이 될 거라는 강한 직감은, 당신이 이 소설을 펼쳐든 순간……!

— 복도훈(문학평론가)

최제훈, 『일곱 개의 고양이 눈』(자음과모음)

상상을 초월하는 서사의 흐름, 탁월한 이야기 구조, 나무랄 데 없는 문장력이 돋보였던 첫 소설집 『퀴르발 남작의 성』으로 놀라운 신인의 탄생이라는 찬사를 받으며 화려하게 문단에 등장한 소설가 최제훈! 첫 소설집임에도 불구하고 독자들의 열렬한 찬사를 받았던 그가 이번에 첫 장편소설 『일곱 개의 고양이 눈』을 출간했다.

산장에 모인 여섯 명의 사람들, 이들의 공통점은 단 하나, 연쇄살인에 흥미를 느끼는 자들이 모인 인터넷 카페 '실버 해머'에서 선택받아 초대되었다는 사실이다. 카페 주인인 '악마'의 부름을 받고 모인 자들은 함께 모여 '악마'를 기다리지만 정작 그는 나타나지 않고, 어느 순간부터 실재인지 환상인지 알 수 없는 게임이 시작된다. 위험을 감지한 자들은 마치 서로에게 의지하는 듯하면서도 의심의 눈초리를 거두지 못하고, 그것이 곧 또 다른 위험이 되어 서로를 압박한다. 『여섯번째 꿈』을 필두로, 최제훈의 가공할 만한 상상력이 시동을 건다.

최제훈의 이번 작품은 네 개의 중편으로 구성되어 있지만 각 중편들은 몇 개의 코드 혹은 전체의 서사가 엮여 마치 강물이 모여 바다를 이루듯이 하나의 거대한 장편 서사를 갖춘다. 현상의 왜곡, 진실의 허구성, 허를 찌르는 위트는 계속해서 독자들에게 자문하게 만든다.

최제훈 1973년 서울 출생. 연세대학교 경영학과와 서울예술대학 문예창작과 졸업. 2007년 제7회 《문학과사회》 신인문학상(소설 부문)을 수상. 작품집으로 『퀴르발 남작의 성』이 있음.

김이설

한자리에 앉아 숨죽이고 읽다가 마지막 장을 덮으며 긴 한숨을 내쉬었다. 지독하고 또 지독하다. 김이설의 그녀는 생에 대하여 아무것도 품지 않는다. 기대도 절망도 없다. 어설픈 환상도 어쭙잖은 환멸도 없다. 입구도 출구도 없이 끝없이 이어진 길을 그저 묵묵히 걸어갈 뿐이다. 어디에나 있지만 어디에도 없는 여자. 그러고 보니 언제 우리가 그 여자를 한번 눈여겨본 적이나 있었던가? 식당에서 마트에서 기계처럼 그림자처럼 조용히 움직이는 여자, 들꽃도 풀꽃도 되지 못하는 여자, 낭만적 반성도 윤리적 각성도 할 틈 없이 고단한 그 여자의 맨 얼굴을. 그 여자는 적어도 비겁하지 않다. 아무 데로도 도망치지 않는다. 지독하고 또 지독하게, 여기 그 여자의 이름을 또박또박 불러준 작가의 진심을 나는 믿는다.

— 정이현(소설가)

김이설, 『환영』(자음과모음)

김이설의 작품은 환상이나 꿈을 현란하게 요리하거나 내면의 세계를 난해하게 풀어내는 것이 아니라, '현실' 그 자체를 정면으로 파고든다.

신작 장편소설 『환영』은 문예계간지 『자음과모음』(2010년 봄호~2010년 여름호)에 분재되었던 소설로, '가족'을 위해 몸과 마음을 던져 고통스러운 현실과 치열하게 싸워나가는 한 여자의 이야기를 풀어냈다. 마치 김기덕 감독의 영화를 보는 것처럼 건조하면서도 사실적인 묘사들은 맹렬한 스피드와 강한 흡입력으로 불편한 현실을 직조해낸다. 그 '불편함' 속에 담긴, 부조리한 현실에 대한 냉소와 그와 대비되어 보이는 삶에 대한 뜨거운 의지는 『환영』이라는 소설을 통해 말로 표현할 수 없는 거대한 울림으로 새롭게 다가올 것이다.

인간의 삶에 부여되는 행복은 과연 누구에게나 공평할까. 견디기 힘들 정도로 불행이 겹쳐서 다가올 때 우리는 어디까지 버틸 수 있을까. 김이설 작가의 장편소설 『환영』을 다 읽는 순간 이런 물음이 머릿속에서 떠나지 않을 것이다.

김이설 1975년 충남 예산 출생. 2006년 《서울신문》 신춘문예에 단편 「열세 살」이 당선되어 등단. 작품으로는 장편소설 『나쁜 피』, 소설집 『아무도 말하지 않는 것들』등이 있음.

나는 흑산에 유배되어서 물고기를 들여다보다가 죽은 유자儒者의 삶과 꿈, 희망과 좌절을 생각했다. 그 바다의 넓이와 거리가 내 생각을 가로막았고 나는 그 격절의 벽에 내 말들을 쏘아댔다. 새로운 삶을 증언하면서 죽임을 당한 자들이나 돌아서서 현세의 자리로 돌아온 자들이나, 누구도 삶을 단념할 수는 없다.

— 작가의 말

김훈, 『흑산』(학고재)

김훈의 신작 장편소설 『흑산』은 18세기 말과 19세기 초 조선 사회의 전통과 충돌한 정약전, 황사영 등 지식인들의 내면 풍경을 다룬다. 당시 부패한 관료들의 학정과 성리학적 신분 질서의 부당함에 눈떠가는 백성들 사이에서는 '해도 진인'이 도래하여 새 세상을 연다는 『정감록』 사상이 유포되고 있었다.

서양 문물과 함께 유입된 천주교는 이러한 조선 후기의 혼란을 극복하고자 한 지식인들의 새로운 대안이었던 셈이다. 작가 김훈은 천주교에 연루된 정약전과 그의 조카사위이자 조선 천주교회 지도자인 황사영의 삶과 죽음에 방점을 찍고 『흑산』을 전개한다.

『흑산』을 쓰기 위해 김훈 작가는 집을 떠나 올해 4월 경기 안산시 선감도에 들어갔고, 칩거 5개월 만에 원고지 1,135매 분량으로 탈고했다. 이제까지 펴낸 소설 중 가장 긴 분량이다. 연필로 한 자 한 자 밀어내며 쓴 지난한 과정 가운데 틈틈이 흑산도, 경기 화성시 남양 성모성지, 충북 제천시 배론 성지 등을 답사했다. 『비변사등록』등 사료와 천주교사 연구서 등 책 뒤에 붙은 참고 문헌은 작가가 당시를 그리기 위해 쏟은 고투를 보여준다.

김 훈 1948년 서울 출생. 한국일보, 국민일보, 시사저널, 한겨레신문에서 오랜 기간 기자로 활동. 에세이 『풍경과 상처』 『내가 읽은 책과 세상』 『선택과 옹호』 『문학기행 1, 2』(공저) 『원형의 섬 진도』 『너는 어느 쪽이냐고 묻는 말들에 대하여』 『밥벌이의 지겨움』 등이 있고, 소설 『빗살무늬토기의 추억』 『칼의 노래』 『현의 노래』 『개 : 내 가난한 발바닥의 기록』 『강산무진』 『남한산성』 『공무도하』 『내 젊은 날의 숲』 등이 있음. 동인문학상, 이상문학상, 황순원문학상, 대산문학상 등 수상.

드디어 오랜 기다림 끝에 찾아낸 것일까. 전소해버린 줄 알았던 언어의 검부러기 밑에서 올라오는 참된 음절들을. 작가는 언어가 몸을 갖추기 이전에 존재하던 것들—흔적, 이미지, 감촉, 정념으로 이루어진 세계로 우리를 데려간다. 신생의 언어와 사멸해가는 언어가 서로 만나 몸을 비벼대는 찰나, 우리는 아득한 기원의 세계로 돌아가 그곳에 동결해둔 인간의 아픔과 희열을 발견한다. 그리고 문득 깨닫게 된다. 자신의 몸이 기억하는 참된 욕망과 조우하기 위해서는 0도 근처에서 차갑게 끓어오르는 글쓰기의 언저리까지 기어이 내려가야 한다는 사실을. 그곳에서 우리는 죽음과 탄생이 새로운 몸을 얻어 환생하는, 세속의 기적을 목격하게 된다. 이렇게 아름답게, 온전하게 몰락하는 방법을 가르쳐준 소설이 우리에게 있었던가.

— 이소연(문학평론가)

한강, 『희랍어 시간』(문학동네)

이 소설을 읽는 일은, 어쩌면 한 장의 사진을 오래토록 들여다보는 것과 같은 일일지도 모르겠다.

지구상에 존재하는 가장 오래되고 단단한 문자인 희랍어처럼, 빛과 어둠으로만 완성되는 흑백사진처럼, 소설은 일체의 군더더기가 없으며 그 결이 곱고 단단하다. 목수이며 사진작가인 서영기는 어느 인터뷰에서 말했다. "목수는 몸의 반응이 중요하다. 나무를 만지고 몸이 반응하며 정신적으로 집중하게 된다. 사진은 세계에 대한 내 사고의 반응이다. 대상은 달라도 반응이 반복되고 집중되면서 동일한 지점에서 둘은 경계가 없어진다."(월간사진, 2011.11)

한강의 경우, 그리고 이 소설 『희랍어 시간』의 경우 그것은 언어일 것이다. 넘치거나 모자람이 없는 감정과 고르고 또 고른 절제된 단어들. 언어로, 문장 그 자체로 세계를 보고 느끼고 표현하는. 단어 하나하나, 문장 하나하나가 이미 한 장의 사진과, 이 한 편의 소설과 그대로 닮아 있는.

이 소설과 함께, 우리는 이미 오래전에 존재하던 것들, 그 기미와 흔적들, 영원과도 같은 어떤 찰나들, 그리고 그 모든 것들이 한 자리에서 만나는 어떤 한 장면을 목격하게 될 것이다.

한 강 1970년 광주 출생. 연세대학교 국문과 졸업. 1993년 《문학과사회》 겨울호에 시 「서울의 겨울」 외 4편을 발표하고 1994년 《서울신문》 신춘문예에 단편소설 「붉은 닻」이 당선되면서 작품활동 시작. 장편소설 『검은 사슴』 『그대의 차가운 손』 『채식주의자』 『바람이 분다, 가라』, 창작집 『여수의 사랑』 『내 여자의 열매』 등이 있음. 동리문학상, 이상문학상, 한국소설문학상, 오늘의젊은예술가상 수상. 서울예술대학 문예창작과 교수.

정유정

7년의 밤

정유정 장편소설

새로운 상상력, 역동적 서사, 강렬한 메시지!

한국문단의 '아마존', 세계문학상 수상작가 정유정 2년 만의 대작

"그녀는 괴물 같은 '소설 아마존'이다"

– 박범신(소설가)

은행나무

이 소설은 '그러나'에 관한 이야기다. 한순간의 실수로 인해 파멸의 질주를 멈출 수 없었던 한 사내의 이야기이자, 누구에게나 있는 자기만의 지옥에 관한 이야기며, 물러설 곳 없는 벼랑 끝에서 자신의 생을 걸어 지켜낸 '무엇'에 관한 이야기기도 하다.

소설을 끝내던 날, 나는 책상에 엎드린 채 간절하게 바랐다. '그러나' 우리들이, 빅터 프랭클의 저 유명한 말처럼, 그 모든 것에도 불구하고 삶에 대해 '예스'라고 대답할 수 있기를…….

소설의 무대인 세령호와 등대마을은 샐재하지 않는다. 순전한 상상의 공간이며 비슷한 곳이 있다면, 아마도 우연의 일치일 것이다.

지난 2년, 나는 이 음침하고 스산한 두 동네의 이장 노릇을 하며 지냈다. 세상의 모든 이장들이 그렇듯, 나도 이 동네를 대책없이 사랑했던 모양이다. 임기를 마치고도 선뜻 떠나지 못했던 걸 보면. 밤마다 쓸슬한 심정이 되어 동네 언저리를 서성거리기 일쑤였다. 책 속에 동네지도가 첨부된다는 편집부의 언질에, 내놓고 희희낙락거리기도 했다. 세령호가 존재의 위엄을 갖추고 세상에 모습을 드러내는 것 같아, 한때 이장이었던 자로서 마구 좋아하지 않을 도리가 없었다.

— 작가의 말 중에서

정유정, 『7년의 밤』(은행나무)

작가 정유정의 신작 장편소설 『7년의 밤』은 작가가 2009년 세계문학상 수상 이후 오랜 시간 집필에만 몰두하여 내놓는 결과물로, 7년의 밤 동안 아버지와 아들에게 일어난 슬프고 신비로우며 통렬한 이야기를 치밀한 사전 조사와 압도적인 상상력에 힘입어 펼쳐놓은 소설이다.

독자의 눈을 잡아끌고 정신을 홀리는 매력은, 작가가 애초부터 염두에 두고 있었던 '인간의 본성을, 심연을 들여다본다'는 의도에서 기인한다. 이야기가 시작되면 작가는 절대 뒤돌아보지 않는다. 문장에서도, 이야기에서도 활강이 시작되면 멈추지 않고 나아간다. 작가 고유의 짜릿한 문장과 탄탄한 캐릭터 설정, 물 샐 틈 없는 세계관으로 직조된 이 작품은 심해에서 수면으로 솟구치는 잠수부의 헐떡이는 심장처럼 숨 가쁜 서사적 카타르시스를 안겨준다.

소설가 박범신은 작가를 한국문단의 '아마존(Amazon, 고대 그리스 전설 속 여전사)'으로 비유하며 "약한 현대인들의 섬세한 내면을 감성적 이미지에 의존해 표출해온, 내면화 경향의 '90년대식 소설'들이 아직 종언을 고하지 않고 있는 현 단계에서, 정유정이 보여주는 문학적 성실성, 역동적 서사, 통 큰 어필은 새로운 소설의 지평을 여는 데 부족함이 없다"라고 말했다.

정유정 전남 함평 출생. 『내 인생의 스프링 캠프』로 5천만 원 고료 2007년 제1회 세계청소년문학상을 수상했고 『내 심장을 쏴라』로 1억 원 고료 2009년 제5회 세계문학상을 받음. 수상 이후 일체의 작품 발표 없이 장편소설 『7년의 밤』 집필에만 몰두.

'의지적 몽상', 한국 소설은 '아직' 살아 있다

참석자

— 방민호(문학평론가, 서울대 교수, 사회)
— 이재복(문학평론가, 한양대 교수)
— 이경재(문학평론가, 숭실대 교수)

일시: 2012년 1월 30일 오후 6시
장소: 숭실대학교 이경재 교수 연구실
정리: 김가린, 유정란

■ 2012 '작가'가 선정한 오늘의 소설 8편

방민호: 오늘이 2012년 1월 30일 오후 6시네요. 숭실대학교 이경재 선생님 연구실에 이재복 선생님, 이경재 선생님, 그리고 제가 다시 모여 앉았습

니다. 작년과 똑같은 멤버인데요. 작년과 비교할 수 있어서 더 좋겠다는 생각이 듭니다.

제가 사회를 보면서 '2012년 오늘의 소설'로 선정된 여덟 편의 소설을 가지고 이야기를 나눠볼까 합니다. 제 소감으로는 작년보다 문제적인 소설이 더 많이 나왔다고 생각합니다. 그래서 생각해 보건대, 오늘의 우리 좌담 제목으로 '소설은 아직 살아 있다'가 어떨까 합니다. 오늘의 자리는 우리 소설의 현재 상황을 진단하고 앞으로 새롭게 전개될 서사적 국면을 가늠하는데 좋은 기회가 될 것 같습니다.

— 첫 번째 소설, 박형서의 「아르판」

자, '오늘의 소설', 이번에는 여덟 편을 선정했습니다. 우리가 설문으로 통계를 내고 또 우리가 직접 읽고 심각한 고민을 거친 끝에 정리한 거지요. 박형서 씨의 「아르판」이 선택도 많이 됐지만 또 작품성 면에서 훌륭하다 이런 결론에 이르지 않았습니까? 그렇게 되면 우리 '오늘의 소설'이 작년에 이어서 박형서 씨를 가장 좋은 작품을 낸 작가로 선정하게 되는 거지요. '오늘의 소설'에서 이런 일은 없었는데요. 상당히 주목할 만한 현상입니다만. 이재복 선생님, 이 작품, 어떻게 읽으셨습니까?

박형서

이재복: 저는 이 소설을 『새벽의 나나』와 한번 연관을 시켜봤어요. 『새벽의 나나』는 태국의 '수쿰빗 소이 식스 틴'이라는 창녀촌을 배경으로 하고 있는 소설이잖아요? 「아르판」 역시 배경이 태국과 미얀마 접경 지대인 '와

카' 라는 곳이에요. 어떻게 보면 한쪽은 굉장히 통속적이고 타락한 곳이고 다른 한쪽은 아주 신성한 곳이잖아요? 그런데 작가가 지향하고 있는 바는 다르지 않다고 봐요. 『새벽의 나나』에서 작가가 의도한 것이 타락한 세계에서의 진정한 가치 추구(숭고미)이고, 「아르판」에서도 '와카' 라는 아주 신성한 곳을 통해 삶의 진정성과 숭고함을 추구하려고 한다는 점에서 그렇게 볼 수 있을 것 같아요. 와카와 그곳에서 글을 쓰는 아르판을 통해서 작가는 여러 가지 이야기를 하고 있어요. 소설이라는 것이 무엇이냐라는 것에서부터 소설 쓰기에 대한 작가의 자의식 같은 것에 이르기까지 소설 전반에 대한 폭넓은 문제제기를 하고 있어요. 이와 관련해서 '아르판' 에 대한 작가의 시기와 질투 욕망 같은 것이 흥미로웠어요. 아주 왁자한 난장판 같은 타락한 세계 속에 존재하는 나와 문명과는 차단된 와카라는 아주 신성한 세계에 존재하는 아르판. 둘 사이의 팽팽한 긴장이 이 소설의 중심 구도를 이루고 있다고 봐요. 주인공 '나' 는 이 차이를 무시하려고 하지요. 은연중에 아르판의 자부심에 상처를 주고 패배감을 안기고 그로 하여금 체념하도록 하려는 의도를 강하게 드러내 보이고 있지요. 이것은 역설적으로 보면 소설의 진정성과 숭고함, 이야기 자체를 추구하는 소설을 쓰고 싶어 하는 '나' 의 욕망이 투사된 것으로 이해할 수 있겠지요. 하지만 그 이면을 좀더 파고 들어가 보면 소설, 그의 식으로 이야기하면 '픽션' 에 대한 문제제기를 하고 있다는 사실을 알 수 있어요. 세계에 대한 비판과 반성이 없는, 숭고함과는 반대방향으로 나아가고 있는 우리 문단이나 글쓰기 전체에 대한 반성도 보여주면서 원본과 사본이라든가 픽션으로서의 소설에 대한 작가 자신의 입장을 드러내고 있다는 점에서 결코 가볍지 않은 무게와 문제의식을 지니고 있는 소설이라고 봅니다.

방민호: 그렇군요. 이경재 선생님께선 어떻게 읽으셨습니까?

이경재: (저는 박형서가 정면에서 글쓰기가 뭔지, 자신이 지향하는 소설 쓰기가 뭔지 한번 본격적으로 대결해본 그런 작품으로 읽었어요.) 그래서 여기서 주인공이 이상적으로 생각하는 소설카는 '아르판' 이니까 그 '아르판' 이 보여주는 작가상은 우리가 작년에도 봤었던 그런 박형서가 추구하는 작가의 모습과 많이 비슷하죠. 즉 "그는 공동체의 언어를 가꾸고 다듬는 데 대가 없는 행복을 느끼는 진짜 작가" 입니다. 아르판이 가르쳐 준 것은 "기교도 아니었다. 타인의 자유로운 영혼에 간섭할 고상한 메시지도 아니고, 미래를 포장하는 허황된 웅변도 아니었다. 중요한 건 이야기 자체의 즐거움이었다." 라는 말에서 알 수 있듯이, 아르판은 '이야기 자체의 즐거움' 을 가장 중요시합니다. 이 때 '이야기 자체의 즐거움' 은 두 가지 의미를 지닙니다. 첫번째는 아르판이 그러했던 것처럼 독자의 반응에 상관하지 않는 태도, 즉 "아무도 들어주지 않는 이야기를 써 내려가는" 태도를 의미하고, 두번째는 재미있는 이야기를 만들어 내는 것을 의미합니다. 실제로 '나' 가 표절한 아르판의 이야기는 "이야기 자체에 관한 이야기이면서 우리의 척박한 삶에 왜 이야기가 필요한지를 말해주는 이야기" 입니다.

그러나 가장 중요한 것은 원본과 사본을 가른다는 것 기원과 기원으로부터 비롯된 양태를 가른다는 것의 무의미함 혹은 불가능함을 말하는 것으로도 볼 수 있을 것 같아요. 중간에 보면 이와 같은 주장을 뒷받침할 수 있는 실제 사례들이 무수하게 등장하고요. 하나만 예를 들면, "비록 광동의 리듬을 차용했지만, 이 곡에는 자신이 거쳐온 네덜란드나 영국, 일본, 그리고 우리 한국의 고유한 향수가 모두 담겨 있습니다. 게다가 알려진 게 그 정도라 그렇지, 더 깊이 파고들다 보면 전혀 다른 지역으로 까지 소급해야 될지

도 모릅니다. 그러니 이 복잡한 노래의 마디마디에서 원작자를 찾는 건 불가능할 뿐 아니라 옳지도 않습니다. (중략) 인간의 예술은 단 한 번도 순수했던 적이 없습니다. 우리가 벌이는 모든 창조는 기존의 견해에 대한 각주와 수정을 통해 나옵니다. 그렇게 차곡차곡 쌓이는 겁니다."라는 말이 대표적입니다. 이 주인공은 분명 '아르판'을 표절한 것이거든요. 그런데 '아르판'은 대범하게 마지막 인사말에서 친구가 아니라 내 자식이라며 '아르판'을 안아 줍니다.

또한 이 작품의 장점으로는 한국 소설에서 거의 다루어진 바 없는 원시에 가까운 고산지대 마을을 오리엔탈리즘적 시선에 빠지지도 않으면서 생동감 있게 형상했다는 점도 높이 사고 싶습니다.

방민호: 원본과 사본, 문화의 원본과 사본에 관한 작가의 생각이 매력적입니다. 문학작품에서 원본이니, 사본이니 구별을 하고, 오리지널한 것을 중요시하는데, 그런 것이 사실은 불분명하고 또 원래 없는 게 아니냐는 작중 주인공의 강변에 점수를 주고 싶었어요. 이 말이 맞다고 생각해서가 아니라 오늘날 우리가 그런 고민에 빠지지 않을 수 없는 시대를 살고 있기 때문이지요. 특히 우리, 한국문학은 순수한 것, 원본적인 것을 지향하는데, 실제로는 그렇지 않은 게 많죠. 근대 이전의 무수히 많은 것이 중국이나 인도에서 온 것이고 근대 이후에는 일본이나 미국이나 유럽에서 건너왔습니다. 그래서 그런지 사대주의다, 현해탄 콤플렉스다, 미국이라면 덮어놓고 따른다는 말이 있지 않습니까? 이런 맥락에서 원래 것인 것처럼, 기원에 서 있

는 것처럼 보이는 것도 실은 기원이 아니지 않더냐라는 주인공의 말이 의미심장합니다. 이 소설 쓰는 주인공이 원본의 작가인 '아르판'에게 한없이 열등감과 부끄러움을 느끼면서도 동시에 자기 자신의 존재를 합리화하고자 하는, 이 억설 속에 사실은 문화 혹은 문화의 진실 같은 게 담겨있지 않느냐는 거죠. 이것이 포스콜로니얼한, 또는 문명의 중간부나 주변부를 살아왔다고 했던 우리 한국문화나 문학의 깊은 고민이 아니냐. 그러니 이러한 원본성에 대한 고민을 형상화했다는 그것 하나만으로도 이 작품은 중요한 의미가 있습니다. 그런데 이 작품이 사실은 황순원 문학상 후보작에 머물렀지 않습니까? 그게 좀 의심스럽더군요. 2011년에 나온 작품 중에 이만한 작품이 더 있을 수 있을까? 라는 의문이 드는 거죠.

이재복: 이건 여담입니다만 이렇게 훌륭한 작품이 그 흔한 문학상 하나 못 받았다는 것이 이해가 가지 않아요. 그 나름대로 심사한 분들의 기준이 있기 때문에 제가 뭐라고 말씀드릴 순 없지만 2011년에 발표한 소설 중에 월등한 작품이라고 생각해요. 두 분 선생님들께서 원본과 사본 말씀을 하셨는데요. 작가는 원본에 대한 경외심을 가지고 있으면서도 또한 그 원본에 대한 저항의 태도도 가지고 있는 것으로 봤어요. 도대체 이게 무슨 말이냐 하면, 박형서 씨가 추구했던 소설, 다시 말하면 '픽션'에 대한 의미를 되짚어볼 필요가 있다는 것이지요. 『자정의 픽션』이라던가 『핸드메이드 픽션』에서처럼, 지금까지 박형서가 그 이야기했던 픽션이라고 하는 것이 '아르판'이 하고 있는 이야기하고는 상반된 점이 있는 것 같아요. 지금까지

박형서 씨가 추구해온 상상력이라고 하는 것이 원본을 뛰어넘는, 포스트모던한 상상력이었잖아요? 포스트모던한 상상력을 추구해왔던 작가가 갑자기 '아르판' 이라고 하는 본질, 와카, 이야기의 진정성, 원본 이런 것들을 끌고 와서 이야기 한다는 것이 저는 굉장히 흥미로우면서도 소설 혹은 픽션의 의미를 어느 하나의 관점으로 국한시키지 않으려는 작가의 유연하고도 탄력적인 태도 같은 것을 이 소설을 통해 보았어요. 원본과 사본, 본질과 현상, 모던한 것과 포스트 모던한 것. 이런 문제들까지도 포함하여 지금, 여기에서의 소설과 소설쓰기에 대한 다양한 문제제기를 작가가 이 소설을 통해 하고 있다는 점에서 단순한 재미를 넘어서는 의미심장함을 느꼈어요.

방민호: 우리는 흔히 이렇게 얘기하지 않습니까? 소설은 허구지만 진실이다. 사실은 아니지만 진실을 말한다. 박형서 씨는 작품이나 작품집 제목에 픽션이라는 말을 많이 붙이더군요. 꾸며낸 이야기라는 거겠죠. 그래, 내 작품 가짜다. 그런데 이 가짜가 그래도 의미가 있을 수 있지 않느냐? 이런 생각이 아주 강한 것 같습니다. 작년에 우리가 의견을 모았던 「자정의 픽션」도 다 지어낸 이야기라는 게 너무 잘 표 나지 않습니까? 대놓고, 내 얘기는 꾸며놓은 거다, 라고 말하고 시작하는 거죠. 젊은 부부였던가요? 동거하는 사람이었던가요? 밤에 집에 돌아와서 쉬어야 합니다. 하루 현실의 생활에 지쳤단 말이죠. 그 때 그 여자에게 남자가 이야기를 지어내 줍니다. 작중에 이야기를 하나 만들어 들려주는 게 있으니까, 확실히 가짜라고 하고 이야기를 시작하는 거죠. 그런데도 이야기를 다 듣고 나면 어

쩐지 그 안에 무언가 의미가 있을 수 있다고 몸부림치는 작가적 포즈를 느끼게 됩니다. 이번 소설 「아르판」의 주인공은 작가 박형서 씨의 생각을 그대로 물려받은 사람 같습니다. 우울하면서도 슬픈, 그러면서도 안간힘을 쓰는 작가의 모습이 잘 담겨져 있어서 일종의 감동을 주는 거지요.

이재복: 그런 점에서 작가의 픽션에 대한 집요한 탐색을 주목할 필요가 있다고 봐요.

이경재: 예. 그래서 아까도 말했지만 작품의 어떤 무게중심이 확실히 원본과 사본의 구별의 불가능성. 문학이나 예술은 본래 짝퉁이다. 라는 인식을 읽을 수 있는데요. 사정이 그렇다 하더라도 '나'는 표절에 대한 죄책감을 떨쳐버리지 못합니다. 스스로 자신의 논리가 지닌 허점이 "문화와 예술의 차이를 구분하지 않은" 것이라고 말하기도 하고, "옳지 않은 것을 설득하기란 어려운 일"임을 자인하기도 합니다. '나'는 "차라리 모든 것이 떠나가주면 좋겠다고 생각합니다. 말 없는 아르판도, 나를 가난과 질병의 고통으로부터 구해준 저 책도, 불멸을 향한 아찔한 기만도, 저주받을 욕망과 열정도, 죄의식에 억눌려 살아가야 하는 앞으로의 나날도 모두, 모두."라고 말하는 것에서 알 수 있듯이, 치열하게 '그럼에도 원본이라는 것이 있지 않느냐?'라는 자기심문과 고민을 보여줍니다. 바로 이 부분이 이 작품의 주제의식을 더욱 부각시키는 진정성이라고 생각합니다.

방민호: 최근의 박형서 씨 작품 가운데 다른 인상적인 작품이 더 있었던가요?

이재복: 「열병」이라는 작품에 대해 김윤식 선생님이 '박형서의 문장은 헤밍웨이를 닮았다.' 고 말씀하셨는데 저도 여기에 동감해요. 그의 이런 문장 스타일은 시사하는 바가 크다고 봐요. 요즘 우리 젊은 작가들은 너무 겉멋을 부리잖아요. 이야기를 시작할 때 변죽을 울리는 안 좋은 습관이 있어요. 직접 이야기 속으로 들어가지 않고 온갖 현란한 수사와 알 듯 모를 듯한 말로 독자를 향해 꼬리를 치지만 어디 여기에 넘어가겠습니까. 박형서의 문장 스타일은 그런 것 다 배제하고 그냥 다소 드라이하고 하드한 문체를 구사하면서 이야기의 본론으로 들어가지요. 그런 점들이 그의 문장은 본질에 육박하는 문체를 구사하고 있다고 봐요. 이것은 커다란 장점이라고 생각해요.

방민호: 제가 지난 번 겨울에 창간된 『문학의 오늘』 창간사에 이렇게 썼습니다. '요즘 작가들은 대부분 소설에 인물, 사건, 배경이 33%씩 배분되게 써야 한다고 믿고 있는 것 같다.' 소설 형식에 대한 지독한 매너리즘에 빠진 작가들이 많습니다. 그런데 박형서 씨 소설은 그런 데서 자유로운 것 같습니다. 박형서 씨만 그런 건 물론 아니죠. 박민규 씨나 김사과 씨 같은 사람도 그렇습니다만, 자기가 말하고 싶은 것을 본질에 육박해서 직설법적으로 말하고 싶은 욕망이 있습니다. 이들에게는. '소설은 이런 거야' 라는 '문창과 스타일' 과 결별한 것. 이게 좋은 거죠. 물론 이 말이 '문창과' 를 비난하는 말로 이해되지는 않기를 바랍니다.

이재복: 비교하는 것을 싫어하지만 그런 점에서 저는 이들 작가와 다른 많은 젊은 작가들에 편차 혹은 격차를 느꼈어요. 우리 젊은 작가들이 기발함이나 감각은 좋은데 이야기를 서사적으로 구현해내는 문장력이 부족한

것 같아요. 좀더 견고한 문장 스타일이 필요하다고 생각해요.

방민호: 요즘엔 문장도에 대한 인식이 옛날과는 많이 달라진 것 같습니다. 안타깝습니다.

— 두 번째 소설, 김경욱의 「인생은 아름다워」

방민호: 김경욱씨의 「인생은 아름다워」도 좋게들 읽었더군요. 이경재 선생님, 어떻게 보셨습니까?

이경재: 이 소설은 두 단계 반전이 있는 것 같습니다. 제목이 '인생은 아름다워' 이니까 축자적으로 읽을 때, 독자는 '이 소설에서는 삶의 긍정적인 측면을 드러내겠구나' 하고 생각하게 됩니다. 그러나 이 소설의 내용은 전혀 그렇지 않습니다. 자식들은 사실상 칼 안든 강도로서 아버지의 정신적 육체적인 모든 것을 다 앗아가는 말종들입니다. 또한 이 사회는 평생을 교직에서 열심히 산 이 사람에게 아무것도 해주지 않습니다. 생활은 장기를 보증으로 해서 간신히 꾸려가고, 육신은 곳곳이 문드러져가고 있습니다. 그래서 결국에는 죽기 위해 학원까지 다닙니다. 이걸 보고 누가 인생은 아름답다고 하겠습니까? 여기서 첫 번째 지독한 아이러니가 발생합니다.

김경욱

그런데 여기서 끝나지 않습니다. 맨 마지막 부분에 한번의 반전이 더 기다리고 있습니다. 죽겠다고 자살 학원까지 다니는 주인공이 고작 오랫동안 참아왔던 오줌을 누고 나서는 '그래도 살 것 같다.' 며 행복해합니다. 인생이란 설령 자식이 강도짓을 하고 이 사회가 나를 버러지 취급을 하더라도 오줌을 시원하게 누는 것만으로도 살만한 것 아니겠느냐는 메시지는 아닐까요. 마찬가지로 자살학원에서 만난 김여사는 정전이 되자 애완견이 잘못될까봐 급하게 집으로 달려갑니다. 죽겠다는 사람이 보이는 이 애완견에 대한 집착을 어떻게 설명할 수 있을까요. 결국 작가는 애완견을 돌보고, 시원하게 오줌을 누는 것만으로도 인생은 살만하다고 보는 것 같습니다. 이것이야말로 이 소설의 두 번째 반전이고, 이 소설의 주제이기도 합니다.

이재복: '인생은 아름답다'는 제목 자체가 역설 아닙니까. 저는 이 제목을 보고 인생의 역설이라는 이 뻔한 주제를 어떤 식으로 풀어나갈까 궁금했어요. 노인 이야기지요. 최근 우리 사회의 핫이슈 중의 하나가 바로 노인 문제 아닙니까. 저는 노인하면 〈노인을 위한 나라는 없다〉라는 영화에서의 노인의 소외 무기력 뭐 이런 것이 먼저 생각나요. 김경욱 씨는 노인 문제를 자살에 포커스를 맞추고 있어요. 작가는 자동차 운전면허 학원을 자살 면허학원으로 치환하고 있어요. 이것이 이 소설에서 흥미로운 대목이지요. 왜 사람들은 자동차 면허를 따듯이 자살 면허를 따려고 하는 것일까? 이 문제의식 이면에 숨겨진 의미가 무엇일까? 이 소설을 읽는 내내 든 생각이에요. 자살이 오히려 삶의 안전핀이 되는 세상이란 행복하거나 아름다운 것이 아니라 끔찍한 것이지요. 사회와 가정으로부터 소외된 두 노인이 삶의 안전핀으로 선택한 자살 면허 취득이란 이들의 의지로 선택할 수 있는 자살조차도 어떤 사회 제도에 의해 조절되고 통제된다는 문제의식이 여기에 투영되어 있다고 봐요. 애완견이 자신의 삶의 유일한 동반자라고 생각하는 노인의 강박 속에 깃든 지금, 여기의 삶의 쓸쓸하고도 공허한 일면이 다소 섬뜩했어요. 하지만 아직도 잘 모르겠어요. 작가가 이 소설을 통해 던

지는 문제의식이 무엇인지. 선명성의 부재로 인해 「인생은 아름답다」가 드러내는 역설이 새롭지 못하고 진부하다는 생각이 들어요.

방민호: 이 작품, 요즘 말로 참 애매합니다. 이 소설의 설정, 미래로 되어 있죠? 공간도 참 넓어요. 만주로 북한으로 왔다 갔다 합니다. 노인이 자살 면허 따려고 돌아다닌다는 설정도 특이합니다. 그런데, 메시지가 뭘까요? 이렇게 설정한 만큼의 알맹이가 뭐냐? 고민이 됐어요. 이 분이 대목을 좀 쉽게 넘어간 것 아닌가? 물론 있어요. 미래에도 우리 인생은 그렇게 녹녹하지 않을 것이다. 지금과 마찬가지로. 비관적인 전망인데요. 요즘의 세상 돌아가는 모습이 참 괴상하다 보니 이런 비관도 있을 법 합니다. 그럼에도 설정이 메시지에 비해 장식적이라는 느낌은 지우기 어려웠습니다. 저는 장식적인 게 왜 문젠가 하는 생각을 해본 적이 있습니다. 장식적이라는 것은, 그것이 붙어 있는 그것을 위해서는 조금 더 치장해 주는 효과가 있기는 하지만 그것을 다른 것에 가져다 붙여 놓으면 쓸모가 없어집니다. 이 사람에게는 그 장식이 쓸모가 있어 보이지만, 다른 사람에겐 아닌 거죠. 예를 들어, 어떤 여자의 깃털장식을 떼어다가 이경재 선생님의 어깨 위에 붙여 놓으면 어떤 의미가 있을까요? 아무것도 아닐테지요. 이게 바로 장식의 문제에요. 어떤 본질 없음의 문제. 「인생은 아름다워」는 왠지 설정이 장식적인 느낌을 줍니다. 이 작품이 과연 우리 시대의 질문을 얼마나 깊게 건드리고 있느냐는 질문인 거지요. 하지만 이 작품에는 금방 말씀 드린 것처럼 어딘가 재미있게 생각해 볼 점이 있습니다. 이번에 선정된 소설들 중에 박민규 씨 소설도, 조현 씨 소설도 미래 설정이었지요? 요즘 작가들이 소설 속에 왜 미래설정을 하느냐? 우리 삶이 지금 어렵다는 이야기지요. 어렵고 혼탁하기 때문에 그 힘든 것을, 우리의 시점을 미래나 과거나 낯선

곳으로 돌려보게 되는 거죠? 그러니까 이렇게 쓰는 동기 자체는 낭만적인 거죠. 지금, 이곳이 견딜 수 없기 때문에 다른 데를 쳐다본다. 그런데 이런 이월이 이 시대에 대한 본질적 물음이 될 수 있느냐? 이건 작가들이 감당할 몫이겠지요.

이경재: 김경욱은 여태까지 소설집을 6권 쓰고요 장편을 5편 썼죠. 이 사람은 소설기계라고 했는데 정말 소설기계라는 지속성을 의미하는 것에서 적합한 호칭이지만 이 사람의 창작방법론에도 어울리는 말인 것 같습니다. 김경욱은 직공이 옷을 짜내듯이 정교한 설계도(플롯)에 따라 자신이 하고자 하는 이야기를 열심히 만들어내는 것 같습니다.

이재복: 저는 그런 생각을 했어요. 이 소설이 던지는 문제의식의 희박함이 지나치게 작가가 현실을 우회하여 갔기 때문이라고 봐요. 노인이나 고령화 문제는 지극히 현실적인 문제잖아요. 이 사실은 이 문제들에 접근할 때 현실에 대한 나이브함이 대단히 위험성을 지니고 있다는 것을 말해주는 것이라고 봐요. 방민호 선생님께서 말씀하신 것처럼 현실이 너무 각박하고 힘들기 때문에 이 문제들에 대해 미래로 시선을 돌렸다고 생각해요. 하지만 미래에 앞서 지금, 여기의 현실이 더 중요한 것이죠. 김경욱 씨가 추구해온 스타일을 지적 모험을 통한 유희성이라고 말할 수 있을 것 같아요. 하지만 이 덕목이 이 소설에서는 제대로 발휘되지 못했다는 생각이 들어요.

이경재: 그러니까 김경욱이 최근 창작집인 『신에게는 손자가 없다』는 전반적으로 매우 씁쓸하고 우울합니다. 거기에 실린 작품들은 대부분 지금-이곳을 배경으로 삼고 있는데요. 그와 달리 이 작품은 앞에서도 말했듯이

결코 씁쓸하거나 우울하지 않습니다. 나중에는 달콤함까지 느껴지는데요, 이러한 달콤함이 미래의 시공간을 가져온 것과 관련될 수도 있다고 생각합니다.

— 세 번째 소설, 윤후명의 「오감도로 가는 길」

방민호: 자, 이번에는 윤후명 선생의 「오감도로 가는 길」인데요. 이 작품은 《문학의 오늘》에 실렸던 「꽃의 말을 듣다」와 짝을 이루는 것 같습니다. 무언가를 찾고 있어요. 저는 이 윤후명이라는 작가가 마음에 듭니다. 예술지상주의적인 면모가 있어요. 황석영이나 조정래 같은 작가와는 다른 기질을 가지고 있습니다. 시대가 변해도 늘 적응력이 있는 작가들이 있습니다. 시대에 저항적인 자세를 취하는 것 같지만 사실은 언제나 그 시대적 요청에 부응하는 작가, 그 시대의 지형이 요구하는 저항적 자세에 부응함으로써 언제나 적당한 수요를 창출해 낼 수 있는 작가가 있는 거지요. 윤후명 같은 사람은 어쨌든 자기 삶 속에서 예술이 특정한 위치를 확실히 차지하고 있는 작가 같습니다. 단편을 중심으로 쓰는데, 시도 쓰고, 그림도 그리죠. 어찌됐든 자기의 삶 속에서 예술과 삶의 일치를 꿈꾸는 그런 어떤 문학을 해나갑니다. 연세 드신 문학인들에게 젊은 세대가 원하는 것이 있어요. 그것은 시대에 부응하는 사람이 아니죠. 자기 관점이 확실한 사람, 자기 가치관이 확실한 사람, 자기 호흡을 지킬 수 있는 사람. 이런 사람을 우리가 원하게 되는 거죠. 그래서 문학이 하나의 예술일 수 있음을 보여줘 달라는 거죠. 그래야 젊은 세대가 따라서 배우고 또 그만큼 노력을 기울일 거 아니에요? 윤후명

작가는 많이 쓰지는 않지만 그래도 계속 쓰더군요. 「오감도로 가는 길」은 구성이 다소 산만하게 보이는 점도 없지 않아 있었습니다. 그래도 매력이 있습니다. 이재복 선생님, 어떻게 보셨습니까?

이재복: 저는 요즘 젊은 작가들이 가지지 못한 것 중의 하나가 삶을 미학화하는 것이라고 생각해요. 삶을 미학화하는 작가는 예술 자체가 삶이 되고 그 삶 속에서 예술을 보지요. 이 과정에서 작가로서의 독특한 아우라가 드러나게 되지요. 그런 점에서 윤후명 씨는 주목에 값하죠. 자기 나름대로의 미학적인 색깔, 정체성을 가진 작가가 바로 윤후명이지요. 저는 그의 소설을 읽으면서 '아 이 작가는 에뜨랑제로서의 방랑벽을 지니고 있구나' 라고 생각할 때가 많았어요. 그 방랑벽이 묘한 환상을 불러일으키죠. 그런데 그 환상이라는 것이 삶과 결락되어 있는 것이 아니라 묘하게 연결되어 있어요. 소설 속의 주인공들은 끊임없이 공간에 대한 탐색을 감행하죠. 「오감도로 가는 길」이 바로 그것이에요. 오감도에 대한 탐색을 통해 이상을 살려내는 것, 그것이 바로 이 소설의 주제죠. 그런데 작가는 이상을 살려내기 위해 오감도와 이상을 다른 공간 혹은 다른 인물들로 끊임없이 치환하고 있어요. 이러한 과정을 통해 작가는 모던보이 이상처럼 그가 추구한 세계를 즐기려고 하죠. 가령 '아바나의 시장에서 파이프를 사가지고 그것을 즐기고 싶어 하는 것' 이 여기에 해당된다고 봐요. 이것은 일종의 취미 혹은 취향일 수 있죠. 윤후명다운 스타일이라고나 할까. 저는 그의 이러한 방랑벽과 탐색이 소설에 여백을 주고 있다고 생각해요. 그 여백 속으로 들어가 자유롭게 그 세계를 상상할 수 있는 것이 윤후명의 소설이지요.

이경재: 윤후명 선생님은 소설 잘 씁니다. 그리고 너무나도 유명한 낭만주의자이죠. 제가 얼마 전에 읽은 책 중에 에드워드 사이드의 『말년의 양

식에 관하여』라는 책이 있습니다. 거기서 사이드는 생각하는 진정한 말년의 양식은 보통사람들의 상식과는 벗어나 있더라고요. 저 같은 사람한테 말년성이라는 것은 지조를 꺾거나 예술적 자의식을 바꾸는 것이 아니라 그동안 쌓아온 것을 완성시키는 것이라고 생각하는데요. 에드워드 사이드는 아니라는 거죠. 그에게 말년성은 망명의 형식으로서, 비타협, 난국, 풀리지 않은 모순을 의미합니다. 영원히 풀리지 않는 내적 대립을 사이드는 말년성 속에서 발견해내고 있습니다. 그리고 이를 작품의 본질적 성격으로 하는 작품들에 '말년의 양식'이라는 명칭을 붙입니다. 균열과 모순을 있는 그대로 드러내고, 파국과 죽음의 그림자를 드리우는 것을 핵심으로 하는 말년성 속에는, 기존의 사회 질서는 물론이고 지금까지 자신의 예술을 지탱시켜 온 낯익은 예술적 기법과도 교감하기를 포기하고, 모순적이고 소외된 관계를 새롭게 맺으려는 날 선 실험의식이 깃들어 있는 것입니다. 에드워드 사이드는 끝없는 혼동과 자기갱신이야말로 진정한 말년성이라고 얘기하고 있습니다. 윤후명의 「오감도로 가는 길」에는 수많은 인물들과 장소가 나오는데, 플롯이 조금 이완되었다는 생각이 듭니다.

이재복: 그것이 이완도 될 수 있지만 윤후명다운 느닷없음이라고 생각해요. 느닷없이 벌어지는 사건 속으로 자연스럽게 휘말려 들어가려는 의지 같은 것이 그의 소설에는 있어요. 그러니까 작가가 이상을 참칭하고 싶다는 얘기를 할 수 있는 거예요. 참칭이라는 말이 참 독특한 뉘앙스를 풍기지요. 자신의 멋대로 무엇을 명명할 수 있다는 것이야말로 어떤 것에도 구속받고 싶지 않은 작가의 자유의지를 드러낸 것이라고 할 수 있지요. 자기 자신도 이상의 스타일을 따라하지만 결국 그가 한 것은 자신의 시를 쓴 것이죠. '오감도 시제 64호'가 그것이죠. 이상 시 중에 이런 건 없어요. 이런 점

에서 이상을 참칭한다는 것은 보다 자유로운 영혼의 소유자가 되고 싶은 것을 표현한 것이라고 할 수 있죠.

방민호: 이상이 28세에 죽었잖습니까? 28세의 노옹이라고 했어요. 자기 자신을 가리켜. 그렇게 요절했으니까 분명 28세의 노옹이죠. 근데 윤후명은 1947년생의 젊은이에요 그러니까 늙은 젊은이에요. 이상은 젊은 노옹인데, 이 사람은 늙은 젊은이에요. 이런 점이 굉장히 흥미롭습니다. 이상이 궁극적으로 추구했던 것은, 아직도 제가 이상에 관한 논문을 쓰면서 놀란 것은 이상 텍스트가 아직도 구조적으로 깊이 있게 조명되지 못한 게 많다는 것이었습니다. 예를 들어 이상의 수필 「권태」를 봅시다. 전부들 도쿄에 가서 근대에 환멸을 느낀 나머지 「권태」를 썼다고 하지 않습니까? 그런데 이 「권태」가 사실은 노트를 가지고 가서 완성한 겁니다. 이상은 '권태' 라는 모티브를 가진 수필을 노트에 여러 번에 걸쳐 썼습니다. 그러니까 「권태」는 '권태' 의 완성인 거예요. 일본 가서 느닷없이 쓴 게 아니라는 말이지요. 이렇게 이상에 관해 아직도 해결되지 않은 게 부지기숩니다. 기초적인 텍스트 비평도 빠진 데가 많지요. '오감도로 가는 길' 이라. 윤후명 선생이 이런 제목을 달고 이상을 언급하고 있어 대담하다고 생각했습니다. 쉽지 않거든요, 쉽지 않으니까 '오감도' 원래의 의미는 여기서 물을 수도 없겠죠. '오감도' 는 하나의 기호입니다. '오감도' 든 '이상' 이든, 윤후명에게 이것은 무언가를 가리키는 기호이고, 그것을 집요하게 추구하고자 하는 욕망 또는 의욕을 가리키고 있습니다.

이경재: 저는 이 작품에서 이상이 윤후명에게 있어서는 현실적 자아로서 존재하는 것이 아니라 자신이 과거에 잃어버렸던 이상적 자아로 존재하는

것 같아요. 마지막에 거의 세 번 반복되거든요. "이상을 살려내야 한다. 이상을 살려내야 한다. 이상을 살려내야 한다." 권총을 찾는 시늉까지 합니다. 제가 정신분석학자도 아니고 아무것도 아니지만 윤후명의 어떤 절박한 무의식이 읽혀져요.

이재복: 그러니까 무언가를 찾고 있다는 느낌, 저는 그것이 소설 속에 새롭게 조명되는 '서촌'이라는 공간으로 드러난다고 봐요. 주인공이 작업실을 서촌에 마련하고 싶어 하죠. 그런데 서촌은 만들어진 공간이에요. 그러니까 작가가 서촌을 중요한 소설의 공간으로 끌어들이는 것은 무엇인가를 만들어내고자 하는 욕망을 드러낸 것이라고 할 수 있어요. 작가가 서촌에 작업실을 마련하고 여기에 그림도 가져다 놓고 끊임없이 예술가들을 추억하고 되살려 내려고 하는 데에는 자신이 상실한 것들을 절실하게 되살려내려는 의도가 내재해 있는 것으로 볼 수 있어요. 그것이 '권총' 등의 질료를 통해 소설 속에서 현현된 것이라고 할 수 있겠죠.

방민호: 이상에게 있어 '날개'와 같은 것이 윤후명에게 있어서는 바로 이상인 셈이죠. 이상이 날개의 결말부에서 '날자. 날자. 다시 한번 날아보자꾸나'라고 외치고 싶었다고 했어요. 외치진 못했고, 외치고 싶었다고 한 거지요. 그런데 그 앞을 보면 '아, 이것은 내 인공의 날개가 달렸던 흔적이다.' 그 앞에 '불현 듯 겨드랑이가 가려워진다.' '아, 이것은 내 인공의 날개가 달렸던 흔적이다' 라는 문장들이 있어요. 그런데 이 '인공의 날개'라는 것은 저 그리스 신화에서 아교로 날개를 붙여서 태양을 향해 날아 오르려 했던 '이카루스'의 그 '날개'입니다. 이게 아쿠가와 류노스케에 가서 『톱니바퀴』라는 소설에 나오고, 그게 다시 이상의 「날개」에 가서 '인공의

날개' 로 들어오는 거죠. 그런데 이 '다시 한 번 날아보자꾸나' 라는 것은 원래의 자기, 날 수 있었던 자기에 대한 어떤 희구, 회복에의 욕망을 가리키고 있습니다. 그러니까 윤후명에게 있어서 이상을 살려내자는 것 자체가 바로 이상에 있어서의 '날개' 와 같은 의미를 갖는다고 할 수 있는 거죠.

— 네 번째 소설, 편혜영의 「개들의 예감」

편혜영

방민호: 자, 이번에는 편혜영씨의 「개들의 예감」 차롑니다. 편혜영 씨 소설, 참 답답하죠. 문장이 아주 빡빡해요. 밀도가 높아요. 그리고 어떤 상황극을 연출하는데 상당히 조예가 깊은 작가인데요. 「개들의 예감」도 예외는 아니었어요. 어떻게 보셨습니까?

이재복: 상황극이라는 규정이 참으로 적절하네요. 방민호 선생님 말씀처럼 이 소설은 주인공 남자의 상황극이라고 볼 수 있어요. 이 상황극을 통해 작가가 보여주고 있는 것은 주인공 남자의 내면에 자리하고 있는 불안이죠. 이 불안을 자극하는 계기를 제공하는 인물은 세탁소에 옷을 찾으러온 여인이죠. 주인공 남자는 그 여자의 남편에 대해 심한 강박감을 느껴요. 세탁소 밖에서 이 남자가 자신을 주시하고 있다는 강박에 시달리기 시작하면서 주인공 남자는 이상한 행위들을 하게 되죠. 불안과 공포가 심해지면서 주인공 남자는 세탁소 문을 닫고 집으로 들어가죠. 이것은 일종의 도피라고 생각해요. 그렇기 때문에 오히려 불안이 더욱 가중되죠. 그것의 징표가 자신이 살고 있는 아파트 위층에서 나는 소리에요. 하지만 그 소리는 주인

공 남자에게만 들리죠. 이것이 이 소설의 핵심이라고 생각해요. 소리의 실체가 없는 데도 불구하고 주인공은 그 소리가 있는 것처럼 느끼고 이해하고 또 판단하죠. 그렇다면 그 남자는 왜 이렇게 실체가 없는 소리에 불안해하고 강박적인 태도와 행동을 보이는 걸까요? 이 사실은 왜 주인공 남자의 이러한 불안과 강박관념이 마치 개들처럼 극도로 예민해지는 것일까? 하는 문제와 다르지 않다고 봐요. 이렇게 주인공 남자를 과도하게 예민하게 하고 또 피로하게 하는 저 소리의 정체가 의미하는 것은 무엇일까요? 지금, 여기를 살아가는 현대인들은 언제나 과도한 불안에 시달리죠. 이 불안이 편혜영의 소설에서는 주로 그로테스크함을 미학으로 드러나죠. 그 그로테스크함이 강하 묵시록적인 세계를 환기하고 있다는 것. 그것이 편혜영의 소설 스타일이라고 생각해요.

이경재: 예, 저도 2011년에 창작된 여러 소설을 펼쳐놓고 그 중에 7, 8편을 고르자면 충분히 들어갈 수 있는 소설이라고 생각합니다. 하지만 편혜영의 전체 소설 중에서 선정한다면 과연 선정해도 좋을까 하는 생각이 듭니다. 아까 이재복 선생님이 말씀하신 여러 가지 특징에 대하여 모두 동의합니다. 일상에 만연한 왠지 모를 불안, 문명속의 불만 등이 주제로 깔리고, 이를 드러내기 위해 긴장을 고조시키는 소리라든가 짐승들이 등장하는 것은 완전히 새롭게 느껴지지는 않습니다. 새로움이 강박적으로 숭배 받는 지금의 문학판에서 편혜영의 뚝심이랄까, 예술적 자의식을 높게 평가합니다. 동시에 '이번에는 뭔가 다른 이야기인가보다' 라는 기대를 가지고 끝까지 읽을 수 있는 작품이 기다려지기도 합니다.

이재복: 그런데 「개들의 예감」에서 읽어낼 수 있는 편혜영 식의 묵시록적

인 세계가 무엇인가요? 선명하지는 않지만 이 소설에서 그것을 어느 정도 읽어낼 수는 있어요. 문제는 그것이 '어느 정도'라는 데에 있다고 봐요. 지금까지 그녀가 보여준 묵시록적인 태도의 강렬함에 비하면 이 소설에서의 그것은 다소 약화된 것이 사실이에요. 그녀의 소설이 드러내는 묵시록적인 세계는 지금, 여기에서 벌어지고 있는 재난과 재앙에 대한 하나의 메타포라고 생각해요. 이를테면 작년에 「서쪽으로 4센티미터」의 경우도 이런 류의 소설이죠. 저는 이 소설이 편혜영 식의 그로테스크라는 세계는 다소 약화되었지만 그것이 드러내는 메타포적인 기능은 강렬했다고 봐요. 하지만 「개들의 예감」은 이런 점에서 현실 혹은 지금, 여기의 세계에 대한 메타포적인 기능이 그다지 강렬하지는 못한 것 같아요. 편혜영 씨가 이 소설에서 말하는 그 예감이라는 것이 누구나 공감하면서도 작가 특유의 색깔을 드러낼 때 미적인 감각을 획득할 수 있겠죠.

방민호: 편혜영 씨는 어떤 의미를 추구해가면서 펼쳐놓는 문장들을 힘겹게, 읽기라는 노동을 통해서 쫓아가야 하는, 그런 소설을 쓰는 작가입니다. 그런데 이런 소설 유형에 어느 때까지는 독자들이 인내력을 발휘합니다. 독자는 소설을 끝까지 읽어야하는 의무가 없어요. 비평가도 독자의 한 사람이니 어느 시점을 넘어서면 인내력이 바닥이 날 수 있지요. 저는 편혜영 씨의 일관된 스타일이 지금 일종의 위기상황에 놓여 있다는 생각이 들더군요. 스타일의 변화가 필요하다. 독자들의 인내력을 시험해서는 안 된다. 지적인 재미든, 재미를 위한 재미든 독자들의 욕구를 불러일으켜 줘야 한다. 어려운 소설도 지적인 욕구 때문에 끝까지 읽게 되는 거다. 그럼 문제가 뭐냐 하고 물을 차례지요. 저는 이렇게 생각합니다. 하나의 소설적 에피소드, 사건이 현실에 대한 어떤 대표성을 가지고 박두해 오지 않을 때, 그 때는

소설을 다 읽고 나면 허무해지게 된다. 소설은 단편 소설조차도 단편을 통해서 세계 자체를 대유법적으로 대표하는 겁니다. 소설이라는 부분이 세계라는 전체를 대표하고 있는 거지요. 그런 전체성을 보여주지 않으면 소설이 위기에 빠지는 거죠. 그 때는 단편소설이 단막극이 됩니다. 저는 본래 편혜영 씨 소설에 일찍부터 주목했던 사람입니다. 좋은 작가지요. 다시 한 번 이 분의 새로운 변화를 기다려 보고 싶습니다.

— 다섯 번째 소설, 조현의 「은하수를 건너 – 클라투행성통신 1」

방민호: 자, 다음으로 조현 씨 차례지요. 이경재 선생님께서 이 작가를 적극적으로 평가하고 계신데요. 이 작가의 어떤 점이 좋은가요?

조 현

이경재: 저는 이 작품에서 조현의 패기와 자신감이 매우 인상적으로 다가왔습니다. 근자에는 너무 소설가들이 필요 이상으로 위축되어 있는 것 같아요. 스스로 글쓰기의 의미를 격하하는 모습도 쉽게 발견됩니다. 그런데 조현은 글 쓰는 것의 가치를 거의 신의 천지창조에 버금가는 위치에 놓고 있네요. 그래서 신선하게 느껴졌고요. 어떤 얘기냐면 이 소설의 주제는 '상상하는 것은 존재하는 것임. 상상한다는 것은 존재의 가능성을 일깨우는 것이고 상상이 치밀하고 구체적일수록 존재의 가능성도 높아짐. 모든 우주는 가능성의 총합이고 귀하가 꿈으로 파악한 시 역시 어떤 평행우주에서는 현실로 실현될 것일 테니 문제없음.' 이라는 부분에 모두 담겨 있는 것 같습니다. 이 작품에서는 루시드 드림이라는 자각몽이 중요한 매개로 등장하

는데, 루시드 드림은 글쓰기에 대한 비유로 사용되고 있습니다. 글쓰기 역시 의식을 갖고 꿈의 세계를 만들어 내는 것이니까요. 조현은 글을 쓰는 것, 즉 의식을 지니고 꿈을 꾸는 것은 하나의 세계를 만들어내는 것이라고 주장하는 것입니다. 우리가 비유적인 의미로 한 작가의 탄생이 한 우주의 탄생에 맞먹는 사건이라는 입에 발린 말을 하고는 하는데요. 조현은 정색을 하고서는 한 작품의 탄생은 한 우주의 탄생이라고 소리치는 모양새입니다. 이 대목에서 오스카 와일드가 생각났습니다. 그는 '문학이 현실을 모방하는 것이 아니라 현실이 문학을 모방하는 것이다.' 라고 말한 바 있습니다. 또 "남들은 행동하는 것이 대단하다고 생각하지만 사실은 생각하는 것이 행동보다 더 대단하다"라는 말을 하기도 했는데요. 이러한 인식은 한국문학에서 얼마나 낯설고 약한 부분입니까? 조현은 이와 관련해 한국문학의 중요한 한 축을 형성할 수 있을 것이라 기대됩니다.

이재복: 이경재 선생님 말씀에 공감해요. 이 선생님께서는 작가의 상상력을 '미쳤다' 고 표현하셨는데 저는 이 작가가 신인답지 않은 어떤 담대함이 있다고 봤어요. 일단 상상력이 독특해요. '클라투행성' 의 설정이 그렇죠. 그런데 이러한 설정이 어떤 근거가 없는 상상만으로 이루어진 것은 아니라는 데에 주목하고 싶어요. 클라투라고 하는 고전적인 그룹과 영화 〈지구가 멈춘 날〉에 그 상상력의 원천이 있지요. 이런 점에서 이 소설은 단순히 작가의 관념만으로 만들어 낸 작품이 아니라 분명한 현실적인 근거를 통해 만들어진 작품이라는 것이죠. 작가가 받은 문화적인 충격, 그것을 상상력을 동원해서 만들어 낸 세계가 바로 '클라투행성' 이고 그것이 작가 나름대로의 독특한 세계와 글쓰기의 스타일을 만들어 내고 있다고 봐요. 이런 맥락에서 볼 때 작가가 한 말, 그러니까 '자신이 지어낸 모든 운명은 이 평행

이론에 실제로 존재하는 것' 이라는 말은 상당히 의미심장하죠. 이런 점에 아마 이경재 선생님께서 이 소설에 필이 꽂힌 것 같아요. 작가의 이러한 담대한 상상력 혹은 용기 자체가 지금, 여기의 우리 문학에서는 상당히 낯선 것이죠. '상상하는 것은 모두 존재하는 것이다' 라는 선언이 흥미롭고 또 많은 부분 공감의 여지가 있어요. 작가가 이야기하고 있는 '클라투행성' 의 존재가 중세유럽의 전업국의 소도시 같은 것이에요. 이런 맥락에서 작가는 티브이와 모바일 시대가 지나고 책과 신문 같은 텍스트의 전성시대로서의 '클라투행성' 을 이야기하고 있어요. '클라투행성' 에서 주인공에게 특수임무를 주죠. 그것이 뭡니까? 김채원의 소설 속에 등장하는 김호라는 시인의 시에 대한 정보를 탐색해보라는 것이 바로 그것이죠. 주인공에게 이런 임무를 주는 것은 곧 그로 하여금 끊임없이 이러한 세계를 탐색하도록 하는 것이고, 그것이 곧 작가의 상상력을 어떤 흐름, 목적, 방향으로 근거지우고 있다고 생각해요. 저는 이것을 작가 나름의 낭만성이라고 말하고 싶어요. 글쓰기에 대한 낭만성. 그런 것들을 새롭게 봐주고 높이 평가하고 싶어요. 신인다운 패기도 있고 글쓰기에 대한 지적모험도 있는 것 같아서 주목해보고 싶어요. 저는 한국문학이 조금 왜소해진 이유를 두 가지라고 봐요. 하나는 아웃사이더적인 기질이 너무 없다는 것. 또 다른 하나는 지적 모험을 하지 않는다는 것이 바로 그것이라고 생각해요. 방민호 선생님이 말씀하신 것처럼 문창과 스타일. 제도권 안에서 문학을 배운 사람들이 결핍되어있는 부분 중에 이 두 가지가 특히 많이 내재해 있어요. 이런 점에서 이 작가가 가지는 아웃사이더적인 기질과 지적인 모험으로서의 담대함 오만방자한(?) 상상력이 의미가 있다고 생각해요.

방민호: 조현 씨에겐 어떤 의지적 몽상 같은 게 있는 것 같습니다. 주인공

이, 자기가 '클라투행성' 에서 왔다고 하는데, 처음에는 거기서 왔다고 하지만 사실 그게 진짜 온 게 아니고 '내' 가 거기서 온 사람이라고 몽상을 했기 때문에 거기서 온 사람이 되었다는, 소설 속 환상에 대한 일종의 알리바이가 소설 전개 과정에 기입되어 있는 것을 볼 수 있습니다. 그건 무슨 얘기냐. 주인공과 마찬가지로 작가도 그냥 환상도 현실이라고 믿는다든지 현실을 환상으로 쉽게 치환해 버리고 만족한다든지 하는 것이 그렇게 쉽게 용납되는 게 아니라는 것을 잘 알고 있다는 거죠. 한 마디로 말해서 인식수준이 녹록치 않은 작가입니다. 이런 소설 속에서, 주인공인 '나' 는 몽상의 힘으로 자기가 '클라투행성' 에 왔다고 생각하고, 1970년대 《문학사상》에 나오는 김채원이라는 작가의 작품이라는 「초록모자」에 나오는 김호라는 주인공의 행로를 탐색합니다. 저는 이 작품이 실제로 있었는지 아직 확인해 보지는 못했습니다. 그런데 소설 속에서 주인공이 가능성이니 잠재성이니 하면서 요즘 철학적으로 문제시 되는 범주들을 가지고 몇 마디 하더군요. 그게 그렇게 난삽하게 느껴지지 않았습니다. 요즘 젊은 비평가들을 보면 무슨 철학책에서 읽었지만 소화가 채 안 된 이론들을 토해내고 있습니다. 소화를 시켜서 밑으로 보내는 게 아니라 위로 토해낸단 말이죠. 그런 문장들이 아주 많습니다. 도대체 자기가 하는 말이 현실과 문학 속에서 어떤 의미를 띠고 있는지조차 명료하게 표현할 수 없다면 뭘 어쩔 수 있겠습니까? 작가들도 그런 사람들이 많아요. 자기가 무슨 얘길 하는지 모르는 거죠. 조현 씨의 몽상은, 또 잠재성에 대한 생각은 이 작가가 어떤 지적인 사고를 하는 사람이라고 생각하게 합니다. 출생연도를 봤더니 1969년생이더군요. 새롭게 등장한 작가치고는 나이가 많습니다. 그래서 그런지 그 나름대로 준비가 되어 있는 것처럼 보입니다. 여기서 이 주인공이 찾아가는 상상력의 세계가 바로 김채원의 '초록모자' 라는 것도 인상적입니다. 말하자면 작가가 겸손하다는 거죠. 자기가 실제로 읽고 탐구하고 무언가 그 작품에 심취하지 않았다면 그런 얘기가 나올 수 있을까요? 이 조현과 박형서 같은 작가들의 이름을 합쳐놓고 보면 저는 이른바 '의지적 몽상파' 라는 말을 떠올려 보게 됩니다. 이 의지의 힘으로 몽상을 실행하고 그럼으로써 현실에 대해 내밀한 '힘' 을 가진 반응을 시도해 보는 거죠.

이재복: 재미있네요. '의지적 몽상' 이라는 말이, 그걸 좌담의 타이틀로 빼는 것은 어떨까요?.

이경재: 너무 조현에 대해서 좋은 얘기만 한 것 같은데요, 그러니까 박형서랑 비슷한 작품입니다. 글쓰기, 소설이 뭐냐에 대해 묻고 있습니다. 그런데 전반적으로 보여주기보다 말하기가 너무 승합니다. 일테면 '클라투행성' 이 어떤지에 대하여, 클라투행성은 중세풍의 소도시다 하면서 넘어가는 식이지요. 그리고 저는 또 중요한 주제 의식 중 하나는 문학은 공감의 예술이라는 점입니다. 김채원 소설의 한 부분을 그대로 찾아내는 과정이 비평가가 그 소설의 의미를 찾아가는 과정과 비슷하지 않았습니까? 무언가에 대해 말하기 위해서는 완전히 텍스트 속으로 들어가서 그것과 하나가 되어야 한다는 의미가 담겨 있는 것 같아요. 정말 그 속에 가서 온 몸으로 느껴서 쓰는 것만이 문학이다. 또 아까 김채원 얘기하는 것을 겸손함으로 보셨는데, 제가 생각했을 때는 이것은 어느 정도 한국문학의 성숙를 의미하는 것으로 읽힙니다. 우리 한국문학도 무언가를 얘기하기 위해 헤밍웨이나 도스토예프스키를 들먹이지 않아도 된다는 것.

이재복: 제가 아까 '클라투행성' 이 중세의 전업도시, TV보다는 책과 신문

의 텍스트의 전성시대에 대한 하나의 상징이라고 이야기했잖아요. 그런 점에서 저는 이 소설이 어떤 아날로그적인 진정성을 말하고 있다고 생각해요. 이 작가가 69년생이죠. 세대론을 들먹이고 싶지는 않지만 어쨌든 이 디지털 세대 혹은. 이 얍삽하고 빠른 시대에 아날로그적인 감성과 진정성을 지닌 작가가 등장했다는 것은 의미가 있다고 생각해요.

— 여섯 번째 소설, 김사과의 「더 나쁜 쪽으로」

방민호: 이제 벌써 여섯 번째 소설을 이야기할 차례네요. 김사과 씨의 「더 나쁜 쪽으로」. 마치 무슨 영화 제목 같은데, 아주 인상적인 작품이었습니다. 이경재 선생님, 어떻게 보셨는지요?

이경재: 네. 김사과 소설은 어떤 이야기랄까 줄거리를 파악하는 게 힘들죠. 왜냐하면 김경욱 소설처럼 플롯이 있거나 인물이 있거나 하는게 아니라 차라리 에세이에 가까우니까요. 등장인물이 자신의 내면을 대공포 쏘아대듯이 그냥 막 쏘아댑니다. 이 소설의 배경은 외국의 한 도시로 추측이 됩니다. 특히 예술가의 거리가 주요 배경이고요. 이곳에서 기존의 예술에 대한 불만을 마구 배설해내고 있습니다.

이재복: 저는 김사과의 「더 나쁜 쪽으로」를 박형서, 조현과 같은 맥락에서 읽어낼 수 있다고 봐요. 이 소설에서 작가는 하나의 거리에 대해 이야기하죠. 나의 삶은 하나의 거리다. 그런데 그 거리가 단순한 거리가 아니죠. 작가는 이 거리를 첫째 '말', 둘째 '노래', 셋째 '음악' 같은 것들을 통

해 문제 삼고 있죠. 이런 것들을 통해서 작가는 자신의 자의식을 쏟아내고 있어요. '거리 위로 말들이 내려온다', '거리 속으로 말들이 쏟아진다' 이런 여러 가지 장치들을 통해서 작가는 자신은 '아무것도 넘어서지 못했고 아무데도 가지 못했다', '나는 숨을 곳이 없다', '나 자신을 떠나지 못했다' 등 이런 점들을 한 번도 아닌 무려 세 번이나 강조하고 또 혐오하고 그리고 사랑하고 있어요. 이렇게 끊임없이 자기 자신에 대한 자의식들을 쏟아내면서 더 나쁜 쪽으로 가고 있는 것이 바로 이 소설의 주인공이에요. 우리는 이것을 작가 자신의 단순한 넋두리로 보아서는 안 되고 글쓰기 자체에 대한 자의식을 보여주고 있는 것으로 보아야 한다고 생각해요. 그런 점에서 이 소설의 문체가 맘에 들었어요. 정말 빡빡 하잖아요. 문장도 길고 뭔가 완성되지도 않고 선명하지 않고, 또 어두우면서 정제되지 않은, 끊임없이 흐르고 이동하는 점들이 작가의 자의식과 닮아 있어요. 저는 이것이 작가의 자의식을 추상적이지 않고 아주 구체적으로 만들어 주는 기능을 하고 있다고 생각해요.

방민호: 김사과 씨가 혹시 몇 년생입니까?

이경재: 김사과가 김애란보다 조금 아래입니다 84년생입니다.

방민호: 김애란 씨는 1980년생으로 대산 대학문학상으로 2005년에 등단했고, 김사과 씨는 1984년생으로 등단도 창비신인상으로 했는데 조금 늦었죠, 아마? 우리가 김애란 씨를 주목을 많이 했잖습니까? 김애란 씨 작품 참 좋았습니다. 「물속 골리앗」이었던가요? 작가가 세상 문제를 보는 시선이

참 따뜻해요. 따뜻하고도 깊어요. 세상을 감싸 안으려는 사랑이 있습니다. 그런데 장편소설『두근두근 내 인생』을 읽다가 어쩐지 좀 지루해졌습니다. 단편소설을 늘여놓은 것 같았습니다. 일본에『문단 아이돌론』이라는 비평집이 있어요. 김애란 씨는 바로 '문단 아이돌' 입니다. '소녀시대' 만 아이돌인 게 아니라 김애란 씨가 바로 아이돌이었단 말입니다. 1990년대 이래 이 최초의 문단 아이돌이 벌써 조로했다? 이런 생각이 들었습니다. 문단이 참 많이도 김애란 씨를 소비했구나. 요즘에 문단에서 일단 주목받게 되면 외야의 삶은 없어집니다. 내야에서 각광만 받습니다. 그렇게 되면 소설 재료를 어디서 가져 올 수 있습니까? 문단에 맨날 불려 다니고 인사하고 다니면서 거기서 가져올 수 있는 건 별로 없습니다. 작가는 고독한 자리에 처하지 않으면 굉장히 어렵습니다. 어렵게 되고 위기에 처하게 됩니다. 바로 이런 점에서 김애란 씨의 장편소설에서 어떤 위기를 느꼈다면 김사과 씨의 작품은 외야수의 고독을 느끼게 해준다는 점에서 대비되는 면이 있었습니다. 자아에 뭔가 폭약이 장착되어 있는 작가를 본 것 같은 느낌이랄까. 이 소설은 분명 독자를 향해서 친절하게 쓴 작품은 아닙니다. 지금 내 안에 얼마나 큰 폭약이 장착되어 있는지 아니? 하고 과시하는 것 같기도 하고, 하여튼 호흡도 가쁘고 문장도 길고 괴롭습니다. 필시 어떤 유부남 같은 사람, 나이 많은 남자를 사랑하는 여자 얘기입니다. '그' 라는 남자를 사랑하는데, 그 남자가 아는 문학과 여자가 생각하는 문학이 다릅니다. 남자는 너무 많이 알고 있고 많은 것에 빠져있고 젖어있습니다. 여자는 새로운 사람으로서 자기가 감각하고 욕망하는 게 따로 있습니다. 이 여자가 어떤 부조리한 공간, 사교의 공간일 수도 있고 잔치의 공간일 수도 있는 공간에 들어가 '내' 가 지금 어디에 서있는지, 무엇을 추구하는지 고민하고 괴로워합니다. 여기서 '더 나쁜 쪽으로' 라는 소설 제목을 생각해 봐야 합니다. '나' 는 어디로, 어떻게 문학을 해나가야 하나? 이 방향 설정에 대해서 '더 나쁜 쪽으로' 라고 말하는 건데요. 그러니까 이 소설은 '더 나쁜 쪽일지도 모르지만 나는 그 어딘가로 갈 수 밖에 없다' 라는 폭약에 관한 얘기입니다. 이 폭약이 터졌을 때 어디로 튈지 모르겠다고 생각하게 하는 소설이라 재미가 있습니다. 김사과가 작가다 하는 생각을 하게 하는 거죠.

이재복: 방민호 선생님 얘기를 듣다보니까 뭔가 우리가 이번에 뽑은 소설의 의미와 줄기가 드러나는 것 같아요. 박형서도 조현도 그리고 김사과도 모두 자기 자신의 글쓰기에 대한 자의식을 드러내고 있잖아요. 이것은 요즘 글쓰기에 대한 자의식을 드러낸 것이라고 생각해볼 수도 있지 않나요?

방민호: 비평가인지도 모르는 이 지적인 나이 많은 사람, 이 사람은 문단에든 기성질서에든 푹 절어 있습니다. 주인공은 그를 사랑하면서도 소외를 맛보는 것으로 그려져 있습니다. 그리고 이 소외를 고집하는 포즈가 완강합니다. 김사과 씨와 김애란 씨가 다른 점이 있습니다. 옛날에 내성소설과 세태소설이라는 대립적 개념이 있었지요? 김사과 씨는 그러니까 이상이나 김남천 같은 내성 쪽이고 김애란 씨는 박태원이나 채만식 같은 세태 쪽이냐? 꼭 그렇지만은 않은데, 그러나 지금의 두 사람이 확실히 대비되는 면이 있습니다. 김애란 씨는 세태와 풍속 속에 자신의 내면을 안장시킵니다. 김사과 씨는 내성적 자아를 드러냅니다. 이 두 소설가의 앞으로 향방이, 귀추가 주목된다고 하지 않을 수 없습니다.

이경재: 맞습니다. 그런 것 같습니다. 이것 역시도 어떤 글쓰기에 대한 것으로 봤구요 김사과의 스타일은 정념덩어리인 것 같아요. 상당한 진정성이

느껴지거든요. 김사과에게서는 삶이 뒷받침된 진정성이 느껴져요. 이 작품에서는 연인이기도 한 예술가를 비판하는데, 그것은 예술의 자율성과 심미주의에 대한 비판인 것 같습니다. 문학사적 맥락으로 볼 때, 김사과 소설은 신경향파 소설을 떠올리게 해요. 임화는 본격적인 프로소설 이전 단계로 박영희적 경향과 최서해적 경향을 설정했는데요. 최서해적 경향이 이념보다 형상이 지나치게 승하고, 반대로 박영희적 경향이 형상보다 이념이 지나치게 승하다면, 김사과는 단연 박영희적 경향에 속하는 것으로 판단됩니다. 기성에 대한 강력한 파괴의 정념이 에너지 자체로 형상화가 되기 이전에 마구 배출되어 나오는 것 같아요.

이재복: 미학의 큰 흐름이 두 가지잖아요. 하나는 질료를 추구하는 것이고 또 다른 하나는 형상을 추구하는 것이죠. 질료를 추구하는 아티스트의 극단은 폴록이고, 형상을 추구하는 아티스트의 극단은 몬드리안이죠. 그런 맥락에서 김사과가 보여주는 문제의식은 질료, 다시 말하면 에너지를 그리고 있는 쪽이라고 할 수 있을 것 같아요. 세계의 이면에 은폐된 강력한 에너지를 표현해내려고 하는 욕망의 꿈틀거림이 느껴진다는 것이죠.

— 일곱 번째 소설, 정미경의 「파견근무」

방민호: 정미경 씨 쪽으로 시선을 옮겨 보도록 하지요. 정미경 씨의 「파견근무」. 판사 얘기였죠? 이재복 선생님, 어떻게 읽으셨습니까?

(일동 침묵)

이경재: 아무도 말씀 안하시니까 제가 말문을 열면 저는 정미경이 한국문단에 보석 같은 존재라고 생각합니다. 정미경은 보기 드물게 보석을 많이 갖고 있습니다. 한국문학이 극심함 현대사의 피폐함에 대해서 가난과 빈곤에 익숙하지 않습니까. 한국 문학에서 부자, 중산층의 삶이라도 그린 작품이 누가 있습니까. 염상섭의 「삼대」 정도이죠. 다 가난과 빈곤의 기로인거죠. 저는 요즘에 와서도 절대 그런 전통이 깨지지 않다고 생각하고요. 정말 강남 중산층의 일상을 그릴 수 있는 작가. 제가 생각하기에 정미경 이외에는 없지 않나. 정미경의 문학이 가장 빛나던 순간은 바로 강남 중산층이 가지고 있는 정말 이념 같지 않은 위선과 부도덕함. 일상의 구체적인 삶의 세목들을 디테일하게 묘사하는데 거기서 일과를 이루었다고 생각하거든요. 그래서 정미경이 그 영역을 넘어섰을 때 무얼 할 수 있는가. 이 사람은 교과서밖에 보여줄 수 없는 것 같습니다. 이 작품 크게 두 가지 요소로 구성되어 있는데요. 하나는 판사의 서사입니다. 이 판사는 파견근무 나가는 판사의 서사이거든요. 이 판사는 정미경의 듣기영역입니다. 그래서 판사를 등장시켜서 일말의 기대를 했습니다. 과연 이 판사라는 중산층의 삶을 또 얼마나 속속들이 파헤칠 수 있나. 하지만 완벽하게 실패했던 것 같습니다. 정미경이 판사의 삶에는 약했다는 것이 뚜렷하게 드러났고. 여기서 판사는 그저 보통 사람들, 권태와 삶의 무의한 반복에 시달리는 사람의 하나로서만 그려지지 절대 어떤 구체적인 볼륨 있는 인간으로 그릴 수 없다는 것 같고요.

정미경

두 번째 요소는 판결문과 관련한 것. 이것도 포스트모더니즘에서는 너무나 많이 얘기한. 진실한 것을 발화 가능 하느냐, 파악하느냐 이 문제를 그저 가지고 있다는 것. 이 두 개가 어설프게 결합이 되어서 무려 30페이지를 이어갔습니다.

이재복: 이 소설의 문제의식은 '파견근무'라는 제목에 내재해 있어요. 파견이라고 할 때 그것이 지니고 있는 뉘앙스는 먼저 근거지를 옮긴다는 것이죠. 이때 주목해 보아야 할 대목은 그 옮김 혹은 파견에 따른 인물들의 의식과 행동의 변화죠. 아무래도 자신의 삶의 근거지에서 파견 나간다는 것 자체가 이런 의식과 행동의 변화를 담보하고 있다고 봐요. 저는 이 점에 초점을 맞춰서 소설을 읽어보았어요. 이경재 선생님께서 "강남의 중산층의 어떤 속물적인 근성을 잘 그려내는 작가가 정미경이다" 라고 말씀하셨잖아요. 그런 맥락에서 이 소설의 주인공 판사와 그가 파견되어간 곳에서 만나는 지역 유지들의 의식과 행위가 주목의 대상이 되는 거죠. 제가 읽어낸 것으로는 이들이 모두 조금씩은 삶에 권태를 느끼고 있다는 거예요. 그 권태로 인해 도박에 빠지는 모습이 소설 속에 그려지고 있잖아요. 또 속물근성도 보이고 이런 내용들은 충분히 파견근무가 하나의 소설이 될 수 있는 꺼리를 가지고 있는 것으로 해석하고 싶어요. 사실 이 소설의 주인공 판사는 권태에서 헤어나지 못하고 있어요. 도박에 중독된 것은 말할 것도 없고 자신의 일, 소설 속에서는 살인사건을 수사하는 일에 대해 어떤 열정 같은 것이 없어요. 권태 그 자체죠.

이경재: 네에.

이재복: 그런데 문제는 이러한 권태와 속물근성적인 일상을 살아가는 불안의 문제가 전경화되지 못한 채 너무 밋밋하게 끝나버렸어요. 그것이 다소 아쉬워요.

방민호: 최근에 〈부러진 화살〉이라는 영화가 상영되었지요? 영화 내용을

둘러싸고 대중들 관심이 커지자 사법부 쪽에서 '우리는 그렇지 않았다. 판결은 정상적이었다' 고 강변하는 것을 보았습니다. 말하자면 위기의식을 많이 느끼고 있다는 거지요. 국민감정이, 현재 판사들을 보면서 그렇게 정의롭지도 않고 객관성과 균형감각을 가지고 있을 것 같지도 않고 진실에 대한 의지도 없는 것 같다고 생각하는 쪽으로 흐르고 있음을 알아챘다는 거지요. 이 판사의 내면세계를 그렸다는 점에서 이 작품은 일단 흥미있게 지켜볼 만 했습니다. 소재를 선택하는 작가적 안목이 있어 보였습니다. 그런데, 그렇다면, 이 소설에 나오는 판사가 과연 우리가 판사 이야기에 대해 기대하는 내용을 담고 있느냐가 문제겠지요. 이 소설은 어떤 판사의 내면적 권태를 그리고 있더군요. 그런데 이 권태의 내용이 썩 매력적이지는 않았습니다. 이 권태가 우리 시대가 이런 소재에 대해서 요청하고 있는, 진실에 대한 탐구라는 방향에서는 어딘가 비껴나 있다는 느낌이 들었기 때문입니다.

이재복: 좀 엉뚱한 얘기지만 이 소설을 읽으면서 「무진기행」에서 제기하고 있는 문제의식과 비교해 보았어요. 권태의 이면에 은폐되어 있는 어떤 꿈틀거리는 욕망과 허위의식 그리고 전망 없음 등등. 그런데 「파견근무」에서는 이러한 문제의식이 강렬하게 다가오지 않았어요.

— 여덟 번째 소설, 박민규의 「로드킬」

방민호: 저는 앞에서도 말씀드렸지만 작년에 비해 좋은 작품들이 많다고 생각했습니다. 자, 이번에는 마지막으로 박민규 씨의 「로드킬」을 가지고

이야기를 나눠봅시다. 이 작품은 어떤 이야기지요? 로봇 이야기던데요.

박민규

이재복: 박민규의 「로드킬」을 읽으면서 한국 소설 전반에 대한 이야기를 하고 싶다는 생각을 했어요. 요즘 한국 소설에 그런 징후들이 보이더라고요. 먼저 시공간의 문제예요. 모두들 글로벌 시대라고 이야기하고 있잖아요. 실제로 이제 국경을 넘는 것은 일상이 되어버렸다고 해도 과언이 아니죠. 이런 경향을 반영하고 있는 소설이 바로 박형서의 『새벽의 나나』나 「아르판」 같은 것이죠. 우리 사회 글로벌을 이야기한지는 굉장히 오래되었지요. 외국을 제 집 드나들듯이 하는데 소설에서는 그런 이야기들이 잘 안 보였었는데 최근 박형서나 몇몇 작가들의 소설에서 그런 것들이 차츰 형성화되고 있는 것은 주목해 볼만한 것이죠. 또 하나는 재난. 재앙과 관련된 문제의식들을 드러내는 소설들이에요. 지진, 홍수, 구제역 등을 다룬 소설들이 그것이죠. 기후변화에 대한 불안, 수많은 살육에 대한 불안. 이런 것들을 드러낸 묵시록적인 상상력이 알게 모르게 널리 확산된 감이 있어요. 그리고 마지막으로 이야기할 수 있는 것이 바로 기계 혹은 사이보그적인 상상력이에요. 이것은 시에서도 '이원' 이 『야후!의 강물에 천개의 달이 뜬다』에서 이미 보여준 것이죠. 저는 이 시인의 문제의식을 높이 평가해요. 인습과 관습에 얽매여 매너리즘에 빠져있는 우리 시단에 아주 신선하고 퍼스펙티브한 상상력을 보여준 것이라고 생각해요. 이 시에 사이보그 이야기가 나와요. 그런데 이 사이보그 얘기를 단순한 상상의 차원에서 끌어내는 것이 아니라 우리가 처해있는 사회의 현실 속에서 그 상상력을 끌어내고 있어요. 이 사실에 저는 공감을 했어요. 박민규의 「로드킬」도 이런 맥락에서 보고 싶어요. 우리가 사는 지금 여기를 살아내는 인간의 몸이 점점 사이보그화되어 간다는 사실

에 대한 자의식이 이런 사이보그를 만들어낸 것이죠. 그런 점에서 저는 사이보그 이야기를 단순한 공상이나 환상의 차원에서 이해하면 안 된다고 생각해요. 이것 그것 자체가 현실이 되어버리는 세계에 우리가 살고 있으니까요.

방민호: 우리 중에도 누군가 인공장기를 달고 살고 있는지 모르니까요.

이재복: 물질적인 차원뿐만 아니라 의식의 차원에서 우리는 벌써 사이보그화되었다고 할 수 있죠.

이경재: 사실 저 지금 인공장기.

방민호: 어쩐지. (웃음)

이재복: 저는 앞으로 우리 인류는 에코적인 상상력과 디지털적인 상상력(사이보그적인 상상력) 사이에서 길항하면서 살 수밖에 없는 운명에 처해 있다고 생각해요. 따라서 우리 작가들이 이런 문제에 대해 일정한 자의식을 가져야 한다고 생각해요. 그런 점에서 보면 「로드킬」에서 보여 지는 박민규의 문제의식은 주목에 값한다고 할 수 있지요. 제목이 '로드킬' 이잖아요. 지금이야 로드킬 당한 동물들을 사람이 가서 치우잖아요. 하지만 이 소설에서는 그것을 기계가, 로봇이 한다는 것이죠. 그런데 이 기계 혹은 로봇이 단순한 기계가 아니라는 것이에요. 휴머노이드죠. 작가가 거기(기계)에 정념을 불어넣었다라고 얘기를 해야 되나요. 〈철완 아톰〉도 휴머노이드고 〈공각기동대〉의 쿠사나기소령도 휴머노이드죠. 휴머노이드의 등장은 인간

의 정체성을 문제 삼고 있다는 점에서 의의가 크다고 봐요. 가령 인간의 입장에서 기계를 보고, 반대로 기계의 입장에서 인간을 본다는 것. 그것이 적대감의 차원이든 아니면 친밀감의 차원이든, 이제 그것이 피해갈 수 없는 우리 인류의 문제라는 점에서 이러한 문제들을 조명하고 그것을 통해 인류의 퍼스펙티브(perspective)를 고민한다는 것은 중요하다고 봐요. 이런 점에서 「로드킬」은 문제적인 부분이 있어요.

방민호: 이 작품 속에서 1인칭에서 2인칭으로, 시점의 변화를 보인 것은 어떤 긴밀한 효과가 있었다고 보시나요?

이재복: 그렇죠. '나와 너' 든 '너와 나' 든 '너와 그' 든. 아니면 기계든 인간이든, 이 사이의 경계와 여기에서 비롯되는 혼란은 상당히 상징적인 지표라고 생각해요. 일단 이런 소설은 퍼스펙티브가 강해야 한다고 생각해요. 기계를 등장시켰다고 모두 문제적인 소설이 될 수 있는 건 아니잖아요. 이 소설을 통해서 작가가 이야기하고자 하는 퍼스펙티브가 무엇인지 또 그것이 강렬한 미적 충동을 불러일으키는지 이런 것들을 봐야 하겠지요. 사이보그적인 상상력은 아직 걸음마단계에도 이르지 못한 것이 사실이에요.

이경재: 예.

방민호 : 기존의 박민규 씨 소설에 비춰 보면 이 작품을 어떻게 평가할 수 있을까요? 박민규 씨는 비교적 늦게 등단하면서 새로운 창작 기법을 들고 나왔지요. 그래서 끊임없이 새로운 작가로 인식이 되었지만, 저는 「갑을고시원 체류기」 같은 작품을 보면서 처음부터 이 작가에겐 어떤 피로가 잠

재되어 있다고 생각했었습니다. 그런 피로에서 벗어나기 위해 이 작가는 스타일상으로, 소재상으로, 주제상으로 계속 변주를 합니다. 탈출을 시도하는 거죠. 미래적인 작가, 현재를 선도하는 작가로 자신을 위치짓고자 하는 의도가 있습니다. 저는 그것을 공감과 연민을 가지고 따라가면서 이 작가가 어디까지, 어떻게 버텨낼 수 있을까 하는 질문을 던져 보곤 했습니다. 과연 언제까지 계속할 수 있을까? 이런 문법을 어디까지 밀고 나갈 수 있을까? 이제 뭔가 정말 다른 곳으로 가야 하는 건 아닐까? 박민규 씨의 실험이 새로운 국면을 맞을 수 있기를 기대해 봅니다.

자, 지금까지 '오늘의 소설'로 선정된 여덟 편의 소설을 가지고 이야기를 나누어 보았습니다. 이재복 선생님, 이경재 선생님 모두 현장 비평가답게 작품들을 따라 읽고 분석하고 평가하는 인내력이 놀라웠습니다. 어떻습니까? 이야기를 나눠 보면서 그래도 작년에 비해 수확이 풍성했다, 아직도 한국문학은 살아 움직이고 있다는 느낌이 들지 않았습니까?

■ 2012 '작가'가 선정한 오늘의 소설집 9권

방민호: 자, 두 분 선생님, 시간이 오래 지났습니다만, 아직도 우리에게 재미있는 이야기가 한 마당 더 남아 있지 않습니까? 이번에 '오늘의 소설집'으로 선정된 아홉 권의 소설집에 대해 좌담을 나누도록 하겠습니다. 시간이 많이 지났으므로 우리 스스로 눈여겨 보았던 작품들을 중심으로 이야기를 나누어 보도록 하지요. 그런데, 이 소설집, 장편소설을 선정해 보는 순서에선 한강 씨가 상당히 주목을 받고 있던데요. 이 분 작품에 대해서부터 이야기를 나누어 봅시다. 이재복 선생님, 어떻게 보셨습니까?

— 한강의 『희랍어 시간』

이재복: 올 한 해 우리 소설의 수확이 있다면 저는 우리 작가들이 소설쓰기에 대한 강한 자의식을 보여주었다는 데에 있다고 봐요. 특히 이 대열에 박형서, 김사과, 조현 등 신인들이 가세하고 있다는 점이 흥미롭기도 하고 또 흥분되기도 해요. 어쩌면 우리가 살고 있는 지금 이 시대는 모든 것들이 인스턴트화되어 가고 있다고 볼 수 있죠. 이런 경향에 휩쓸려 적지 않은 작가들이 문학의 인스턴트화를 당연한 것으로 받아들이는 경우가 있어요. 그래서 그런지 정말 우리 문학 특히 최근 우리 소설에서 아우라라든가 장인정신 운운할 수 있는 작품을 발견하기가 지극히 어려워졌다는 것은 부정할 수 없는 사실인 것 같아요. 문학이 꼭 시류를 따라야 한다는 당위성 같은 것은 없어요. 물론 문학이 아우라를 지니고 장인정신을 지녀야 한다는 절대적인 당위성 또한 없지요. 하지만 지금, 여기에서 문학이 존재할 수 있는 조건이나 상황에 대해 깊이 있게 성찰한다면 시류에 휩쓸리는 것이 위험할 수 있다는 것을 생각해내는 것은 어려운 일이 아니죠. 이런 점에서 한강은 박형서, 김사과, 조현 등 신인들이 드러내는 자의식을 고민해온 선배 작가죠. 『희랍어 시간』은 이와 관련하여 상당한 메타포를 지니고 있어요. 제가 이 소설을 읽으면서 가장 먼저 주목한 것은 희랍어가 가지는 상징적인 의미예요. 희랍어란 지극히 난해한 언어죠. 그것은 이 언어가 아주 정교하고 복잡한 구조를 지니고 있기 때문이죠. 이런 이유로 희랍어는 사람들로부터 점점 멀어져서 지금은 그 희미한 맥박만이 그리스 문화나 종교의 이면에 남아 있죠. 그런데 이 희랍어를 이 소설의 주인공 여자는 그것을 배우고 주인공 남자는 그것을 가르치죠. 이 둘은 모두 외상을 지니고 있는 존재들이죠. 말

을 잃은 여자와 시력을 잃은 남자의 만남이 작가 특유의 섬세한 감성과 시적인 문체로 형상화되면서 하나의 미적인 세계(희랍어 시간)가 탄생하게 되는 것이죠. 이 세계에 대한 가독은 쉽지 않죠. 특히 인스턴트 감성을 가지고는 더더욱 도달하기 힘든 세계죠. 도달하기 힘든 만큼 더 숭고해보이고 빛나 보이는 것이죠.

방민호: 그렇군요. 저는 최근에 한강 씨 소설이 일본에서 어느 정도 주목을 받고 있다는 얘기를 전해 들었습니다. 일본에서 한국문학 작품을 전문적으로 내는 일을 하는 분의 말과 글을 통해서였는데요. 사실, 미국이나 유럽에서 한국문학에 간간이 주목을 합니다만, 일본은 한국문학을 상당히 얕잡아 보는 편이죠. 예전에는 한국민주화라는 주제 때문에, 한국을 제3세계로 보면서 몇몇 작가나 시인에 주목했지만 그 시대는 가버렸습니다. 더구나 요즘엔 욘사마니, 장근석이니 하는 배우들을 중심으로 한류 열풍이 일면서 중년의 여성들과 다른 감각을 가진 젊은이들이나 지식인층은 한국을 혐오하는 현상까지 나타나고 있는 실정입니다. 그런데 문학은 지적인 욕구 없이 그냥 재미로만 즐길 수 없죠. 재밌는 문학이면 다 좋겠다고 생각할 수도 있지만 일본 같이 숱한 책이 재밌게 쏟아져 나오는 사회에서 한국작품의 재미 운운 하는 것은 별 설득력이 없습니다. 그들이 한국문학에 대한 관심을 회복하기 위해서는 자기들한테 없는 게 분명 있다는 자각이 어떤 층을 이루어 형성되어야 합니다. 민주화 시대 이후에는 장정일 씨 문학이 잠깐 주목을 받은 외에 동시대 문학에 대해서는 이렇다 할 반응이 없었다고 들었는데, 한강 씨 문학에 대한 반응이 있다는 건 한강 씨에 대해서 다시 생각해 보게 하는 것이었습니다. 저도 한 번 이 작가의 세계에 대해 좀 더 깊이 읽어볼 생각입니다. 「몽고반점」같은 작품을 읽을 때의 신선한

느낌이 아직 살아 있기 때문입니다. 그리고 정용준의 『가나』, 최인석 씨의 『연애, 하는 날』도 많은 지지를 받았죠?

— 정용준의 『가나』, 최인석의 『연애, 하는 날』

이경재: 네. 정용준은 발본적인 지점에서 인간의 기본적인 존재 조건을 사유하고자 합니다. 『가나』에서 그려내는 세상은 그야말로 인간 막장입니다. 신분증도 이름도 없이 죽음으로만 벗어날 수 있는 극단적인 노역에 시달리다 염전에서 죽어나가는 사람들이나 수백킬로그램의 몸무게로 옴짝달싹도 못하면서 아버지의 폭행에 시달리는 사람, 즉 "살아 있는 시체"들이 주요 인물들입니다. 「먹이」의 '나'가 형사 앞에서 "저는 그저 벌거벗은 사람일 뿐이지요."라는 대답에 해당하는, 말 그대로 '벌거벗은 사람들'입니다. 정용준의 이번 소설에서는 언어장애자가 유독 많이 등장합니다. 이것은 단순한 장애를 의미한다기보다는 이들이 처한 사회적 상황, 즉 '말할 수 없는 자들'이라는 상징적 위치를 보여줍니다. 그의 소설은 일차적으로 과연 그처럼 벌거벗은 자들이 인간일 수 있겠냐고 묻습니다. 그러나 여기서 질문이 끝난다면 정용준의 소설은 그다지 새롭거나 그다지 대단하지 않을지도 모릅니다. 정용준은 거기서 한 걸음 더 나아갑니다. 그것은 바로 '그 벌거벗은 자들을 끝내 인간다운 인간이 되지 못하도록 만드는, 우리들은 과연 최소한의 윤리와 도덕을 지닌 인간일 수 있겠느냐?'는 질문입니다. 소설 속 벌거벗은 자들의 삶이 인간의 그것과는 멀어질수록, 그들을 둘러싼 우리들 역시 참된 인간의 자리에서는 멀어질 수밖에 없습니다. 인간으로 성립하는 최저선을 질문하는 정용준답게 이 작품집에서는 끊임없이

인간과 동물이 비슷한 존재로서 그려집니다. 많은 작품들에서 실제와 비유의 차원 모두에서 인간이 동물의 경계에까지 이릅니다. 본래 인접성의 원리에 따라 구성되는 소설의 기본적인 특성과 달리 정용준의 소설은 유사성에 따라 결합되는 시의 특징을 보이는 경우가 많습니다. 이토록 처참한 현실에서 벗어날 수 있는 가능성을 제시하고자 애쓴다는 점에서 정용준의 소설은 요즘의 일반적인 소설과는 매우 다릅니다. 그렇다면 죽음보다 못한 삶을 사는 이 벌거벗은 인간들이 이 지옥보다 못한 이승에서 벗어나는 방법은 무엇일까요? 모두를 비인非人으로 만드는 이 곳에는 작은 빛의 통로가 존재합니다. 정용준은 말합니다. 그 통로의 이름은 누구나 쉽게 말하지만 누구도 쉽게 행하지는 못 하는 아주 흔한 말 바로 사랑이라고.

방민호: 저도 한 작품 화제에 올려 보겠습니다. 최인석 씨의 『연애, 하는 날』은 제가 오랜만에 읽어보는 최인석 씨 작품이었습니다. 한동안 이 분 작품을 읽어보지 못했습니다. 왜냐? 어느 면에서는 이 작가가 가는 길이 보이는 것 같았다고나 할까요? 조금 더 시간을 두고 멀찍이 있다 다시 접근해 보고 싶었습니다. 그러나 저는 이 작가에 대해 다른 어느 작가에게도 느낄 수 없는 강렬한 인상을 받았었고, 때문에 언제나 이 작가의 작품을 기다리는 애독자이기도 했습니다. 저는 그의 단편소설 중에 「독수리」라는 묵시록 같은 우화적 이야기를 좋아했고, 「내 영혼의 우물」 같은 작품에도 넋을 잃어버릴 정도였습니다. 『내 영혼의 우물』이나 『혼돈을 향하여 한 걸음』은 그의 문학의 황금시대였습니다. 그리고 10여년 동안 그는 쉬지 않고 새로운 모색을 보여주었습니다만, 그 과정이 순탄치만은 않았었다고 생각합니다. 그

렇다면 이번에 내놓았던 『연애, 하는 날』은 어떠냐? 한 마디로 채만식이나 김남천 같은 냄새를 풍기더군요. 세태소설이라는 의미에서 말이죠. 채만식이야 말할 것도 없이 『태평천하』나 『탁류』의 작가인데, 그가 그리는 세태 속에는 욕망이라는 문제가 중심점이 되어 있고, 이로부터 벗어난 삶, 아름다운 삶, 이상적인 삶에 대한 동경이 작동하고 있습니다. 김남천은 임화가 내성소설가로 분류했지만 그가 쓴 고발문학이니 자기비판의 문학이니 하는 것들을 보면 그가 내성적인 세태소설가의 자질을 가지고 있다는 걸 알 수 있습니다.

꼭 최인석이 이 작품에서 그런 경향을 나타내고 있다고 생각합니다. 자, 우선 이 작가는 이 시대의 정경을 하나의 가두리 안에 채집해 놓고자 하는 의욕을 보여주었습니다. 말하자면 총체성을 보여주고자 했다는 것인데, 이 시대에 과연 이것이 가능하냐? 하는 질문에 직면하게 됩니다. 어림도 없는 일이죠. 고전적인 총체성 개념이 문학에서 기각된 게 벌써 몇 십 년입니까? 그렇지만 이게 사실은 또 만만치 않습니다. 소설은 이야기인데, 이 이야기가 어떤 대표성을 가지지 않는다면 이 바쁜 세상에 뭣 하러 소설을 읽겠습니까? 물론 재미를 위해서만 읽는 소설도 여전히 존재하지요. 하지만 최인석에게 그 정도 재미를 기대할 수는 없습니다. 처음부터 이 작가는 상당히 진지해서 '풍자'라기보다는 '리얼리즘'을 추구하고, 이런 대비가 가능하다면 말이지요, 화려하거나 추악한 현실을 그릴 때도 미래에 대한 비전을 버리지 않는 습성을 가지고 있습니다. 그래서 생각하지 않으면서 읽을 수 없고, 그럼에도 작품 안에 그려진 세계가 문제적이고 극단적이기 때문에 재미 또한 함께 느끼게 됩니다. 그러니까 이 재미는 사건의 심각성 때문에 어쩔 수 없이 독자가 연루될 수밖에 없다고 느끼게 되는 '소설적' 재밉니다.

가난한 부부에게 끼어든 부유한 남자, 가난한 부부의 그 여자에게 찾아온 거품 같은 사랑, 가난한 부부의 그 남편에게 찾아온 파업 투쟁, 위선과 돈이 위력을 발휘하는 세상에서 순수한 것, 의지할 수 있는 것을 찾으려 몸부림치는 인물들…… 재미있는 소설입니다. 속된 것 같으면서도 결코 속되지 않은 가치를 보여주고 싶어 한 것. 이것은 최인석 소설의 오래된 특질이고 독자들로 하여금 소설 속 인물들에 빠져 들지 않을 수 없게 하는 본질적 속성입니다. 나는 이 작품이 최인석을 대중들의 시선의 수면 위로 다시 한번 떠올려 줄 것이라고 생각합니다.

그런데 다만, 이 작가는 '본질적으로' 너무 선합니다. 나는 그가 더 '나쁜 남자'가 되기를 바랍니다. 요즘엔 '나쁜 남자'가 인기가 있다고 하더군요. 소설 속에서 전망은 없어도 되고, 불쌍한 인물이 비참하게 버려져도 아무 이상 없습니다. 그래도 세상은 구원 되니까요. 그리고 하나 더. 이 작품 안에 끼어 들어오는 영화를 둘러싼 이야기, 그리고 에필로그의 구성은 이 작가가 희곡 작가였다는 것을 상기시켜 줍니다. 유미리의 『가족 시네마』를 연상시키는 마지막 장면은 작위적이지만 이 세계의 표면이 얼마나 가장적인지를 보여주는 데는 효과가 있었습니다. 그리고 김훈, 최제훈, 정유정 작품집도 많은 추천을 받았는데요. 두 분 선생님께서는 이 작품집을 어떻게 보셨습니까?

— 김훈의 『흑산』, 최제훈의 『일곱 개의 고양이 눈』, 정유정의 『7년의 밤』

이재복: 김훈의 『흑산』은 과거의 현재화라는 그의 스타일이 내재해 있어요. 이전의 『칼의 노래』나 『현의 노래』도 그랬지만 이 소설 역시 지식인의

김훈

고뇌가 중심을 이루고 있어요. 이런 점에서 민초로 상징되는 민중이 중심이 되어 이야기를 이끌어가는 소설과는 일정한 차이를 드러낸다고 볼 수 있죠. 물론 『흑산』에도 박차돌, 마노리, 육손이, 김개동, 강사녀, 아리, 길갈녀 등 숱한 민초가 등장하지요. 하지만 이들이 주인공은 아니에요. 이 소설의 주인공은 지식인들이죠. 그렇지만 지식인이라고 해서 모두가 동일한 의식과 행동을 보여주고 있는 것은 아니죠. 이 점이 이 소설에서 제일 흥미로웠어요. 이 소설은 당대 지식인으로 이름을 날린 나주 정씨 약현 · 약전 · 약종 · 약용 형제와 그들에게서 천주교 사상을 전해 받은 조카사위 황사영에 초점이 맞춰져 있죠. 이들은 모두 당대의 지식인들이지만 당시의 시대사적인 흐름을 대하는 태도나 의식에서는 차이를 드러내죠. 장남 정약현은 천주교 보다는 집안을 택해 그것을 지켰고, 셋째 정약종과 조카사위 황사영은 천주교를 택해 끝내 참수 당했죠. 그리고 둘째 정약전은 흑산도로 유배 가서 우리가 익히 잘 알고 있는 『자산어보』를 지었고, 넷째 정약용은 천주교보다는 유교를 택해 살아남았죠. 지식인의 이러한 다양한 모습은 그 자체로 의미가 있다고 봐요. 사실 이들이 보여준 선택에 대해 우리는 '이것이 정답이다' 라고 말할 수 없는 것 아닙니까. 작가도 말했듯이 그가 그리려고 한 것은 가치중립적인 지식인의 모습이에요. 작가가 '가치중립적인 세계 속에서 인간의 구원이 있을까 고민하는 불쌍한 지식인의 모습을 그리고 싶었다' 라고 한 말이 바로 그것이죠. 이 말 속의 가치중립적인 지식인이란 기실 작가 자신이라고 해도 무방하리라고 봐요. 그만큼 그의 소설 속의 주인공들(지식인들)은 작가 자신을 닮아 있다고 볼 수 있지요. 우리 지식인 소설의 계보를 이어갈만한 점들이 이 소설에 내재해 있다고 봐요. 이 점이 이 소설을 읽게 했다고 할 수 있죠.

이경재: 최제훈은 최근 몇 년 동안 두말할 필요도 없는 한국문학의 전위입니다. 그의 소설은 혼돈 그 자체인데, 그것은 오해를 불러일으킬 수밖에 없는 언어의 난점, 고정된 해석을 불가능하게 하는 텍스트의 탈구성적 특징, 이론의 총체적인 체계 형성의 불가능성과 긴밀하게 관련되어 있습니다. 그의 소설이 진정 매력적인 것은 그 깜깜한 혼돈이 대낮같이 명료한 이성에 바탕하여 형성된다는 점입니다. 최제훈은 세상이나 사물에 덧씌워진 개념 혹은 표상을 끈덕지게 해체하는데, 그러한 해체의 방향은 텍스트, 에고, 리얼리티의 세 측면을 향해 이루어집니다. 『일곱 개의 고양이 눈』은 최제훈이 시도하는 텍스트, 자아, 현실에 대한 해체의 종합이라고 할 수 있습니다. 이들 소설은 일관되게 꿈(욕망)과 현실, 텍스트와 현실의 경계를 흔들고 있습니다. 네 편의 소설에 공통적으로 등장하는 나비의 이미지(당연히 장자의 호접몽과 관련되어 있다)는 현실을 한순간에 환상으로, 환상을 한순간에 현실로 바꾸어 버립니다. 텍스트와 현실의 경계가 무너지는 것은 최제훈의 소설에서는 흔한 일입니다. 〈π〉에서 M은 소설 속 인물인 카게루로부터 그의 유일한 가족이자 친구인 고슴도치 후미코 짱을 왜 죽였냐는 항의 전화를 받습니다. 이러한 장면들을 통해 텍스트와 현실 사이의 경계는 흔적도 없이 사라집니다. 소설이나 사진 속의 인물이 현실 속으로 걸어 나오는 모습은, 역으로 우리의 현실이라는 것이 결국에는 텍스트에 지나지 않음을 환기시킵니다. 「일곱 개의 고양이 눈」에서는 텍스트와 현실의 경계가 무너지는 것이, 무대와 현실의 경계가 무너지는 것으로 변주되어 나타납니다. 「여섯 번째 꿈」에서는 '언어처럼 구조화되어 있다는 인간의 욕망'과 현실의 관계에 대하여 진지하게 묻고 있다. 이 작품에서 꿈과 현실, 꿈과 욕망 사이에는 아무런 칸막이가 존재하지 않습니다. 일급 회계사의 재무제표를 연상케 하는 최제훈의

최제훈

정밀하고 빈틈없는 소설은 한국문학판의 중요한 가능성입니다.

방민호: 이경재 선생님, 아직은 젊은 비평가답게 전위들에 관심이 많으시군요.(웃음) 저는 이 분이 전위인지 아닌지 모르겠습니다만 정유정 씨의 『7년의 밤』을 논의에 올려 보겠습니다.

이 작품을 논의에 왜 올려야 하나? 사실 저는 이 작품이 몇 십만 부나 팔렸다는 얘기를 듣고 상당히 흥미 있는 현상이라고 생각했습니다. 사람들 사이에서 굉장히 재미있는 추리소설이라는 얘기를 들으면서는 한 번쯤 분석해 볼 만한 작품이 아닐까 하는 생각을 가졌습니다.

그러다가 왕년의 대 작가 한 분을 만나게 되었는데요. 이 분은 오랫동안 이른바 장르 소설이라 할 만한 분야의 제왕이다시피 하셨고 지금도 문학계의 일각에서 문단의 흐름에 예민한 촉각을 곤두세우고 있는 분이었습니다. 이 분이 대뜸 제게 『7년의 밤』을 읽어봤냐고 물으셨습니다. 한국의 추리소설이 쇠퇴한 지 한참 되었는데, 스토리의 힘도 강하고 문장력도 대단한 작가가 나타났다는 것이었습니다.

결국, 저는 요즘 논문이다, 시다 해서 문단이 생산하는 작품들을 바로 바로 따라 읽을 수가 없는 형편인데도 이 책을 사보았습니다. 제목이 우선 끌리기도 했으니까요. 첫 페이지부터 이건 어쩐지 끌리지 않는다는 느낌이 들었습니다. 그러고선 몇 장 읽다가 덮어두고 이번에 다시 한 번 꺼내서 읽어보았습니다. 이 책을 두 권이나 샀는데, 늦게 산 한 권이 어디 갔는지 몰라서 옛것을 찾아 다시 읽었어요.

추리소설이라는 평이 많습니다만, 제가 보기에 이건 추리소설이 아니라 일종의 상황극이라는 생각이 굳어졌습니다. 상황극의 재미라고나 할까요?

그런데 솔직히 말씀드리면 저는 이 작품에서 어떤 재미를 느낄 수가 없었습니다. 상황극을 그린 영화가 그렇게 많은데 이런 정도 얘기에서 재미를 느낄 수 있을까요? 쿠엔틴 타란티노의 〈펄프픽션〉이 생각납니다. 그런 대로 재미있었지요. 한국문학에선 몰라도 영화에선 그런대로 재미를 느낄 만한 작품들이 많았습니다. 상황극들이 좋은 게 이렇게 많은 데 왜 이 소설이 그렇게 인기를 끈 걸까요?

그럼 이 소설에 무슨 메시지가 있었느냐? 별로 없었습니다. 아니, 텅 비어 있습니다. 왕년의 야구 선수였던 '살인마' 라는 소재는 몇 년 전에 제가 살고 있는 아파트의 바로 옆 단지에서 그와 비슷한 사건을 벌여 세상을 떠들썩하게 만들었던 사람의 이야기에서 모티프를 얻은 것 같았습니다. 그렇지만 그런 이야기라면 오히려 그 사람의 이야기를 소설로 만드는 게 더 좋았을 게 아니냐 하는 생각까지 들었습니다. 7년 전 일을 떠올리는 '살인마' 의 아들, 세령호, 세령마을, 7년의 밤, 사건을 재구성하는 작가 인물…… 다 지적인 흥미를 자극하기에는 한계가 있었다고 생각합니다.

그러면 한 가지, 왜 이 작품이 주목했느냐 하는 문제가 남습니다. 이에 대해서, 첫째 저는 이 작품의 문장이 스피디한데 하나의 이유를 찾았습니다. 사건 전개 속도가 빠르다보니 쉬운 문장, 바쁜 문장을 좋아하는 독자들에겐 설득력이 있을 수 있지 않았을까요?

둘째, 추리소설에 대한 갈증이 하나의 이유인 것 같습니다. 이 소설은 추리소설이라기보다는 상황극이지만, 그래도 추리소설적인 요소를 가지고 있습니다. '살인극' 의 진실에 관한 것이 그것이겠지요. 저는 사실 추리영화를 아주 좋아합니다. 왜냐? 거기엔 인간의 욕망, 인간의 공포, 인간의 잔인함 같은 것이 다 들어있기 때문입니다. 하지만 한국문단은 좁고 성글어서 추리소설을 잘 쓰는 작가를 별로 갖고 있지 못합니다. 이때 이 작가가 나타난 거지요. 갈증이 독자를 이 책에 불러들였습니다.

셋째, 이 소설은 작가가 아주 공들여 쓴 것입니다. 작가가 술회하고 있듯이 직접 탐사하고 묻고 보아서 실감이 나도록 꾸몄습니다. 이런 수고로움조차 요즘 작가들은 잘 보여주지 않기 때문에, 이 작가의 노력이 귀하게 다가오지 않았을까요?

제가 이 중요한 주목을 받은 작가를 너무 혹평한 것은 아닐까 걱정이 됩니다. 하지만 어쩔 수 없이 이러한 비평을 하는 것도 비평가의 천역이라고 생각하게 됩니다. 그렇지만 이 작가는 작품을 구성하는 능력이 있기 때문에 앞으로도 많은 독자들을 품에 안을 수 있을 것 같습니다. 그런 과정에서 내용 또한 자연히 생성되겠지요. 결코 나쁘지 않다고 봅니다. 세상에 의미없는 것이 없는데, 이렇게 노력을 들인 작품이 무슨 해가 되겠습니까? 저도 이 작가나 작품에 대해 제가 모자라지 않았는지 계속 더 생각해 보겠습니다. 그럼 마지막으로 문단에서 주목받고 있는 젊은 세 여성 작가의 작품집을 살펴보도록 하겠습니다.

— 김이설의 『환영』, 김애란의 『두근두근 내 인생』, 천운영의 『생강』

이경재: 김이설이 『환영』에서 그려낸 인간들은 환영입니다. 그들에게는 어떠한 자유의지도 없으며, 독자들에게 그토록 많은 정념을 불러일으킴에도 불구하고 환경의 조종에 따라 춤을 추는 꼭두각시에 불과합니다. 『환영』은 건조한 문체로 가난이라는 환경이 한 여자의 삶과 세계를 어떻게 조형해내는지 보여줍니다. 이 작품의 모든 등장인물들은 하나의 예외도 없이 돈에 의해서만 울고 웃는 환영들입니다. 이러한 절대의 법칙에서 예외는

없습니다. 이 작품은 환경이 인간을 지배해 나가는 과정을 살펴보기에는 분량이 적습니다. 그럼에도 환경의 영향이 선명하게 느껴지는 것은 이 작품이 분산이 아닌 집중의 방법을 택하고 있기 때문입니다. 이 작품은 두 개의 무대를 중심으로 해서 이루어진다고 해도 과언이 아닙니다. 하나는 오직 식욕과 성욕만으로 가득한 백숙집이고, 다른 하나는 몰염치와 무책임만으로 가득한 옥탑방입니다. 이렇게 집중된 배경으로 인하여 인물들의 모습과 변화과정은 설득력 있게 그려질 수 있었습니다. 전자는 돈의 논리가 절대적인 지배력을 행사하고, 후자는 가족이라는 명분이 절대적인 지배력을 행사합니다. 『환영』의 그녀는 사회의 힘과 논리에 철저히 자신을 맡겨서 바로 그 만신창이가 된 몸뚱아리로 이 사회의 문제와 악마적 속성을 미메시스하고 있습니다. 이 작품은 환영의 배제를 통해 활짝 열려진 불행을 통해 현실의 쓰디쓴 질감을 살려내려고 노력하고 있습니다. 한동안 한국 문학은 현실에 대하여 이야기하는 것은 촌스럽고 비문학적이라고 생각하는 진정으로 촌스럽고 미문학적인 시기를 거쳐 왔습니다. 김이설의 『환영』은 현실에 등을 맞댄 문학이 어떠한 힘을 지니고 있는지 잘 증명해 줍니다. 김이설의 『환영』에는 사막과도 같은 삶의 고통스런 본질(the desert of the real)만이 온 힘을 다해 아가리를 벌리고 있습니다. 니체는 데카당스가 '나는 더 이상 가치가 없다' 라고 느끼는 대신 '삶은 더 이상 가치가 없다.' 라고 말하는 삶의 태도라고 말한바 있습니다. 이 작품을 읽으면, 끝내 모든 주체는 사라져 버립니다. 그리고 남는 것은 '삶과 세상은 더 이상 가치가 없다.' 는 모종의 불쾌감과 지옥에서나 맛볼 수 있는 안도감입니다. 그 안도감 속에서 불안함을 그 불쾌감 속에서 가능성을 엿보게 만드는 2011년의 소설입니다.

김애란

방민호: 자, 그럼 저는 이 시대의 아이돌 김애란 씨의 작품에 대해 이야기를 해볼까 합니다. 저는 몇 달 전에 김애란 씨를 만났었습니다. 「물속 골리앗」이라는 작품을 읽고 어떤 작가인지 한 번 실감을 가져보고 싶다는 생각이 들었습니다.

서교동에서 만났는데, 아주 예의 바르고 어렸을 때도 마음 속으론 조숙했겠지만 어른이 되어서도 나이보다 숙성한 느낌을 주는 작가였습니다. 외모가 그렇다는 게 아니라 행동거지나 태도가 그랬다는 거지요.

이 작가가 현실 문제를 취급하는 시선의 부드러움, 따뜻함 같은 것이 제 마음을 움직였던 것 같습니다. 하지만 동시에 이 작가를 만났을 때의 그 사려 깊음이 어딘지 모르게 저로 하여금 이 작가를 '동정' 하게 하는 것이었습니다. 벌써 세계를 너무 많이 접해 버린 것 같은 느낌이라고나 할까요? 그렇지만 그 세계는 뜻밖에도 요란스러우면서도 단조롭고 관계를 따라가다 보면 건질 게 없는 곳이지요.

「달려라 아비」가 좋았다고 하는 사람들이 많아요. 더 과장해서 그런 아버지는 없었노라고, 한국문단에. 그러면서 이 작가가 마치 세상에 전혀 없었던 것을 내놓는 사람이라도 되는 양 치켜세우기도 하고. 하지만 웬만한 작가는 아무래도 새롭지 않으면 안되니 새로운 아버지, 어머니를 그렸다고 해서 그게 무슨 대단한 성과를 올린 건 아니라고 봅니다.

지금까지 김애란 씨는 가작을 쓰는 사람이었다고 보면 어떨까 하는 생각이 들어요. 아름다운 작품을 쓰는데, 이게 간단치만은 않아서 그냥 청소년들 읽으라고 줄 수는 없는 소설입니다. 예를 들어 「달려라 아비」만 해도 화자가 자신의 아버지를 회상하는데 국어교과서에는 실을 수 없는 표현을 많이 동원합니다. 그러니까 이 화자는 젊기는 젊되 아주 어리기는커녕 어딘지 조숙한 느낌을 주고, 조숙하다기보다는 그 아비를 끌어 안으려는 따뜻한 사랑을 품고 있는 인물입니다.

『두근두근 내 인생』을 보고들 단편소설을 늘려 놓은 것 같다는 얘기들을 많이 합니다. 또는 단편소설이 더 좋았다고들 하기도 합니다. 저도 그런 인상을 전혀 받지 않은 것은 아니었습니다. 뿐만 아니라 단편소설집을 내기까지 주로 짧은 소설들을 쓰다 보니 장편소설의 구성이라는 것에 대해 충분히 적응하지 못했다고도 할 수 있을지 모르겠습니다.

그러나 저는 어딘지 「달려라 아비」의 화자를 닮은 이 장편소설의 주인공에 작가 자신의 사고방식, 세상과 '어른' 들을 향한 연민의 시선이 담겨 있다고 생각합니다. 관광공사 단지가 만들어지는 동네라는 것은 김애란 단편소설에 등장하는 재개발지들, 폐허가 되어가는 동네들을 연상하게 하고, 주인공이 조로증에 걸렸다는 것은 삶을 자기 나이보다 멀리까지 바라보는 작가적 특질을 연상하게 합니다. 칼 융이 쓴 글에 보면 죽음을 앞둔 소녀가 자신이 꾼 꿈 이야기를 그림으로 그려서 아버지에게 선물하는 얘기가 나옵니다. 융은 무섭게도 이런 얘기를 합니다. 이 소녀는 너무 이르게 죽어야 할 운명에 처해 있었다, 소녀의 의식은 그것을 알아차리지 못했지만 무의식은 그것을 알고 있었다, 무의식은 꿈이라는 형식을 통해 소녀에게 이르게 다가온 자신의 죽음의 소식을 알린다, 소녀는 뜻 모른 채 이 꿈속 풍경을 그림으로 만들어 아버지에게 선물했고, 이 선물을 받아든 아버지는 딸의 정신 상태를 걱정해서 융 박사를 찾아갔다. 죽음을 앞둔 소녀에게는 삶의 이면이, 괴로운 면이, 생명의 혼돈이 보였겠는지도 모릅니다. 이 이야기는 『두근두근 내 인생』을 읽기 위한 하나의 배경 텍스트 역할을 할 것이라 생각합니다. 김애란 씨의 이 장편이 얼마나 성공적이냐와 상관없이 저는 이 작가의 시선의 존재를 귀하게 생각합니다. 요 몇 해 이런 젊은 작가는 없었으니까요.

이재복: 네. 방 선생님 말씀이 무척 의미 있다고 생각합니다. 저는 천운영의 작품에 대해 짚어보고 싶습니다. 천운영의 『생강』에서 제가 주목한 것은 '감각'이에요. 요즘 우리 소설에서 부쩍 이 감각의 문제가 전경화되고 있는 것을 그저 우연의 일치라고 보면 안 될 것 같아요. 왜냐하면 작가들의 감각의 구사가 우리 시대의 사회 문화의 한복판을 가로지르는 버라이어티한 세계를 드러내기 위한 한 방식이기 때문이죠. 가령 배수아의 『바람인형』, 천운영의 『바늘』과 『생강』, 김훈의 『화장』, 한강의 『몽고반점』 같은 소설이 보여주고 있는 감각이 바로 그것이죠. 감각은 몸과 세계와 만남 속에서 생성되는 것이기 때문에 개인적인 차원을 넘어 사회적이고 집단적인 차원의 의미를 드러낼 수밖에 없어요. 이런 점에서 『생강』을 읽는다면 아니 읽어낸다면 분명 『바늘』에서와는 다른 면모를 보여주고 있음을 알 수 있어요. 『바늘』이 감각을 통한 미를 위한 미의 세계를 보여주고 있다면 『생강』은 고문이라는 질료를 통해 시대적인 아픔과 그 치유의 방법에 대해 보여주고 있어요. 물론 고문 기술자가 된 안과 그를 그렇게 만든 시대적인 맥락에 대해 구체적으로 접근하지 못하고 있기는 하지만 감각이 개인적인 취향이나 감정의 차원에 머물고 있는 다른 90년대 이후 우리 소설과 비교하면 그 가능성의 측면에서 일정한 차이를 드러낸다고 할 수 있죠. 하지만 『생강』에서 보여준 감각이 단순한 감각 기관의 특수한 감각을 넘어 누구나 보편타당한 우리 시대의 표상으로서의 감각이라고는 말할 수 없을 것 같아요. 감각이 세계 내에 있기 때문에 그것이 개인을 넘어 사회나 시대의 의미를 표상하는 것은 어쩌면 당연하다고 할 수 있죠. 감각이 세계 내의 존재성을 표상하면서 그것에 대해 반성적인 태도를 취할 때 감각은 한 차원 높은 미적 성취를 이루게 되죠. 우리가 흔히 감각을 단순한 감각 기관의 부산물이나 사물에서 받는 인상이나 느낌 정도로 이해하죠. 이로 인해 감각에 대

해 부정적인 인식을 가지는 경우가 많아요. 이렇게 되면 감각은 개인의 차원을 넘어서지 못한 채 가볍고 순간적인 재치나 기지의 차원에 머물게 되죠. 인간은 생각에 앞서 감각으로 먼저 존재한다고 할 수 있어요. 그래서 '나는 감각한다 고로 나는 존재한다'는 명제가 성립될 수 있는 것이죠. 이 말은 존재, 더 나아가 존재를 넘어선 생성의 토대가 감각에 있다는 것을 의미하죠. 감각이 토대가 된 세계 이해야말로 우리 작가들이 새롭게 발견하고 탐구해야 할 영역이라고 할 수 있어요. 특히 감각이 개인의 차원에 머물지 않고 사회나 역사의 차원으로 확장할 수 있는 길을 모색하는 일이 무엇보다도 중요하다고 할 수 있죠. 이런 점에서 그녀가 보여준 이러한 일련의 감각은 분명 그녀의 글쓰기 전반에 대한 확장의 가능성과 동시에 우리 소설 전반의 확장 가능성을 지니고 있다고 생각해요.

천운영

방민호: 지금 시간이, 벌써 8시 12분이나 되었습니다. 우리가 거의 2시간이나 되는 열띤 좌담을 벌였습니다. 두 분 선생님의 시각이 아주 돋보인 좌담이었습니다. (웃음) 작품을 보는 직관적 능력, 현실상황과 문단의 상황을 두루 꿰뚫는 통찰력, 작가들의 현재 상태와 작품들의 완성도를 날카롭게 냉정하게 파헤치는, 이 수사관과 같은 시선.(웃음) 이 정도면 우리도 저 17대 국회의원 못지않은 깔때기를 가진 셈이죠? (웃음)

이야기를 나누면서도 저 많이 배웠습니다. 생각도 많이 하게 되었구요. 여전히 새롭게 등장하는 좋은 작가들을 보면서 여전히 한국문학은 가능성의 영역이라고 다시 한 번 생각했습니다. 우리들의 이 변변찮은 좌담을 접하시는 분들이 오늘의 소설을 읽는 데 조금이라도 도움이 되었다면 그것은 무척 좋은 일이 되겠지요. 두 분 선생님, 감사합니다. 수고하셨습니다.

박형서 작가 인터뷰

"거짓말의 가장 큰 조력자는 그럴 법한 상황이 아니라 그럴 듯한 논리다"

· 때 _ 2012년 2월 5일	· 장소 _ 대학로 쇳대박물관 커피숍
· 인터뷰 진행 및 원고 완성 _ 김대산	· 사진 _ 김지숙

김대산(이하 김): 반갑다. 「아르판」이 "2012 작가가 선정한 좋은 소설"로 선정된 것을 축하한다. 아울러, 얼마 전에 소설집 『핸드메이드 픽션』이 출간된 것도 축하한다. 시간(지면)이 상당히 한정되었기에 소감을 듣는 일은

생략하고, 바로 질문을 시작하겠다. 먼저, 다른 소설들에서도 여러 각도에서 표현되어 있고 「아르판」에서 특히 중심적으로 형상화되고 있는 주제, 즉 한 개인으로서 새로운 이야기를 만들어낸다는 것, 그러니까 창조적인 서사의 활동이라는 주제에서 강조하고 싶은 중요한 요소가 있다면?

박형서(이하 박): 솔로몬도 말했듯이 하늘 아래 새로운 것은 없다. 아무리 우주로 뻗어나가는 이야기를 쓴다 하더라도 결국 선사시대부터 전해 내려온 신화의 패턴에서 크게 벗어나는 것은 무리다. 그렇다면 새로운 이야기란 결국 새로운 관점의 다른 표현일 텐데, 이는 한 마디로 말해 미래서사의 희망이란 주류가 아닌 경계적, 비주류적 시각에 놓여있다는 뜻이다. 이를테면 '자신의 문화를 지키고 보존해야 한다' 는 명제는 이론의 여지없이 교육되어 온 주류적 논리다. 반면에 '온전한 자신의 문화라는 것이 실제로 존재할 수 있는가' 혹은 '고유문화를 지키고 보존하는 것이 그 문화권의 성장과 존속에 있어 항상 이로운가' 와 같은 질문들은 주류의 논리를 타격하여 새로운 시각으로 우리를 인도한다. 서사를 비롯한 모든 창조적인 예술 활동의 존재이유는 바로 그 지점에 있다.

김: 나는 「아르판」에서 "정신의 DNA"라는 표현에 주목했었다. 소설을 창작하는 활동이 정신적 창조의 현상이라면, 그것은 생물학적 유전의 현상과 반대되는 방향성을 보여주는 현상이 아닌가? 특별히 정신과 DNA를 연결시킨 이유가 있는 것인가?

박: 존재의 시간은 두 갈래로 흐른다. 하나는 원형질을 고스란히 유지하는 갈래로서 이를 유전이라 부른다. 다른 하나는 기존의 성질을 큰 틀에서

간수하되 일정한 영역에 한해 다른 방식이 시도되는 갈래로서 그 돌연변이가 긍정적인 결과를 얻을 경우 이를 진화라 부른다. 나는 이러한 '진화'의 갈래가 소설을 창작하는 활동, 즉 작가가 벌이는 정신적 창조의 현상과 매우 흡사하다고 보았다. 아무 것도 없는 무의 상태가 아니라 기존의 것을 전복하고 융합시킴으로써 창조라는 신의 영역에 도전하는 것이다. 그러나 신은 신이고 인간은 인간이어서, 둘의 창조가 똑같을 순 없다. 「아르판」의 주인공은 남의 작품을 훔쳐다 한국적 색채를 입히고 대중성을 가미했다. 그러한 시도의 결과로 이 소설은 최소한 '공유'라는 문화의 한 가지 속성에 있어서는 원형보다 진화했다. 하지만 소설의 말미에 이르러 주인공이 뼈저리게 느끼듯, 그는 단지 아르판의 '잘난 아들'에 불과하다. 이러한 아이러니를 통해 '창조'와 '새로운 이야기', 보다 좁게 말해 '전에 없던 시각의 제시'가 지닌 독창성의 한계에 관해 불편한 질문을 던지고자 했다. 어쩌면 그것은 소설뿐 아니라 모든 문화의 한계가 아닌가 싶다.

김: 「아르판」에서 말하는 여러 공동체들과 개별적 구성원들 사이에서 상호작용하는 정신적 영향력들, 이질적 문화들 간의 혼합, 구전이나 문헌에 의한 전승 등에 스며들어 있는 역사성의 계승과 보존에서 예술가의 고유한 역할이 어떤 것이라고 생각하는가?

박: 그 자체가 예술가의 역할이다. 문화를 마구 분리해 개별적 요소마다 특허를 내주는 건 전문학자의 일이지 예술가의 일이 아니다. 정신적 유산들의 상호간섭을 주도하고 이질적인 문화들을 뒤섞으며 역사성의 계승과 보존을 아우르는 통괄적인 작업이 바로 예술가의 고유한 역할이다.

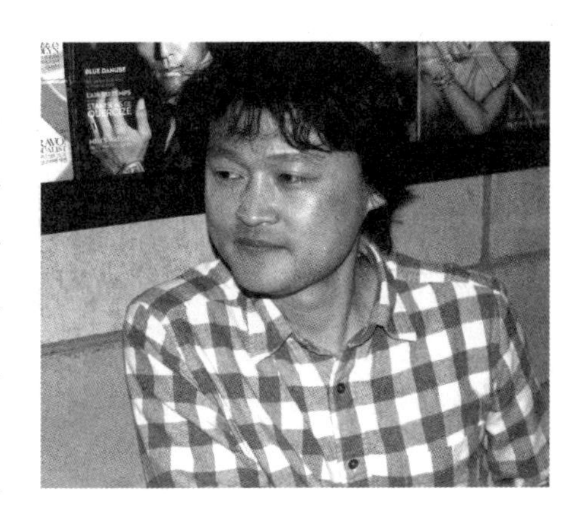

김: 당신의 소설은 코믹하고 재치 있는 상상을 펼칠 때조차도 논리적이고 추론적인 성격이 강하게 드러나는 것 같다. 보통 상상적 의식과 추론적 의식은 잘 어울리지 않는 경우가 많은데, 소설 창작의 경험에서 그 두 의식의 양태는 어떻게 나타나는가? 그리고 당신 소설의 희극적 효과는 비약적인 논리와 그럼직한 상상이 서로 기묘하게 맞물리면서 생겨나는 것 같은데, 어떤가?

박: 이야기의 기능이 인간의 감성을 건드리는 것이라 오해하는 이들이 많은데, 그렇지 않다. 이야기의 가장 중요한 기능은 인간의 논리력과 추리력을 자극하는 것이다. 소설이 선사하는 최고의 선물인 상상적 의식과 공감의 경험은 예쁘게 활자화된 감성을 습득함으로써 얻어지는 단방향의 결과가 아니라 작가와 독자 사이에 벌어지는 치밀한 논리, 추리게임을 통해 형성되는 자발적인 공조의 결과다.

김: 「아르판」에 "그에게 윽박지른 논리는 내가 발명할 수 있는 최선의 것이었다."라는 문장이 있다. 내가 보기에, 희극적 의도에서든 아니든, 당신의 소설이 창작되는 방식은, 실제로 논리의 발명에 어떤 우위를 두고 있는 것 같다. 논리란 어떤 생각의 일관적 형식일 텐데, 당신은 소설이 논리적 일관성을 갖는 구조를 갖추어야 한다고 생각하는가?

박: 그야 당연하지 않은가? 아무리 21세기 서울광장에서 매머드와 호빵맨이 나타나 싸운다 해도 이야기 내부에 논리적 일관성만 보인다면 독자는 납득한다. 그들이 등장할 논리, 그들이 만나 싸울 논리가 합당하게 제시되었다면 비판의 시선은 이야기에 담긴 다른 요소로 넘어가기 마련이다. 이는 거꾸로, 논리적 일관성이 상상의 폭을 무한대로 넓혀줄 수 있음을 뜻한다. 거짓말의 가장 큰 조력자는 그럴 법한 상황이 아니라 그럴 듯한 논리다.

김: 당신의 소설에는 처음과 끝이 맞물리는 원환의 구조가 들어있는 것 같다. 결말을 미리 정해두는 건가?

박: 항상 정해둔다. 내 원고지 위에서 앞날을 알 수 없는 인물들이 우왕좌왕하는 건 눈 뜨고 볼 수가 없다.

김: 자신이 계획하고 구상했던 소설과 완성된 소설 사이에 어떠한 불일치도 없는가? 그러니까 생각된 것과 표현된 것은 서로 어긋남이 없는가?

박: 신이 아닌 다음에야 어찌 완벽하게 일치할 수 있겠는가? 하지만 소설쓰기란 선을 보는 것과 달라서, 제한된 정보를 종합해 막연한 이미지를 떠

올린 후 실제 인물을 만나는 것만큼 당혹스럽지는 않다. 지난번 소설에 나타난 의도와 결과의 일치 정도를 비교하고, 다음 소설 창작에 반영하는 과정을 십 년 넘게 겪은 터라 최근에는 상당히 일치하는 것 같다.

김: 마지막으로, 지치지 않는 열정으로 작품 활동을 계속하기를 바라며, 당신이 앞으로 쓰고 싶은 소설은 어떤 소설인지에 대해서 말해준다면 고맙겠다.

박: 나는 늘 전에 쓴 소설과 다른 방식의 소설을 쓰려 했고, 소설장르의 탐색과 확장에 투신한 작가로 기억되길 원했다. 그런데 최근 들어 그간 벌여놓은 여러 시도들을 어떤 형태로든 수렴해야 한다는 압박감을 느끼고 있다. 이것은 내 창작활동의 한 마디가 다해가고 있음을 암시하는 것 같다. 그 정리 작업은 주로 장편이라는 그릇에 담길 것이다.

김대산 2006년 제 6회 《문학과사회》 평론 부문으로 등단. 평론집으로 『달팽이사냥』이 있음.
bergsonproust@hanmail.net

【추천 소설 목록】

강영숙 문래에서/불안한 도시/해명, **구경미** 추방, **권여선** 소녀의 기도/은반지, **김경욱** 인생은 아름다워, **김도언** 왜 옆집 부부는 늘 건강하고 행복할까요, **김도연** 콩이야기, **김미월** 프라자호텔, **김사과** 더 나쁜 쪽으로/몰, **김숨** 구덩이/국수/명당을 찾아서/아들의 방/옥천 가는 날, **김애란** 물 속 골리앗/서른/호텔 니약 따, **김연수** 인구가 나다, **김영하** 옥수수와 나, **김이설** 미끼/부고, **김정란** 무전기, **김종광** 교수가 되려고?/불효의 시간은 더디더디/산후조리, **김중혁** 크라샤, **김채원** 조금 더 가까이, **남정현** 편지 한통, **명지현** 옛날 옛적에 자객의 칼날은, **박금산** 물리학자의 만남, **박민규** 로드 킬/아,,,르무,,,리,,,오, **박민정** 기념일들, **박상우** 사랑을 바라보는 몇 개의 시선, **박솔뫼** 그럼 무얼 부르지, **박종관** 제3지대, **박형서** 맥락의 유령/아르판/열병/Q. E. D., **박혜상** 그 사람의 죽음과 무관한 알리바이, **배명훈** 폭격, **백가흠** 통/힌트는 도련님, **백수린** 감자의 실종, **백수진** 폴링 인 폴, **서정인** 개나리 울타리/빗점, **성석제** 홀린 영혼, **손보미** 폭우, **손보이** 여자들의 세상, **손아람** 문학의 새로운 세대, **손홍규** 화요일의 강, **심상대** 단추, **여성민** 꽃에 관한 두 개의 농담, **오연수** 내 둥지에 날개를 접고, **원종국** 다시, 살아가는 일, **윤대녕** 감역/구제역들, **윤성희** 구름판/근육들 신경들 혈관들/웃는 동안, **윤이형** 큰 늑대 파랑, **윤후명** 꽃의 말을 듣다/오감도로 가는 길, **은승완** 접촉사고, **이기호** 탄원의 문장, **이나미** 섬, 섬옥수, **이명랑** 2011, 서울 뒤죽박죽전, **이목연** 낮술, **이상우** 중추완월, **이순원** 화엄하라, **이시백** 잔설, **이아타** 지그재그와 빗금, **이은선** 까롬까, **이지영** 23/멜랑꼴리, **임성순** 인류낚시 통신, **임철우** 이야기집, **전경린** 백합과 공룡의 벼랑길, **전성태** 낚시하는 소녀/돌아온 사람/호각, **정길연** 우연한 생, **정미경** 남쪽 절/파견 근무/, **정소현** 너를 닮은 사람, **정용준** 사랑해서 그랬습니다, **정지아** 숲의 대화/인생 한 줌/절정, **정찬** 너도밤나무 아래, **조경란** 성냥의 시대/학습의 혀, **조용호** 달과 오벨리스크, **조해진** 유리, **조현** 은하수를 건너-클라투행성통신 1, **최민석** 쿨한 여자, **최수철** 감각의 순례, **최제훈** 미루의 초상화, **최진영** 돈가방/엘리/창, **편혜영** 야행/개들의 예감/저녁의 구애, **표명희** 씨에로, **하성란** 오후, 가로지르다, **한강** 회복하는 인간, **한지수** 그녀의 허니문 룸메이트, **한창훈** 그 남자의 연예사/애생은 이렇게/친구, **함점임** 저녁식사 끝난 뒤, **황정은** 뼈도둑

【추천 소설집 목록】

강지영 프랑켄슈타인 가족, **공선옥** 꽃 같은 시절, **구병모** 고의는 아니지만, **구효서** 동주, **김경욱** 신에게는 손자가 없다, **김도언** 꺼져라 비둘기, **김미월** 아무도 펼쳐보지 않는 책, **김별아** 채홍, **김사과** 나b책, **김숨** 간과 쓸개, **김애란** 두근두근 내 인생, **김원우** 돌풍전후, **김이설** 환영, **김진경** 그림자전쟁, **김훈** 흑산, **마광수** 미친 말의 수기, **박범신** 빈방, **박완서** 아주 오래된 농담, **박형서** 핸드메이드 픽션, **배수아** 서울의 낮은 언덕들, **백가흠** 힌트는 도련님, **서하진** 나나, **손홍규** 이슬람 정육점, **안보윤** 사소한 문제들, **안성호** 누가 말렝을 죽였는가, **염승숙** 노웨어맨, **윤성희** 웃는동안, **이남희** 친구와 그 옆 사람, **이문열** 이투아니아 여인, **이승현** 안녕 마징가, **이윤기** 유리 그림자, **정용준** 가나, **정유정** 7년의 밤, **조정래** 비탈진 음지, **조해진** 로기완을 만났다, **조현** 누구에게나아무것도아닌햄버거의역사, **천운영** 생강, **최문희** 난설헌, **최윤** 오릭 맨스티, **최인석** 연애, 하는 날, **최인호** 낯익은 타인들의 도시, **최제훈** 일곱 개의 고양이 눈, **최진영** 당신 옆을 스쳐간 소녀의 이름은, **편혜영** 저녁의 구애, **한강** 희랍어 시간, **한창훈** 꽃의 나라, **황정은** 백의 그림자

【추천위원】

강병석 강지영 강태규 강형철 고명철 구병모 권영임 권철호 김가린 김동승 김세인 김승옥 김시일 김신우 김양호 김영미 김영주 김우남 김은숙 김이구 김인환 김종성 김지선 김지숙 김태현 김이하 김해림 김희정 김희주 김희진 나보령 남은혜 노경실 노 령 박근영 박대산 박문수 박 진 박진영 박형서 방민호 서안나 서영호 서은혜 서종택 설규주 성유경 손원대 손정수 손정순 손 희 안리경 양승미 양윤의 오양진 오영진 오태호 오형엽 유 민 유지나 유성호 유정란 윤천수 이경림 이경재 이경혜 이미영 이민호 이승철 이시백 이용승 이은봉 이재복 이지현 이행미 임미진 임정식 장성규 전성태 전소영 전찬일 전혜진 정산비 정용국 정철훈 조 랑 조미녀 조선희 차치언 채길순 최교익 하응백 하인숙 한강희 한지수 홍기돈 함돈균 홍용희 황광수 황치복(이상 100명)

【 '작가' 가 선정한 오늘의 소설 】 시리즈

2004 '작가' 가 선정한 오늘의 소설_정지아 「행복」 外

기획위원 / 문흥술 방민호 백지연   신국판 / 값 9,500원

2005 '작가' 가 선정한 오늘의 소설

기획위원 / 문흥술 박철화 방민호   신국판 / 값 9,500원

박민규_그렇습니까? 기린입니다 / 김연수_부넝쒀(不能說) / 김재영_코끼리 / 박범신_감자꽃 필 때 / 이현수_집사의 사랑 / 전성태_사형(私刑) / 정미경_무화과 나무 아래 / 정이현_위험한 독신녀

2006 '작가' 가 선정한 오늘의 소설

기획위원 / 박철화 방민호 정혜경   신국판 / 값 9,500원

공선옥_명랑한 밤길 / 김경욱_맥도날드 사수 대작전 / 김애란_베타별이 자오선을 지나갈 때, 내게 / 김종광_낭만 삼겹살 / 김중혁_에스키모, 여기가 끝이야 / 이기호_수인 / 전성태_강을 건너는 사람들 / 정이현_그 남자의 리허설 / 정지아_소멸 / 한창훈_나는 여기가 좋다

2007 '작가' 가 선정한 오늘의 소설

기획위원 / 박철화 방민호 정혜경   신국판 / 값 10,000원

박완서_친절한 복희씨 / 전성태_목란식당 / 정미경_내 아들의 연인 / 천운영_후에 / 박민규_굿바이, 제플린 / 김애란_성탄특선

2008 '작가' 가 선정한 오늘의 소설

기획위원 / 류보선 방민호 김미정   신국판 / 값 10,000원

윤이형_큰 늑대 파랑 / 권여선_당신은 손에 잡힐 듯 / 김경욱_혁명 기념일 / 김연수_모두에게 복된 새해 / 김이은_지진의 시대 / 박민규_크로만, 운 / 성석제_여행 / 정미경_너를 사랑해 / 황정은_곡도와 살고 있다

2009 '작가'가 선정한 오늘의 소설

기획위원 / 류보선 방민호 소영현 신국판 / 값 10,000원

김연수_케이케이의 이름을 불러봤어 / 김애란_큐티클 / 김태용_쓸개 / 박민규_𪚥 / 윤이형_스카이워커 / 이장욱_고백의 제왕 / 최인석_스페인 난민수용소 / 한유주_재의 수요일

2010 '작가'가 선정한 오늘의 소설

기획위원 / 방민호 이재복 조연정 신국판 / 값 10,000원

이장욱_변희봉 / 김 숨_간과 쓸개 / 김애란_벌레들 / 김중혁_유리의 도시 / 배수아_무종 / 신경숙_세상 끝의 신발 / 편혜영_통조림공장

2011 '작가'가 선정한 오늘의 소설

기획위원 / 방민호 이재복 이경재 신국판 / 값 12,000원

박형서_자정의 픽션 / 공선옥_설운 사나이 / 구병모_학문의 힘 / 권여선_팔도 기획 / 김서령_어디로 갈까요 / 손홍규_마르께스주의자의 사전 / 임철우_월녀 / 전성태_망향의 집 / 편혜영_서쪽으로 4센티미터

2012 '작가'가 선정한 오늘의 소설

기획위원 / 방민호 이재복 이경재 신국판 / 값 12,000원

박형서_아르판 / 편혜영_개들의 예감 / 김사과_더 나쁜 쪽으로 / 박민규_로드 킬 / 윤후명_오감도로 가는 길 / 조 현_은하수를 건너 / 김경욱_인생은 아름다워 / 정미경_파견근무

이 도서의 국립중앙도서관 출판시도서목록(CIP)은 e-CIP 홈페이지
(http://www.nl.go.kr/ecip)에서 이용하실 수 있습니다.
(CIP 제어번호 : CIP2012000778)

2012 '작가'가 선정한 오늘의 소설

2012년 2월 17일 초판 1쇄 인쇄
2012년 2월 25일 초판 1쇄 발행

지은이 | 박형서 외
펴낸이 | 孫貞順
펴낸곳 | 도서출판 작가
서울 서대문구 북아현3동 1-1278 (우120-866)
전화 | 365-8111~2 팩스 | 365-8110
이메일 | morebook@morebook.co.kr
홈페이지 | www.morebook.co.kr
등록번호 | 제13-630호(2000. 2. 9.)

기획위원 | 방민호 이재복 이경재
편집 | 김이하 손희 김가린
디자인 | 오경은
영업 · 관리 | 이용승

ISBN 978-89-94815-15-2 (03810)

값 12,000원